Ontem à noite

Mhairi McFarlane

Ontem à noite

Tradução
Nathália Dimambro

HARLEQUIN

Rio de Janeiro, 2024

Copyright © 2021 by Mhairi McFarlane Todos os direitos reservados.
Copyright da tradução © Nathália Dimambro por Editora HR LTDA. Todos os direitos reservados.
Título original:Just Last Night

Todos os direitos desta publicação são reservados à Casa dos Livros Editora LTDA. Nenhuma parte desta obra pode ser apropriada e estocada em sistema de banco de dados ou processo similar, em qualquer forma ou meio, seja eletrônico, de fotocópia, gravação etc., sem a permissão dos detentores do copyright.

COPIDESQUE	*Laura Folgueira*
REVISÃO	*Beatriz Ramalho e Thais Entriel*
DESIGN DE CAPA	*Vikki Chu*
ADAPTAÇÃO DE CAPA	*Beatriz Cardeal*
PROJETO GRÁFICO E DIAGRAMAÇÃO	*Abreu's System*

Dados Internacionais de Catalogação na Publicação (CIP)
(Câmara Brasileira do Livro, SP, Brasil)

McFarlane, Mhairi
    Ontem à noite / Mhairi McFarlane ; tradução Nathália Dimambro. – 1. ed. – Rio de Janeiro : Harlequin, 2024.

    Tradução de: Just last night
    ISBN 978-65-5970-395-1

    1. Romance inglês. I. Dimambro, Nathália.
II. Título.

24-89036   CDD: 823

Índice para catálogo sistemático:
1. Romance inglês   823
Bibliotecária responsável: Gabriela Faray Ferreira Lopes – Bibliotecária – CRB-7/6643

Harlequin é uma marca licenciada à Editora HR Ltda. Todos os direitos reservados à Editora HR LTDA.

Rua da Quitanda, 86, sala 601A - Centro,
Rio de Janeiro/RJ - CEP 20091-005
Tel.: (21) 3175-1030
www.harpercollins.com.br

Para Kristy,
que ama vestidos góticos e gatos engraçados tanto quanto eu.

BUT I THOUGHT IN SPITE OF DREAMS
YOU'D BE SITTING SOMEWHERE HERE WITH ME

MAS ACHEI QUE, APESAR DOS SONHOS,
VOCÊ AINDA ESTARIA AQUI COMIGO

"BEING BORING", PET SHOP BOYS

Depois

O ntem à noite você estava aqui de novo.
Tomo um leve susto ao despertar de repente e fico deitada imóvel no escuro, meu cérebro se esforçando para juntar as peças da realidade. Não era um pesadelo — sei porque já tive vários —, era só um outro mundo, exatamente como este, mas com uma diferença crucial. Sua presença. Sua presença, que sempre dei como certa.

Nesse lugar, estávamos animados organizando uma viagem para esquiar, felizes numa carteira de escola, perto de uma estrada movimentada. Os carros passavam barulhentos e faziam a mesa tremer, mas não ligávamos. *Que tal a Suíça?*, você perguntou. Tínhamos planos.

Imagino nossa troca de mensagens em que eu te contaria sobre isso e você morreria de rir no caminho até o trabalho. Você sempre respondia em minutos.

Ha-ha, até parece que você iria esquiar, Eve. "Por que eu iria por livre e espontânea vontade pra um lugar congelante praticar um esporte em plenas férias? Quem olha pra uma montanha íngreme cheia de neve e pensa, sei lá, vou botar aqui uns negócios no pé pra cair mais rápido?" e por aí vai.

Né?? Com ctza meu inconsciente tá me zoando. Aliás: por que os sonhos são tão interessantes pra quem sonha e tão sem graça pra quem escuta? Será que é porque a gente fica impressionado por ter inventado toda uma história, mas os outros acham que falta emoção no enredo?

Exato, e é ainda mais chato quando a pessoa acha o sonho incrível só porque foi bizarro, sendo que sonhos por definição não têm lógica. Tipo: "Eu estava encarando um bode até que, MEU DEUS, percebi que o bode também ERA EU!".

Putz, achei maneiro esse sonho, hein. A transfiguração em bode dá de dez em esquiar

Aff, por que não andei mais dois minutos até o Caffé Nero? Maldita preguiça. O café com leite do Starbucks parece um milkshake aguado. Bar depois do trabalho?

Bar depois do trabalho! Bj

Sinto sua falta.

Odeio ter que te recriar, imaginar nossos diálogos, em vez de ter a versão original. Minha mãe sempre diz que sou uma "imitadora profissional" — mas num tom sarcástico só porque faço uma ótima imitação do segundo marido dela.

Mas a facilidade que tenho para te recriar é uma desgraça. Um truque divertido mas macabro, nada além de uma paródia. É como dançar valsa com um manequim.

Eu me afundo nas cobertas quentinhas, ouvindo a chuva bater no telhado lá fora. Sou gótica o suficiente para curtir uma tempestade quando estou protegida dela, e essa é das boas: bem forte, de formar poças e encharcar a terra, dá até para ouvir as gotas batendo nas folhas. Só os insones, os entregadores de leite, os últimos gatos pingados nas baladas e os que madrugam para trabalhar saberão que choveu tanto assim. É um segredo que compartilhamos enquanto o restante da cidade ronca.

Quando as cortinas se movem, meu coração para. Roger se esgueira até a janela e mia, indignado. Alguém começou a jogar água fria do céu justo quando ele caçava ratos e se divertia lá fora.

À luz do abajur que você me deu — de cerâmica, em formato de cogumelo, bem Disney, com o talo branco e o chapéu vermelho com bolinhas ("É um cogumelo venenoso, que nem essas suas decorações cafonas, que são fatais para as suas chances de arranjar um namorado") —, vejo Roger se acomodar ao pé da cama, com o pelo molhado todo desgrenhado.

Uma vez me disseram que o nascimento era a coisa mais comum e extraordinária que alguém poderia vivenciar, e a morte é igual. A sua permanece aqui, implacável, tão banal e tão absurdamente estranha ao mesmo tempo.

Isso nunca vai mudar, já me dei conta. A dor é permanente, precisa ser alojada em algum lugar. Faz parte do meu corpo agora.

Fico esperando o momento em que vou superar essa dor. "Seguir em frente", absorvê-la, deixá-la de lado, dar sentido a ela, processá-la. Para que esteja, de alguma forma, no passado. *O que vem depois?*, fico pensando, com uma pontada no estômago que me dilacera. Só que não existe depois, sua idiota. Essa é a questão. Uma pessoa partiu para sempre, e você precisa parar de esperar que ela retorne. Sem se dar conta, você pausou sua vida, como se aquela ausência fosse mudar.

Isso é o que eu não sabia sobre a perda: também ganhamos algo. Passamos a carregar um peso que nunca sentimos antes. Nunca fica no passado. Está sempre ao nosso lado.

"Para sempre" é algo que as pessoas costumam dizer nos votos de casamento, como se soubessem o que significa, mas o "para sempre" de verdade é longo pra cacete.

1

Antes

— Hoje a gente ganha — diz Ed. — Estou sentindo. Tem um cheiro no ar. Está por toda a parte. O cheiro da nossa vitória iminente. Respira, gente, vamos.

Ele finge farejar algo, como um personagem de desenho.

— Tem certeza de que não é o Leonard? — pergunta Justin. — Ele comeu chili com carne no meio da tarde. Pulou no balcão e enfiou a cara na panela antes que eu pudesse impedir, esse cretino. Está soltando gases com cheiro de carne apimentada desde então.

— Talvez o cheiro da vitória seja igual ao de carne e feijão sendo digeridos por um cachorro de porte minúsculo — digo, e Susie solta:

— ECA.

— Nem tem como a gente saber o cheiro da vitória, né? A gente nunca ganha nada — continuo, virando para Ed.

— Fale por você. Meu clínico geral disse que, em trinta anos de prática da medicina, nunca tinha visto hemorroidas tão inflamadas como as minhas.

Dou uma gargalhada. (É uma piada interna nossa; imagino que esteja tudo bem com a bunda do Ed.)

Estendo a mão para fazer carinho em Leonard, que está sentado na sua própria cadeira, em cima do casaco de Justin para proteger o estofado.

Leonard é um "chorkie" — mistura de chihuahua com yorkshire. Tem olhinhos brilhantes que examinam tudo por baixo de seu tufo cômico de franja grisalha, orelhas de morcego e um sorrisinho torto, cheio de dentinhos afiados.

Ed costuma dizer que ele parece "um ratinho ardiloso de desenho animado que se disfarçou de cachorro. Ele se infiltrou, e agora temos um roedor mafioso entre nós".

Leonard, que segue uma dieta onívora e tem uma alarmante incontinência urinária, é um dos amores da minha vida. (Os outros estão ao redor, e às vezes embaixo, desta mesa.)

— Você sempre fala que a gente vai ganhar o quiz, Ed — diz Susie, mexendo na bolacha de apoiar a cerveja, despedaçando o papelão. — E a gente sempre acaba se fodendo nas mãos daqueles mesmos cinco caras que só usam jaquetas impermeáveis.

— Você acabou de descrever minhas melhores férias no País de Gales — diz Justin.

Justin se autodefine como "um filho do meio insuportável sempre querendo atenção" e é o mais engraçado de todos, mas não dá para contar com a finesse dele.

A voz do árbitro do quiz ecoa, interrompendo as conversas, como se fosse a Voz de Deus:

— Pergunta número DEZ. Quem é Michael Owuo? Quem é... Michael... Owuo?

Depois de um instante em silêncio para ouvir a pergunta, começa o burburinho.

— Ele é... um parlamentar do Partido Trabalhador do distrito de Kingston? — sussurra Ed, fingindo seriedade.

— Sério? — pergunta Susie.

— Não — respondo, revirando os olhos, e Ed bate com a caneta Bic na boca, dando uma piscadela para mim.

— Espera, vocês três *sabem* quem ele é, né? — pergunta Justin, olhando de um para outro. — ARGH. Então nós somos *mesmo* um bando de millennials idosos.

— Não foi ele que fez o vilão do último filme do James Bond? — pergunto.

— ISSO! — grita Ed. — "Doutor Pardon." Qual era a dele mesmo?

— Ele tinha um aparelho de ouvido feito de strass — digo. — E um andador revestido de glitter.

Ed dá risada. Adoro o jeito que ele ri: sempre começa pelos ombros.

— Peraí, alguém está falando sério? — pergunta Susie. — Quer dizer, vocês dois com certeza não... — Ela faz uma careta para mim e Ed. — Mas você sabe mesmo quem é ele, Justin?

— É o Stormzy — sibila Justin. — Meu Deus, vocês têm mesmo 34 anos.

— Você também tem, Justin — diz Susie.

— Tá, mas existe uma grande diferença entre ter 34 e ter essa idade e ficar tipo: *ué, quem são os Stormzys?* — diz Justin, tirando sarro.

— Um certo "Stormzy", você quer dizer — fala Ed, com a voz grave, como se fosse um juiz da Suprema Corte. — O que quer que isso seja — continua, e escreve "Sr. Storm Zi" no papel.

As mãos do Ed são bonitas, e eu não resisto a um homem com mãos bonitas. Ele gosta de pedalar e sabe fazer pequenos consertos, e hoje sou madura o suficiente para valorizar essas habilidades.

Susie arranca a caneta de Ed, risca o que ele escreveu e escreve Stormzy do modo correto.

— Seus alunos não te ajudam a se manter atualizado? — pergunto para Ed. — Tem que entender de tudo, cara.

— Meu trabalho é ensinar Dickens, não aprender essas baboseiras.

Ed é chefe do departamento de Literatura numa boa escola de bairro. Dizem que algumas pessoas têm cara de policial, né? Ed tem cara de professor — um jovem professor de filme ou série de TV, com sua presença que encanta e inspira confiança, e seu cabelo loiro-acobreado curto. Numa situação de emergência, Ed seria a pessoa gentil e confiável que qualquer um ia querer encontrar. Ele seria o cara oferecendo a gravata para fazer um torniquete.

Acho que um dos motivos para gostarmos de nos reunir toda semana para perder o quiz de perguntas e respostas é que conseguimos expressar e definir os papéis de cada integrante do nosso quarteto. Ed e eu ficamos zoando, Justin faz o meio de campo, com sua sagacidade afiada, e Susie é a mãe desesperada do grupo.

Às vezes paro de participar um pouco da conversa e fico cantarolando por dentro, curtindo nossa cumplicidade, admirando como estamos sempre sintonizados na mesma frequência. Assisto à gente de fora.

... não foi ela que casou com o vocalista dos Mumford? Eu preferia casar com um terrorista. (Susie)

... Hester comprou uma vodca Stolichnaya de morango no free shop, é maravilhosa, tem gosto de xarope de bebê. Pelo menos foi o que os bebês disseram. (Ed)

... ele era insuportável e ainda tinha aquele cabelo de água de salsicha. Eu disse: sabe por que ainda existe preconceito contra ruivos? Porque é aceitável. (Justin, claro)

— Shhhhh — digo ao ver o árbitro do quiz ajeitando os óculos e espremendo os olhos para ler uma folha de papel.

— Pergunta número ONZE. "CRONOFAGIA" é uma palavra que vem do grego antigo. O que significa? Uma dica: os celulares são grandes cronófagos. Mas não vale pesquisar a resposta no celular, hein! Ha-ha-ha!

O árbitro solta o ar pelo nariz numa lufada direto no microfone e dá para ouvir seu catarro.

A expressão no rosto dos nossos arqui-inimigos com trajes de trilha indica que estão mais confiantes nesta resposta do que na do sr. Stormzy.

— "Crono" significa tempo... — sussurra Ed. — Tipo "cronômetro", que mede o tempo.

— E "cronológico" — concorda Susie. — Na ordem do tempo.

— "Fagia" — digo. — Hum. Coprofagia é comer cocô. Tenho quase certeza de que "copro" é "cocô", então, "fagia" deve ser "comer".

— Eve! — grita Susie, com um salgadinho de camarão pendurado na boca. — Como você sabe disso?

— Tive uma vida agitada.

— Te conheço desde sempre, então *sei* que não é verdade. Só uns vinte e cinco por cento da sua vida foi agitado, no máximo.

—... *comer o tempo?* — cochicha Justin. — Deve ser comer, consumir o tempo. O celular faz isso. Pronto. Escreve aí.

Ed obedece.

A gente vem ao Gladstone toda quinta. Diria que sem exceção, mas estamos na casa dos 30 e temos nossa vida, e empregos, e outros amigos, e — alguns de nós — parceiros, então rolam algumas exceções. Mas quase nunca faltamos.

— Pergunta número DOZE, antes de fazermos um breve intervalo. O que Marcus Garvey, Rudyard Kipling, Ernest Hemingway e Alice Cooper têm em comum? Vou dar uma dica. Tem a ver com um erro.

Nós nos entreolhamos, sem fazer a menor ideia. Os Jaquetas Impermeáveis estão cochichando exasperados em vez de escrever ou fazer cara de sabe-tudo, o que significa que também não sabem a resposta.

— Será que erraram na escolha da primeira esposa? Já que todos casaram mais de uma vez? — diz Ed.

— Ei, a gente não chama as pessoas de quem se divorcia de erro — diz Susie.

— Minha mãe chama — respondo.

— Lembra quando nosso professor de religião disse que hoje em dia as pessoas se divorciam muito rápido, e você retrucou que na verdade elas demoravam até demais e acabou indo pra diretoria? — diz Susie, e dou uma gargalhada.

— Ah, ela chegou — fala Ed quando a porta se abre e surge Hester, a namorada dele, torcendo o nariz para o ar abafado com cheiro de suor.

Sinto um pequeno aperto no peito, mas ignoro e abro um sorriso largo e acolhedor.

Verdade seja dita, o Gladdy tem um leve *aroma* às vezes, considerando o piso grudento e tal, mas faz parte do charme. É um pub tradicional, com clientes fiéis.

Adoro vir aqui em qualquer época do ano, com seu terraço malcuidado nos fundos, onde tem uns vasos de plantas. Acho que a ideia é criar um "oásis urbano verdejante" num lugar repleto de cerveja e fumantes. Mas o lugar é ainda melhor no outono e no inverno. O chão fica coberto de folhas congeladas, e o céu escuro se enche de estrelas brilhantes do outro lado do vidro embaçado. Bem *hygge*, um refúgio tranquilo e aconchegante.

Quer dizer, na maior parte do tempo.

Hester se mudou para Nottingham por causa de Ed, o que ela usa como motivo para brigar pelo menos uma vez por mês.

Ela parece uma imagem em cores que acabou de entrar num filme em preto e branco sobre a classe operária: a pele da cor de pêssego maduro, e o cabelo loiro e brilhante como champanhe. É a versão humana de um coquetel bellini.

Ela está com as mãos enfiadas nos bolsos do casaco, um modelo caro com gola de veludo bege, como se tivesse acabado de entrar num bar de faroeste e estivesse prestes a sacar duas pistolas.

Não é que eu não *goste* da Hester…

— Já está todo mundo bêbado, então? — diz ela, cheia de si. Vira-se para mim. — A Eve parece bêbada.

Ah, quem eu quero enganar? Eu definitivamente não gosto da Hester.

— Mais uma vez, pro pessoal do fundo! O que Marcus Garvey, Rudyard Kipling, Ernest Hemingway e Alice Cooper têm em comum? Tem a ver com um erro. Um *erro*. Um equívoco. Ok, voltamos já.

— Hemingway sofreu um acidente de avião. E os outros? — sussurro.

— É forçar um pouco a barra chamar um acidente de avião de "erro", né? — Ed cochicha de volta e dou de ombros, assentindo.

— E Rudyard Kipling é antigo demais para os aviões, não? — diz Justin. — Não acho que ele postava foto erguendo uma tacinha de prosecco no bar do aeroporto com a legenda "*wanderlust*".

Ele finge que está tirando uma foto do copo de cerveja, e Susie ri.

— Eles receberam prêmios por engano e tiveram que devolver — diz Hester, tirando o casaco. — Cadê a caneta?

Justin não parece convencido, e Ed tenta manter uma expressão neutra enquanto entrega a caneta. Não é que seu bom humor evapore perto de Hester, mas ele fica mais formal, tipo *não com certeza tem razão não foi minha intenção*.

Hester chegou mais tarde hoje porque estava num restaurante de tapas com amigos e, considerando que todos eles têm uma penca de filhos, é compreensível que precisem voltar para casa mais cedo. De toda forma, não é sempre que ela vem ao quiz com a gente. "Às vezes cansa, não dá pra acompanhar todas as piadas internas de vocês", diz. Mas Hester conhece a gente há tanto tempo, por ser namorada do Ed, que não sei bem como ela pode se sentir "de fora".

— Tem certeza? — pergunta Susie.

— Sim, tenho — responde Hester, para então acrescentar: — Bom, alguém tem uma resposta melhor?

— Certeza *absoluta* ou certeza *tomei quatro proseccos e ninguém tem uma resposta melhor*? — insiste Susie, sorrindo tipo a Rainha Má com a maçã envenenada.

Não tenho coragem de provocar Hester como Susie faz. Susie provoca quase todo mundo e, geralmente, as pessoas não revidam.

Ela tem o cabelo loiro-escuro, longo e espesso, que está sempre preso num rabo de cavalo enorme ou então solto e com um lenço amarrado na cabeça, parecendo a Barbra Streisand num filme dos anos 1970. Susie tem a boca carnuda, e o lábio de cima é mais proeminente, como se estivesse sendo erguido pelo nariz arrebitado, acho que chamam de "*retroussé*".

— Que prêmio Marcus Garvey ganhou? — pergunta Justin.

— Bumbum do ano? — digo, e Ed urra.

Hester está furiosa, eu sei.

— Tá bom, me ignorem então! — diz ela. — Desculpa tentar participar, pessoal.

— Não, não! Você foi ótima! Acho que está certa — diz Ed, de imediato. — Nenhum de nós pensou em nada melhor. Pode escrever.

Admiro como Ed está sempre pronto para partir em defesa da Hester, mas queria que ele fizesse isso com alguém que merecesse mais.

Hester escreve enquanto Justin, Susie e eu tentamos evitar olhar uns para os outros.

— Mais bebidas, né? O que vocês querem? — diz Justin, levantando para ir ao balcão.

Vou ao banheiro e, depois de dar descarga, vejo que chegou uma mensagem da Susie. (Não pelo WhatsApp, para não correr o risco de aparecer a mensagem inteira na notificação. Esperta.)

Quando abro, vejo que ela enviou para mim e Justin. Sei como estão armando tudo lá fora, Justin olhando para o celular distraído enquanto espera as bebidas, Susie levemente afastada do casal na mesa, fingindo ler mensagens importantes.

SUSIE: MDS UMA CHATA DO CARALHO

JUSTIN: Ela acha que pode tudo só porque tem peitos incríveis, meu bem

SUSIE: Os meus são ótimos e eu não tenho uma personalidade horrível, então, você está ERRADO. E como o Ed é tão sonso? *Ah sim claro escreva essa resposta de merda, meu chuchuzinho podre.* ARGH

JUSTIN: São os peitos, sério

EVE: Os chuchuzinhos podres

SUSIE: Tenho certeza absoluta de que ela sabe que a resposta tá errada e só quer ferrar com a gente

Eu me recosto na parede geladinha do banheiro e digito, com um sorriso.

Como estive completamente apaixonada pela outra metade da laranja da Hester por boa parte dos últimos vinte anos, nunca sei ao certo se meu desgosto por ela é só inveja. Susie e Justin sempre acabam me lembrando — involuntariamente, porque não fazem ideia de nada — de que eu não teria gostado dela de qualquer forma. De vez em quando, até defendo Hester, para despistar todo mundo.

EVE: Espera só pra ver, ela vai ter acertado e a gnt vai pagar com a língua

SUSIE: Ela não acertou, ela nem sabe quem foi Marcus Garvey, deu pra perceber quando o Justin questionou

JUSTIN: Ela deve achar que ele ganhou o Melhor Videoclipe no Grammy de 2007

SUSIE: Hahaha! E eu só queria dizer que a sugestão da Eve foi descartada e ela não ficou bravinha por causa disso

EVE: Será que isso quer dizer alguma coisa sobre os meus peitos

SUSIE: Só que vc não usa eles como um esquema de neutralização de carbono por ser insuportável

JUSTIN: Ai, ai. A gente precisa beber

2

Justin e Susie são pessoas que, em geral, não sentem culpa. A culpa os atrasaria demais. Eu começo o dia bebendo culpa no café da manhã como se fosse uma vitamina e, por mais que adore nossas conversas secretas sobre a Hester, sei que não deveria falar mal dela.

Mas uma vez cheguei à seguinte conclusão com uma colega: algumas pessoas são insuportáveis, e a vida nos obriga a suportá-las, e só existem dois jeitos de extravasar. O primeiro é descontar na própria pessoa que está te irritando, e o segundo é falar mal dela pelas costas sem dó nem piedade.

A segunda opção talvez não seja assertiva ou nobre, mas tem bem menos impacto nas nossas relações sociais.

Nós temos plena consciência de que ir abertamente contra Hester abalaria muito nossa amizade com Ed. Ninguém tem poder de veto sobre os parceiros que amigos e familiares escolhem. Sei bem disso. Se tivesse, eu teria evitado o desastre que foi o segundo casamento da minha mãe.

Quando volto para a mesa, sinto que, no ritmo que estamos bebendo, nossa perspicácia em conhecimento geral está indo ladeira abaixo. Leonard tomou a sábia decisão de se enrolar todo e dormir.

Só vamos ter que suportar a sexta-feira de trabalho amanhã.

— Dá pra perceber que você está na Semana do Saco Cheio — diz Susie para Ed. — Ei, Eve. Você disse outro dia que o Mark teve um bebê, né?

— É, sim — digo, tomando um gole da minha Estrella gelada. *Ah, nada como uma cerveja para anestesiar.* — Ele postou fotos semana passada — continuo. — Ezra. Belo nome.

Mark é meu ex e o único namorado sério que tive. Ele se mudou para Londres para seguir com sua carreira promissora no jornalismo quando tínhamos 29 anos, e eu não fui junto, então continuamos a namorar à distância. Logo ele concluiu que minha relutância em me mudar significava que eu não estava suficientemente comprometida — o que era verdade — e terminou o namoro. Hoje ele trabalha na revista *Time Out* em São Francisco, se casou, virou cidadão norte--americano e pai.

Já eu adotei um gato.

Se arrependimento matasse. Meu instinto me dizia que havia alguma coisa faltando no nosso relacionamento, mas uma vozinha irritante na minha cabeça diz que nenhum relacionamento é perfeito e que fui uma idiota. Por coincidência, minha mãe diz a mesma coisa.

— É estranho pensar que ele saía sempre com a gente e agora está lá longe, para sempre. Você não se importa? — diz Susie.

— Hum, não. Sinto que tem uma distância grande entre a gente, sabe? Em todos os sentidos.

— Como você descobriu?

— Ele pediu para me seguir no Instagram uns meses atrás e eu segui de volta.

— A-há. Então ele não te esqueceu totalmente — diz Ed. — Ele quer que você veja que ele superou e quer dar uma olhada em como anda a sua vida. O que é um claro sinal de que não superou.

— Rá. Duvido. O bairro descolado de Lower Haight, a oito mil quilômetros daqui, é a própria definição de superar.

(Claro que eu sei de tudo isso porque fiquei fuçando o perfil dele à uma da manhã.)

— Eu tenho certeza. Para superar de verdade, tem que ser aqui e aqui — diz Ed, apontando para a cabeça e para o peito.

Ele me encara por um instante e compartilhamos um momento brevíssimo, quase imperceptível, que guardo mentalmente em um dos meus potes de vidro.

—... aposto que ele fica vendo fotos suas com o Roger e pensando: "Caramba, que saudade daquele desastre ambulante com olhos de Cleópatra".

— Desastre?! — digo, mas fico toda contente.

— Ei, essa foi boa. "Desastre ambulante com olhos de Cleópatra" é tipo uma música do Lloyd Cole.

— É curioso a gente usar as redes sociais para bisbilhotar a vida dos outros, porque todo mundo mente em algum nível na internet — diz Justin. — Teve uma foto de um hotel no Trivago que viralizou porque eles apagaram a usina nuclear que tinha no fundo. Mas será que *todos nós*, em alguma medida, não apagamos nossas usinas nucleares?

Dou risada.

— Pois é, todo mundo faz parecer que a vida é uma colônia de férias — falo. — No caso do Mark, ele mora *mesmo* no lugar onde as pessoas passam férias.

— Eu sempre acho que, quando um ex está superfeliz com outra pessoa, deveria agradecer a gente por ter terminado — diz Susie. — Afinal, foi a decisão certa. Por que é sempre tipo "toma essa, olha como estou bem melhor agora"? "Sério, John? Foi por isso que eu decidi que seria melhor cada um seguir seu caminho enquanto você gritava na minha cara que era o fim do mundo. Talvez você devesse me pedir desculpas, inclusive". Por que eles acham que estão saindo por cima, quando na verdade estão só provando que estávamos certas?

Dou risada, em parte porque não tem nada mais Susie Hart do que isso.

— Tecnicamente foi o Mark que terminou comigo, então ele só pode agradecer a si mesmo — digo.

— É, mas só porque você decidiu ficar aqui.

— Quem deixaria tudo isso pra trás? — digo, fazendo um brinde ao pub, e então a Leonard.

Damos risada, mas eu sei, agora que passamos dos 30 e poucos, que já não é a mesma coisa.

Dá para sentir que, se já não cometemos erros irreversíveis na vida, estamos prestes a cometê-los. Hester comentou um tempo atrás que nós estamos sempre "com o carro ligado, mas sem engatar a marcha". E que "a amizade de vocês impede que busquem outras coisas. Codependência. Vocês já são as metades da laranja uns dos outros, então não priorizam relacionamentos".

Com exceção do Ed e dela, claro. Uma fofa, não é mesmo?

O problema de Hester é que há um grande vácuo onde deveriam estar a gentileza e a simpatia, mas ela tem todo o resto. Bonita, animada, bem-sucedida, organizada, confiante, esforçada, sociável, boa com tarefas domésticas, capaz de lembrar aniversários, inteligente. Então dá para entender como aconteceu. É só prestar atenção.

E Ed é muito leal. Às vezes, pessoas que são naturalmente leais não percebem quando *não* deveriam manter essa lealdade.

— Falando em gente que sumiu, cadê a Hester? — pergunta Ed, apontando para a cadeira vazia, e Justin murmura *ninguém se importa* só para Susie e eu ouvirmos.

A conversa é interrompida por um ruído metálico estridente, de interferência no microfone, o que faz todo mundo se encolher e fazer careta.

— Opa! Deixa eu ajeitar isso aqui. Pronto. Alô, alô! Antes que o quiz recomece, esta moça gostaria de usar meu equipamento um pouquinho, por assim dizer, ha-ha! Então vou passar pra... Esther? *Hester*, perdão.

Nós nos viramos imediatamente para o palco e franzimos a testa, confusos, ao ver Hester de pé do outro lado do bar, segurando o microfone com uma expressão empolgada e feliz, como se estivesse prestes a soltar a voz cantando "Total Eclipse of the Heart" no karaokê ou fosse anunciar a pontuação da Suécia no Eurovision assim que o produtor dissesse "já" no ponto eletrônico.

— Oi, pessoal — diz ela, e o salão do bar fica em silêncio. — Já faz um tempo que estou pensando qual seria o melhor momento para fazer isso, mas aí tive uma inspiração repentina. Este é o lugar preferido dele, tem um microfone...

Ela brinca com o aparelho como se fosse um pirulito que estivesse prestes a lamber, e percebo alguns olhares masculinos mais atentos. A presença de Hester costuma causar esse efeito. É tipo quando você está interessado num produto no eBay e o site te avisa que tem Quatro Outras Pessoas Vendo Isso.

— Então... Aquele cara bem ali... — Ela aponta para o Ed, que parece constrangido, meio contente, mas sobretudo preocupado. — É o amor da minha vida.

Ela faz uma pausa enquanto o público solta um *ownnnnn* coletivo, fecha os olhos por um instante e assente com a cabeça. Sinto meu estômago embrulhar.

— Demais, né? Mesmo com aquela camisa!

Todos riem. Hester parece a Gwyneth Paltrow recebendo o Oscar, tal é o nível de controle que tem sobre a plateia.

— Pois é. Estamos juntos há... — Ela finge tentar lembrar, contando nos dedos. — ... dezesseis anos! Estamos prestes a deixar de fazer parte da "população jovem", meu bem. Trinta e quatro é o limite. Sei disso porque trabalho com publicidade.

Mais risadas. *Você trabalha numa agência de marketing. Já vi você corrigir de forma ácida quando dizem que é a mesma coisa que publicidade.*

— Teve um outono, quando a gente estava saindo só fazia alguns meses... que o Ed fez uma coisa incrível.

Meu Deus, eu sou britânica demais para não achar isso insuportável. Tenho certeza de que Ed sente a mesma coisa.

— Minha irmã estava com uma doença grave, e ainda não sabíamos se ela ia se recuperar. Ed e eu mal tínhamos começado a namorar. A maioria dos caras sairia correndo diante daquele comprometimento de que eu precisava. Mas não o Ed. — Ela se vira para ele, os olhos brilhantes, e todo mundo parece prender o fôlego. — Ele viajou para passar o Natal com a minha família naquele ano, cozinhou pra gente, cuidou dos meus pais e prometeu que sempre estaria ao meu lado…

Ah, *jura*? Bom, talvez não, já que Hester tem uma certa tendência a enfeitar as histórias.

— Foi ali que eu soube que tinha encontrado alguém muito, muito especial.

Metade das pessoas no bar está se derramando em lágrimas.

— Agora que estamos com 34, o que eu queria saber, Ed Cooper… depois de dezesseis anos maravilhosos, com altos e baixos, risadas e lágrimas… é o seguinte: você quer casar comigo?

Há um breve silêncio, então um clamor de expectativa masculina emerge do pub lotado.

Susie, Justin e eu olhamos em choque para Ed, que por um instante devolve o olhar, encarando a gente como se pedisse um sinal ou nossa permissão. Vejo em seu rosto que ele sabe que vai se ferrar se demorar mais um segundo que seja para responder.

— Sim — responde Ed. E então mais alto: — Sim, quero casar com você!

Ele se levanta, dispara até o palco e se inclina para dar um beijo rápido em Hester, enquanto todos no salão aplaudem e comemoram.

Susie, Justin e eu nos damos conta de que deveríamos estar fazendo a mesma coisa quando olhamos ao redor, então nos juntamos ao coro, de forma mecânica.

— Como é que você…? De onde veio…? — Ouço Ed falar para Hester enquanto ela dá de ombros, sorrindo, como se dissesse "ah, você sabe como eu sou", e Justin, Susie e eu apenas bebemos sem dizer nada no meio da barulheira.

Ed e Hester continuam a falar mais baixo, Ed expressando sua surpresa com o gesto romântico ousado de Hester. Desvio o olhar da cena e encaro de novo meus amigos.

— Por essa eu não esperava! — comenta Justin, forçando um tom animado. — E bem no quiz do Gladdy, quem diria. Nada de gôndolas em Veneza nem pôr do sol em Marrakech. É assim que se faz. Já vou deixar o meu reservado para quando formos naquele lugar de kebab. E você, Leonard, topa carregar as alianças na cerimônia?

Leonard acorda, encara o dono e volta a dormir, a cabeça enfiada nas patinhas peludas. *Te entendo, Leonard.*

Susie e eu murmuramos em concordância por educação, mas devo admitir que, por incrível que pareça, estamos sem palavras.

Ed e Hester voltam para a mesa e nós soltamos sons genéricos mas enfáticos de "Uau!" e "Parabéns!" e "Meu Deus!".

Em momentos como este — ok, não houve outros momentos como este, mas digo em geral, quando precisamos demonstrar entusiasmo genuíno pelo relacionamento do Ed —, fico sempre impressionada que alguém tão perceptivo como ele não se dê conta de que nós não somos grandes apoiadores. Ou talvez saiba muito bem e apenas escolha ignorar.

Sempre que o assunto "casamento" surgia, ele desconversava e dizia que precisavam reformar a casa antiga que haviam comprado. "Temos que gastar esses vinte mil em outras coisas, graças à nossa Mansão Caindo aos Pedaços." Eu me agarrava à esperança de que sua relutância não fosse apenas por causa do dinheiro.

— Bom, aqui estamos!

Hester larga a garrafa de espumante comemorativa em cima da folha do quiz, Ed equilibra cinco taças, e nós fingimos estar maravilhados com os últimos acontecimentos. Ele está vermelho de surpresa, e felicidade, e álcool. Hester tira o lacre e se esforça para abrir a garrafa, e, quando a rolha sai com um estouro, a espuma escorre pela garrafa e espirra na folha.

— Opa!

Faço menção de resgatar a folha, mas Hester é mais rápida e a usa para secar a base da garrafa, borrando toda a tinta e transformando o que estava escrito em manchas indecifráveis, tipo as do teste de Rorschach. Poxa. Pego o papel e está mais encharcado que um lenço.

— Vou pôr aqui para secar — digo, estendendo a folha no encosto da cadeira.

— Vamos precisar chamar os tradutores da Biblioteca Britânica para decifrar o que está escrito aí — comenta Justin, daquele jeitinho leve e descontraído que poderia livrá-lo até de uma sentença por homicídio.

Não consigo evitar e encaro Susie, que me lança um olhar de cumplicidade e então desvia os olhos.

Bebericamos o espumante, brindamos e dizemos "Parabéns pelo noivado!" com tanta sinceridade quanto conseguimos, e Hester fala:

— Não foi nada planejado, viu?! Tive um lampejo de inspiração. Vocês sabem que sempre sigo meus instintos.

Ah, sei. Lembro de uma história em que Hester convenceu os sogros a nadar sem roupa com ela numas férias em família na costa da Cornualha. Só de pensar nisso tenho pesadelos. ("Nunca confie em quem é desinibido com o próprio corpo" — único conselho útil que meu pai já me deu.)

— Agora você tem que comprar o anel — diz Justin. — Dizem que tem que gastar o valor de um salário, né?

Ed faz uma careta.

— Felizmente, meu salário é de duzentas libras e um saco de Baconzitos por mês.

— Rá! Ah, Edward, é melhor ir economizando! O que eu gostei é da Cartier — retruca Hester.

Não foi nada planejado, né?

— Jesus amado, quanto custa esse anel?

Ed pega o celular para pesquisar. Quando encontra a página, finge secar a testa com o cachecol.

— Hes, o site nem tem os valores. Eu vou ter que... — Ele faz cara de James Bond. — *Contatar um Embaixador Cartier para solicitar preços.*

Hester está borbulhando de alegria e sei que Ed está liberado para fazer brincadeirinhas à vontade pelo resto da noite. Talvez pelo resto da vida.

— Se eles nem divulgam o preço no site, vai ser uma macetada sem lubrificante — diz Justin.

(Eu avisei sobre a falta de finesse.)

— É, os valores começam bem acima de cinco mil libras — informa Susie, que entende mais de coisas chiques do que o resto de nós. — Já separa um rim para o mercado negro, queridinho!

Ed finge estar enjoado e Hester alisa o cabelo e baixa o olhar, em uma imitação da princesa Diana. Eu mesmo estou enjoada, e o dinheiro nem é meu.

— Estava pensando numa cerimônia na primavera — diz Hester. — Odeio noivados muito longos, não fazem o menor sentido. Só servem para as pessoas que querem mais tempo para poder mudar de ideia, ha-ha-ha.

— Ou para juntar dinheiro — digo, a voz tensa, meus sentimentos sobre tudo o que está acontecendo quase vindo à tona.

— Eve. — Hester se vira para mim. — Susie. — Ela então se vira para Susie.

Hester vai ser uma noiva estonteante. Primaveril. Já imagino a tiara de flores, o vestido de cetim aberto nas costas e esvoaçante como o de uma princesa medieval, lanternas rústicas com velas.

— Tenho um pedido para vocês duas. Quando trocarmos as alianças, minha melhor amiga lá da minha cidade já vai estar de seis meses e, se for como a gravidez anterior, ela vai estar parecendo um ovo gigante.

Uau.

— E minha irmã diz que é uma vergonha alguém da idade dela que ainda está solteira ser madrinha de casamento.

Uma pausa calculada enquanto pondero que, se não me engano, a irmã dela é só dois anos mais velha que a gente.

— Então eu estava pensando. Vocês seriam as minhas madrinhas? Demora só um instante atordoado antes que Susie grite:

— *Tá brincando meu Deus mas é claro a gente vai amar!*

E eu ecoo as palavras dela com toda a força que consigo reunir. Brindamos de novo e Ed diz:

— Uau, Hes, que gesto lindo. Minhas duas melhores amigas vão ser madrinhas! Ganhei o dia.

Nunca vi Ed tão amoroso. Devo admitir que estive procurando microssinais de que ele estivesse puto com essa emboscada, mas não consigo encontrar nada.

— Achei que seria algo bacana para vocês duas se sentirem incluídas — comenta Hester, como se estivéssemos indo para uma excursão da escola graças a um auxílio estudantil.

Finjo estar radiante, com um sorriso de orelha a orelha. Ainda bem que estou bêbada. *Tenho que tirar o chapéu, Hester, foi uma jogada e tanto.*

— E, nem preciso falar, este aqui é meu padrinho! — diz Ed, e ele e Justin se abraçam. — A turma toda reunida.

Em meio a conversas difusas sobre quais locais teriam área ao ar livre espaçosa o suficiente para a cerimônia, penso que vou ter que ir nas provas de vestido com a Hester. Ela vai ficar dando ordens enquanto ponho e tiro vestidos com cores de jujubas, e se sentirá livre para comentar sobre a minha aparência. Sou conhecida por estar sempre de preto, com minhas botas pesadas e, como Ed diz, nunca abrir mão da maquiagem gótica envelhecedora.

Em vez de me esconder nos fundos desse casamento, com uma garrafinha de gim, um ansiolítico e meu coração partido dentro de uma bolsinha de seda preta, vou estar sob os holofotes, sendo obrigada a sorrir para as fotos.

O casamento do meu melhor amigo é um filme divertido, mas viver a história na pele não deve ser nada engraçado.

— Pergunta número DOZE. Perguntamos o que Marcus Garvey, Rudyard Kipling, Ernest Hemingway e Alice Cooper têm em comum. Tem a ver com um erro. A resposta é: todos leram os próprios obituários, que foram publicados por engano antes de sua morte.

— Ahh, então era essa a conexão! — digo, mas ninguém está ouvindo.

Os caras de jaqueta ganham.

3

Estou naquele nível de embriaguez em que me sinto flutuar levemente para fora do corpo, ouço meus pés batendo com força no concreto salpicado de gelo como se fossem os passos de outra pessoa.

O asfalto da rua parece tão mágico quando está manchado de branco e tem esse brilho translúcido, como um globo espelhado ou madrepérola. Ainda assim, é bem traiçoeiro. Será que o asfalto é uma metáfora para o casamento de Ed e Hester? Ou eu só estou muito bêbada?

Todo mundo da turma mora a um táxi de distância do Gladstone — Susie em um bairro, Ed e Hester em outro, Justin no centro. Eu moro na mesma área que o pub, Carrington, um bairro pequeno com ruas sinuosas e casas vitorianas pitorescas de tijolos vermelhos, algumas com torres parecendo um centro socioeducativo para adolescentes infratores ou feitas de biscoito de gengibre por bruxas de contos de fadas. O que vem a calhar, porque meu look é bem Bruxa de Contos de Fadas. Há árvores enormes e frondosas que uma vez por ano espalham florzinhas como se fossem confetes.

E gatos. O bairro está repleto de gatos. Roger está envolvido numa amarga disputa de território com o gato feral (e não castrado) da região, Dirk. (Não, também não sei como um gato de rua tem nome, acho que é porque ele vive aparecendo nos quadros de avisos da comunidade. Dirk é um individualista indomável, um supervilão de bigodes brancos, e ninguém vai tirar sua liberdade ou suas bolas.)

Meu celular apita com uma mensagem de Susie. Ela enviou só para mim e não no nosso grupo com Justin, o que me intriga. Parece que vai ser uma Conversa de Amigas séria, considerando que não tem muita coisa que não falamos na frente do Justin. Uma vez ele pediu para ser poupado do relato bem descritivo de quando Susie tirou o DIU Mirena, mas só.

> TIVEMOS UMA BAIXA. Tenho opiniões sobre a atrocidade de hoje, precisamos discutir. Falamos em breve. Bjs

Talvez ela se refira ao fato de que vamos ser a droga das madrinhas. Não quero nem ver quando eu acordar de ressaca e me lembrar disso. É possível recusar o posto de madrinha da noiva de um dos seus melhores amigos sem que seja uma ofensa mortal? Posso fingir uma lesão? Com certeza Hester não deixaria uma pessoa de bota ortopédica desfilar mancando pelo corredor da cerimônia. Mas logo me dou conta de que, se eu fingisse uma lesão de última hora, ainda teria participado das provas de vestido e desperdiçado o dinheiro com um deles. Droga.

Como Justin diz, ter consciência é um peso que precisamos carregar.

Eu até responderia a mensagem, mas me parece que Susie a enviou logo antes de dormir, então vou deixar para quando estivermos cuidando da dor de cabeça amanhã.

Embora eu saiba que não estou seguindo os protocolos de segurança de mulher andando sozinha na rua à noite e bêbada, coloco o fone e dou play na última música que estava tocando. "Can't Get You Out of My Head", da Kylie Minogue, martela nos meus ouvidos, como se Kylie soubesse de tudo.

La la la, la la la la la

A música reage ao álcool na minha corrente sanguínea e me sinto invencível, então, tenho uma ideia.

La la la, la la la la la

Uma ideia certamente ruim, mas irresistível.

Pego o celular e procuro um nome no WhatsApp, Zack. Susie o chama de Baby Yoda. (Susie sussurra: "A Criança! Ela deveria ser devolvida a seu povo" sempre que termino de falar com ele, e mando ela ficar quieta.)

Zack trabalha num bar da região, aquele tipo de lugar do tamanho de uma cozinha, decorado com luzinhas, pôsteres irônicos, personagens de TV no estilo Andy Warhol cercados por pimentas de plástico iluminadas, suportes para guarda-chuva em formato de flamingo, coisas assim. Aquele lugar aonde você sempre acaba indo para tomar os desaconselhados quinto e sexto drinques de uma noite de bebedeira não planejada.

Zack usa coque samurai, tem barriga de tanquinho e está sempre de camiseta com as mangas dobradas, mesmo no inverno.

Sempre que vamos nesse bar, ele puxa uma cadeira, senta-se com o encosto virado para a frente e "explica" nossos coquetéis para a gente. Insiste que eu tome um gole enquanto me explica em detalhes o efeito ácido essencial da raspa de limão na minha experiência olfativa. Nunca tenho coragem de dizer: "Zack, já bebi um litro de gim barato, isto aqui podia ser óleo de motor que eu nem ia perceber".

Da última vez, quando ele finalmente terminou a palestrinha e nos deixou para tomar os drinques em paz, Susie sussurrou:

— Por favor, transe com ele antes que eu tenha que ouvir mais um TED Talk sobre a invenção do Tom Collins. Juro que vou ter um treco.

Dei risada, sem levar a sério — eu? Ele? —, mas, quando fomos embora, Zack disse, com a tranquilidade de um homem de 24 anos e barriga de tanquinho:

— Ei, Eva. Me passa seu número pra eu te avisar quando chegar aquele licor de avelã de que te falei.

Não sou do tipo que curte sexo casual, normalmente. Bom, tirando aquele cara canadense que parecia ser um daqueles guardas de uniforme vermelho e chapéu, que conheci numa viagem a trabalho quando eu tinha 23 anos. Logo em seguida, ele fez uma piada sobre me colocar dentro da mala da North Face que estava no chão, e eu comecei a perceber que não era tão brincadeira assim e fui embora. Era como se Deus soubesse que aquele meu comportamento não era comum e decidisse me pregar uma peça.

Sei que é um argumento fraco, mas tenho 34 agora, e "levar uma cantada descarada de um barman de 20 e poucos anos" não vai mais acontecer num horizonte próximo. É tipo uma compra impulsiva na Black Friday, quando sinto que preciso *muito* comprar uma coisa só porque eu posso, mas com certeza vou me arrepender depois.

Preciso de validação hoje. Quero fazer algo que mostre que ainda sou desejável. Que sou uma solteira livre e descolada, com várias opções, tomando atitudes espontâneas. E não me apegando a falsas esperanças.

Ouço uma voz dizer: *você só está fazendo isso porque vai contar para o Ed, pra ele ficar com ciúme. Só está fazendo isso pra contar para ele e fazer com que ele sinta alguma coisa também*, mas decido ignorá-la. Não quero ser essa pessoa e não permito que isso seja verdade, então, se eu não pensar, não vai ser verdade.

> Oi! Não sei se você está trabalhando agora, mas estava aqui pensando se toparia tomar alguma coisa quando seu expediente acabar. Bjs, E

Pelo amor de Deus, Eve, você está bebaça e já é meia-noite. Vai pra casa, toma um café forte e duas aspirinas e se toca da sua própria idiotice.

A resposta vem quase imediatamente, então meu destino está selado.

> Claro! Tô quase terminando aqui. Quer vir pra cá? Mixólogo de primeira a seu dispor 😊

Estou na porta de casa e seria bem mais fácil chamá-lo para cá, mas, sendo bem cretina, prefiro que a gente vá para outro lugar para eu não ter que acordar com o Zack do meu lado e ter que expulsá-lo da minha casa. Não quero uma noite de sexo casual que dure até a manhã do dia seguinte. Aff. A feminista em mim sempre odeia quando minha mãe diz: "Honestamente, as mulheres são os novos homens!", mas estou meio envergonhada de como estou sendo calculista.

Zack se acha o máximo, e vou fingir que também acho ele o máximo pelo tempo necessário para conseguir o que quero. E aí não vou querer mais nada. Isso é manipulação, com certeza. Tenho plena consciência de que ele não me atrai nem um pouco, e é por isso que é o cara perfeito para esta situação. Quer dizer, talvez ele se sinta da mesma forma. Mas não é como se eu fosse perguntar.

Ouço a voz de Susie na cabeça: "Eve, oferecer a um cara uma noite sem compromisso não é usá-lo, puta que pariu. Esse é o seu problema, achar que é emocionalmente responsável por um cara aleatório que curte escalada e faz o próprio kombucha e posta nas redes sociais 'Essa nova do Tame Impala é uma brisa '".

Eu me imagino respondendo: "Acho ousado dizer que esse é meu único problema", e Susie rindo: "É verdade".

A caminho! 😊

4

Subo em casa rapidinho, para escovar os dentes, trocar de calça e retocar a maquiagem. Achei que daria uma ajudinha na minha autoestima, até que vejo minha cara suada de bêbada sob boa iluminação. Ao fundo, a camisola que eu deveria estar vestindo neste instante, pendurada no box. Minha casa me julga em silêncio.

Sempre usei meu cabelo preto, comprido e liso, a vida inteira, mas, ao me observar cruamente no espelho, ajeito os fios atrás da orelha e começo a me sentir horrível. Estou parecendo uma velha. Conforme passo mais delineador, penso: será que é por isso que vemos algumas mulheres mais velhas parecendo paródias de quando eram mais novas? Elas se recusam a deixar para trás o estilo que usavam há trinta anos. Não perceberam os sinais de que era hora de parar de pintar o cabelo de preto e usar blush rosa.

Roger, meu gato rajado, acorda no sofá e grita um "MIAAAU?" quando me vê saindo de novo. É uma pergunta legítima.

— Sem julgamentos, Panqueca — digo, usando seu nome de batismo para dar sorte.

A senhorinha que o doou para o abrigo só me deixou adotá-lo se eu mantivesse o nome Panqueca.

—Você não precisa obedecer, né? — disse Susie, enquanto me levava para casa de carro, carregando uma cesta onde um gato se contorcia. — Como ela vai saber que você mudou o nome? Quando vir o anúncio do casamento dele no jornal?

— Ela tinha uma vibe meio velha mística que me amaldiçoaria se eu não obedecesse.

— Bom, ele já foi amaldiçoado. *Panqueca?* Puta merda.

Cheguei num meio-termo chamando-o de Roger Panqueca Harris, que parece nome de um comediante preso por pedofilia nos anos 1970. Sigo em meio à fumaça da rua até o bar, mas, ao vê-lo com as luzes quase todas apagadas e me dar conta de que meus amigos já estão dormindo — ou celebrando o noivado, mas de toda forma na cama —, percebo a idiotice que estou fazendo. Minha vontade de sassaricar por aí desapareceu. Fiquei na fila e, agora que chegou a hora, não quero entrar.

Hesitante, bato com os nós dos dedos na porta pesada de madeira e ouço o barulho de chaves tilintando do outro lado. Vamos ficar trancados ali dentro. Me dou conta de que este encontro não é muito seguro. Não conheço Zack direito, já é de madrugada e ninguém sabe que estou aqui. Considerando que nenhum dos meus amigos deve mexer no celular até amanhã de manhã, tentar falar com eles até ajudaria na investigação, mas não me salvaria.

— E aí, Eva? — diz Zack. — Bem-vinda ao meu humilde estabelecimento!

Ai, Deus.

— Oi — cumprimento. — Nossa, aqui fica diferente no escuro.

Assustador, no caso. Fica assustador. E silencioso.

Ele tranca a porta e tento não me retrair — percebo que ele deixa o molho de chaves pendurado na fechadura, o que me deixa um pouco mais tranquila.

— Verdade, vou acender mais algumas luzes, peraí. É que não pode parecer que o bar ainda está aberto, senão os bêbados vêm encher o saco ou então uns policiais de merda baixam aqui, achando que deixamos os últimos clientes continuarem depois do horário.

Dou risada, mas não tenho certeza se era para ser engraçado.

Ele deixa o lugar mais iluminado e relaxo um pouco.

— Senta ali que vou preparar o martíni de lavanda de que você gosta.

Zack aponta para os banquinhos no balcão, de frente para um pôster com os dois policiais se beijando do Banksy.

— Quer dizer, se você estiver a fim — diz ele, e assinto com a cabeça.

Não estou a fim e recuperei o pouco de sobriedade necessário para me tocar que 1) a última coisa no mundo de que eu preciso é um martíni, e 2) a última coisa no mundo que quero agora é transar, mas já é tarde demais.

Sei que não é tão tarde assim. Ainda estou vestida, sou livre e tecnicamente posso ir embora.

Odeio me sentir na obrigação de qualquer coisa só porque fui idiota o bastante para procurá-lo. Pensar que agora tenho o dever de transar com ele é o tipo de coisa contra a qual eu argumentaria com veemência se fosse uma situação hipotética, e se fosse outra pessoa no meu lugar. É um daqueles momentos na vida em que você precisa admitir que teoria e prática são muito diferentes.

Agora Zack faz uma cena apertando flores de lavanda entre as mãos, batendo-as para "liberar o perfume" e prendendo-as em palitos de coquetel com fatias de limão, e só a complexidade do drinque já faz com que eu me sinta em dívida. Achei que, como o turno dele já tinha acabado, a gente tomaria só uma cerveja.

— Quer ouvir música? — pergunta ele.

— Claro.

— Fala um álbum.

— Tipo, qualquer um?

— É.

— Hum…

Aff, ele está testando meu gosto musical, e não quero passar pela vergonha de escolher nada muito sedutor.

— Fleetwood Mac? *Tusk?*

Zack se inclina em direção à porta e fala como se estivesse se dirigindo a um vaso de planta no bar:

— Alexa, toca Fleetwood Mac, *Tusk*.

— Você mora aqui? — pergunto quando a música começa, surpresa com a liberdade que Zack tem no local.

— Não, o dono, Ted, está em Lanzarote. Ele mora lá durante parte do ano, quando está frio aqui. Eu cuido do lugar enquanto ele está fora. Ele é tipo um tio pra mim.

Zack faz um porta-copo rodopiar no balcão na minha frente e coloca o martíni em cima.

— Obrigada!

— Qual é a sua então, srta. *Estranho mundo de Jack*?

— O quê?

— Aquele filme do Tim Burton, o desenho, sabe? Você parece a garota do filme. Olhos grandes e vestido meio esfarrapado. Meio assustadora.

— É a Noiva-Cadáver, né? — digo, dando um gole com um sorriso.

— Ela se chama Sally.

— Ah. E o que você quer saber?

— Tem marido, namorado? Namorada? Alguém oficial mais um estepe?

— Eu não estaria aqui se tivesse — digo na lata, em choque.

Percebo como fui explícita, ainda que não seja culpa minha ele ter feito uma pergunta tão direta. Tento desconversar:

— Quer dizer, num bar fechado no meio da madrugada. Tomando drinques com ervas.

— Ei, quem sou eu pra julgar? — responde Zack, erguendo a palma das mãos.

Ele está fazendo eu me sentir como a Shirley Valentine naquele filme, dando em cima do garçom grego, precisando de férias de si mesma. Me sinto diminuída. Será que ele teria feito essa pergunta para uma mulher mais nova? Talvez sim — tenho a impressão de que Zack tem o dom de chatear as pessoas mesmo quando não tem a intenção.

— Você tem namorada? — pergunto, torcendo para que minha entonação deixe claro que não dou a mínima.

Apesar de que, se ele disser que sim, é uma boa desculpa para eu escapar. Zack inclina a cabeça, contemplativo.

— Não. Ah, é complicado, mas não.

Susie sempre diz: "Quando um cara fala 'é complicado' significa 'estou enrolando alguém e acho que isso me torna mais interessante'".

— Você não vai beber? — pergunto, quando percebo que Zack está enxaguando a coqueteleira na torneira em vez de preparar outra coisa.

— Estou tomando uma Asahi.

Ele aponta para a garrafa de cerveja no balcão.

Seca as mãos, dá a volta e senta-se no banquinho ao meu lado.

— Está gostoso? — pergunta, sobre o martíni.

— Sim, incrível — digo, educada, e bebo mais um pouco, desejando poder tirar a salada de frutas do drinque para ficar mais fácil de beber, mas não quero magoá-lo.

Conversamos sobre festivais de música, restaurantes hipsters e uns arruaceiros que começaram a tirar racha na avenida principal.

Noto, mais uma vez, que estar na companhia de alguém que não se encaixa bem com você é bem mais solitário do que ficar feliz sozinha. Nunca tive nenhuma crise existencial enquanto compartilhava uma pizza com Roger Rajado.

E a curiosidade de Zack sobre mim, ao que parece, começou e terminou quando me perguntou sobre meu estado civil.

Quando abro a boca para falar alguma coisa da minha vida, após um longo monólogo dele sobre as vantagens de se mudar para a Austrália — proferido de maneira ensaiada, como se estivesse cansado de ter que explicar suas escolhas de vida para suas ávidas fãs —, Zack me interrompe:

— Eu estou ficando no flat aqui no andar de cima. Estou torcendo pra você gostar tanto do drinque que vai beber rapidinho, daí a gente pode subir lá.

Ele tenta me lançar um olhar sedutor, tipo "chega mais".

Pronto. Aí está. Bebo o resto do martíni quase num gole só e me pergunto se vou conseguir trabalhar amanhã.

O que posso dizer para Zack? "Depois de ficar um tiquinho mais sóbria e conhecer sua personalidade por mais de vinte minutos, decidi que vou embora"? Sim, eu poderia e deveria dizer algo nessa linha, mas não vou. Me pergunto quantos erros a gente comete na vida só por medo de ser grossa.

— Pode ir na frente — digo, com a mesma animação que eu diria "Vamos assinar o Brexit".

Zack desce do banquinho com um sorriso malandro e me conduz pela porta atrás do balcão que dá num lance de escadas apertado e rangente. O orçamento para decoração com certeza foi todo gasto no bar kitsch do andar de baixo: a sala de estar para onde ele me leva tem cheiro de comida de micro-ondas e tristeza, e há meias esportivas e calças penduradas num varal portátil de plástico. A mesa de centro está atulhada de acessórios para *vape*, controles remotos e garrafas vazias de molho de pimenta com velas enfiadas, numa tentativa de imitar o que os restaurantes italianos fazem com os potinhos de vime reutilizados.

Zack aponta para uma poltrona reclinável acinzentada na frente da TV.

— A gente pode fazer ali? — sussurra ele. — Acho estranho na cama do Ted. A esposa dele morreu no ano passado.

— Por que estamos cochichando? — pergunto. — Ela está ouvindo?

— Possivelmente — responde Zack.

— Quê?

— Ela morreu *naquela cama* — explica Zack, apontando de olhos arregalados para o quarto ao lado. — Me dá arrepios. Sinto o fantasma da Linda me seguindo. Ela teve um infarto e às vezes sinto uma dor no peito, como se ela estivesse sentada em cima de mim. Tentando me fazer chegar lá.

— "Chegar lá" é fazer você ter um infarto?

— É.

Isso é tão tragicômico, e ele está com uma expressão tão séria, que preciso me esforçar para não rir.

— Talvez seja psicossomático — falo. — Tipo, você pensa nela e aí sente ela sentada em você?

— Eu não era a fim dela! Ela tinha, tipo, 60 anos! Eca.

— Não... Eu... Deixa pra lá.

Vou transar com um cara que acredita de verdade em fantasmas e não sabe o que significa "psicossomático".

— Às vezes escuto ela andando aqui — continua Zack, que engrenou nas Lendas da Linda, as mãos na cintura, olhando em volta desconfiado.

— Como você sabe que é ela? — pergunto. — É um prédio antigo. Talvez outras pessoas tenham morrido aqui.

— Porque ela usava uns tamancos barulhentos que pareciam um bode saltitando. Credo.

Zack estremece.

— Eu não acredito em fantasmas — digo.

— Eu acredito. É ciência — devolve Zack.

— O que quer que seja, tenho certeza de que não é ciência.

— É sim. É um dos princípios da física: a energia nunca se perde, mas se transforma em outra coisa. Não é assim?

— Hum, é, mas...

— Então, quando alguém morre, pra onde a energia dessa pessoa vai? Ela se torna outra coisa. Um fantasma.

— Bom, na verdade não, se você é enterrado e se decompõe, você vira comida de minhoca. Essa é a transferência de energia. Para o solo.

— Energia de comida de minhoca.

— Isso.

— E quem é cremado, então? O que a energia vira?

— Fogo?

— Caraca... — Zack faz uma pausa. — Eu ainda acho que existe energia espiritual. Essa energia precisa ir pra algum lugar.

Devo dizer que nunca vi preliminares tão ruins, e minha energia de minhoca está se dissipando cada vez mais rápido.

Olho para a poltrona e me pergunto se Zack sempre traz as mulheres que conhece no bar para este assento. Fico grata quando ele começa a me beijar com entusiasmo, porque aí posso parar de pensar.

Empurro Zack para a poltrona e subo em cima dele, com um joelho de cada lado de suas pernas, enquanto ele dá uns apertos pouco promissores nos meus peitos com agressividade, como se estivesse vendo se as frutas na feira estão maduras. Como se fosse um apresentador de programa culinário segurando romãs num mercado em Fez. Daqui a pouco vai dar uma cheirada.

Eu tinha esquecido como é estressante transar com alguém pela primeira vez, a pressão para tentar parecer que você é uma pessoa supersexy e boa naquilo, quase uma profissional. As jogadas de cabelo ridículas e as empinadas na bunda. Como se tivesse uma banca de jurados te assistindo do outro lado do espelho, julgando sua performance e erguendo plaquinhas com as notas. É o exato oposto de aproveitar o momento.

"Sexo é inerentemente ridículo. Você se torna melhor quando aceita isso." Eu não queria mesmo estar pensando em coisas que o Ed falou. Mas e se… eu imaginar que o Zack é…

— Ah, merda. Eu devia ter falado — diz Zack, preocupado, recuperando o fôlego, com as mãos largas e quentes grudadas na meia-calça fio setenta nas minhas coxas.

— Tudo bem — respondo, sorrindo, jogando o cabelo pro lado de um jeito que espero que seja sedutor —, eu tenho camisinha.

Rá, você realmente achou que eu deixaria essa responsabilidade para você e/ou para o destino?

— Não — diz ele. — Eu não curto pelo.

— Você não curte o quê?

— Pelo. — E indica minha virilha coberta de Lycra preta, a malha da meia-calça esticada ao máximo.

— Pelo lá embaixo?

— É — afirma Zack. — Você se depila?

Que… porra… é *essa*? Um acordo pré-nupcial sobre pentelhos. Meu Deus, me sinto uma idosa. De repente parece que não existem só dez anos entre nós, mas gerações inteiras. Eu viajei no tempo. Estou tentando dar pro meu neto.

— Hum, não?

— Ah. Desculpa, eu devia ter avisado! — Zack fala como se não fosse nada, como se tivesse esquecido de me dizer o caminho mais curto para o supermercado. — Em geral eu falo logo, no Tinder. Só que foi você que mandou mensagem hoje. Eu só pensei, tipo, *que irado, ela é mó gostosa.*

Zack faz uma pausa, esperando minha reação. Como se o elogio fosse um prêmio de consolação. O prêmio de consolação, Zack, é que eu nem queria transar com você para começo de conversa.

— Só agora me toquei que não falei nada sobre os pelos — continua ele. — Foi mal, mas não curto mesmo. Não consigo.

— Como assim? Tipo, fisicamente, não consegue ficar duro?

— Hum, é. Por aí. Meu amigo que gosta de pornô com madrasta até curte. Mas não é pra mim.

— *Pornô com madrasta?!*

Zack arregala os olhos, como se dissesse "uau, você é antiquada mesmo, né?" (e provando meu argumento).

— *Meu Deus.* Madrastas. Ele deve dar trabalho para o terapeuta.

Zack não tem o cérebro muito afiado, mas percebeu a mudança no clima. Ele me direciona para fora do seu colo e, conforme eu me levanto, diz:

— Não é nada contra você, tá? Cada um com suas preferências. Você faz o que achar melhor.

— É, vou ter que me virar com a mão mesmo.

Zack não entende e apenas me encara.

— Mas você… Tipo, sexo é sexo. Você não lidaria com isso e pronto? — digo. — Cadê seu espírito aventureiro?

Minha vontade de resolver esse enigma é tão grande que arrisco parecer desesperada para transar com ele, ainda que não queira nada desse homem além de respostas.

Zack dá de ombros.

— A vida é assim. Tenho repulsa quando vejo uma moita. Tipo, alguns caras gostam de loiras. Outros gostam… de outros caras.

— O que aconteceria se você tivesse esquecido de me avisar e visse meus pentelhos? — pergunto. — Você daria um grito, como se eu tivesse o ratinho do *Ratatouille* entre as pernas?

— Olha, Eva, pra ser sincero, estou me sentindo julgado.

— Foi você que parou no meio da pegação por causa de uma característica do meu corpo, então você não tem muita moral pra falar de ser julgado.

Uma pausa.

— Você tem pelos? — pergunto.

Zack faz que não com a cabeça, e o elástico de cabelo solta do coque, que ele logo refaz.

— Não, cara, eu tiro tudo. Tudinho. Até do cu.

Ele parece orgulhoso, como se fosse uma grande conquista pessoal. Como se pudesse incluir "ânus depilado" na seção "Por que você é perfeito para este emprego" do currículo.

Não houve muitos momentos na vida em que consegui me impor. Susie ainda fala com admiração daquela vez que tomei um esporro por causa dos meus bolinhos de queijo e disse para a professora de ciência doméstica que ela era um instrumento conivente do controle patriarcal, igual à Serena Joy em *O conto da aia*.

A professora McNab disse que eu era "metida a sabe-tudo" e eu respondi: "Posso até não saber tudo, mas sei mais que você". Foram dez dias de detenção. *Dez dias.*

Sinto um fervor revolucionário parecido diante dessa rejeição do Zack.

— E qual o problema com os pelos das mulheres? São sujos?

— É, quer dizer, é uma questão de higiene, acho. E aparência.

— E você não acha nem um pouco bizarro dizer que não gosta do jeito que as mulheres naturalmente são?

— Olha, sei que você está decepcionada, agora que já está cheia de tesão e tal — Zack fala. — Se estiver muito chateada, posso... sei lá. Brincar um pouco com seus peitos.

Meu Deus. A situação vai ficando ao mesmo tempo mais pavorosa e virando uma história ainda melhor para contar, como duas linhas coloridas indo em direções opostas num gráfico.

— Não estou decepcionada, não estou com tesão e com certeza não quero que você brinque com meus peitos por pena. Só acho preocupante querer que as mulheres tenham a mesma aparência de antes da puberdade.

— Várias garotas da minha idade depilam tudo — Zack diz. — É comum. Mas pelo jeito pra vocês não, né?

A-há.

— Vocês *quem*, exatamente?

Zack olha para os lados, porque sabe que pisou na bola dizendo isso e não quer me irritar ainda mais. Esta madrasta mulher das cavernas furiosa.

— Pessoas da sua idade?

— E que idade é essa?

— Não sei! Uns 30? Eu sabia que você não tinha minha idade porque sua amiga tinha um cartão de crédito *black*. Não precisa dar uma de louca pra cima de mim, beleza?

Dou risada e solto um suspiro. Maldita Susie ostentando seu dinheiro.

Vim aqui esta noite para provar que consigo trepar sem compromisso com um quase desconhecido.

Neste flat úmido, olhando para esse cara que viu pornografia demais, um jovem sem noção com a pele grudenta, encaro a bobagem que estou fazendo. Estava tentando diminuir a dor de não ter quem eu desejo, e o jeito que encontrei foi fazer sexo decepcionante com o irmão imaturo de alguém.

Ah, Eve. Tudo isso porque estava contando com aquele momento daqui a algumas semanas quando uma Susie bêbada e tagarela diria: *não podemos voltar naquele bar, né, Evelyn?* e eu olharia instintivamente para o Ed e ele olharia instintivamente para mim, e eu veria ali um indício de dor ou conflito interno. Como se esses momentos fossem dar em alguma coisa.

A verdade é esta: Ed vai se casar, e você poderia ter ido para casa, chorar no travesseiro e se permitir sentir total desesperança.

As coisas que fazemos para evitar situações difíceis em geral são piores do que as situações difíceis em si.

— Não estou dando uma de louca, estou dando o fora. Espero que Linda sente em cima de você. Ainda que seja mais intimidade do que você merece com qualquer mulher — digo, com um sorriso.

Pego minha bolsa e o casaco e desço rápido pelas escadas. *Bom, Susie*, me imagino dizendo, conforme desvio das mesas e cadeiras vazias, com *Tusk* ainda se derramando pelas caixas de som escondidas. *Você não vai acreditar no que aconteceu*. Ela vai dizer que a fofoca deve ser boa, porque pareço prestes a ir à guerra montada num cão raivoso.

— Eva! — diz Zack, aparecendo no retângulo iluminado na base da escada, enquanto giro a chave e abro a porta do bar com tudo. — Você pode pagar o drinque, por favor?

Eu me viro para encará-lo.

— Você está falando sério?

Zack parece perplexo com meu questionamento.

— Sim. Foram cinco libras.

Ele dá um passo à frente, pega um cardápio do balcão e vira para me mostrar, como se quisesse provar o que disse.

Em choque, e porque nunca deixei de pagar uma conta na vida, vasculho a bolsa atrás do dinheiro.

É uma derrota tão deprimente terminar a noite desse jeito que bato a nota com força no balcão e digo, para deixar claro que não sou eu que deveria estar constrangida aqui:

— Só mais uma coisa. Por que você não checou se eu curtia bolas carecas?

— Quê?

— Você queria deixar tudo bem claro. E se eu tivesse dado pra trás?

— Você podia ter perguntado. Mas nunca vi uma garota que exigisse pelo no saco, ha-ha-ha.

— Com certeza você nunca viu nenhuma garota exigir nada em termos de cuidados pessoais. Pense nisso.

— Shhhhhh! — Zack arregala os olhos, leva o dedo aos lábios e aponta para o andar de cima. — *Linda* — sussurra ele.

Eu me esforço para ouvir alguma coisa… E escuto leves batidas. Preciso de uma saída triunfal.

— Alexa, toca "Looking for Linda",* da banda Hue and Cry, BEM ALTO! — digo, antes de bater a porta.

---

* "Procurando por Linda." [N.E.]

5

Estar apaixonada por alguém que não se pode ter é um martírio. Mas veja bem: não é a mesma coisa que "estar apaixonada por alguém que não te quer" porque 1) Ed também me ama, ou pelo menos me amava, e eu posso provar; e 2) ainda que seja doloroso, imagino que, quando o amor não é correspondido, cedo ou tarde um mecanismo de sobrevivência é disparado e você para de uivar para a lua.

A natureza quer que a gente sobreviva para procriar. Ela dá uma segurada nos hormônios de quem está de coração partido. Mas, quando os sentimentos estão descontrolados nas duas direções, você está ferrado. Ou melhor, *eu* estou.

Não sou um caso isolado, mas não se fala muito sobre não acabar ficando com quem você queria. Depois que você se estabelece na vida adulta, ninguém mais fala disso. Passa a ser expresso apenas em músicas, livros e filmes. Como é aquela frase famosa? *Noventa e nove por cento das pessoas não estão com sua primeira opção. É isso que faz a jukebox tocar.*

O mundo adora espalhar esta bela mentira: *nunca é tarde demais*. É tarde demais, sim, o tempo todo, para várias coisas. A gente devia estar correndo que nem o coelho com relógio de bolso em *Alice no País das Maravilhas*.

Acho que a verdade é a seguinte: as oportunidades que temos na vida são como portas que se abrem rápido e se fecham com tudo, para sempre. Você nem sempre percebe quando elas estão abertas ou recebe qualquer aviso de quando vão fechar. Se não corre para entrar quando tem a chance, já era.

Mas ninguém quer ouvir que sua chance de ser feliz pode ter passado. Ninguém quer lidar com o fato de que, às vezes, o *diem* que a gente *carpe* não é mais o que a gente queria *carpear*. Essa verdade dolorosa não vai virar um post inspirador nas redes sociais, ninguém vai botar isso numa fonte rebuscada com a imagem de uma pomba branca no fundo.

Minha história com Ed Cooper é uma porta que se abre e se fecha.

Susie e eu tínhamos acabado de começar o último ano do ensino médio e estávamos de pernas pro ar na área de convivência. Ele e Justin apareceram num intervalo, numa tarde ensolarada. Nossa escola era enorme, então eu só os conhecia de vista como membros apresentáveis da espécie masculina, na nossa opinião especializada.

Eu estava aninhada no sofá, com meus coturnos balançando, tentando me concentrar no livro *A última grande lição*. Susie estava deitada com as costas apoiadas em mim, lendo em voz alta o horóscopo numa revista. Era um dia auspicioso para Áries.

— Oi. A gente não se conhece, mas vocês parecem bem menos barulhentas do que todo mundo aqui, então, podemos sentar com vocês? — disse Justin. — Eu sou gay, não represento nenhuma ameaça. Ele não é gay — ele gesticulou para Ed —, mas, vamos ser honestos, também não é uma ameaça sexual.

Susie e eu demos risada, e abrimos espaço. Ainda não sabíamos, mas, naquele momento, nossas duas duplas se uniriam para sempre.

Justin e Ed tinham química, ainda que Ed fosse hétero, e os dois eram engraçados daquele jeito que os garotos são quando passam muito tempo praticando.

Ed disse, apontando para meu livro:

— Está gostando?

— Estou — respondi. — Bom, é bem triste, mas é interessante.

Susie revirou os olhos.

— Eve é meio mórbida. Ela gosta de músicas que não têm refrão, criaturas que se escondem em tocas, roupas que uma viúva de mafioso usaria, clima chuvoso e livros sobre pessoas morrendo de doenças raras.

— Não é deprimente, tem várias passagens inspiradoras sobre aproveitar o tempo que resta! — retruquei.

— Uma vez eu falei que estava me sentindo deprimida e você disse que eu não era uma pessoa profunda o suficiente para estar deprimida — disse Susie, e todo mundo gargalhou.

— *Ah, nossa, desculpa* — falei.

(Esse é um bom exemplo de por que Susie e eu nos damos tão bem: sarcásticas cada uma à sua maneira, mas nunca levamos as piadas uma da outra a sério.)

Falamos sobre nomes do meio, e descobri que o do Ed era Randall.

— Edward Randall Cooper — falei. — Parece um locutor de rádio dos anos 1930. — Imitando uma voz masculina toda dura e empolada, eu disse: — *Olá, estamos em crise, o rei abdicou, vida longa ao rei, eu sou Edward Randall Cooper, boa noite, Deus abençoe a todos.*

— Não falei que a que parece uma mistura da menina brava dos Moomins com a Winona em *Atração mortal* ia ser divertida? — diz Justin para Ed, que sorri para mim.

Eu nunca tinha ouvido alguém me descrever antes. Era como se eu fosse uma personagem num jogo de *Detetive*. Gostei.

— E eu, pareço com quem? — perguntou Susie, com a confiança plena de uma fotogênica incurável.

— Hum. — Justin estreitou os olhos cinza intensos. Ele tinha o cabelo raspado e um rosto lindo de malandro, tipo um batedor de carteira da era vitoriana. — A Emma da Jane Austen misturada com uma Laura Palmer de *Twin Peaks* que não conseguiram matar.

Susie berrou, fingindo estar revoltada mas adorando, e juro que a vi se apaixonar platonicamente naquele instante.

Passamos mais uma hora dando risada, no primeiro encontro dessas quatro personalidades que se encaixavam perfeitamente.

— Ei, isso funciona. Ally Sheedy — disse Justin, apontando para mim —, Molly Ringwald — apontando para Susie —, Anthony Michael Hall — apontando para Ed — e eu. A versão gay do Judd Nelson. Somos o *Clube dos Cinco menos um*.

Eu me lembro de cambalear até a aula de sociologia com um sorriso bobo no rosto, pensando que fazer amigos na vida adulta seria moleza. Quando a gente é jovem, não tem muita referência.

Mas, conforme os meses foram passando, comecei a suspeitar de que tínhamos encontrado algo raro no nosso quarteto. Não havia rivalidades, nenhuma briga séria, apenas a química mágica de quatro personalidades que se equilibravam e complementavam. O máximo que eu esperava da escola era ficar quieta no meu canto, mas logo me dei conta de que nós quatro éramos considerados descolados e ao mesmo tempo intocáveis, já que formávamos um time.

Também ajudava que ninguém gostasse de ninguém romanticamente.

Justin estava fora de consideração, e Ed... Bom, Ed era só um amigo.

Eu só ia atrás de cretinos que se achavam incompreendidos, com vícios e maxilar definido. Eu era a fim do Jez, o principal fornecedor de maconha, um River Phoenix mais acabado que fazia faculdade ali perto, com quem tinha perdido a virgindade de forma bem insatisfatória alguns meses antes. ("River Phoenix? De Rio Fênix ele não tem nada. Está mais para *Córrego* Fênix, isso sim." Ainda consigo ouvir Susie dizer. "Córrego Pombo.") Eu ainda estava chocada por algo que era uma obsessão de 99% da cultura popular ser tão sem graça na prática.

Susie e eu discutimos sobre a essência de Ed uma vez, ponderando que ele era, de fato, muito bonito — do tipo que conseguiria um papel em *Dawson's Creek* — e bem alto, e adorávamos a companhia dele. Então por que ele não tinha nenhum apelo para nós?

— Ele é muito básico, né? — disse Susie, comendo a casquinha de chocolate de um picolé Magnum, enquanto estávamos sentadas nas espreguiçadeiras de seu enorme jardim, um gramado amplo e muito verde rodeado de hidrângeas rosa-choque.

Susie não queria nada com os garotos da nossa idade e estava envolvida com um médico de 27 anos, uma idade que parecia *muito* madura para a gente. Ele deixou ela experimentar morfina, o que achamos incrível. Olhando para trás agora, percebo que ele era um abusador que devia ter sido proibido de praticar medicina.

— Tipo, não tem nenhuma surpresa, nenhum segredo. Nenhuma *graça* no Ed.

— Hum, é mesmo — falei para a silhueta escura de Susie, já que tinha desistido de espremer os olhos e colocado meus óculos escuros gigantes.

— Fora que ele diz que tem o cabelo loiro-avermelhado, mas, dependendo da luz, fica mais acinzentado — concluiu Susie.

Ela não era do tipo que dava oportunidade para todos, em se tratando do padrão de beleza que exigia dos homens.

— Dependendo da luz, fica meio alaranjado. Eu gosto de ruivos com cabelo vermelho bem vivo — disse eu. — O Henrique VIII jovem era bem gato, sabia?

— Eca, ele parecia um tender de Natal! Você é tão sem noção — retrucou Susie. — Tenho certeza de que vai escolher os caras mais bizarros. Seu futuro marido deve ser um gênio recluso que faz xixi em potes de vidro com tampa hermética.

Rimos alto.

— Ele é tipo um irmão — continuei, voltando ao assunto Ed. — Vai ser um ótimo namorado pra alguém. Ele é muito gente boa e sabe escutar. Dá pra contar qualquer coisa pra ele.

Esse era um dos motivos para eu achar que Ed não era uma opção. A gente contava as coisas mais vergonhosas um para o outro e ria loucamente. Quando eu me interessava por um cara, tentava ser um enigma, impenetrável. Jamais contaria que uma vez tinha feito "cocô borbulhante".

— Mas não dá pra imaginar ele no meio das suas pernas — concluiu Susie, enquanto eu gritava de horror e constrangimento.

Para a gente, ele era o *Ed*. Nosso *amigo*. Não dava para imaginá-lo num contexto sexual, assim como não dava para imaginar, sei lá, os meus pais. (Só depois fui descobrir que meus pais não transavam mesmo.)

6

Deus dá risada quando contamos nossos planos e também solta um risinho quando nos ouve dizer que temos certeza de alguma coisa, tipo que nunca vamos nos apaixonar por alguém.

(Pois é, Deus para mim é homem, assim me sinto mais confortável de culpá-lo.)

Nós quatro fomos para a faculdade — todos mais ao norte, exceto Susie, que foi para Londres — e estávamos ao mesmo tempo animados e angustiados com a nossa separação, a saudade de casa e o mundo que se abria à nossa frente.

Por conta da logística de cada instituição, Justin e Susie partiram dias antes de mim e Ed. Aqueles dias pareceram meses de desolação; dava para fazer uma montagem triste de nós dois atravessando nevascas e desertos montados em jegues.

— Fomos abandonados! Já devem ter esquecido da gente! — reclamávamos enquanto gastávamos nosso tempo bebendo café, vendo filmes de ação de qualidade duvidosa no cinema e inventando uma competição para ver quem recebia as mensagens mais bizarras de Justin ou Susie. (Acho que Ed ganhou ao receber uma mensagem de Justin que dizia apenas: "MACARRÃO COM CALDO DE CARNE!".)

Vivíamos numa cidade fantasma sem nossos amigos. O pessoal da nossa idade tinha desaparecido e ido parar em dormitórios universitários espalhados pelo país.

Ninguém sofre de forma tão dramática como os adolescentes.

— O que vai fazer amanhã? — perguntei a Ed antes do nosso último dia no purgatório.

Estávamos comendo batatas fritas que vinham num cone, a respiração fazendo fumaça, e pensei no quanto estava grata por Ed estar ali. Ele era um porto seguro.

— Ah, tenho um jogo importante com o pessoal do futebol e depois vamos encher a cara no Trip.

— Quê?! E eu?! — chiei.

— Vem com a gente! O jogo não deve demorar muito — respondeu Ed.

Em geral eu não me enfiaria num rolê desse jeito nem seria tão carente, mas a perspectiva de ficar em casa sem fazer nada além de discutir com a minha mãe e Kieran, meu irmão mais novo, era bem pior.

A pelada era num parque no alto de uma colina, na zona norte da cidade e perto de onde moro hoje. O campo era numa descida que dava na avenida principal, e eu fiquei definhando na parte mais alta, com um exemplar da *Viz*, uma revista em quadrinhos, enquanto eles corriam.

Fiquei observando Ed interagir com os outros jogadores — seu bom humor, sua liderança nata, sua concentração. Suas pernas musculosas. Ver alguém que você conhece muito bem num contexto diferente é sempre estranho e um tanto impressionante. Você percebe que só aluga aquela pessoa por um tempo, que ela tem outras vidas além da que você conhece.

De vez em quando, ele me cumprimentava com um tipo de continência e eu acenava de volta. Estar longe de alguém faz você valorizar ainda mais a sua presença, e eu tive plena consciência do quanto gostava do Ed e como iria sentir saudade dele. Era como se tivesse acendido uma luz dentro de mim.

Percebi que, inconscientemente, eu tinha certeza de que meu futuro seria repleto de Eds — mas e se não fosse?

Ed trocou de camiseta no fim da partida e me flagrei hipnotizada pelos músculos definidos que eu nunca tinha notado e pelo jeito como ele botou a camisa limpa. Algo se agitou dentro de mim. Eu devia estar com os nervos à flor da pele para ficar secando o abdome branquelo — ainda que muito bem definido — de Ed. Susie ia rir muito quando eu contasse.

Fomos para um pub, chamado The Trip to Jerusalem, bebemos em canecas de vidro líquidos amargos e cheios de espuma que vinham de um barril e nos sentimos tomados de alegria, ansiedade e sentimentalismo diante da nossa partida iminente, rumo ao desconhecido. Aos 18 anos, sentimentalismo é algo raro.

A mãe do Ed insistiu em ir buscá-lo para garantir que ele não ia beber demais na véspera de sua viagem para Newcastle. Quando saímos do pub, vi o carro dela estacionando no fim da rua, mas estávamos longe o suficiente para que ela não nos visse.

— Tem certeza de que não quer carona? — disse Ed. — Está meio tarde para pegar ônibus.

— Ah, não se preocupa. Vai ser bom tomar um ar — respondi.

O motivo real era que eu tinha certeza de que ia chorar e não queria plateia.

— Bom. Então é isso, né? — disse Ed, me encarando ao anoitecer, com um sorriso triste.

Senti as lágrimas brotarem e um nó na garganta, e disse com a voz embargada, abanando o rosto como se estivesse com calor:

— Ai, meu Deus, que coisa mais idiota, a gente vai se ver em algumas semanas!

Nossa separação doía tanto, percebi, não porque achávamos que a distância era intransponível ou que o Natal estava muito longe, mas porque não sabíamos em quem iríamos nos transformar.

Talvez deixássemos de ser amigos ou pelo menos não fôssemos mais tão próximos. E se todo mundo voltasse dizendo que estava amando a vida nova e se comportando um pouco diferente, deixando claro que as prioridades e a intimidade haviam mudado? Fingindo que estava tudo igual, mas com uma nova distância imposta entre nós, como os fossos repletos de água ao redor dos castelos? Contando sobre estranhos com quem teríamos forjado novas alianças misteriosas, empolgantes e impenetráveis? Nada tinha tanto poder e mistério como o desconhecido.

— Eu vou sentir uma puta saudade de você, Evelyn Rose Harris — disse Ed.

Ele estava com a cara triste e eu nunca tinha ouvido aquele tom de voz tão desanimado. Em geral, Ed era tranquilão, a personificação da alegria.

Pouca gente sabia o meu nome completo. Havia uma ternura especial em ele ter escolhido usá-lo naquele momento.

— Vou sentir muita saudade — respondi. — Não me faz chorar!

— Vai mesmo? Sentir saudade de mim?

— Claro que vou.

Engoli em seco e tentei decifrar a expressão dele.

Ed lançou um olhar para o carro dos pais e soltou o ar pela boca.

— Quebra tudo em Yorkshire, hein? Nem sei por que estou dizendo isso, tenho certeza de que você vai arrebentar.

Ele deu um sorriso maroto, e senti um frio na barriga. Será que ele estava… flertando? Ed parecia meio suado, mas também lindo sob a luz alaranjada da rua, digna de um videoclipe. Ele tinha uma beleza clássica, e naquele momento eu não entendia por que me esforçara tanto para negar isso.

Por incrível que pareça, fiquei sem palavras. Ajeitei o cabelo atrás da orelha e senti o rosto queimar.

— Porra, Eve — soltou Ed, balançando a cabeça. — Eu te amo, tá? Tipo, estou apaixonado por você. Não sei o que espero que você faça com essa informação, mas é isso. Não podia deixar você ir embora sem falar.

Fiquei atordoada.

— Fala alguma coisa! Você está… com nojo? — perguntou com uma expressão ao mesmo tempo preocupada, constrangida e triunfante diante de sua própria coragem.

Sem pensar, respondi ficando na ponta dos pés e dando um beijo nele. Ed retribuiu, com a avidez de alguém que estava esperando e torcendo por aquele momento havia muito tempo. Ele me envolveu com os braços enormes e tive certeza absoluta de que era ali que eu deveria estar no universo inteiro, com a minha língua na dele.

Espera: então era *assim* que a gente se sentia quando se apaixonava, se apaixonava *pra valer*? Com o Jez Fornecedor de Maconha, não tinha sido uma coisa espontânea. Eu gostava dele por princípio. Gostava da persona dele. Queria que ele gostasse de mim, basicamente. Num segundo com Ed, entendi que dava para ter uma experiência muito mais instintiva, completa e multissensorial.

— Meu Deus, eu não fazia ideia de que você gostava de mim — sussurrou Ed quando paramos para tomar fôlego, e obviamente não respondi: *bom, eu mesma não sabia até algumas horas atrás.*

— Eu também não sabia que você gostava de mim! — falei, o que não deixava de ser verdade.

— Eu e mais uma galera. Vários caras são a fim da "misteriosa Evelyn Harris", inclusive eu — disse ele, o que era ainda mais surpreendente. Eu achava que todo mundo fosse a fim da Susie. E havia não só um, mas *vários* caras a fim de mim? — Ninguém tem coragem de chegar em você porque é superinteligente e difícil de impressionar. Os foras seriam terríveis.

Dei risada, ainda maravilhada com o giro que meu mundo tinha dado em questão de segundos.

BI-BI.

Olhamos na direção do barulho e a mãe dele estava piscando os faróis e tentando enxergar alguma coisa na penumbra à frente do volante.

— Me escreve? — disse Ed, com urgência, segurando minha cintura. — Você tem o endereço, né?

— Tenho, e você tem o meu. Me escreve! — pedi.

— Tá, vou escrever — respondeu ele, os olhos brilhando no escuro.

Ele me beijou de novo, rápido e com força, e correu para o carro. Eu sentia que meu coração ia explodir de felicidade, e que eu ia explodir de desejo entre as coxas.

Caramba, o que tinha acabado de acontecer? Eu havia percebido que estava apaixonada por um dos meus melhores amigos, sendo que no dia seguinte nós dois viveríamos em cidades diferentes pelos próximos três anos?

Naquela noite, dei risada — aquele timing parecia tão cômico. Mas na verdade era trágico.

7

Ainda tenho a carta, a única prova — para virar evidência num saco plástico ou ser exposta numa vitrine de museu. Ele escreveu em folhas pautadas, arrancadas com cuidado de um bloco A4. Quando fico emotiva demais pensando nos velhos tempos ou furiosa a ponto de querer exigir reparação, abro o envelope, desdobro as páginas e é como se estivesse de volta ao meu quartinho minúsculo em Leeds, as mãos trêmulas. Ele mandou na primeira semana, sem medo de parecer carente.

Lá estão as linhas escritas com caneta preta, que provam que o coração do Ed um dia foi meu:

Querida Eve (E.R.H.),

Conforme prometido, oi! Nossa, eu mal podia esperar para te escrever e agora estou com bloqueio criativo. Ou o equivalente disso quando você não é um escritor, mas está sentado mordendo a ponta da caneta no refeitório, preocupado, achando que vai parecer um idiota. Bom, eu não poderia ter escolhido momento melhor, né? Espero que esteja se adaptando bem. Newcastle é ótima, mas é bem frio aqui, ainda mais sem você.

Você deve estar se perguntando por que esperei até faltarem três minutos para a gente se despedir para dizer alguma coisa. Posso responder com uma palavra: covardia. Estava morrendo de medo de ser rejeitado e não conseguia identificar nenhum sinal de que você sentia o mesmo por mim. (Você ri das minhas piadas, mas podia ser por pena.)

Além disso, nosso grupo é muito importante para mim. Não queria fazer nada que pudesse colocá-lo em risco. Sempre pensei: e se você (de certa forma com razão) sentisse repulsa e ficasse um clima estranho e isso estragasse tudo? Sei que as coisas iam acabar mudando entre nós quatro, quer você sentisse o mesmo ou não. Principalmente se não.

Então, naquela noite no Trip, uma hora olhei para você. Você estava conversando com Nick Hennigan sobre o patinete dele, o que demanda paciência e um coração enorme. Eu não conseguia parar de te admirar — o jeito que você sorri e abaixa os olhos quando começa a achar graça, como se estivesse fazendo algo que não devia. Eu vivo só para ver esse sorriso. (Desculpa, sou péssimo nisso. Mas é assim que as cartas de amor funcionam, né? A gente escreve para passar vergonha, certo?)

Foi aí que me dei conta: eu não podia deixar você ir embora sem que soubesse como eu me sentia, não importava quais seriam as consequências. Eu tinha que dizer, nem que fosse só uma vez.

Aliás, Eve, não quero que pense que foi só um ar-roubo no calor do momento. Faz dois anos que estou apaixonado por você. (Isso é meio medonho? Estou sendo medonho, né?) O que estou tentando dizer é: você é *tudo* pra mim. Se quiser ser minha, já sou seu.

Escreve de volta.

Beijos,

Ed

P.S.: Me ocorreu agora que, se você estiver achando tudo isso intenso e exagerado demais, e aquele beijo (depois de tomar um porre de cerveja Saco de Velho e sidra Bunda Dolorida de Furão com 6,5% de álcool e sei lá mais o que tinha naquele monte de barril) não significou nada além de "ah tá, tchau, Ed", eu entendo. E imagino que ter que se explicar deva ser difícil. Então, se preferir que a gente continue sendo só amigo quando se reencontrar no Natal, é só não responder esta carta que eu vou entender o recado.

Rá! Eu era prevenida e já tinha ido na papelaria comprar papéis de carta verde-menta novinhos, então imediatamente mergulhei numa carta épica de cinco páginas. Apesar de repensar e reescrever alguns trechos, no mesmo dia enviei a resposta, fechando o envelope com durex para garantir privacidade e segurança.

Ed nunca mais escreveu, mas, apesar de ficar angustiada com isso, eu tinha certeza dos sentimentos dele e dos meus. Imaginei que, além de estar apaixonado, ele também devia estar surtando com o primeiro semestre da faculdade.

A falta de notícias só aumentava a expectativa de vê-lo. Por via das dúvidas, passei a mandar mensagens curtas contando sobre a faculdade, agora me despedindo com um inédito "beijos". Ele sempre respondia rápido, também mandando "beijos" no final. Então estava tudo bem? Eu achava que sim. Esperava que sim.

Mandar outra carta, quando a última tinha sido tão emotiva e cheia de detalhes, parecia exagero. Será que fora minha prosa fervorosa? Tinha sido demais? Não, acho que não. Eu lembrava a intensidade daquele beijo, do olhar dele. Eu era uma adolescente ansiosa e insegura, mas não tão insegura a ponto de achar que um cara apaixonado não ia querer ouvir que era um grande gostoso.

Talvez eu devesse ligar para ele? Criei coragem depois de duas cervejas lager com groselha e caiu na caixa postal. Ele ligou de volta no dia seguinte e perdi a ligação, mas a demora para retornar já tinha me deixado receosa. Ele não deveria ter ligado assim que visse a chamada perdida? Daí trocamos mensagens tipo "só a gente mesmo, hein!", e Ed desconversou com "ha-ha, talvez seja melhor falar pessoalmente?". Ainda assim, mandou "beijos" no final.

Obrigada pela carta. Beijos

Concluí, esperando mudar a direção das mensagens, mas recebi em resposta apenas:

☺ Beijos

Um pouco diferente das cartas que o Fitzgerald trocava com a Zelda.

Eu sabia que precisava pegar o touro à unha, mas não tinha experiência nenhuma com touros ou como pegá-los com a unha.

Era estranho. Parecia que ele estava me evitando, mas usava um tom carinhoso. Eu não queria forçar a barra e parecer grudenta. *Se quiser ser minha, já sou seu.* Ele tinha escrito, eu podia provar.

Nosso primeiro reencontro em Nottingham foi numa noite fria e enevoada de dezembro. Enquanto passava o delineador todo torto e limpava para passar de novo, admiti para mim mesma que a expectativa tinha se transformado em apreensão. Algo parecia muito errado.

Ed não deveria ter me chamado para sair só nós dois, um reencontro emocionante num canto escondido de um pub tradicional com janelas duplas, em que seríamos flagrados "trocando carícias", como dizem os tabloides?

Susie chegou antes dos garotos. Depois de compartilharmos nossas histórias de calouras, Susie comentou:

— Não acredito que o Ed já arrumou uma namorada.

Ela não estava olhando para mim; procurava distraída pela latinha de tabaco nos bolsos, então não percebeu que tinha me apunhalado com uma faca de pão.

Uma namorada o Ed arrumou uma namorada que porra é essa — uma O QUÊ?!, minha mente gritava, desvairada.

Susie estava ocupada bolando um cigarro na mesa de metal cheia de cinzas do lado de fora do bar qualquer que escolhemos para nosso reencontro. Era um boteco que vendia uma jarra de Sea Breeze, vodca com suco de cranberry e de toranja, por dez libras, o tipo de lugar que você nunca mais entra depois que passa dos 23 anos. O som de "Waterfalls", do TLC, vinha da entrada. É curioso como o trauma faz a gente lembrar as coisas nos mínimos detalhes.

Meu coração batia forte como o grave de um carro passando na rua.

— Namorada? — perguntei, com a voz pequenininha.

Uma esperança vã: será que ela estava falando de mim? Será que Ed havia tido a pachorra de dar a notícia sozinho, omitindo minha identidade para fazer uma grande revelação depois? No fundo, eu já sabia a resposta.

Eu tinha receio de que ele tivesse perdido o interesse, mas fui ingênua demais, crente demais de que estávamos *mutuamente apaixonados* para imaginar que poderia ter uma usurpadora na jogada.

Meu sorriso nervoso parecia a linha trêmula de um polígrafo quando dei uma tragada no meu Vogue Superfino de Menta. (Naquela época, tentei virar fumante por seis meses, até que fiquei com uma tosse horrível e achei que estivesse com câncer de pulmão. Susie me proibiu daí em diante. "Você gosta de parecer ousada mas no fundo não é, Eve. Você veste o uniforme, mas não aguenta o expediente.")

— É, ele não te contou? *Hester*. É a cara do Ed conhecer a futura esposa no primeiro ano da faculdade, né? Estava escrito. Era inevitável. Tipo ele acabar sendo presidente de todos os grupos estudantis.

Hester. *Hester?* Eu estava sem palavras, não conseguia responder. A crueldade daquilo me eviscerava. Eu tinha dado meu coração a Ed, que o tratara como o Hannibal Lecter.

Minha mãe gostava de dizer que eu não fazia ideia de como os homens podiam ser cretinos — ainda que ter assistido a meu pai mudar de país logo após o divórcio tivesse deixado isso bem claro, mas aparentemente minha mãe achava que ser a filha e não a esposa nessa situação fosse menos doloroso.

Naquele momento, senti aquela ameaça materna se tornar realidade com força total.

Como alguém tão gentil, familiar e (eu achava) sincero como Ed Cooper poderia fazer algo assim? Era inexplicável. Era *perverso*.

— Ah, lá estão eles, nossos maridos de mentirinha! — disse Susie, e Ed e Justin vieram caminhando confiantes até nós, passando pela multidão da sexta à noite.

É, meu marido de mentirinha que já tem namorada.

Ed mal conseguia me olhar nos olhos e, mesmo quando nos cumprimentamos com um abraço, ele deu um jeito de não fazer nenhum contato físico. Irradiava culpa.

— Está frio pra caralho aqui — disse Justin, assoprando as mãos. — Dane-se esse hábito nojento de vocês, a gente vai entrar.

(Ele começou a fumar um mês depois, seguindo a lei tácita de que tudo que Justin critica na verdade está pensando em fazer.)

— Queridinho, como foi que arranjou uma namorada tão rápido? — questionou Susie, de imediato, assim que chegaram nossas bebidas.

Ed murmurou explicações indistintas e ridículas sobre eles terem várias aulas juntos, e eu encarei furiosa a marca rosa de batom no meu copo, que não era minha.

— E você vai para a Cornualha passar o Natal com a família dela? Uau. Ed realmente tinha me deixado por fora das novidades.

— Dum dum dum du-du-dum dum — cantarolou Justin, no ritmo de "Under Pressure", do Queen.

Eu sentia um nó na garganta e pedras no estômago.

— A irmã mais velha dela está bem doente, com encefalite, e os pais não saem do hospital. Eu disse que vou fazer o almoço de Natal para eles.

Ah, nossa, Ed. Como você é maravilhoso.

— Ninguém sabe se ela vai conseguir se recuperar totalmente — explicou Ed.

Ele arriscou um olhar para mim, talvez torcendo que eu reconhecesse que era um empenho bom e necessário. Quase cuspi um desaforo: *mesmo se ela tivesse sete irmãs doentes, você continuaria sendo um mentiroso filho da puta traidor.*

— Quero ver foto dela! Mostra pra gente! Nem consigo imaginar essa *femme fatale* maravilhosa que te laçou tão rápido — disse Susie.

Susie não fazia ideia de como suas palavras aumentavam minha agonia, era como se ela estivesse apertando os parafusos de um móvel. Me reconfortava um pouquinho o fato de que Ed também parecia estar torcendo para que se abrisse um portal para outra dimensão lá fora, perto do cavalete que anunciava as promoções do happy hour no bar.

Relutante, ele mostrou uma polaroide na carteira e vi de relance, sem demonstrar emoção, um borrão de luz dourada, um borrão que ainda assim conseguia ter traços fenomenais e uma boca grande e sexy. Ela era linda e não se parecia em nada comigo. Claro. O diabo não faria o serviço pela metade.

— Uma Marilyn que vai se tornar sua Jackie — comentou Justin.

— Ah, vamos com calma — respondeu Ed.

— Aposto que é verdade. Aposto que você vai se casar com ela — afirmou Susie.

Não consegui achar nada para dizer. Queria chorar como um bebê, queria gritar, queria dar um tapa na cara do Ed — um bem ardido, com a palma inteira, como as mulheres desprezadas costumavam dar nos filmes antigos, fazendo o cara levar a mão ao rosto e piscar incrédulo.

Em vez disso, esperei até ter passado tempo suficiente para não parecer suspeito e fui ao banheiro, onde dei uma vomitadinha humilhante.

Uma hora depois, Susie também foi ao banheiro, na mesma hora que Justin foi até o balcão do bar, e Ed e eu finalmente ficamos sozinhos.

Houve um momento excruciante em que Ed olhou para mim, tentou falar alguma coisa e não conseguiu, abrindo e fechando a boca. Eu estava anestesiada de vinho branco barato, que de início ajudara a acalmar minha garganta e ficar quieta. Agora tinha o efeito oposto, me fazendo despejar as palavras.

— Você podia ter me contado — falei, quando ficou claro que ele gastaria pelo menos metade do minutinho que tínhamos nessa tentativa inútil de se explicar aterrorizado, sem conseguir falar nada. — Por que você me escreveu? — continuei, direta e seca. — Você não precisava ter escrito a carta. "Eu te amo" e daí isso?

— Você não escreveu de volta — respondeu Ed, o rosto culpado se erguendo em surpresa, o queixo caído. — Eu disse que, se você não escrevesse de volta, eu ia saber que você não... queria...?

— O quê? — retorqui. — Eu te respondi, sim!

Nos encaramos, sem entender. Que meu coração estava partido era fato. Mas a possibilidade de ter sido por engano, e não por pura crueldade, era um novo tipo de tortura que eu nem imaginava poder existir nesse inferno.

— Eu não recebi — disse Ed, balançando a cabeça, com o rosto abatido. — Eve. Você precisa acreditar em mim, eu não recebi. Eu não teria... — Ele parou de falar de repente.

— Eu mandei no mesmo dia que recebi a sua carta — falei. — Pelo correio expresso. Mandei tipo uma hora e meia depois. Deveria ter chegado no dia seguinte.

Era humilhante admitir minha impaciência, mas necessário.

— Onde foi parar? — questionou Ed, mas eu não tinha a menor condição de levantar hipóteses. — Espera, que mês que foi...? — perguntou, então, falando na velocidade de seus pensamentos, passando a mão pelo cabelo bagunçado enquanto falava: — Puta merda! Teve um alagamento na cozinha... tivemos que jogar um monte de coisa fora, e Raf disse que tinha umas cartas no meio. Elas ficaram todas borradas, então não dava pra saber pra quem eram. Eu não achei que você fosse responder tão rápido, senão teria te perguntado se mandou alguma coisa... Não passou pela minha cabeça que eu já teria recebido uma resposta sua.

— Bom, você tinha recebido.

Mordi minha bochecha para não chorar.

— Me desculpa — disse Ed. — Não acredito. Eu não teria...

— Começado a namorar sério? — completei, ácida.

— Ainda não sei se é sério — falou Ed, me encarando, tentando entender em que pé estávamos.

Mas era uma causa perdida, eu sabia. Qualquer fio de esperança que ele me desse era para aliviar seu desconforto, não para nos levar de volta aonde paramos.

— Hora dos shots! — gritou Justin animado, voltando para a mesa com uma bandeja.

E foi isso. Minha porta com Ed Cooper tinha se fechado.

Nas semanas de choro e subnutrição que se seguiram, disse a mim mesma: *você vai superar, vai se apaixonar por alguém na mesma intensidade, alguém que te complete tão bem quanto ele. Paixão adolescente. A fila anda.* Tentei agir comigo mesma como uma colunista de relacionamentos, adulta responsável, voz da razão.

Bom, as frases prontas não adiantaram de nada. Houve épocas em que a dor foi menor, e outras em que foi enorme, mas sempre esteve comigo, sempre doeu.

E, como eu e Ed continuamos amigos próximos, passei a ser constantemente lembrada do nosso relacionamento improvável. Nunca contei a Susie nem a Justin: por que tornar a situação ainda mais esquisita à toa?

Já me perguntei milhares de vezes se a carta perdida torna tudo pior ou melhor.

É melhor no sentido de que pude me reaproximar de Ed, sabendo que ele não era um vilão. Mas talvez eu precisasse de crueldade implacável para superá-lo. Com ou sem carta, ainda assim ele não me amava o suficiente para terminar com Hester nos meses que se seguiram. Ela era um partidão, eu sabia disso. O ano da recuperação da irmã dela foi um período em que Ed teve que estar presente, e então pronto, o relacionamento tinha ficado sério.

De vez em quando, Ed baixa a guarda e vejo algum indício de que ele ainda sente algo por mim. Isso acontece com a frequência exata para eu nunca perder a esperança.

Um olhar mais longo do que deveria depois de rirmos juntos. A preocupação de que meus *dates* de aplicativo sejam psicopatas. O modo como desvia o olhar sempre que visto algo mais justo ou mais curto que de costume, algo que nunca faz com outras mulheres. Ou a forma como fica sentado em silêncio quando Justin ou Susie fazem piadas vulgares sobre minha vida amorosa. A descrença — e a pequena, mas notável distância — que sempre teve em relação ao meu ex, Mark. O jeito como me pede conselhos sobre problemas familiares ou de trabalho, e eu sei sem a menor sombra de dúvida que ele me considera uma interlocutora mais sensata do que a volátil Hester. "Você sempre tem conselhos tão bons", diz ele.

Ed sempre deixa claro que, se eu precisar, ele vai largar tudo. E todos. Quase todos.

Às vezes minha amizade com Ed parece incrível e positiva, porque é bom saber que posso me sentir assim em relação a alguém e ver sua adoração resplandecente em troca. Outras vezes parece uma entrevista de emprego eterna, em que me mato para mostrar que sou perfeita para um cargo que já foi preenchido.

Eu sei o que alguém sensato diria se eu contasse tudo isso (ainda que nunca tenha contado).

Se ele realmente fosse o cara certo para você, se sentisse mesmo alguma coisa, teria terminado com ela.

Talvez seja verdade, talvez seja fraqueza de caráter. Pode ser que o que ele sente pela Hester seja mais forte do que ele jamais sentiria por mim, e não existe um jeito bacana de dizer isso.

Mas acreditar que "se ele não me desejava o suficiente, jamais conseguiria me fazer feliz" não é apenas uma forma elegante de dor de cotovelo? Não é o que a gente diz para se convencer de que nossa desilusão nem deveria existir? "O que é nosso está guardado." Todo mundo sabe que isso não passa de uma fantasia para nos consolar e que talvez a gente nunca encontre o que está guardado para nós, por mais que procure.

Ah, e esse confidente imaginário também me diz que, se a carta não tivesse sido destruída graças ao encanamento mequetrefe, Ed e eu teríamos tido encontros meio desajeitados mas eletrizantes ao longo daquele primeiro semestre, e isso provavelmente teria durado no máximo até completarmos 20 anos, já que amores adolescentes são como fogo de palha.

Pode ser que sim. Pode ser que não. Será que poderíamos ser nós dois ficando noivos hoje? O relacionamento com Hester durou. Ele consegue ser monogâmico, sabe assumir um compromisso. Minha conclusão é: não há nenhuma regra que determina que a pessoa indisponível por quem você vai passar a vida inteira arrastando a asa tem que ser o melhor ser humano do mundo.

Mas isso não torna a perda dele menos dolorosa.

8

O barulho do alarme digital perfura meu crânio e me causa uma dor física, como se alguém estivesse enfiando um hashi na minha orelha.

Por uma fração de segundo, tenho aquela sensação horrível de não saber por que me sinto completamente destruída, para então lembrar vagamente tudo o que bebi e a que horas fui dormir, e ter a plena consciência de que cada instante de agonia hoje é culpa da minha própria idiotice.

Eu poderia dizer no trabalho que fiquei doente, mas meu emprego não é tão garantido e, considerando que faltam apenas oito horas para o fim de semana, o melhor a fazer é encarar o expediente, movida por Coca diet, salgadinho e vergonha profunda.

Trabalho para um site de notícias que cobre o que descrevemos vagamente como "cena noturna", chamado *Noitada Urbana* — há tempos apelidado pelos funcionários de Cagada Urbana ou Noitada Sacana. Os usuários que pagam uma taxa de inscrição podem logar, digitar uma data, e o site dá informações sobre o que está rolando em todo o país com ingresso disponível ou mesa vaga para quatro pessoas, coisas assim. "Tipo o Decolar.com, mas para sua vida social!" é o slogan. Cobrimos a região das Midlands Orientais, mas é um serviço nacional.

Há dois integrantes da equipe que poderíamos chamar educadamente de repórteres, mas que, na verdade, não passam de robôs de 20 e poucos anos que fazem mineração de dados brutos, chamados Lucy e Seth, e mais dois integrantes, eu e Phil, que poderíamos chamar educadamente de revisores, mas na verdade não passam de ex-jornalistas de 30 e poucos e 50 e tantos anos que não sabem mais como usar suas habilidades praticamente inúteis nos dias de hoje.

Eu reviso o texto para ver se não corremos risco de processo e se não tem erros de gramática, e então posto incluindo fotos e chamadas engraçadinhas que sirvam de caça-clique para millennials escrotos. Tipo:

Meu namorado disse que me trocaria pelo molho de amendoim deste novo restaurante japonês em Leicester: devo me preocupar?

Ou:

O que é melhor do que um show do Lewis Capaldi na Nottingham Arena? Isso mesmo: DOIS (não, a resposta não é "nenhum", cala a boca)

Não, eu não tenho uma boa autoestima nem me sinto criativamente realizada, obrigada por perguntar.

Costumava escrever para o jornal local. Quando vi o jornalismo impresso ir por água abaixo, pulei para este outro barco, que estava um pouco menos submerso.

Mark, meu ex, sempre dizia que eu devia ir para Londres e trabalhar num veículo de alcance nacional se eu quisesse algo melhor. Ele provou que tinha razão. Tinha razão sobre muitas coisas, então me preocupo que talvez estivesse certo sobre as coisas em que eu podia jurar que ele estava errado.

Roger Rajado não tem o menor respeito pela minha fragilidade e, quando entro na cozinha, está na mesa rugindo, me chamando para dar comida.

Pego o sachê no armário e tento não vomitar quando um retângulo de pedaços de Whiskas numa gelatina amarela escorre do pacote para o pote de Roger, fedendo a fígado. Ele faz barulhos que nem o Come-Come da *Vila Sésamo* quando avança para a comida.

Me arrasto escada acima, tiro o pijama e entro debaixo do chuveiro superquente. Não consigo evitar olhar com desânimo para minha xoxota aparentemente repulsiva debaixo da água corrente. Eu já tinha ouvido falar desse tipo de homem sem pelos que exigia que as mulheres fossem iguais, mas achava que viviam em outro habitat, tipo academias ou os bairros hypados da capital.

Parece karma o fato de que minha tentativa de transa casual motivada em parte por vaidade — *olha só como é fácil eu conseguir transar* — tenha feito com que eu me sentisse como a última cadela velha e com sarna do abrigo. Tenho a xoxota sarnenta.

Pego um vestido mais arrumado porque hoje, mais do que nunca, meu ego não suportaria estar vestida de "Bruxa Má disfarçada de vendedora de maçãs", como eu e Susie descrevemos nossos dias de trajes duvidosos.

No trajeto de ônibus sacolejante até o centro, cogito me distrair da náusea mandando um *teaser* da história do Zack Bolas Depiladas para Susie, mas recebo chamadas persistentes de um número fixo desconhecido. Apenas amadores atendem números desconhecidos, porque podemos acabar no meio de várias conversas indesejadas.

O escritório fica numa área boêmia do centro, Hockley, mas — infelizmente — num porão. A gente não se dá conta de como precisa de luz natural até ficar sem. Até góticas como eu.

— Bom dia, vadias! — diz meu colega de mesa, Phil, quando eu e minha colega mais nova, Lucy, entramos. — Hum, a noite foi boa ontem, hein, Eve? Você está mais verde que uma ervilha enlatada.

— Valeu.

— Uma ervilha enlatada adorável, devo dizer. Uma ervilha cheia de feminilidade. Não verde tipo a bruxa de *O Mágico de Oz*.

— Uma ervilha enlatada cheia de feminilidade. Essa sou eu.

Pego um café da jarra que fica no aparador. Phil tem seus 50 e tantos anos e o que Lucy chama de "barba pronta para uma reunião de conselho", o que por algum motivo me faz gargalhar alto. ("Tipo a de um parlamentar, sabe? Não igual à dos caras que usam gorro e têm os braços cheios de tatuagem.")

Phil costuma confundir "ser ignorante e ofensivo" com "ter um ótimo senso de humor e personalidade expansiva". Ainda assim, em geral nos damos bem, graças à minha decisão pragmática de não levar suas ofensas para o pessoal. Prefiro mil vezes que Phil seja grosso e sincero do que uma cobra ardilosa.

— Você está fazendo os textos sobre as baladas em pistas de patinação? —pergunta ele, e confirmo.

Considerando que estou fisicamente destruída, vou ter que me apoiar em trocadilhos.

Dançando e deslizando? Ferveção na patinação? Meu Deus, que péssimo. Rock'N'Rodas?

Meu celular se ilumina com o nome de Ed. Argh, não é comum ele mandar mensagem nesse horário, então deve estar querendo falar sobre o pedido de casamento. Eu não mereço ter que fazer Ed se sentir bem por ter aceitado. Não. De jeito nenhum. Pego dois comprimidos de Advil fazendo careta para a tela.

— Isso aí é um desperdício de dinheiro, sabia? — diz Phil, indicando os comprimidos. — É ibuprofeno. Você está pagando a mais só pela marca.

— É que eu amo o capitalismo e dívidas — respondo.

— Você deve amar esse emprego, então.

— Do fundo do coração.

— Os políticos deveriam estudar esse fenômeno do Advil. É tudo ibuprofeno. As pessoas jogam dinheiro fora só por causa de um logo na embalagem.

— Vai ver já estudaram.

Phil continua olhando com desconfiança para o meu Advil, irritado por eu não ter mordido a isca da discussão.

— Escutem só este comentário no site — diz ele, para uma sala com apenas duas mulheres que estão tomando café e não querem dar ouvidos. — "Uma matéria sobre OS MELHORES RESTAURANTES PARA CASAIS não é nada inclusiva, desconsidera os solteiros e faz a gente se sentir excluído ou que não é bem-vindo nesses lugares. Por favor reconsiderem essa abordagem heteronormativa dos relacionamentos." Caramba. A vida é dura. Nem todo mundo pode trepar com a Beyoncé. Ei, o que acham dessa resposta: "Com essa alegria de viver contagiante, é mesmo surpreendente ninguém querer te namorar, Sarah"?

Dou risada.

— Acho que vai viralizar e você vai acabar demitido.

— É, tem razão.

LIGAÇÃO PERDIDA DE ED COOPER aparece na tela. O celular pisca com ele tentando me ligar de novo. Ah, cara, fala sério. Me deixa em paz.

Uma mensagem aparece, e deslizo a notificação para abrir.

> Se estiver lendo esta mensagem, por favor, responde. Não é sobre ontem à noite e é urgente.

"Não é sobre ontem à noite" é estranho e ao mesmo tempo significativo. Ed está deixando implícito que sabe que eu evitaria o assunto?

O celular toca de novo e, um tanto surpresa, atendo.

— Oi — digo. — Espero que seja...

— Você está no trabalho? — interrompe Ed, sem me cumprimentar.

Ele está usando a voz de professor. Sinto um embrulho no estômago. Será que ele viu nossas mensagens sobre Hester? Existem poucas sensações piores do que ser obrigado a se defender quando a sua única desculpa é: *eu não sabia que você ia descobrir*.

— Estou...?

— Pode ir para algum lugar reservado?

— Por quê?

— Você pode ir lá fora ou para o banheiro ou algo assim, para não ter um monte de gente por perto? Algum lugar onde você fique sozinha. Pega sua bolsa e o casaco. Faz isso, confia em mim.

Dou uma olhada nos meus colegas; ambos estão entediados e então começam a prestar atenção. É engraçado como o ritmo acelerado de uma conversa atípica é tão facilmente detectável, apesar de eles só ouvirem o meu lado da conversa.

Estou apavorada sem saber por que raios Ed quer que eu pegue as minhas coisas. Por acaso ele vai aparecer dirigindo uma van suspeita e me levar embora?

— Tá, peraí.

Passo o braço pelo casaco discretamente, mantendo o celular preso entre a orelha e o ombro, pego a bolsa, subo as escadas e vou até o ar gelado do lado de fora. O escritório fica numa rua tranquila, em frente a um estacionamento, então não tem quase ninguém de dia, exceto eventuais entregadores.

— O que aconteceu? — pergunto.

— Você está na rua?

— Sim. Você está me assustando. O que foi?

Há uma pausa, e uma lufada de vento me atinge enquanto tento ouvir qualquer som que venha do celular.

— Ed? Você está aí? — repito. — Pelo amor de Deus, fala alguma coisa.

Estou tremendo.

— Estou aqui.

Por algum motivo, sei que este momento é um divisor de águas, que estes são os últimos segundos de normalidade antes que uma bomba exploda. Não faço ideia do que seja, mas sei que está prestes a explodir.

— Eu preciso te contar uma coisa... uma coisa horrível, e não sei como falar.

A voz dele não está normal. Está mais grave e ainda assim trêmula, me dá tanto medo que eu poderia vomitar — e não tem nada a ver com os resquícios do martíni de lavanda que meu organismo ainda está processando. A adrenalina curou a ressaca, na verdade.

— Fala!

Meu corpo e o tempo parecem congelar. Tento me enganar: será que tem a ver com o casamento? Será que ele cancelou tudo? Sei que

78

não é isso. Sei que é algo horrível e minha mente está girando com todas as possibilidades sem conseguir focar em uma.

— Merda. Tá. Vou falar de uma vez porque não tem um jeito bom de dar esta notícia. A Susie morreu, foi atropelada por um carro ontem à noite, e eu sinto tanto, tanto.

Ele diz tudo num fôlego só, e por um segundo fico atordoada, como se tivesse sido atingida na cabeça por uma arma de eletrochoque. Começo a tremer com muita força, como se estivesse num frigorífico.

Estou furiosa com ele. Isso é *cruel*. Não se brinca com uma coisa horrível dessas só para assustar as pessoas, isso é... é...

— Por que está dizendo isso? Por que faria uma brincadeira dessas? É uma coisa horrível de se dizer, Ed! — Eu praticamente grito. — Ela não morreu! Você sabe que não!

— Eve, morreu, sim, e eu sinto muito, muito mesmo. Meu Deus.

Pelo arquejo quando toma fôlego, dá para perceber que ele está chorando.

— Não, ela não morreu! Ela estava com a gente horas atrás! Por que você está fazendo isso? É doentio!

Percebo, quando termino de falar, que não tenho mais oxigênio. De repente, me sinto incapaz de falar e respirar ao mesmo tempo. Puxo o ar com força, como se fosse por um canudinho. Sinto os joelhos vacilarem. Me apoio na parede.

— Ela estava andando para casa quando um motorista perdeu o controle, subiu na calçada e a atingiu. Ela morreu pouco depois de chegar no hospital.

Parte de mim sabe que essa informação só pode ser real, mas outra parte registra como falsa. Mulheres de 34 anos não morrem de um dia para o outro assim, depois de um quiz no pub. Sem nenhum aviso.

É um absurdo tão grande que eu poderia desmaiar. Eu vou desmaiar. Talvez eu ainda esteja bêbada ou seja uma alucinação. Me arrasto pela parede e me agacho na calçada, a bolsa largada ao meu lado.

— Você está bem? — pergunta Ed. — Quer dizer, não, eu sei que não — conclui ele. — Tem algum lugar pra você sentar?

— Eu estou sentada — disparo. — Ela me mandou mensagem! Não pode ser verdade. É algum engano... Estou com a mensagem aqui.

(*Que não posso ler para você.*)

— Quando ela mandou?

— Pouco depois de a gente ir embora do pub... Onze e meia?

— Aconteceu logo depois da meia-noite.

Olho para o chão de concreto sujo e sinto a visão embaçar, como se eu estivesse prestes a apagar.

Ponho a mão na parede para me endireitar e me pergunto como nunca reparei nas paredes antes — o calor da manhã ainda nos tijolos, a textura áspera e porosa contra a palma da minha mão. A forma como a argamassa gruda nos dedos igual creme de manteiga em um bolo.

— Vem me encontrar no hospital. Vou ficar te esperando na frente do pronto-socorro do Queen's Med. Você consegue pegar um táxi?

— Consigo — respondo, porque é o que devo dizer.

Não faço ideia do que consigo ou não fazer.

— Eve, pode parecer idiota o que vou dizer, mas não me importo. Anda até o táxi com cuidado, senta em algum lugar se sentir tontura e olha para os dois lados quando for atravessar a rua. Você ainda está em choque. Preciso que chegue aqui em segurança.

— Tá bom.

— Não posso te perder também.

As primeiras lágrimas quentes escorrem pelo meu rosto. Meu peito se contrai e não consigo responder. Ele não perdeu Susie, nós não a perdemos.

— Me liga de novo se precisar. Vou ficar aqui esperando até você chegar — afirma ele.

— Tá — consigo responder, e limpo o rosto com a manga da camisa.

Encerro a ligação e encaro a sarjeta, onde uma embalagem de batatinha é levada pela brisa. Consigo ouvir o apito de um carro dando ré na próxima rua, a música do rádio escoando pelo vidro aberto. Olho para cima, para o cinza sujo e aguado do céu nublado.

Esta cena é monótona, mas ainda assim parece que fui jogada em uma ficção científica distópica. Eles escolheram os cenários da minha vida.

Como todo mundo pode continuar vivendo, como tudo pode continuar como sempre, se Susie morreu?

Ela não pode ter morrido. Susie, *morta*? A palavra é como um tiro, uma explosão. Um sacrilégio. Cogitar isso é imoral, impossível, terrivelmente feio.

A realidade fugiu do meu controle quando eu não estava prestando atenção, mas tenho certeza de que posso agarrá-la de volta. Se eu acreditar com muita força que isso não aconteceu, consigo trazê-la de volta. É um engano. Tem que ser. Mas essa situação requer minha atenção imediata para resolvê-la. Eu me surpreendo com a intensidade dessa convicção.

A porta ao meu lado abre de uma vez e Phil emerge. Ele olha para mim espantado enquanto me levanto, ainda tremendo.

— Você está bem? Porra, parece que viu um fantasma com as bolas de fora. O que você andou bebendo, pinga?

— Minha melhor amiga morreu — digo, testando a frase pela primeira vez em voz alta, ainda que soe cem por cento falsa.

Phil fica horrorizado.

— Num acidente de carro. Preciso ir para o hospital. Pode avisar para Kirsty onde eu estou se ela perguntar?

— Caramba, sinto muito, Eve. Caralho! Claro — diz ele.

— Obrigada — respondo, pegando a bolsa e caminhando mecanicamente em direção ao centro da cidade e ao ponto de táxi.

Parece que minha alma saiu do corpo e está me dando as direções.

Eu me sinto como um saco de roupas sustentado por um esqueleto.

Alunos de uma faculdade próxima passam por mim, conversando e rindo alto, como se não fosse algo abominável de se fazer agora. Como se nada tivesse acontecido.

9

Tentar me segurar para não vomitar no trajeto até o hospital é uma distração inesperadamente útil. Ela me obriga a priorizar o físico em detrimento do emocional e me concentrar em engolir, respirar, agarrar o cinto e manter os dois pés apoiados no chão trepidante do táxi. Foque no que é real, no agora, preocupe-se com o futuro quando ele chegar, daqui a alguns minutos.

Quando o táxi chega ao hospital e começa a serpentear até a entrada principal, vejo a placa vermelha do pronto-socorro e sou tomada por um terror absoluto. Acho que nunca me senti tanto como uma criança, nem na infância. Quero correr para os arbustos e me esconder de tudo isso. Quero que um adulto faça ficar tudo bem, que me proteja.

— Aqui está bom? — pergunta o motorista, me olhando com curiosidade pelo retrovisor.

— Está, sim — digo, e deixo uma nota no compartimento do vidro que nos separa antes de sair desajeitada do carro.

Vou ver o Ed e, quando o vir, tudo vai se tornar real.

A questão é: isso não pode ser real. Não pode. Mas ele nunca mentiria pra mim.

De início não consigo localizá-lo e meu coração acelera. Era uma pegadinha. Alguém me ligou fingindo ser o Ed?! Não pode ter acontecido, não pode ter acontecido, não pode...

— Eve! Eve? — chama Ed, e procuro ao redor.

Ele está com uma camiseta amarrotada e uma parca jogada por cima. Seu rosto se contorce e então sinto meu próprio rosto fazer o mesmo. Quando nosso olhar se encontra, desmorono. Ele se inclina rápido e me envolve com os braços, e eu afundo o rosto no algodão brilhante da sua jaqueta. Nunca apreciei tanto sua altura de mais de um e oitenta, e olha que já apreciei muito. Nos abraçamos com tanta força e tanto desespero que parece que estamos no convés de um navio naufragando.

— Eu sinto muito, eu sinto muito — repete Ed sem parar.

— Não é sua culpa... — murmuro várias vezes em resposta.

— Liguei para o Justin. Ele só vai conseguir sair do trabalho à tarde — diz Ed, secando as bochechas enquanto nos soltamos.

— Aham.

Claro, Justin. Num contraste extremo com seu jeito irreverente e com a imprudência da sua vida pessoal, Justin trabalha como cuidador. Ele é responsável por um abrigo para idosos na região.

— Quem te avisou? — pergunto.

Sinto frio de novo, muito frio. Meus dentes batem e preciso me esforçar para disfarçar.

— A polícia. Na carteira dela tínhamos eu e você como contatos de emergência. Parece que a bolsa dela foi jogada longe do... Eles só encontraram depois. Disseram que você não tinha atendido. Foram atrás do pai dela, mas...

Ed dá de ombros.

— Meu Deus! O pai dela.

Eu estava tão preocupada pensando na gente que nem lembrei da família dela.

— Acho que ele não entendeu o que disseram, falou que a filha devia estar na aula — conta Ed.

O pai de Susie tem dado sinais de demência há um ano e meio, mais ou menos. Fazia um tempo que eu não perguntava nada para ela, Susie não gostava de falar sobre isso. A mãe dela morreu anos atrás, e o irmão mora no exterior.

— Eu não fazia ideia de que a situação dele estava tão ruim — comento.

— Nem eu... O médico quer falar com nós dois juntos — diz Ed.

A palavra "médico" me atinge em cheio, mas uma parte de mim ainda resiste, esperançosa. Médicos fazem as pessoas ficarem bem. Ed disse que ela estava morta, mas pode ser que esteja em coma. Demoraram para achar a bolsa dela, podem ter misturado os prontuários. Ainda não é definitivo.

Olha, é de Susie Hart que estamos falando. Pessoas morrem o tempo todo, mas Susie não é uma delas.

— Eve? Vamos falar com ele?

— Sim — digo baixinho, e pego a mão que Ed estendeu.

Nunca andamos de mãos dadas antes. Nem preciso dizer que nunca imaginei que seria num contexto como este.

Ed me conduz pela recepção movimentada, iluminada e com cheiro de antisséptico, e diz algo que não escuto para a mulher atrás do balcão, acho que é o nome dele. Ela se vira e faz uma ligação interna em voz baixa.

Não parece nem um pouco abalada, e fico admirada com isso, com como deve ser algo comum para ela. Ela treina todos os dias para ser educada e profissional diante de pessoas que parecem chocadas e desnorteadas, como se tivessem acabado de sair de uma máquina do tempo.

Nos segundos de espera, Ed se vira para mim e parece prestes a dizer algo, mas não diz nada, porque o que dizer numa hora dessas? Qualquer comentário, consolo, frase de apoio ou esperança, qualquer discussão prática sobre os próximos passos, é tudo impossível, inútil. Estamos além de qualquer conversa.

Observo ao redor.

Será que Susie foi trazida às pressas, horas atrás, pessoas de jaleco ao redor da maca, segurando uma bolsa de infusão no alto, a máscara de oxigênio presa ao rosto dela? Ou será que ela nem chegou a ser uma emergência?

Alguém chama o nome de Ed. Aparece um homem de meia-idade com crachá, e o seguimos através de portas duplas para outra ala do hospital, por um corredor, até uma saleta. Ele mantém uma expressão de pesar respeitoso. Não demonstra muita emoção, mas também não é frio. Assim como os motoristas de carros fúnebres, sempre de luvas brancas sem jamais fazer contato visual direto.

Sinto os músculos da barriga se contorcerem quando ele pede para nos sentarmos. Nesta sala vazia, meu olhar logo se fixa na caixa de lenços na mesa.

Quando ele começar a falar, vai se tornar real. Se ele disser que foi tudo um grande engano e que Susie está internada com a perna quebrada ou que está em cirurgia neste instante, essa será a nova verdade. Esse homem é quem controla a vida e a morte, aquele que tem o poder de devolvê-la ou tirá-la de nós, para sempre.

Enquanto ele vai até a porta e a fecha, imagino as palavras que pode usar. Implorando para não processarmos o hospital por causa desse erro tão grave.

"Isso nunca aconteceu antes, porém, mesmo envergonhado, me sinto absolutamente aliviado de contar o que aconteceu."

O alívio que percorreria meu corpo e o de Ed seria estonteante. Mas e se ela tiver sofrido uma fratura? Ainda assim… ela pode fazer fisioterapia, podemos ir atrás do que precisar…

— Olá, Ed, Eve — cumprimenta ele.

Nunca tive tanto medo de ouvir alguém falar.

— Meu nome é Gareth Prentice, sou médico e estava na equipe que recebeu Susie quando ela foi trazida pela ambulância.

Trazida. Acho estranho o verbo na voz passiva, como se Susie fosse uma marionete na peça que estão encenando.

— Quem chamou a ambulância? — disparo.

— Uma pessoa que viu o que aconteceu.

Não consigo imaginar Susie indefesa.

— Eu sinto muito... — começa ele, depois de respirar fundo, e desabo logo em seguida, soltando um grito estrangulado.

— Ei, calma, calma, shhh — diz Ed, passando o braço ao meu redor, e sei que agir como meu protetor o ajuda a se manter firme agora.

Fico feliz por isso. Não consigo enxergar muito da longa estrada que temos pela frente, mas suspeito que vamos alternar esses papéis com frequência.

— Nós a recebemos durante a madrugada com um trauma grave na cabeça. Fizemos o possível para salvá-la, mas as lesões eram sérias demais. Ela teve hemorragia cerebral gravíssima e não resistiu.

— Mas como? Se ela estava na calçada? — pergunto.

— Só vamos saber os detalhes depois da autópsia e da investigação.

Há tanta coisa a ser feita que nem consigo elaborar.

— A minha suspeita, que por enquanto é apenas uma hipótese, é que o carro subiu na calçada, atingiu Susie, e o impacto a jogou contra um muro, causando o traumatismo cranioencefálico. — Quanto jargão médico. Somos turistas num país estrangeiro. — O motorista está colaborando com a polícia, até onde fomos informados. — O dr. Prentice continua, dizendo o óbvio: — Sei que é coisa demais pra absorver, mas estou aqui e posso responder qualquer dúvida que tiverem.

A fala dele é solidária, mas ensaiada. Para nós, é um terremoto, uma conversa que nunca mais vamos esquecer, e para ele acho que é só mais uma manhã de sexta. Algo que ele vai comentar rapidamente com a esposa hoje à noite no jantar. *Teve um caso triste hoje, uma mulher jovem, 30 e poucos anos. Os amigos ficaram arrasados, claro.*

— O que vocês fizeram para tentar salvá-la? — pergunto, e não reconheço minha própria voz.

— Os paramédicos a estabilizaram com um colar cervical, para proteger a coluna e permitir que ela continuasse respirando até chegar no hospital. Colocamos Susie no ventilador pulmonar para manter suas funções vitais enquanto tentávamos encontrar a fonte da hemorragia e fazíamos vários exames.

— Mas ela morreu quanto tempo depois de fazerem isso?

— Ela já não tinha sinais vitais quinze minutos depois de chegar no hospital. As tentativas de ressuscitação não funcionaram.

Imagino o apito longo do monitor cardíaco.

Ficamos em silêncio por alguns instantes, enquanto eu soluço de tanto chorar e Ed faz um barulho ofegante, como se estivesse tentando respirar debaixo d'água.

— Ela estava consciente? — pergunta Ed. — Quando chegou aqui?

— Não, o impacto do acidente a deixou totalmente inconsciente — responde o médico. — Ela não sofreu.

— Não dá pra saber! — esbravejo, e penso logo em seguida: *que hora ingrata para a Eve adolescente rebelde reaparecer.*

(Eve Gaddafi, minha mãe costumava chamar. "Uma ditadora.")

— Podemos afirmar com segurança — fala o médico, inabalado diante da minha revolta, preparado e treinado para isso, assim como a recepcionista impassível. — Com esse tipo de trauma, a função cerebral fica semelhante a um coma profundo.

— O motorista do carro ficou bem? — pergunta Ed, seco, enquanto estende o braço para segurar minhas mãos suadas e frias.

A ideia de que existe um assassino nessa história, alguém de carne e osso que continua vivo e arrancou Susie de nós... Ainda não sei como me sinto em relação a essa pessoa. Nem comecei a elaborar isso. Não consigo reduzir nem um centímetro do meu choque para dar lugar ao oceano de luto, muito menos à raiva.

— Os ferimentos dele foram tratados no local. A polícia deve ter mais informações.

— Ele estava bêbado? — pergunta Ed.

— Com certeza fizeram o teste do bafômetro, mas não sei o resultado.

O médico continua:

— Os policiais foram visitar o pai de Susie, ele parecia confuso.

— Ele tem demência — explica Ed. — Não sabemos o quão avançada.

O médico assente. Ele baixa a cabeça ligeiramente.

— Será que, diante dessa situação, vocês poderiam identificar o corpo?

Ed e eu nos entreolhamos, os dois com olhos vermelhos. Negar não parece uma opção aceitável.

"O corpo." Susie não é Susie, mas um objeto. Um objeto deixado para trás. Ela se tornou uma coisa.

Há algo de novelesco, de irreal em toda essa experiência, como se todos ali fossem atores, menos Ed e eu. Ouvimos frases tipo "podem demorar o tempo que for preciso e estaremos aqui fora e saiam para tomar um ar se for necessário e não se sintam pressionados se não tiverem certeza".

Sinto que já vi essa cena nas séries médicas a que assisti sem prestar muita atenção enquanto engolia o jantar. Só que esse corpo não vai se levantar quando alguém gritar "Corta!". Não consigo aceitar que Susie permitiu que seu corpo ficasse num lugar onde sua personalidade já não estivesse. É completamente contrário à natureza dela.

Parte de mim quer confrontá-los: vai, mostra para a gente essa coisa impossível que vocês insistem que está escondida atrás da cortina. A morte é algo físico, enquanto ela existir apenas no reino das ideias talvez seja demais para compreender. Toda essa situação, por enquanto, são só palavras, alegações bizarras. Saber que uma pessoa não mentiria para você e acreditar nela são coisas bem diferentes, ao que parece. Tenho a forte convicção de que, se eu os ignorasse, largasse todo mundo aqui e fugisse desse dilúvio de desinfetante onde eu nem deveria estar, pegasse um táxi e fosse para a casa da Susie, eu a encontraria lá, me esperando na porta, perplexa, com uma daquelas tiaras que ela usa para impedir que o cabelo caia no rosto.

O que deu em você? Claro que estou aqui. Sempre trabalho de casa na sexta.

A facilidade e a clareza com que consigo imaginar a cena a tornam totalmente plausível. Ela está ao alcance dos meus dedos.

Eles nos levam para uma sala vazia, com uma janela fina e comprida numa das paredes. Ed e eu estamos de mãos dadas, sem nos olhar. Meu coração bate desesperado.

— Posso? — pergunta o médico, em voz baixa, mais para Ed do que para mim, e ele assente.

Do outro lado da sala, eles afastam as cortinas de uma vez.

Solto um arquejo ao vê-la. Ed e eu apertamos a mão um do outro com tanta força que poderíamos quebrar nossos ossos.

É ela. Ela está ali.

Susie está deitada numa maca com um lençol azul-escuro cobrindo-a até o pescoço, seu cabelo comprido espalhado ao redor da cabeça, algumas mechas caindo pelos lados, os olhos fechados.

Não consegui pensar muito nessa cena, mas eu esperava que Susie parecesse estar dormindo.

Ela não parece estar dormindo. Parece uma boneca de cera amarelada, com uma expressão abatida. Como se alguém tivesse feito um modelo de gesso de Susie Hart, digno de uma galeria de arte moderna.

Nunca vi uma pessoa morta antes e não sabia que era tão *perceptível*, se é que faz sentido. Achei que daria para ficar na dúvida se tem um coração batendo embaixo do lençol. Mas tenho certeza de que Susie está morta, de que essa é a cara da morte. Se eu tivesse sido a primeira a vê-la assim, teria entendido que ela tinha partido. Ainda somos mamíferos, temos instintos.

Seu rosto — perfeito, de rainha do baile, cujos mínimos detalhes e sombras eu sei de cor — não tem qualquer energia. Dá para ver o início de um hematoma enorme em sua têmpora. Acho que nos mostraram ela desse ângulo porque o outro é pior.

Viro para o médico, que está de pé com as mãos nas costas e o queixo baixo em respeito.

— É ela — confirmo, com a voz pastosa e dolorida. — É a Susie.

O médico assente.

— Vou deixar vocês a sós por um momento — diz ele, e sai.

Olho para Susie de novo. É a última vez que vou vê-la, percebo. Tento absorver cada detalhe, o formato exuberante dos lábios e do nariz, o castanho-claro brilhante do cabelo. Sempre invejei suas mechas grossas, e agora não vão servir para nada? Partes dela ainda estão em perfeito estado, e mesmo assim ela vai ser... descartada? Como é possível que seu corpo não esteja funcionando, que não seja útil? Não nos fizeram essa pergunta, e não sou eu que vou perguntar.

Vejo-a na memória, no pub ontem à noite, erguendo a sobrancelha para mim. Sarcástica, esperta, irrefreável. Agora, se tornou isso. *Como?*

— Não pode ser real, Eve — diz Ed.

Sinto que é a vez dele de desabar, e a minha de segurar as pontas.

— É a porra de um pesadelo. O que está acontecendo? Por que isso foi acontecer? Não tinha motivo nenhum para isso acontecer... — a voz dele fica embargada.

Olho para ele e Ed está chorando, o rosto contraído de dor.

— Não é justo — digo. — Isso não é justo — repito, abraçando-o.

Me apoio em Ed e Ed se apoia em mim. Acho que somos o porto seguro um do outro.

Ele faz carinho no meu cabelo, e o gesto é tão desajeitado diante de tanta angústia que ele acaba puxando algumas mechas sem querer, mas não ligo.

Em algum lugar fora deste hospital, penso, *as pessoas estão tendo uma sexta-feira comum*. Mas houve uma mudança: não é mais a morte de Susie que parece impossível, já que estamos diante do seu cadáver — um cadáver, ela virou um *cadáver*? —, mas sim a vida corriqueira lá fora.

Eu a observo uma última vez. Há um vazio nela. Seu lampejo de vida se foi, desapareceu, sumiu. Seu corpo foi desocupado. É como chegar numa casa que você conhece bem e encontrá-la vazia e sem móveis.

Já tivemos tempo suficiente com ela, nos perguntam. Sim, tivemos, respondemos vagamente.

Eles fecham as cortinas.

Se tem uma coisa de que tenho certeza é que nunca vou achar que tive tempo suficiente com ela.

10

Na noite depois que Susie morreu — palavras que ainda tenho dificuldade de pronunciar, quanto mais de aceitar —, me lembro com clareza de algo que ela me disse uma vez.

A mãe de Susie, Jeanette, teve uma doença grave, um câncer de ovário avançado que não tinha tratamento, deixando ela e o pai traumatizados com a rapidez de sua partida.

Tínhamos 30 anos na época, e Susie foi a primeira de nós a perder um dos pais. Nós, seus amigos, sentimos que aquilo era um contato muito adulto e assustador com a finitude humana.

"O mais estranho, Eve, é que você fica sem saber como discutir o que comer no jantar", disse ela, quando estávamos todos reunidos na minha casa, na semana antes do funeral.

(Ninguém estava no clima para o quiz.)

Fiquei perplexa.

"A gente ainda precisa jantar, né?", explicou Susie. "Mas não é de bom-tom. Em qualquer outra situação de crise, dá pra discutir essas banalidades, é até um alívio. A gente decide como fazer o funeral, o atestado de óbito, toda a burocracia relacionada à morte. A *morto-*

cracia. Mas, quando você perde alguém, não dá pra ficar, tipo", ela finge olhar o relógio", 'hum, já são seis da tarde, quem está a fim de pedir delivery? Senão, acho que tem frango que sobrou na geladeira'. Parece tão insensível, como se estivesse impondo um limite. Se já consegue pensar na sua fome e em qual comida escolher, então a perda já não é tão importante."

"Entendo o que você quer dizer", falei. "Não dá pra sentir algo tão banal como fome, né?"

"Não só isso. Pode ser uma simples pizza da Domino's, mas o mero ato de escolher o sabor parece ridículo. É como admitir que a vida continua. E você não está pronto para admitir isso. Não dá para encontrar o momento certo ou as palavras certas sem que pareça de mau gosto. Como alguém pode ter morrido e você ainda preferir pepperoni a presunto?"

Ficamos em silêncio, até que Justin disse:

"O que você comeu no jantar, então?"

"Hambúrguer de micro-ondas que comprei no supermercado."

"Acho que isso é uma admissão de que a vida *não* continua."

Gritamos, repreendemos Justin e caímos na risada, e eu sabia que estávamos ajudando muito Susie naquela época. Eu era o apoio feminino e o ombro para chorar, Ed era a pessoa calma e organizada para manter todo mundo firme, e Justin era o palhaço irreverente, aliviando a tensão.

Agora, Ed e eu estamos sentados, novamente na minha sala com as velas gigantes queimadas pela metade na lareira e o sofá de veludo vermelho que Roger arranhou até arrancar o estofado, só que Susie não está aqui. Esperamos Justin chegar, nervosos e desolados. Meu estômago ronca, e assim que penso: "Será que vale puxar o assunto do jantar? É algo inapropriado de se dizer agora?", eu me lembro de Susie. Não era para eu ter entendido exatamente o que ela queria dizer desse jeito. Quero falar isso a ela, quero tanto a ponto de doer. Nunca mais vou poder contar nada a ela. É inacreditável.

Há um vazio do tamanho de Susie na minha vida — e faz apenas algumas horas. Como lidar com isso para sempre?

A campainha toca, e me sinto enjoada. Ver Pessoas Pela Primeira Vez Desde o Ocorrido é assustador. É como receber a notícia de novo e de novo. Levanto devagar, Ed percebe minha hesitação e se adianta para abrir a porta.

Justin entra — a porta dá na sala de estar, não tenho dinheiro para um hall de entrada — e não diz nada, apenas se joga nos braços de Ed. Eles ficam ali, soluçando, Justin com a cabeça apoiada no peito de Ed, e penso que nunca vi os dois chorando juntos antes. Não sei o que fazer com os braços, até que Justin murmura:

— Não fica aí parada, vem cá!

E eu me junto ao abraço coletivo desajeitado.

Está tudo silencioso, exceto pelo som da gente chorando. É bem sinistro.

Quando nos separamos, vejo Roger na passagem para a cozinha, de orelhas em pé, parecendo confuso. Esses humanos barulhentos.

— Puta que pariu, hein, Suze — diz Justin, depois de nos acalmarmos e nos jogarmos no sofá. — Ela sempre foi exibida, aquela lá. Sempre o centro das atenções. Desta vez ela se superou.

Rimos baixinho, quase histéricos, risadas que estão mais para soluços.

— Por essa eu não esperava. E nem ela.

Eu me encolho ao ouvir isso, mas consigo ouvir o gritinho de Susie, achando graça. Ela era a maior fã do jeito como Justin fala tudo na lata. Vem na minha cabeça um flash dela deitada naquela maca, sem dar risada. Sem se mexer.

Lanço um olhar para ele, como de costume — ele sempre ri das próprias piadas —, mas o encontro encurvado, devastado.

— Vocês viram ela? — pergunta ele. — Como ela estava?

Sei que esse é o jeito dele de perguntar sobre a gravidade dos ferimentos.

Ed abre a boca, mas não sai nada. Ele me olha, angustiado.

— Exatamente igual à Susie e nada a ver com a Susie — digo.

— É... Bom, a Eve sempre foi boa com as palavras. Acertou em cheio — concorda Ed.

93

Ele encara os joelhos. Sinto que eu precisava ver Susie, por mais difícil que fosse, para aceitar o que aconteceu. Para Ed foi mais difícil.

— Você quer ver ela? — pergunto a Justin, e ele balança a cabeça, enfático.

— Por Deus, não, obrigado. Já vi cadáveres o suficiente no abrigo.

Repassamos o pouco de informação que temos sobre o acidente e logo paramos, porque nenhuma explicação sobre o que aconteceu vai trazê-la de volta. Pensamos nos cem metros entre o local onde o táxi parou e a porta da casa dela, Susie procurando as chaves na bolsa no caminho e uma caixa de metal em alta velocidade surgindo logo atrás. Engulo em seco e meu coração dispara, imaginando a cena.

Não posso voltar no tempo, empurrá-la para longe, gritar para sair dali.

A mensagem. E se eu tivesse respondido a mensagem que ela me mandou, e ela tivesse parado para ler ou responder? É difícil aceitar que pelo resto da vida vou pensar no que poderia ter acontecido. É um pensamento que já se tornou permanente, como olhar para uma ferida recente e saber que a cicatriz vai fazer parte do seu corpo para sempre.

Se ter 34 anos ainda pode ser considerado ser jovem nos dias de hoje, acredito que envelheci bastante no período de uma só manhã. Minha vida se dividiu entre Antes e Depois, e a inocência que eu nem sabia que tinha ficou para trás. Me sinto desorientada.

— A gente deveria visitar o pai dela — diz Ed. — O hospital não conseguiu fazer ele entender o que aconteceu.

— De certa forma, é um alívio — fala Justin. — Porque, com o Alzheimer, pode acontecer o pior de todos os mundos, que é quando você entende o que foi dito mas depois esquece, e aí passa a reviver essa descoberta de novo e de novo, para sempre.

Fico em silêncio, horrorizada. Nunca tinha ouvido ninguém descrever o inferno tão bem.

— E o irmão dela? Alguém contou pra ele? — pergunta Justin.

— Caralho, o Finlay — sussurro.

Esqueci completamente dele. *Eu também vivo esquecendo, e olha que a gente compartilha quase o mesmo DNA, então nem esquenta,* ouço Susie dizer de imediato, com tanta clareza que me pergunto se dá para ser assombrada só em áudio.

Lembrar dessas "susierices" antes me fazia rir alto na rua, e agora elas vão sempre me fazer chorar. Seco uma lágrima grossa que desce pela minha bochecha.

— O hospital não tinha o contato. Expliquei que ele mora nos Estados Unidos — diz Ed. — Ele ainda está em Nova York?

— Acho que sim — respondo. — Ela não falava muito dele, né?

Ed faz que não com a cabeça. Nós três sabíamos que Finlay Hart era um assunto proibido nas conversas. Susie não era de expressar sentimentos muito fortes pelos outros, fossem positivos ou negativos, então seu ódio pelo irmão sempre nos deixava surpresos.

— O celular dela — menciona Justin. — Deve ter o contato. Vocês estão com o celular dela?

— Aham.

Num canto do meu quarto, há um saco plástico típico de hospital, para o qual mal consigo olhar. Ele contém: a bolsa de couro marrom da Susie, a carteira gasta cor de vinho da Mulberry, cheia de cartões de crédito que precisam ser cancelados (e se ela precisar deles?! E aí? Ela vai ficar possessa quando voltar), as chaves, um par de brincos pequenos que com certeza são de ouro ("Como diz a minha mãe, sou alérgica a joias baratas e homens mesquinhos", disse ela uma vez, tal qual uma senhora rica de um romance do Raymond Chandler, só que aos 20 anos), vários elásticos para cabelo e um batom chique da Charlotte Tilbury, na cor "Pillow Talk".

Tem ainda um iPhone 8 com a tela quebrada, mas que ainda assim parecia funcional quando apertamos o botão para ligar. O papel de parede é uma foto de nós quatro num festival de música, as cabeças juntinhas, como a capa de um álbum dos Beatles. Olhar para a foto provocou mais uma onda de choro no caminho até a minha casa. Como Ed disse: ela não está mais aqui, mas um maldito *computador de vidro* do tamanho de uma torrada sobreviveu.

— Infelizmente, a Apple dificulta o acesso até para a CIA — fala Justin. — Acho que a Suze ia preferir assim, de qualquer forma.

— Eu sei a senha — digo.

— Caramba, é sério? — pergunta Justin. — Vocês mulheres são malucas.

— Sei por acaso.

Agora parece agourento. Como se uma força maior quisesse que fosse assim. Descobri a senha há umas duas semanas, no máximo. Susie queria que eu tirasse uma foto dela com uns camarões enormes que vieram de entrada num restaurante de frutos do mar. Enquanto já segurava na beirada do prato e praticava o sorriso, apontou para o celular na mesa.

"É o ano em que eu nasci, só que ao contrário", disse. "Não me deixa com papada, hein?"

"Não preciso saber sua senha pra tirar foto, a câmera abre sozinha", falei, enquanto limpava a gordura de lagostim das mãos e pegava o aparelho.

"Opa", disse ela. "Não abre minha pasta de nudes, por favor."

Eu me sinto compelida a proteger o celular, mesmo que ela só estivesse brincando sobre as nudes.

— Alguém devia ligar pra ele, deve estar nos contatos — diz Ed.

Considerando que foi ele quem deu a notícia para mim e para Justin, não acho justo que ele ligue pro irmão também.

— Como ele se chama mesmo? Flynn? — pergunta Justin.

— Finlay — respondo. — Fin. Pode deixar que eu ligo. Depois que vocês forem embora.

Os dois murmuram algo sobre não me deixar sozinha, mas insisto que vou ficar bem, que eles precisam ir. Não quero ficar sozinha, mas adiar o momento só vai piorar.

— Depois conta pra gente como foi a conversa com o irmão dela — diz Ed, quando eles estão de saída. — Eu te ligo mais tarde.

Ele me olha e se inclina para um abraço; eu o seguro por um momento, enterrando o rosto em seu ombro. Sempre fomos próximos, mas, depois da visita de hoje ao hospital, sinto que nos fundimos.

Não existe "mais tarde" para mim e Susie, penso quando fecho a porta. Ainda não aceitei isso. Ela está fora de alcance, como se prestes a virar a esquina. Nunca vou poder contar a ela sobre a tentativa fracassada de sexo casual com o cara das bolas depiladas, não vou ter o prazer de ouvir a risada descontrolada dela. Ela nunca vai fazer seu discurso eloquente e mordaz (e muito bem-vindo) sobre a "atrocidade" do pedido de casamento de Hester, aliviando meu sofrimento.

Não a terei ao meu lado, ombro a ombro, o vestido combinando, segurando buquês de flores idênticos? Os problemas que eu tinha horas atrás agora parecem minúsculos.

Dizem que pessoas mais velhas são um "conforto" na vida umas das outras. Mas era isso que Susie representava para mim, consigo ver com clareza, a fórmula secreta: éramos o conforto e a alegria uma da outra.

A eternidade do silêncio é insuportável. A linha de telefone entre nós emite um chiado monótono, nunca ficará ocupada de novo.

A única palavra que chega perto de descrever o que sinto é: inconsolável.

11

Pesquiso no Google: *horário em Nova York*. Hora do almoço. Minhas mãos tremem com a grandiosidade da tarefa que recaiu sobre mim quando me ofereci para ligar para Fin. Eu me sinto culpada, mesmo que ainda que sejam sete da noite e eu tenha perdido minha melhor amiga hoje e não tenha por que sentir culpa, então me sirvo uma taça de vinho branco para me acalmar um pouco. Deve ser porque Susie não pode mais beber vinho.

Não devo passar dessa taça, sei disso: a perspectiva de acordar de ressaca amanhã é insuportável, porque a perspectiva de simplesmente *acordar* amanhã já é insuportável.

O fato de Susie e o irmão não serem próximos torna essa conversa mais fácil ou mais difícil? Mais complicada, acho, e não muito mais fácil. Não faço ideia de como ele vai reagir. Nunca tive que dar esse tipo de notícia antes. Agora entendo por que foi tão traumatizante para Ed.

Depois de alguns goles do *sauvignon blanc* de supermercado que eu tinha na geladeira, pego o celular de Susie.

E se ela trocou a senha? Consigo imaginá-la fazendo isso, não porque não confiasse em mim, mas porque era muito certinha.

Justin tem razão, ela tomava cuidado com a privacidade. Não chegava a ser uma obsessão, nada fora do normal, mas Susie herdou da mãe a ideia de que é vulgar se expor. O Facebook dela era todo trancado, exceto para umas setenta pessoas, e ainda assim ninguém nunca sabia com quem ela estava saindo. Os namorados mais sérios que ela teve costumavam se irritar porque ela não queria postar foto de casal no perfil nem trocar o status de relacionamento.

Segundo ela, xingar muito no Twitter ou postar foto de biquíni no Instagram não eram comportamentos compatíveis com o cargo sênior e respeitável que ela tinha na área de finanças — o que significava que Susie passava metade da semana em Londres e ganhava o dobro que a gente.

Digito a senha com um cuidado exagerado e a tela se transforma nos quadradinhos coloridos dos aplicativos. Meu Deus. Sinto a animação de ter conseguido acessar e o incômodo de estar me metendo onde não fui chamada.

Tento me acalmar — estou fazendo isso por um único motivo, que é encontrar o número do irmão dela. Não vou fuçar. Sou a guardiã do mundo de Susie agora, e assumo essa responsabilidade com muita seriedade.

Abro os contatos e digito Hart na busca. Aparecem alguns parentes, mas nada de Fin, nem um nome que se pareça com um apelido para ele. Não acho que ela já o tenha chamado de Brenda.

Vou até a letra F. Nada também. I, de irmão, será? Nada. Me sinto perdida. Será que ela o odeia tanto a ponto de ter apagado o contato do celular?

Tenho certeza de que ela não teria feito isso (a não ser que tenha acontecido uma briga homérica entre os dois, mas ela teria mencionado). Lembro que de vez em nunca ela recebia uma mensagem, fazia uma careta e dizia: "Aff, é o Fin, ele pode esperar".

Por mais que ela o odiasse, não saber quando era ele ligando só a deixaria mais irritada.

Já esgotei minhas ideias de onde o contato dele pode estar salvo, então rolo a lista inteira de contatos, começando por Andy Wightman, Annie Butler e Aveda (Salão).

Penso nas reverberações do que aconteceu, em todas as pessoas que precisam receber a notícia. Só preciso ligar para uma pessoa e já estou falhando na missão. Estou perdendo as esperanças, já tendo olhado a lista de A a Z, quando, na segunda olhada, esbarro em:

O Merdinha do Meu Irmão

Ah. *Ah*. Obviamente é ele: o número do celular começa com o prefixo de outro país. Anoto com cuidado num bloquinho e desligo o celular de Susie. Ela só tem quatro por cento de bateria — ou *tinha*?

Sua ausência me tira o fôlego, a constatação de que esses objetos não têm mais dona é surreal. Fico aflita com a possibilidade de o celular morrer e nunca mais ligar, porque, ainda que eu nunca vá bisbilhotar o conteúdo, sinto que perderia uma parte dela. Conecto no meu carregador e vejo o raio aparecer sobre o ícone de bateria. Queria que fosse fácil assim trazer outras coisas de volta.

O merdinha do meu irmão. O fato de ela nem conseguir nomeá--lo exala raiva.

Não é novidade para mim que ela não se dava bem com Fin, mas mesmo assim esse nível de antipatia é uma surpresa indesejada. Susie era superaberta com nós três sobre quase tudo na vida dela.

Os únicos dois assuntos que ela evitava eram a doença do pai e a relação com o irmão. Ela me contava o básico, mas de um jeito superficial, só para tirar a obrigação da frente, "para você saber a situação e a gente mudar de assunto", deixando subentendido que não era fácil para ela.

Ela nunca entrava em detalhes sobre Fin, mas dava a entender que ele era deliberadamente grosso com os pais, emocionalmente frio com ela e uma influência disruptiva numa família feliz. Fiquei chateada quando Kieran se mudou de país; já ela ficou contente com a partida de Fin.

Susie era muito extrovertida e confiante, então quando ela demonstrava um ponto fraco sempre parecia algo grave e importante.

Adiciono Finlay Hart aos contatos do meu celular — não posso ligar para ele do celular de Susie por motivos óbvios, e pareceria desrespeitoso ligar direto sem salvar seu nome na agenda.

Susie, eu queria que você estivesse aqui para me dizer o que fazer. Ainda que eu tenha uma suspeita desconfortável de que ela diria que Fin não merece saber. *Ele pode postar um monte de emojis de coração partido no Facebook que nem os outros hipócritas que nunca gostaram de mim.*

O rompimento depois da morte da mãe deles foi severo.

Ela tinha me contado:"

"Foi a gota d'água. Se a pessoa não se importa nem com a morte da própria mãe, vai se importar com o quê? Não tem mais salvação".

Tomo um gole de vinho, respiro fundo e aperto o ícone para fazer uma chamada. Demora um tempinho para a ligação completar, até que ouço chamar daquele jeito agudo e distante de quando ligamos para alguém em outro continente. Não ensaiei o que vou dizer. Talvez tenha sido uma má ideia, mas achei que ensaiar só me deixaria mais nervosa. Melhor arrancar o band-aid de uma vez. Como Ed disse, não existe um jeito bom de dar essa notícia.

Depois de um tempo, ouço um clique e cai na caixa postal. A mensagem gravada tem sotaque britânico, é brusca e eficiente.

Oi, aqui é o Finlay. Não posso atender agora, obviamente. Deixe uma mensagem e seu número depois do sinal se quiser que eu retorne a ligação.

Gravar mensagem numa caixa postal me dá ansiedade mesmo em dias comuns, então me desespero e começo a suar antes de desembestar a falar:

— Oi meu nome é Eve Harris sou amiga da sua irmã Susie por favor me liga neste número quando ouvir a mensagem. — (Pausa.) — É importante.

Depois que deixo o celular na mesinha de centro, Roger se acomoda comigo no sofá, enroladinho no formato de um croissant peludo. Faço carinho nele e sinto o conforto de sua companhia silenciosa.

— Susie morreu, Rog — digo, para as costas dele. — Susie *morreu*. Dá pra acreditar? Eu não acredito. Queria tanto ela de volta. Queria tanto que hoje ainda fosse ontem.

Lágrimas exaustas começam a brotar de novo e meu nariz escorre, me fazendo sentir como se eu estivesse na escola com o joelho ralado, gritando pela minha mãe. Minha mãe. Eu deveria contar para ela. Mas não quero ocupar a linha, para o caso de Fin ligar. Posso imaginá-lo irritado, um homem de negócios da Costa Leste ouvindo o bip-bip da chamada entrando em espera, já mal-humorado comigo quando eu atender. Isso não ajudaria em nada.

O que ajudaria? Mais vinho, com certeza, não.

Me sirvo de mais um pouco.

Mentalmente, vou tentando lembrar das informações que arquivei como "Finlay Hart". São poucas e empoeiradas.

Conheço Susie desde a época do ensino fundamental e, apesar de Fin ter só dois anos de diferença, sempre me pareceu bem mais velho. Quando a gente é criança, dois anos são um salto enorme.

Quando eu dormia na casa dela, ele nunca interagia muito. Era magro e alto, com olhos atentos e o mesmo cabelo grosso invejável de Susie, só que castanho bem escuro, como o do pai.

Ele não chegava a ser antipático comigo, mas também não era simpático. Não tinha muitos amigos, e Susie zombava dele por isso. Uma vez o ouvi responder: "Bom, você só tem UMA. Ela parece uma daquelas bonecas com olhos enormes e tristes. Abandonada no sótão, com a cara redonda e um laço no cabelo". Parei de usar minha presilha com laço depois disso.

A gente morava num bom bairro, mas a casa geminada da minha família era numa área mais precária, e meus pais viviam brigando. Os Hart moravam numa casa espaçosa dos anos 1930, com entrada para carro, garagem, um jardim bem-cuidado e uma pequena varanda para guarda-chuvas e galochas. Na rua deles tinha festa e bandeirinhas quando acontecia um casamento real. Minha mãe chamava a família real de parasita.

Mesmo que de um modo infantil, eu tinha uma vaga noção de que Finlay Hart, do auge de seus 10 anos, me achava *inferior*.

"SUSIE. É PRA VOCÊ" eram as únicas palavras que ele usava para me receber quando atendia a campainha.

Uma lembrança se destaca, uma em que quase nunca penso. A única coisa que Fin fazia com a gente era andar de bicicleta. Numa época em que ainda permitiam que as crianças montassem num transporte de duas rodas e ficassem fora de casa por horas a fio, a gente costumava levar coisas para piquenique nas bolsas presas atrás do selim e pedalar para longe do bairro, até a área rural. Às vezes íamos em quatro, com uma garota chamada Gloria que morava na rua deles e tinha uma voz irritante e cabelo tigelinha. (Hoje ela é deputada pelos Liberais Democratas.) Susie e Gloria mantinham uma competição insana para ver quem conseguia ir mais longe — a obsessão em superarem uma à outra continuou na faculdade e até na vida profissional. Até Gloria casar aos 25 anos e ter trigêmeos seis meses depois, então Susie finalmente aceitou entregar o troféu a ela.

Num dia escaldante, em que as duas pedalavam como lunáticas — sem fôlego, mas fingindo normalidade, mantendo as aparências, mas conversando com dificuldade —, eu fui ficando para trás. Fin seguiu o meu ritmo, provavelmente porque, por ser mais velho e menino, sabia que levaria a maior bronca se a boneca triste se perdesse.

Sob uma árvore enorme à beira da estrada, eu e ele paramos para descansar, com minha bicicleta verde metálica com cestinha branca apoiada no tronco. Fin tinha uma magrela audaciosa preta e vermelha, que mais parecia uns metais acoplados do que um meio de transporte.

— Elas vão ter que voltar por aqui — disse Fin. — Vamos esperar as duas passarem.

Gostei da ideia, e ficamos recostados ali, arrancando folhas da terra e ouvindo o zunido distante de cortadores de grama. Deitamos, fechamos os olhos e imaginamos que estávamos confortáveis o suficiente para dormir. Sentamos de novo, porque o chão era irregular e a grama pinicava.

— Você sabe o que é beijar? — perguntei para Fin.

Eu tinha visto num programa de TV na noite anterior; a mulher usava uma camisola rosa de alcinha e chinelos que pareciam ter salto alto. Fiquei hipnotizada. Eu comentei com o meu irmão, Kieran:

— Nunca vi o papai e a mamãe fazerem isso.

E ele respondeu:

— É porque eles não se gostam do jeito que esses dois se gostam. — E, bom, mais uma vez a sinceridade infantil estava certa.

— Sim — disse Fin. — Claro que eu sei o que é beijar.

— Quer fazer comigo?

(Acho que nunca mais fui tão direta com alguém do sexo oposto.)

Ele olhou por baixo de sua franja bagunçada e deu de ombros, fingindo desinteresse.

— Ah, pode ser.

Nos ajeitamos, um de frente para o outro, e colamos nossas bocas. Seus lábios pareciam macios para um menino, ainda que eu não soubesse exatamente o que esperar. Mudamos a posição da cabeça e tentamos de novo. Não foi uma experiência boa nem ruim, só algo curioso de fazer, pensei.

Susie e Gloria reapareceram ao longe. Fin e eu pegamos as bicicletas e as levamos de volta para a trilha. Mais uma vez, as duas nos ultrapassaram e desapareceram no horizonte. Quando chegamos à casa dos Hart, me perguntei se queria dar um beijo de despedida em Fin.

Quando estava prestes a sugerir isso, o pai deles apareceu gritando, querendo saber por que Susie tinha chegado em casa primeiro, sem o irmão. Fin ouviu uma enxurrada de broncas por conta dessa irresponsabilidade e foi arrastado para dentro de casa pelo braço, com a mãe no fundo, de braços cruzados, pronta para continuar o sermão.

— Ah, oi, querida! — disse o pai dele quando me viu. — Põe a bicicleta no porta-malas que eu te dou uma carona para casa.

O sr. Hart era sempre muito querido comigo.

"Evelyn é uma garota adorável, tão inteligente, fico feliz que você tenha feito pelo menos uma escolha acertada na vida, Susannah", ele costumava dizer, e Susie revirava os olhos e dizia "PAAAI!".

Não me lembro de ver Fin muitas vezes depois daquele verão quente. Ele havia cruzado aquela linha que separa a infância da pré-adolescência em que garotas são consideradas idiotas, principalmente as amigas da sua irmã, e ser visto com elas era praticamente suicídio social. Tempos depois, lembro que ele se tornou O Garoto Mais Cobiçado da Escola, com uma fama de difícil que sua personalidade reclusa e distante só reforçava, e uma aura de *rockstar* que só um aluno bonito e mais velho consegue alcançar, além dos próprios *rockstars*. As garotas sussurravam: "Meu Deus, é o *Finlay Hart*", como se só pronunciar essas sílabas pudesse engravidá-las.

Até que ele desapareceu completamente, quando se mudou primeiro para Londres e depois para os Estados Unidos. Era uma daquelas pessoas que compartilham o mesmo espaço que você por um tempo até que desaparecem na primeira oportunidade, envoltas numa nuvem de fumaça e boatos. O tipo de pessoa que está acima das redes sociais, mas, se você pesquisar a fundo no Google, consegue achar uma menção ao seu nome no livro de visitas da abertura de uma galeria de arte em 2008. Alguém que parece se mover mais rápido e diferente do resto do mundo, com suas próprias leis da física. Quando você o nota, já está longe.

"Tipo, ele só foi para Nova York porque um caça-talentos o notou em Covent Garden e a agência de modelos pagou a viagem." Lembro de Susie contar, zombando. "'Mas não fala pra *ninguém*, ele não pode saber que te contei", completou ela, de forma meio teatral, já que fazia décadas que eu não o via.

Para meus ouvidos de 20 e poucos anos, isso era tão vergonhoso quanto dizer: "Que ridículo, ele só usa o troféu do Bafta como peso de porta no banheiro".

"Ele trabalhou como modelo? Por que isso é segredo? Ele tirou foto com o pinto de fora ou algo assim?"

"Ah, não faço ideia, mas é demais para lidar", disse Susie, levando a mão à testa e fingindo estar prestes a desmaiar.

Percebi naquela ocasião que ela meio que curtia esse teatro de ter um irmão do mal gostosão que morava na Big Apple.

"As únicas fotos que eu vi", continuou "eram dele usando um suéter de gola rulê e um casaco, parecendo um modelo ridículo da Gap, e minha mãe teve que implorar, bajular e ameaçar até conseguir arrancar essas fotos dele".

"E ele não é mais modelo?"

"Não. Acredite se quiser, ele virou terapeuta. Aff. Só de pensar no meu irmão mexendo com a cabeça das pessoas… Que charlatão. Aposto que ele arranca dinheiro de umas velhas ricas e neuróticas do Upper East Side que devem ter uma queda por ele."

Aí a mãe deles morreu, e o filho distante que tinha partido sem deixar saudade foi obrigado a dar as caras na boa e velha Nottingham.

Eu me lembro do impacto de ver Fin adulto usando um casaco azul-marinho impecável no funeral, de costas eretas, acompanhado da namorada lindíssima de cabelo castanho-avermelhado, que usava um casaco acinturado e sapatos pretos de salto fino. O celular dela tocou durante a cerimônia, o toque norte-americano pouco familiar. Ela calmamente desligou sem o menor vestígio de vergonha no rosto. Fin não esboçou reação nenhuma. Eles pareciam um príncipe e uma princesa europeus numa missão oficial para inspecionar uma zona de desastre.

"Queria tanto que ele não tivesse vindo", Susie sussurrou para mim, enquanto fumava *vape* sabor limão escondida perto do garrafão de vinho quente no velório, mais tarde. Quando vi os Hart orbitando um ao outro como satélites, percebi que ela não tinha exagerado sobre o afastamento dos dois. Não houve sequer o mínimo contato, nem mesmo uma relação amigável forçada quando se reencontraram.

Observando de longe, reparei quando o sr. Hart fez algum comentário para Finlay, que pareceu responder de maneira ríspida e então mexeu com arrogância na abotoadura, sem ter mais o que dizer. Ou talvez apenas desinteressado em dizer qualquer outra coisa. Os dois estavam impassíveis, o sr. Hart, talvez um pouco atordoado, e logo se afastaram de novo. Sem sorrisos, sem lágrimas, sem apertos reconfortantes no braço, sem qualquer vestígio de afeto. Isso me fez estremecer por dentro, e olha que minha família está bem longe de ser considerada funcional.

Susie também reparou nessa cena. "Ah, papai, deixa pra lá, sério", ela murmurou. "Ele não vai mudar. Isso não fez com que mudasse, e nada vai fazer."

Aparentemente, Fin ficou furioso com a insistência do pai em fazer a cerimônia numa igreja porque a mãe deles não era religiosa, e daí foi ladeira abaixo.

— Você deve ser o Hart júnior. — Ouvimos um senhor simpático cumprimentar Finlay, apertando a mão dele com energia e sem nenhum receio.

— Hart é um sobrenome irônico para alguém sem coração — disse Susie.*

---

* "Hart" tem a mesma pronúncia de "heart", "coração" em inglês. [N.E.]

12

— Oi, você me ligou? É o Fin.

Dei um pulo como se tivesse levado uma picada quando FINLAY HART apareceu escrito na tela do meu celular.

Não sei por que fui pega de surpresa. Depois de meia hora de devaneios, Fin já estava parecendo mais uma lenda do que um homem real com acesso ao celular.

— Oi! Obrigada por ligar de volta — digo, no tom alegre e desesperado que se usa ao conseguir a atenção de um estranho.

Aí me toco de que é um tom completamente inapropriado de se usar antes de dar a notícia da morte de um parente próximo. Estamos mergulhados em circunstâncias extremas em que qualquer errinho de cálculo pode significar uma gafe gigantesca.

Sinto o coração martelar nos ouvidos e mudo para um tom excessivamente formal:

— Agradeço por ter retornado tão rápido. Sinto muito, muito mesmo, por te dar essa notícia, Fin…

— Eu já sei — interrompe ele. — Você está ligando para me contar que Susie morreu? Eu já sei.

Fico duplamente atordoada: primeiro por ele saber e depois por soar tão frio.

— Ah. Como ficou sabendo?

— A polícia entrou em contato de manhã.

— Ah, desculpa, eu não sabia. Me disseram no hospital que não tinham o seu número.

— Você era a melhor amiga dela?

— Isso. Sou a melhor amiga dela — digo.

Corrigir incorretamente o tempo verbal que Fin Hart usou para definir minha relação com sua falecida irmã é tão ridículo quanto necessário.

Não acho que Fin esteja fingindo não se lembrar de mim; acredito que as chances de ele lembrar o nome de alguma menina que era amiga de sua irmã milênios atrás são mínimas.

— Desculpa a pergunta, mas como conseguiu meu número?

Essa frase tinha tudo para ter soado educada, mas na prática não foi nem um pouco.

— Estou com o celular da Susie.

— E conseguiu desbloquear?

Me parece um questionamento bizarro, e respondo num tom ofendido:

— Sim...?

— Imaginei. Que bom que me ligou, porque eu precisava falar com você. Meu pai não está em condições de lidar com um funeral agora...

Talvez seja um bom momento para dizer que o pai dele não está em condições de lidar com nada, na verdade, mas não sei onde estou pisando.

—... e eu estou longe. Não vou poder ficar muito tempo na Inglaterra. Você poderia começar a organizar o funeral? Eu vou aí ajudar assim que possível. Pode ir entrando em contato com agências funerárias e tal.

— Sim. Claro — concordo.

— Você vai saber melhor do que eu e meu pai o que ela iria preferir.

— Ok — digo, tentando esconder minha perplexidade.

Parece que ele está planejando o chá de bebê dela.

— A investigação vai atrasar um pouco as coisas, mas devem ter o laudo da autópsia em breve, aí vão liberar o corpo.

O corpo.

Engulo em seco. Não quero estender esta interação, mas Fin claramente tem informações que eu não tenho.

— Você sabe alguma coisa sobre o motorista que atropelou ela?

— O cara teve um derrame enquanto dirigia, também foi para o hospital. O bafômetro deu negativo. A polícia disse que não vai ter prestação de queixas.

— Ah.

Eu não estava preparada para isso e não sei como me sinto. Eu tinha certeza de que qualquer motorista que subisse na calçada e matasse a melhor amiga de alguém teria que responder na justiça.

Mais uma vez, me pergunto: é melhor ou pior não ter um inimigo, exceto o Destino?

— Viver sabendo que você matou uma pessoa é bem pior do que qualquer penalidade do tribunal, de toda forma — diz Fin, e, ainda que eu entenda a lógica, não consigo acreditar na atitude dele. Ele é tão *desapegado*.

— Entro em contato de novo com uma sugestão de data para o funeral — continua ele. — Você está em Nottingham, certo?

— Sim.

— Ok. Até logo.

Ed me liga um pouco depois e eu conto a notícia sobre o motorista e faço um relato dos modos estranhos de Finlay Hart.

— Ele deve estar em choque. Cada um reage de um jeito.

— Não, mas... ele agiu exatamente como a Susie o descrevia. Não pareceu estar afetado em nada.

Sinto o sangue esquentar. Se preciso de um inimigo, vai ser ele.

— É loucura mesmo. Essas famílias ricas são estranhas, né?

— Melhor do que ter uma família estranha e falida, que nem a minha.

— Ei! Não fala mal da Connie, por favor.

Eu mencionei que Ed conquistou totalmente a minha mãe? Ai, ai.

— Quer ir na casa da Susie amanhã de manhã me ajudar a separar umas coisas? — continua Ed. — Sei que pode parecer estranho, mas alguém precisa fazer isso e não suporto a ideia de ficar sentado sem fazer nada. Justin vai trabalhar no turno da manhã. E eu sei que não vou conseguir ficar enrolando na cama.

— Separar umas coisas?

— Não sei qual a situação exata do pai dela, mas ele ainda é o parente mais próximo.

— Ele e o irmão — digo.

Eu devia ir visitar o pai dela.

— Sim, quando ele chegar. Eles vão estar no direito de esvaziar a casa.

Pensar que a casa dela precisa ser esvaziada me faz estremecer. Tão cedo? Tão rápido? Ela perdeu a posse das coisas dela?

— Estava pensando que, como melhores amigos, talvez ela quisesse que a gente fizesse uma limpeza preventiva antes, não? Tipo, tirar de lá qualquer coisa que ela acharia… comprometedora ou que não ia querer que a família e as autoridades vissem?

— Ah. Boa ideia.

Meu cérebro projeta uma cena em que encaro curiosa um dildo gigante.

— Mas, Eve… você acha que consegue passar por aquela esquina? Onde aconteceu?

— Ah!

Eu não tinha pensado nisso. Não tinha considerado que o local ainda existiria à luz do dia.

— Sim. Acho que sim. Ela não está mais lá.

— É. Mas achei melhor te alertar. Te pego às onze?

— Sim, claro.

Considerando onde Ed mora, me buscar envolve dirigir quilômetros, passar pela casa de Susie e então voltar pela cidade de novo. Ele está sendo solícito e cuidadoso, tomando as rédeas da situação, e fico muito grata por isso. Ele não está me obrigando a fazer malabarismos nem me deixando angustiada por ter que dizer que preciso de cuidados, está simplesmente cuidando de mim. O que é a cara de Ed.

13

Não recomendo a sensação de acordar de um sono agitado, com o rosto encharcado de lágrimas até o pescoço, sentindo uma felicidade transbordante porque a morte violenta da sua melhor amiga foi apenas uma criação perturbadora do seu inconsciente. Até que o mundo nebuloso entra em foco com seu relógio digital marcando 4h14, e você lembra que ela morreu, sim.

Ed parece tão acabado quanto eu quando bate na porta.

— Bom dia — diz, sombrio.

— Oi. Café?

— Prefiro ir direto, e você?

— Também.

Trocamos palavras curtas e sonolentas no carro, embalados pelo caminho familiar. Tudo é igual e tudo será para sempre diferente.

— Acho que no mundo moderno todo mundo deveria deixar alguém encarregado disso — expressa Ed. — Limpar o histórico do computador. Se livrar da *caixa de sapato secreta* que guardamos debaixo da cama. Sem abrir.

— Ha-ha. É.

— Posso me encarregar disso se você fizer o mesmo por mim — diz Ed, sorrindo, e respondo:

— Ok, combinado.

Me contorço por dentro ao lembrar da carta malfadada dele.

Aliás, por que ele não pediu isso para a noiva?

Vai saber.

— Hester mandou um abraço carinhoso para você, aliás — declara Ed, dando seta.

— Fofa — falo, sem emoção. — Agradeça por mim.

— Pode deixar.

— Ela e Susie se bicavam de vez em quando, mas Hester gostava muito dela.

Até parece.

— Sim, claro.

— Eu não queria falar no telefone, não sei bem por quê, mas… Susie gostava de uns *fármacos recreativos* de vez em quando, né? Com as amigas de balada?

— Quê? — indago.

Ed me lança um olhar.

— Lauren? Aisha? *Jennifer-Jane*? Quem tem nome composto fora do Meio-Oeste? Isso aí me pega, puta arrogância.

— Ahh, a patota do pó! — digo. — As Garotas de Porcelana.

Esses apelidos das amigas de Susie do trabalho foram criados pelo Justin. O primeiro é autoexplicativo (Justin ama reviver ironicamente gírias do arco da velha como "patota" e "bafafá"), e o segundo — Garotas de Porcelana — é porque, segundo ele, elas já fizeram tanto botox que para expressar surpresa teriam que deixar cair uma xícara de porcelana no chão.

Susie mantinha esse grupo totalmente separado da gente e só saía com elas de vez em quando; não era integrante do elenco, mas uma participação especial.

Todas fizeram cirurgia plástica, tinham cozinhas planejadas, picapes brancas que dirigiam até o salão de beleza, bolsas de grife e maridos ricos, passavam as férias esquiando no Canadá e bebiam vinho rosé quando as crianças estavam na escolinha. E às vezes se cobriam de paetês para encher a cara de coquetéis de champanhe, transar com caras que não eram seus maridos e cheirar uma carreira no banheiro.

Susie contava para a gente o que elas aprontavam e a gente se deliciava, fazendo exclamações de surpresa e censura. Ela adorava os excessos que cometiam e, às vezes, também usava umas drogas mais pesadas.

— Acha que ela tinha alguma coisa em casa? E sabe onde guardaria?

— Não acho que ela tinha, só usava quando alguém levava numa festa — digo. — Eu ficaria surpresa se encontrasse alguma coisa na casa dela, na verdade.

— Hum.

Eu sabia todos os segredos de Susie, e ela sabia os meus. Exceto um.

Quando dobramos a esquina perto do campo de críquete, quase na casa dela, Ed baixa a cabeça e diz:

— Foi ali.

Eu me viro para ver uma esquina comum, uma árvore com um corte no tronco e alguns buquês de cravos no chão, num altar moderno. Quem são as pessoas que fazem isso? Não acho que Susie sequer conhecia os vizinhos.

Imagino a cena, o barulho que deve ter feito, os pneus cantando e os gritos das pessoas na frente da lanchonete do outro lado da rua conforme o veículo avançava pela calçada, tentando alertar Susie. O lugar errado, na hora errada. O baque revoltante de um corpo contra o para-choque, o estalo de Susie batendo contra uma superfície rígida em alta velocidade. Seu corpo largado, como um brinquedo que uma criança joga pelo quarto fazendo birra.

— Por que ela desceu do táxi na avenida?! Se o carro a tivesse deixado na porta de casa, ela ainda estaria viva. Não faz o menor sentido — digo, de repente furiosa de novo, dessa vez com Susie.

A expressão "com vontade de bater a cabeça na parede" tem mais significado do que nunca.

— Provavelmente ela queria usar o *vape* — diz Ed, que deve ter pensado tanto nisso quanto eu, ainda que sob perspectivas diferentes. — Morta por causa de um maldito pen drive com fumaça sabor Skittles.

— Ahhhhh — digo.

É claro. A gente tinha aplaudido Susie por ter trocado o cigarro convencional pelo eletrônico alguns anos atrás. Na época, achávamos que ela estava fazendo uma escolha mais saudável. Levou à morte do mesmo jeito.

— Queria ter arrancado aquilo da mão dela — comento, tentando segurar as lágrimas cheias de raiva e desesperança.

— Sem querer dar uma de sabichão, que nem aquele personagem da *Viz*... — Ed me lança um olhar enquanto estaciona. — Você ainda lê a *Viz*, aliás? Enfim, ela também teria ficado ali parada que nem um poste se estivesse fumando um cigarro comum.

— É mesmo. Dã.

Ele desliga o carro.

— Também fiquei fazendo isso — diz ele, quebrando o silêncio ensurdecedor agora que o motor foi desligado. — Pensando em todas as variáveis, imaginando que, se eu e a Hester não tivéssemos ficado noivos, teríamos ido embora do pub mais cedo. Mas não dá, Eve. Vamos enlouquecer se continuarmos assim. O que aconteceu, aconteceu, só temos que aprender a lidar com isso. O que já é uma tarefa difícil pra caralho. Não dá para ainda por cima ficar se martirizando.

— Sim, você tem razão.

Ed aperta meu ombro antes de sairmos do carro e me sinto grata por ter ele e Justin para compartilhar essa perda. Ninguém mais entenderia.

Eu me pergunto o quanto vai ser difícil entrar na casa de Susie sem ela, enquanto seguimos até a porta. A casa pode parecer comum para um passante qualquer, mas garanto que uma casa geminada de tijolos vermelhos estilo vitoriano custa uma fortuna nessa região.

Não é muito a cara da Susie comprar sua primeira casa numa área cheia de botecos, crimes leves e caçambas de lixo onde escreveram algo tipo: "Propriedade do nº 22!!!! (NÃO ROUBEM DE NOVO, PORRA)".

— Quero que seja um investimento, e meu pai já está com certa idade, dá pra ir andando até a casa dele — disse ela, quando ainda tínhamos 20 e poucos anos.

Acho que ela estava tentando racionalizar o fato de que se sentia mais confortável em seu próprio meio, rodeada de bons cafés onde as pessoas vão com seus MacBooks, e de supermercados chiques. Afinal, ela não ia andando até a casa do pai, mas dirigia seu MINI Cooper verde-escuro, com a rádio de música indie no talo. (Agora vemos o MINI Cooper aqui fora e desviamos o olhar: como é possível o carro estar aqui, se ela não? Terá que ser vendido. Ela vai ficar furiosa quando voltar e descobrir que venderam.)

Uso a chave dela para abrir a porta e seguimos pelo corredor, pulando uma pequena pilha de correspondências que já se acumulou. Ali dentro, o cheiro familiar da casa da Susie, do desinfetante forte que ela usava, me deixa desnorteada.

— Vou levar a correspondência para a mesa da cozinha e dar uma olhada no que precisa ser cancelado, serviços etc. — diz Ed.

— Acho que vai precisar da certidão de óbito para fazer isso — comento.

— É verdade.

Não sei como eu sei disso. Estou no meio da casa dela, discutindo a burocracia de sua morte. Rodeada da decoração que Susie escolheu, suas coisas, tantos casacos que me lembro de vê-la usar nas nossas noites juntas, agora pendurados sem vida atrás da porta. Logo estarão à venda em alguma ONG, envoltos em plástico com uma etiqueta de preço escrita à mão.

Sinto um nó na garganta. É a coisa mais difícil que já fiz.

A segunda mais difícil, depois do hospital.

Por que coisas abandonadas são tão difíceis de suportar? Elas não eram assim antes. E, comparadas com a vida que perdemos, não têm valor algum.

Quando eu era adolescente, o gato da família, Horace, morreu. Ele era um velho rabugento e brigão, que mordia a mão de quem tentava fazer carinho, e meu luto naquela idade não foi muito intenso. Ainda assim, um tempo depois de meus pais voltarem do veterinário com a caixa de transporte vazia, vi uma uva mofada recoberta de pelos perto do rack da TV. Ele tinha brincado com ela, para lá e para cá, e guardado para mais tarde, semanas antes. Horace gostava muito de uvas. Gostava de pequenos objetos redondos em geral, mas uvas eram seu fetiche.

Assim que bati o olho naquela uva mofada recoberta de pelos sem seu guardião por perto, meu coração se partiu.

Entrego a Ed o maço de cartas e digo:

— Vou ver se tem alguma coisa para "limpar" no quarto.

Tenho algo específico em mente. Na época que o método de organização da Marie Kondo ficou popular, contei a Susie que tinha feito uma limpeza drástica nas minhas lembranças pessoais.

— Eu jamais conseguiria — disse ela. — Tenho todos os meus diários e todas as cartas que recebi guardadas. Todas mesmo. Sou apegada nesse nível. Mas nunca recebi muitas. Não sou do tipo que ganha cartas de amor.

— Você escrevia em diários? — perguntei.

Susie também não parecia do tipo que mantinha diários.

— Aham, teve uma hora que parei, mas escrevia quando a gente era mais nova e continuei até os 20 e poucos. Eu só reclamava. Estão cheios de baboseiras, óbvio. *Mi-mi-mi estou muito gorda; mi-mi-mi meu irmão é um idiota. Mi-mi-mi minha mãe não deixou eu comprar a blusa que eu queria.* Essas coisas.

Se tem uma coisa que sei, conforme subo as escadas pisando forte e me lembrando de quando ela me fez apalpar amostras de tecido bege quase idênticas para escolher esse carpete, é o seguinte: eu nunca vou ler esses diários.

Dizer a mim mesma que tenho o direito de ler porque ela não está mais aqui para me impedir, ou que eu poderia usá-los para me sentir "mais próxima" dela de alguma forma, seria a maior das traições. Se ela nunca quis mostrá-los em vida, não tem por que eu achar que ela ia querer compartilhar o conteúdo agora.

O que posso fazer por ela, porém, é impedir que outras pessoas leiam. Abro a porta de seu quarto, hesitante. O estilo de Susie era muito diferente do meu amor por paredes escuras, plantas enormes e bugigangas excêntricas. A cama é branca, com quatro colunas, e todo o espaço é uma sinfonia ordenada de tons neutros. A cama está muito bem arrumada, com os travesseiros afofados. Fico observando.

Imagino como seria se Susie soubesse, quando ajeitou aquele edredom, que nunca mais se deitaria naquela cama. Que ela não voltaria para este quarto, para seus tampões de ouvido na mesa de cabeceira e seu pijama dobrado na cadeira, mas seria levada, com a carne fria, para o necrotério.

Essa falta de aviso é outro aspecto que não consigo aceitar. Susie não sabia que aquele dia seria o último. Ela não teve nenhuma cerimônia, nenhum indicativo de que algo grandioso estava para acontecer. Vida, vida, vida... até que, de repente, morte. Como um corte seco e brutal num filme. Acabou. Fim.

Percebo agora por que as pessoas que perdem entes queridos muito novas gostam de se arriscar. Não são imprudentes, apenas encaram os riscos de forma diferente do resto de nós. Com mais clareza. Elas não têm a mesma fé cega no *amanhã* que nós, sabem que precisam brigar pelo que querem. A ignorância é uma bênção.

Começo olhando o guarda-roupa embutido, suando como uma ladra, e vasculho entre as roupas, tentando não olhar muito para nenhuma peça, para não ter que lidar com o tsunami de memórias que pode ser desencadeado. Paraliso por um segundo toda vez que sinto um lampejo de reconhecimento, alguma memória ligada a um casaco ou vestido específico.

Tem vários cacarecos na parte de baixo do armário, malas vazias e uma caixa de feltro macio. Está fechada com a tampa e tem buracos nas laterais que funcionam como alças. Tiro de lá, coloco sobre a cama e abro.

Bom, até que foi fácil. Mérito da Susie por ser tão organizada e, com exceção dessa caixa, não ser acumuladora. Dentro há vários bolos de cartas, presos por elásticos, todas ainda nos envelopes e endereçadas para Susie quando ela morava num flat alugado em

Lace Market. Debaixo das cartas, diários bem menininha com capas almofadadas, estampas e tons pastel, do tipo que tem fecho mas não cadeado.

Uma olhada rápida nas gavetas da cômoda com puxadores de vidro e uma varredura debaixo da cama não trazem à tona nenhum conteúdo sensível.

Desço as escadas com cuidado, equilibrando a caixa nos braços, e encontro Ed na cozinha.

— Vou levar isso aqui. Não vou fuçar em nada, juro pela minha mãe. Mas são cartas antigas e diários, bem o tipo de coisa em que ela ia querer que a gente desse um fim.

— E eu vou levar isso aqui, mas sem pretensão de usar.

Inclino a cabeça para ver do que ele está falando, e Ed balança um saquinho de pó branco para mim.

— Caralho, onde você achou isso?!

— No bule de chá reserva que ela deve ter herdado da avó. Susie está tendo que se explicar lá no Céu.

Dou risada, mas me sinto levemente atordoada por não ter sido eu, sua melhor amiga e confidente, a prever a existência desse saquinho.

14

— E aí, queridões? — diz Justin, tirando do pescoço o lenço de seda bordô estiloso. Ed e eu murmuramos cumprimentos. — Que dia. Querem algo do balcão? — continua ele.

Fazemos que não, e Justin vai até lá pedir seu café.

Não costumo me sentir assim, mas desta vez estremeço diante do jeito brincalhão de Justin, no mais terrível dos tempos. Faz pouco mais de uma semana que Susie morreu, e estamos reunidos para discutir os planos do funeral. Sei que as intenções dele são boas e em geral adoro sua irreverência. Ele se faz de inconsequente para efeito de comédia, mas tem muita inteligência emocional.

Quando estávamos no fim do ensino médio, Justin fez estágio num abrigo para idosos. Foi passear no lago com um senhor de cadeira de rodas, levando sanduíches caseiros e KitKats para apreciarem a vista. O homem chorou e disse que era um dos melhores dias que tinha vivido naqueles últimos anos, já que sua família não costumava visitar.

— Então foi assim — disse Justin, na época. — Decidi que não poderia trabalhar com nada além disso.

Justin é essa pessoa.

Hoje, porém, não dá para garantir que um desconhecido vá perceber que Justin é totalmente inofensivo, ainda mais se esse estranho for Finlay Hart. Além disso, também estou estranhamente aliviada por Justin ter deixado Leonard com a irmã hoje, já que duvido muito que seus latidos fossem ser interpretados como interrupções engraçadas.

Faz pouco mais de uma semana que Susie morreu e Fin entrou em contato querendo me encontrar. Expliquei que seria um esforço coletivo entre mim, Ed e Justin, então, Fin sugeriu que todos nós nos reuníssemos.

Perguntei se ele queria escolher o local e ele propôs "Qualquer lugar no centro, para facilitar para todo mundo?", e elegi o café perto da estátua do jogador Brian Clough, fácil de achar.

— Você está vindo de Bridgford? — perguntei, sem querer ser intrometida, mas porque estava nervosa e não sabia o que perguntar para tornar a conversa mais longa.

— Não, vou ficar num hotel no centro — disse Fin.

Eu não soube o que responder além de "ah".

Agora estamos aqui, num sábado à tarde, com um grupo de jovens de 20 e poucos anos perto da nossa mesa gritando e ouvindo música em seus notebooks. Parece uma escolha de lugar péssima e ignorante.

Ed e eu nos esbarramos lá fora e, na luz clara e nítida do sol, percebo, depois de só alguns dias sem vê-lo, como ele está exausto e com olheiras. Parece um rascunho feito em carvão do Ed de sempre. Pelo jeito que ele estreita os olhos para me observar antes de abrir a porta, desconfio que eu esteja no mesmo estado.

Mais uma vez me permiti acreditar nas mentiras da indústria de beleza que tenta convencer a gente de que é possível esconder as olheiras, e passei um tempão aplicando três camadas de corretivo. Aí vi meu reflexo numa vitrine e parecia uma mulher muito cansada com olheiras de panda. Sua expressão poderia ser definida como "combalida, quase nocauteada".

Escolhemos uma mesa no andar de cima, com vista para os músicos de rua, as pessoas fazendo compras, todos aqueles que seguem tocando a vida. Malditos sortudos ingênuos. Como podem fazer com que a vida pareça tão fácil, quando a de Susie não foi assim? Será que não sabem o quanto tudo isso é frágil?

Estou com medo, a ponto de estar suando por baixo da minha parca quando a tiro, ainda que não haja nenhum motivo exato para isso. Acho que a partir de agora vou sentir um medo constante dessa realidade completamente alterada com que sou obrigada a lidar.

Existe algo de paradoxal em organizar um funeral — a pessoa a quem o evento é dedicado não está mais presente. É como dar um prêmio pelo conjunto da obra, mas a câmera não vai poder filmar o vencedor comemorando na plateia.

"Não é para Susie, é para quem ficou", disse minha mãe.

Ela fez um chá bem forte para mim, que tomei sentada na mesa de sua cozinha, e acariciou minhas costas falando coisas tipo "Meu Deus, que horrível" e "Ela não tinha idade para isso, não mesmo" e "Sei como vocês duas eram grudadas" e "Sinto muito, querida" a intervalos regulares enquanto eu soluçava e quase vomitava ao contar o que tinha acontecido. Ali eu não precisava ser forte perto de ninguém, podia desabafar tudo com a minha mãe. Ela falou com carinho que sempre achou Susie parecida com a cantora Carly Simon, e senti uma emoção agridoce ao ouvir esse comentário comum que dias antes teria sido simpático mas insignificante. As memórias de Susie tinham valorizado, como a alta do preço de um autógrafo raro.

Mas como esse conselho funciona na prática? O funeral é para Susie e não é, ao mesmo tempo?

— Como vocês estão? — pergunta Justin ao retornar, apoiando a xícara na mesa, a colher tiritando no pires.

— Péssima — respondo. — E você?

— Deplorável. Parece que estou usando próteses faciais para interpretar Winston Churchill, de tão inchado.

Solto uma risada fraca. Queria que a risada de Susie se juntasse à minha.

— Você já fez anotações, Eve? — continua Justin.

Baixo o olhar para meu papel amassado.

— Ah, sim. Algumas coisas que já discutimos.

Na verdade, eu queria que parecesse que fiz a lição de casa se Fin ficasse irritado com o fato de não termos resolvido muita coisa. A demora para o corpo ser liberado depois da autópsia significa que ainda não podemos agendar o funeral.

O corpo. *Os restos mortais*, como alguém me disse. Como se Susie — linda e inteira, ainda que extinta — fosse um fragmento de osso encontrado numa escavação na floresta.

— Qual será a nova moda dos restaurantes de Manhattan, agora que até as redes de cafeterias inglesas já copiaram a antiga? — indaga Ed.

— Hum?

— As lâmpadas de filamento, as paredes de tijolinhos e os sofás marrons de couro gasto ali. Tipo, eram *supercool* um tempo atrás.

— Ha-ha. Verdade.

— As Garotas de Porcelana entraram em contato comigo, aliás — conta Ed. — Queriam dar sugestões para a despedida da Susie. E queriam saber por que não mudamos o Facebook dela para um memorial. O perfil está todo trancado.

— Quê?! — digo, sentindo meu peito queimar de indignação. — Em primeiro lugar, elas não vão opinar em nada! É capaz de quererem cavalos com penachos na cabeça e um caixão de vidro igual ao da Branca de Neve e "Wind Beneath My Wings". Na versão daquela *boyband*. Só que tocada com *kazoos*.

— Olha, achei icônico e disruptivo, para ser sincero — diz Justin. — Anota aí, essas são as minhas sugestões.

— E o perfil dela não está aberto para receber um monte de "descanse em paz, princesa" porque Susie ia detestar.

Sei por que estou furiosa e na defensiva. Se tentarem reescrever quem ela era, desafiar minha posse sobre Susie, vou perdê-la em mais uma instância. A *minha* Susie é a Susie real.

— Por que foram atrás de você e não de mim? — questiono.

— Considerando sua reação, nem consigo imaginar — responde Ed, levando a xícara aos lábios com o dedinho para cima, e Justin dá uma gargalhada.

— Bom, se elas sabem que a melhor amiga da Susie não ia permitir nada disso, nem deviam sugerir — resmungo.

— Vou pedir para elas mandarem as sugestões por mensagem e aí decidimos se usamos alguma coisa. Acho que, com o tempo, elas vão desencanar. Ninguém tem o direito de passar por cima de você, Eve. Todo mundo sabe disso. Vocês duas eram praticamente casadas.

Assinto e tento não chorar pela milésima vez. Nunca mais vou ter uma amiga como ela. Não só pela nossa afinidade, mas por uma questão de linha do tempo. Não dá para fazer novos amigos de infância. De novo, as portas da vida se abrem e fecham.

Ed dá um gole em seu café americano e lança um olhar para a escada.

— Falando no diabo. Acho que é o Finlay ali, não…?

Olho naquela direção.

É ele, de fato. Mesmo se não tivesse reconhecido seus traços, as roupas pretas caras e o Adidas Superstar branco impecável exalam Riqueza e Estrangeiro. E, sim, "o diabo" parece apropriado.

Ele vasculha o lugar. Ergo a mão, como se respondesse a chamada, e digo:

— Aqui.

Em três passadas decididas, Finlay Hart chega até nossa mesa.

Meu primeiro pensamento é: ele é mais alto do que eu lembrava. O segundo é: caramba, como foi fácil reconhecê-lo. Sabe quando você tenta lembrar a cara de alguém que não vê há anos e não consegue, então acha que não conseguiria reconhecer? Mas daí você vê a pessoa e, *pá*, reconhece na hora, sem sombra de dúvida? Reconhecimento por padrões?

Ele ainda tem os olhos azul-escuros solenes e as sobrancelhas retas. O nariz é reto também, diferente do arrebitado de Susie — como é possível que aquele nariz tenha deixado de existir? —, e os lábios são iguais aos dela, só que menores, com o arco do cupido bem marcado.

Identifico as semelhanças com Susie como se estivesse montando um retrato falado — ele tem as mesmas maçãs do rosto altas. Mas o tom de pele é bem diferente, então não parecem irmãos de imediato. Eu me lembro de Susie dizendo: "Adoraria se ele fosse adotado, e aposto que ele também, mas infelizmente os documentos estão todos em ordem e o pai do meu pai era a cara dele".

Quando Finlay tira o gorro e ajeita o cabelo castanho, meu terceiro pensamento é: ele é bonito de um jeito intimidante, ainda que não atraente. Seu rosto poderia ter sido esculpido em argamassa com poucos gestos da espátula. Geometria brutal.

Combina com ele. Sem qualquer suavidade.

— Oi. Sou o Finlay.

Lembro vagamente que ele tinha o cabelo mais comprido, estilo *Retorno a Brideshead*, da última vez que o vi; agora está um pouco mais curto e arrumado, e há um início de barba de quem acabou de pegar um voo longo.

Fin não sorri para nós, mas, sendo justa, não é uma ocasião feliz.

— Você deve ser o Ed — diz ele, estendendo a mão para cumprimentá-lo. — E a Eve?

Estendo a mão para ele. É como se estivéssemos numa entrevista de emprego. Ele dá uma única sacudida firme.

— Justin — meu amigo se apresenta, mas está longe demais para um aperto de mão, então, só acena.

Não consigo parar de analisar os traços de Fin atrás de semelhanças com Susie. É como ter uma sombra dela de volta para mim, seus genes em outra pessoa com ainda menos gordura corporal e mais testosterona. Mas, ainda que ele tenha os mesmos lábios, é curioso como a personalidade transparece com o tempo, porque eles estão sempre formando um biquinho incomodado e arrogante. Dá para *ver* que ele se acha superior a todo mundo, sem nem o conhecer.

Dizem que você tem a cara que merece aos 40, né? *Tic tac, filho da put...*

— Não quer nada pra beber? — pergunta Ed, em referência ao espaço vazio na mesa diante de Fin.

— Não gosto muito do café daqui. Vou comprar em outro lugar depois que a gente terminar.

Uau.

— Quer ir pra outro lugar agora? Não tem problema — sugiro, sentindo o sangue esquentar.

— Não, tudo bem.

— A gente amava muito a sua irmã e estamos todos devastados com o que aconteceu — afirma Ed, numa tentativa de desviar o assunto do nosso café medíocre. — É terrível, mas nem é preciso mencionar isso.

— Obrigado — diz Fin, calmo.

Por um momento assustador, acho que ele não vai falar mais nada, mas então continua:

— É tão sem sentido que chega a ser difícil de processar.

Nós três assentimos com vigor e murmuramos em concordância, aliviados por ele ter dito alguma coisa.

— Mas que sentido tem a morte, né? Não é como se alguém morrendo por uma doença incurável fizesse mais sentido que isso — conclui ele.

Não posso dizer que estou surpresa com a contrariedade de Fin a frases prontas reconfortantes.

— Não... — diz Ed, e suspeito, no breve silêncio que se segue, que estamos todos procurando possíveis respostas e as descartando mentalmente.

Para mim, a diferença é que, se você vai ficar doente, vai ficar doente de qualquer jeito. Existe algo de inevitável, um mistério.

O que me tortura é que havia vários fatores minúsculos e decisivos naquela noite que, juntos, levaram Susie a estar bem na frente daquele carro naquele exato segundo. Muitas variáveis, como Ed falou. Ela não estaria ali se o táxi tivesse demorado mais para chegar. Se tivesse parado em mais semáforos vermelhos. Se o quiz tivesse sido mais curto ou mais longo. Se tivéssemos ido para minha casa tomar mais um drinque. Se a pessoa no carro que sofreu o derrame tivesse escolhido outra rota ou se aquela artéria dilatada em seu cérebro tivesse aguentado um pouco mais. Havia várias oportunidades de sobreviver, mas ela não sobreviveu.

O ambiente à nossa volta é perigoso. Não consigo ignorar esse fato, mesmo em lugares repletos de pessoas alheias a isso. Nada é garantido, e tudo o que você tem pode ser levado embora num instante.

Ainda assim, mesmo que eu não desconfiasse de que Fin é hostil e tóxico, "Não consigo parar de pensar que sua irmã mais nova poderia facilmente ter escapado de um fim tão terrível" não é algo nem remotamente reconfortante ou aceitável de se dizer.

— Então. Sobre o funeral — diz Fin.

Não há vestígios de sotaque em sua voz. Nem de Midlands, mas até aí os Hart vêm de uma área da cidade onde todo mundo tem um sotaque neutro elegante, beirando o do sul.

— Você disse que não conseguiram marcar a data ainda?

— Isso — confirmo, sentindo a responsabilidade de tomar a dianteira recair sobre mim.

Explico que em breve vamos poder marcar. Relato as leituras e músicas que escolhemos, e um rascunho do folheto que será distribuído, e Fin apenas assente, neutro.

— Eu não sabia se você ia querer fazer um discurso... — digo a ele.

— Não, obrigado — responde Fin.

Tento não julgar sua escolha, já que não sei seus motivos, mas obviamente julgo pra cacete.

Não ajuda o fato de que ele não oferece nenhuma explicação além da resposta curta.

— Em relação ao local do velório, tem um hotel no alto da estrada Derby chamado Waltons. É elegante e bonito, sem ser antiquado. Achamos que seria uma boa escolha... Tem um bar e poderíamos contratar um bufê. Eu não queria que fosse muito jovial nem que parecesse uma festa, mas sei que Susie odiaria algo muito... conservador? Se é que essa é a palavra certa.

Fin assente.

— A família vai cobrir os custos, claro. Me passa os valores, e, se alguma coisa precisar de pagamento à vista, transfiro para você imediatamente.

Assinto de volta. Quando começo a achar que a conversa vai correr tranquilamente, toco em outro assunto (achando que estou sendo atenciosa e que ele vai ficar grato por isso):

— Ligamos para a igreja e perguntei sobre o cemitério onde sua mãe foi enterrada, e eles têm uma cova disponível para Susie.

Não acredito que estou dizendo essas palavras. Ela vai para lá uns cinquenta anos adiantada.

— Não é bem do lado da sua mãe, mas fica bem próximo. Debaixo de uma árvore, o que pareceu… — Eu ia dizer "bom", mas não tem nada de bom nessa situação. — Uma boa ideia.

— Não quero que ela seja enterrada — diz Fin. — De jeito nenhum.

Levo um susto.

— Como assim? Por quê?

— Não é o que eu quero — responde ele, me fitando intensamente. — Odeio pensar nela apodrecendo no chão. Ela concordaria. Cremação é melhor.

— Eu acho… Susie ia gostar da ideia de ficar perto da mãe — digo.

O olhar de Fin fica ainda mais intenso. Ele pigarreia.

— Não acho que Susie ia *gostar* de nada disso. Dizer que ela ia *gostar* de qualquer coisa me parece quase loucura, dada a situação. Só dá para pensar no que seria "menos pior". E o menos pior é ela ser cremada, na minha opinião.

Fico terrivelmente ofendida por ser chamada de "quase louca", o que seria ofensivo em qualquer contexto, mas agora é como se ele me chutasse quando já estou no chão.

Só a perda gigante que ele teve me impede de deixar a razão de lado e retrucar.

— Hum, ok, mas eu conhecia ela muito bem e tenho certeza de que ela ia preferir… ser enterrada.

— Com todo o respeito… — começa Fin, o que geralmente significa "sem respeito nenhum" —… não dá para ter certeza. Você chegou a conversar com ela sobre o que ia preferir caso morresse de repente?

— Não, *óbvio* que não, mas...

— Então pronto. Também não falei com Susie sobre isso. Mas não somos uma família religiosa e não costumamos optar por enterros. O caso da minha mãe foi uma exceção.

Ah, claro. A briga. Ele está retomando aquela briga. As pessoas não mudam. *Cretinos vão sempre cretinar*, ouço Susie dizer.

Não me resta nada a fazer além de abrir e fechar a boca, sem dizer nada. Analisando sua argumentação, acho que Fin deveria ter escolhido uma única linha de raciocínio — ele diz que não se sentiria bem se ela fosse enterrada e depois que Susie concordaria com a cremação. *Ou um, ou outro. Especialmente considerando que vocês dois discordavam até da cor do céu, pelo que me lembro.*

Eu não esperava — tolamente, talvez — que ele desse uma carteirada. Sinto que estou decepcionando Susie ao deixar a vontade de Fin prevalecer, e esse sentimento é pesado.

— Mas... — começo.

— Se você quer que ela seja cremada e é o parente mais próximo, então, vamos seguir assim — interrompe Ed, com um olhar afiado para mim, que diz *larga mão disso*.

— O parente mais próximo que está lúcido, na verdade — rebate Fin.

Quando estou prestes a perguntar se ele foi visitar o pai e como ele está, o celular de Fin toca:

— Preciso atender. Obrigado por tudo o que fizeram. Me liguem se tiver mais alguma coisa para resolver.

Ele pega o celular, diz um rápido "alô?", ergue a mão para dizer tchau e se afasta a passos largos pelo café.

Ficamos sentados em silêncio por alguns instantes. Ed aperta a mandíbula, eu fervo de raiva, Justin parece intrigado.

— *Bom.* Eu achava que ele ia ser estranho, mas minha nossa — diz Justin. — É impressão minha ou ele estava exalando *hate* e toxicidade nesta festa?

— Não é mais um grande mistério por que ele e Susie não se davam bem, né? — digo. — Nada comparado ao Triângulo das Bermudas e quem construiu Stonehenge. Puta merda.

— Ah, céus… Eu não esperava que ele estivesse de bom humor — fala Ed. — Mas a conversa foi desnecessariamente hostil. — Ele faz uma pausa. — Talvez ele tenha motivos para não querer um enterro.

Reviro meus olhos cansados e delineados para Ed.

— Me poupa, Ed. Nem você acredita nisso. Aquilo ali foi uma demonstração de poder. Ele estava vendo como era ter as vontades atendidas, agora que Susie não está mais aqui para impedi-lo. Nem se afetou com a morte da irmã, pelo que dá pra ver. É um monstro. Um teste de Voight-Kampff ambulante com tênis impecáveis.

— É o teste que fazem no *Blade Runner* para ver se alguém é um replicante — explica Justin para Ed.

— Eu sei! — responde ele, indignado.

— Será que eu devia ter insistido no enterro? — pergunto, melancólica.

— Peraí, o que a gente viu foi você *não* insistindo? — devolve Justin, bancando o espertinho.

— Você entendeu.

Ed balança a cabeça, enfático.

— Não. Mesmo se ele for secretamente um robô, é ele quem decide. Só estamos planejando tudo porque Fin permitiu. Ele poderia estar controlando cada mínimo detalhe.

— É só porque ele não quer ter trabalho e mal conhecia ela. Acha que ele tinha alguma noção do que ela gostava desde que parou de brincar de Barbie?

— Não importa o motivo — diz Ed. — É melhor não comprar briga. Você só precisa suportá-lo até o fim do velório e aí nunca mais vai precisar ver o cara.

— Já pensou? É capaz de ele nem aparecer para o funeral do pai — fala Justin.

— Ah, não, ele voltaria aqui pra isso, sabe por quê? — retruco. — Por causa de uma coisinha chamada "único herdeiro vivo".

— A não ser que o pai o odeie tanto que o tenha tirado do testamento — considera Justin.

— Daí o filho inescrupuloso vai ressurgir das cinzas, bem quando o pai está doente e nem um pouco lúcido, só para convencê-lo a o incluir novamente no testamento?

— Uau — diz Justin, e nos encaramos perplexos com a possibilidade de esse ser o projeto paralelo atual de Fin.

— Podem parar, vocês dois. Isso aqui não é uma série de detetive — fala Ed. — Vamos nos concentrar no que temos que fazer.

15

Decidimos, depois da saída triunfal de Fin, terminar o texto do folheto do velório antes de eu ir à gráfica.

Uma celebração (??) da vida de...

— A gente vai usar "celebração", tipo, *uhuu vamos ver o lado bom das coisas*? — pergunto, olhando cética para minhas próprias palavras. — Não vejo por que ser otimista.

Acrescento mais um ponto de interrogação.

— "Celebração" não significa que tem um lado bom. Significa que não vamos só chorar e lamentar mas também relembrar por que era tão bom ter ela aqui com a gente — diz Ed.

— Sim, concordo — fala Justin. — Estamos celebrando a Susie, não a morte dela. É uma questão semântica.

— Mas será que "Em memória de" não fica mais neutro? — digo. — Se for "celebração", fico com receio de que as pessoas usem roupas coloridas ou sei lá.

— Acho que "Em memória de" combina mais com pessoas mais velhas — opina Ed. — Não com a Susie.

— Nada disso combina com a Susie — devolvo, dolorida. — Então vai ser...

Escrevo com cuidado:

Uma celebração da vida de
Susannah Carole Octavia Hart

— Ela odiava os nomes do meio — digo. — Não revelava pra ninguém! Até consigo ouvir ela falando agora: "Tira isso, vocês estão me expondo!".

— É, ela sempre me dava um murro com aqueles anéis que pareciam um soco-inglês quando eu a chamava de "Carole Pau Mole" — conta Justin, e dou risada, e finalmente não é uma risadinha fraca e chorosa.

Sinto que a superação deve estar enterrada em algum lugar no meio das risadas. Pelo menos uma superação parcial.

— A mãe dela amava a Carole Lombard — explico. — Sabe? Que foi casada com Clark Gable? Eu me lembro da Susie reclamando que nos anos 1980 Carole não era um nome de estrela de cinema, era o nome de uma mulher que pediria para falar com o gerente.

— E de onde veio Octavia? — pergunta Ed.

— Sei lá, do Império Romano? — responde Justin.

Enquanto eles dão risada, penso em como sei coisas sobre as origens de Susie que eles nem fazem ideia, já que tive dez anos de vantagem. Octavia era a avó dela.

Escolhemos uma foto para a capa do folheto. Uma coisa útil da nossa era de redes sociais é que sabemos que todas as imagens usadas no perfil do Facebook são fotos de que a pessoa com certeza gostava, ou com que pelo menos estava satisfeita o suficiente para publicar. Susie tinha ideias bem claras sobre as coisas, confiava muito no que achava.

Temos certeza de que a imagem dela num barco, o cabelo castanho-claro esvoaçando ao redor do rosto, sorrindo apesar da chuva, a pele rosada por causa do frio, era tão atraente para ela quanto é para nós, se estava disponível para todos verem na internet nos últimos anos. É de antes de ela fazer 30, mas não mudou nada. Tinha uma dela mais nova num casamento que também consideramos, mas achamos que tinha "cara de bebê que não completou 25". São estranhos, os cálculos que nos pegamos fazendo. Não há nenhuma regra ditando que a foto precisa ser recente, mas sentimos que sim.

Se olho para a foto por muito tempo, sinto que vou desmaiar.

Ela está bem ali, mas não mais aqui.

— Talvez a gente possa abreviar os nomes do meio, que nem em documentos ou no cartão de crédito? — sugere Ed, sem levar muito a sério.

— Não podemos chamá-la de Susannah C. O. Hart. Parece uma magnata da indústria do cinema dos anos 1950 — digo.

— Ou irlandês, O'Hart — completa Justin.

— E se for só "Susannah Hart"?

— Acho estranho usar o primeiro nome inteiro e não incluir os nomes do meio — diz Ed.

— "Susie Hart"? Informal demais? — pergunto. — Era como todo mundo a chamava. Menos os parentes próximos, acho.

— Esse é meu receio. O pai dela escolheu o nome Susannah Carole Octavia — diz Justin. — Não sei se é legal ignorar isso e mandar uns apelidos tipo Susannah-banana ou Susaninha no folheto.

— Sem querer soar insensível ou frio — fala Ed —, mas quanto que o sr. Hart vai entender do que está acontecendo?

— Hum.

Encaramos, tristes e contemplativos, a espuma da nossa segunda rodada de café — aquela que você quer mas sabe que não precisa e que te deixa muito pilhado.

— Vamos de Susannah Hart — digo. — É o nome que ela usava e como a gente a conhecia. Se existe uma vantagem de ter o velório organizado pelos amigos e não pela família é que os amigos sabem melhor do que você gosta. Se usarmos o nome completo, todo mundo vai passar o primeiro minuto cochichando "Carole Octavia? Ha-ha-ha" e a gente sabe muito bem que ela odiaria isso.

— Proposta aceita — diz Justin. — Só uma coisa: e se o irmão dela reclamar?

— Hum, ele não pareceu do tipo que reclama — responde Ed, e todos damos risada, e fico feliz de ainda conseguirmos brincar como antes. Demanda resiliência. — Mas falando sério — continua ele. — Finlay deu carta branca pra gente fazer o folheto. Se ele não gostar do nome que escolhemos, ele vai ver junto com todo mundo, quando o folheto for distribuído no crematório. *E aí, vai fazer o quê, hein?* Só um psicopata pra começar a causar e gritar num funeral.

— Ah, é? Você precisa conhecer a família da minha mãe — replica Justin.

— Eu não descartaria a possibilidade de ele ser psicopata — falo. — Tenho certeza de que aquele ali tem a amígdala cerebral menos reativa.

— E o jeito que ele sentava? — responde Justin.

— Peraí, alguém traduz o que a Eve falou? — diz Ed.

— É a parte do cérebro que não funciona nos serial killers. Como pode ele ser psiquiatra? É tipo aquele assassino Harold Shipman, que se fingia de médico.

— Harold Shipman era mesmo médico — declara Justin.

— Bom, independentemente de quantas pessoas ele matou, se ele começar a causar, a gente não tem nada com isso. Não vai ser por culpa nossa — fala Ed, recostando-se na cadeira.

— Edward, sua cobra traiçoeira — sibila Justin.

— Ele deixa a gente ganhar a fama, mas no fundo é ainda pior — comento, e Ed gesticula fingindo ajeitar um chapéu imaginário. — Outra questão polêmica — continuo. — Vamos mesmo usar a música-tema de *Twin Peaks* no final? Não comentei nada com o Fin, ainda bem.

— Eu amo essa ideia — concorda Justin. — Ela amava a série, é a cara dela. Lembra daquela vez que ela até se fantasiou de Laura Palmer no Halloween?

— Lembro — confirmo.

Eu ajudei com a fantasia. Um invólucro plástico, tinta azul para o cabelo, maquiagem meio robótica com glitter e uma placa com ELA É CHEIA DE SEGREDOS escrito nas costas. Me recuso a pensar muito no fato de que fiz um contorno de iluminador prateado em suas maçãs do rosto (altas como as de toda a família Hart) para simular rigor mortis.

— Se ela estiver vendo a gente de algum lugar, quando começar a tocar, vai gargalhar alto. E dar um soquinho no ar — brinca Justin.

— É o que importa — comenta Ed. — É uma homenagem para ela, não para um chato qualquer na terceira fileira.

— Amém! — diz Justin.

— Amém — concordo.

— E quebra uma para o irmão dela — diz Ed para mim, brincando com fogo.

— Ah, posso quebrar... — retruco. — Uma perna ou um braço, talvez?

O coração não tem como.

Depois de um tempo, pergunto para Ed:

— E tem certeza de que quer ler o discurso? Não importa o que eu escreva?

— Certeza absoluta.

Ele aperta minha mão.

Foi o que combinamos, em meio a um turbilhão de lágrimas. Eu posso escrever sobre Susie, mas não conseguiria ler nada em voz alta. Ed disse que consegue ler, mas não teria forças para sentar e escrever.

Justin se ofereceu para revisar tudo.

Ed não solta minha mão e a aperto de volta, para poder soltá-la educadamente. Ele me lança um olhar intenso conforme afasto os dedos.

— Você vai arrasar. Sabe disso, né? Não precisa ficar com medo.

— Obrigada — digo.

Ed tem razão, estou com medo. É bom me sentir compreendida.

— Uuuh, acabei de me dar conta de uma coisa sinistra — falo. — Susie sempre dizia que era a Laura, né? A ficha acabou de cair sobre quem Fin me lembra. O agente Cooper.

Ed e Justin inclinam a cabeça, pensando, e assentem.

Justin finge acionar um gravador imaginário e diz:

— Diane. Conheci mais três imbecis hoje.

16

Acontagem regressiva até o funeral é horrível. "Horrível." Que palavra chocha para descrever essa experiência. As filas no supermercado na véspera de Natal são horríveis. Bater o cotovelo numa quina é horrível. Minha escala de coisas horríveis mudou completamente e preciso de um novo vocabulário para dar conta. A gente só percebe como as atitudes e a linguagem da nossa geração são frívolas quando precisamos de termos que comuniquem um grande impacto e não encontramos. Foram desgastados por piadas bestas e hipérboles irônicas.

Reviver aquela manhã em que descobri o que aconteceu, algo que faço constante e compulsivamente, é tão aterrador que se assemelha ao estresse pós-traumático. Ainda assim, "aterrador" não é suficiente.

Consigo ver Susie e eu na minha cabeça, sentadas de pijama na casa dela. Susie usa um cardigã por cima do pijama, o cabelo igual ao do Beetlejuice, os pés com esmalte colorido em cima da mesa de centro. Descrevemos os efeitos de encher a cara de rosé num bar ali perto como "aterradores".

Isso é uma tortura, Susie diria. *Vamos precisar de delivery do KFC e uns molhos da Domino's. Acabamos de voltar da guerra. Estamos ao deus-dará. Comemos o pão que o diabo amassou.*

Usamos esses termos para falar sobre "dar PT" e "queria não ter beijado um cara cujo usuário no Twitter é @DoutorPenis", então não dá para usar essas mesmas palavras para descrever acontecimentos bombásticos, perturbadores, pesadelos que te mudaram para sempre.

Levei duas horas e meia, com pausas para choramingar e soluçar, para escrever minha homenagem a Susannah Hart. Mandei para Ed, que respondeu: *Estou em pedaços.* E alguns minutos depois: *É lindo. Espero fazer justiça ao que você escreveu. Beijos*

Então voltei ao trabalho na segunda e retribuí os olhares curiosos e de pena com um sorriso abatido, desviando de todas as perguntas com respostas educadas mas curtas. *Sim, foi atropelada. Não, o motorista não tinha bebido. O funeral é semana que vem. Sim, ela era muito nova. Não, ela não era casada nem tinha filhos. Obrigada, estou aguentando firme.*

Satisfeitos com as respostas, Phil, Lucy e Seth voltam a encarar seus monitores.

Sinto que estou brincando de vida normal. Como se tivesse vestido uma armadura para brincar de RPG medieval com um bando de nerds no parque. Ah, hoje vamos fazer aquela cena em que a vida continua e eu escrevo matérias para um site?

Eu me sento e digito:

Você nunca viu um cachorro-quente como este! Descubra por que as pessoas estão obcecadas pelas salsichas grossas e suculentas do Eu Não Sou Cachorro Não

— Você está fazendo a matéria sobre aquele dogão de quinta? — pergunta Phil.

Phil está pisando em ovos comigo, porque até ele sabe que suas piadas escrachadas não funcionam com alguém que está de luto.

— Aham — respondo.

Chamar cachorro-quente de "dogão" é a cara do Phil. Ele chama Coca-Cola de "xarope gaseificado".

— É horrível, né? Quem quer camarão frito num cachorro--quente? Cretinos nojentos. Aqui não é os Estados Unidos.

— É culpa dos hipsters — digo. — Eles misturam tudo com qualquer coisa.

— Parece que está rolando uma valorização de comidas que na minha época a gente comia chapado às três da manhã.

— É o mundo moderno, Phil. Não é pra gente — digo.

— Para com isso, você é jovem! — devolve Phil, e dá pra ver que ele se sente desconfortável até para fazer o menor dos elogios.

É isso que chamam de ser gentil?, deve estar pensando. *Será que estou fazendo certo?*

— Poxa, obrigada.

Phil olha para a página que estou escrevendo.

— Podemos chamar de "suculentas"? Não seria propaganda enganosa?

— Além de significar nutritivo e saboroso, "suculento" também está no dicionário como algo "oleoso, gorduroso", então está liberado.

— Ah. Muito bem.

Phil balança a cabeça, desolado, encarando sua tela.

Arrasto uma imagem do El Gringo Dog — um cachorro-quente com *jalapeños*, avocado e farelo de *nachos* em cima — para a página. Queria ter um emprego mais útil, tipo Ed dando aula para crianças ou Justin cuidando de idosos. É difícil convencer a mim mesma a aguentar firme porque a população precisa de informações cruciais sobre o Dog de Chilli e Curry Apimentado Triplo.

O que Susie ia querer que eu fizesse?, me pergunto, como um antídoto para o sentimento de fracasso. Sei a resposta de imediato. Ela ia querer que eu fosse visitar seu pai, o telefonema superficial que eu dei não foi o suficiente. É difícil, porque não sei quem vou encontrar.

Lembro quando ela mencionou pela primeira vez que ele não estava bem, uns dois anos atrás:

— Peguei meu pai procurando "sorvete" na Wikipédia. Achei que ele estivesse procurando um novo hobby para a aposentadoria, tipo fazer o próprio sorvete. Até que ele disse: "Que droga, não consigo lembrar o que é sorvete. É de comer?".

Susie falou para ele dos sabores napolitano e flocos, de servir no copo ou na casquinha, dos picolés na praia, até que ele riu e disse: "Ah, é claro!".

Na época, não demos muita importância, achando que tinha sido um lapso levemente preocupante, mas possível naquela idade.

Pode parecer ridículo, mas o pai de Susie era dono de uma construtora e campeão de tênis amador. Iain Hart, com seu leve sotaque escocês, era um homem batalhador, tradicional, pai de família, com um bigodão desgrenhado. Era um membro ativo do conselho da nossa escola e da Maçonaria, partidário dos Tories, um empreendedor que não tolerava quem se fazia de vítima. Não parecia possível que ele tivesse demência. A gente achava que ele daria uma surra na demência até ela implorar perdão.

Quando eu tinha 20 e poucos anos, morei brevemente com duas outras pessoas: uma mulher que nunca estava em casa por causa dos turnos no trabalho e um cara bizarro que jogava os móveis na parede e dizia que iria atrás de mim se eu tentasse ir embora.

Susie contou para o pai dela. Na ausência de um pai (na Inglaterra) para fazer o mesmo por mim, ele pegou a BMW e saiu em disparada, estacionou bem na frente de casa cantando pneu e puxou o freio de mão com tanta força que parecia que estava engatilhando uma arma. Esmurrou a porta, entrou a passos largos e disse para eu fazer as malas na frente do meliante. O sr. Hart então anunciou calmamente que, se ele tocasse em um fio de cabelo meu sequer, ia acabar boiando no rio Trent. De repente o cara ficou pianinho, insistindo que eu tinha entendido tudo errado. Serei eternamente grata ao sr. Hart por ter intervindo.

Depois do trabalho, pego um ônibus para o outro lado da cidade e caminho o curto trajeto do ponto até a casa da família Hart. Está frio demais para as crianças brincarem ao ar livre — e provavelmente Minecraft é mais popular —, então as ruas parecem estranhamente silenciosas, comparadas ao meu endereço mais humilde.

Essas casas com janelas salientes e terrenos bem delineados e separados por muros pareciam castelos imponentes quando eu era pequena, nos longos verões da infância. Aos 30, me parecem um subúrbio comum. O que é irônico, na verdade, considerando que tenho ainda menos chances de morar num lugar assim depois de desperdiçar oportunidades de carreira aos 20; estão mais fora do meu alcance do que nunca.

Essa região é habitada por uma população mais velha — não está ao alcance de profissionais e famílias jovens que, se fossem fazer um financiamento dessa escala, provavelmente optariam por algo mais moderno onde poderiam colocar portas de vidro enormes e uma bancada de mármore na cozinha.

Conforme vou até a porta dos Hart, nº 67, penso: *quantas vezes eu pisei nessas mesmas lajotas quando criança, sem dar a mínima?* Ansiosa para ir viajar para a praia ou jogando conversa fora alegremente no quarto gigante de Susie, fofocando e experimentando vários tipos de gloss, grudentos como mel.

A injustiça de tudo isso me atinge de novo.

A vida desviou completamente do roteiro. Estamos num futuro paralelo em que não deveríamos estar. Uma outra Eve, em outro universo, está tomando um drinque depois do trabalho com Susie neste exato momento. Não só aquela Eve é alguém diferente: a Eve daquela noite no pub também é. Aquela foi a última noite do Passado, e nem fazíamos ideia.

Meu coração acelera quando aperto o botão da campainha antiquada que faz soar um *ding-dong* discreto no corredor do outro lado da porta. Mesmo me sentindo culpada, torço para que o pai de Susie não esteja em casa. Mas em alguns segundos a porta interna se abre, e ele aparece.

— Oi, Eve!

Ele está usando um suéter e parece um pouco mais velho do que me lembro — e mais calvo —, mas fora isso está superbem, dadas as atuais circunstâncias.

— Oi! Não tinha certeza se iria lembrar de mim — falo, para ser educada, mas aí me dou conta de que não é algo legal de se dizer para alguém com Alzheimer.

— Claro que eu lembro. A adorável amiga da Susie.

Fico tão surpresa que não consigo falar, tanto por ele se lembrar da minha conexão com sua filha como por mencioná-la.

— Isso! — digo. — Quer dizer, adorável eu já não sei, ha-ha.

— Entra, entra, que bom te ver.

Ele me arrasta para dentro, parecendo entusiasmado e feliz de verdade.

Entrar ali é como viajar no tempo — a mesma mesa redonda ao lado das escadas largas, com o telefone de disco cor de creme sobre uma toalhinha. O tapete grosso e macio sob nossos pés é da cor de um hamster. Todo tipo de tendência passou pela casa dos Hart. A mãe de Susie, extravagante e requintada, gostava de tomar licor Dubonnet com limonada, arrumava o cabelo que nem as personagens de *Dinastia* e decorava o lavabo numa sinfonia rosa-salmão. A Susie adolescente achava brega; eu amava por achar tudo pitoresco.

— Estava me perguntando se você precisa de alguém para fazer compras, se está se virando bem...? — digo.

— Ah, obrigado, mas ainda não estou tão inútil! O carro só sai da garagem para me levar no mercado.

Meu plano com o sr. Hart era: fazer essa oferta de ajuda genérica, que eu poderia retirar facilmente e sem constrangimentos se ele parecesse lúcido e recusasse. Não achei que seria produtivo elaborar uma estratégia se eu nem sequer sabia qual era seu estado mental.

E agora?

— Então, não precisa, estou muito bem, obrigado, Eve. Mas e você? Como está? Não te vejo há séculos! Susie nunca te traz aqui.

Eu me retraio ao ouvir o nome dela. Imaginei que ele não tivesse retido a informação de que ela está morta, mas ainda é um choque ouvi-lo falar assim.

— Tenho estado bem ocupada — digo.

— Vocês duas não andaram brigando, né?

— Não, claro que não — respondo, e então acrescento, quase gaguejando: — Continuamos bem próximas.

Quando digo essas três palavras, minha voz engrossa, a garganta se fecha e rezo para ele não ter percebido.

— Quer um chá? — pergunta ele, e eu aceito, pensando: *Vou conseguir ter uma noção melhor de como ele está se saindo nas tarefas domésticas.*

Susie insistia que, apesar de seu pai não saber mais em que ano estamos, e consequentemente em que época da vida ele está — ele achava que estava de férias do trabalho e se impressionava por parecerem longuíssimas —, estava totalmente lúcido quando se tratava de tarefas corriqueiras. Ela analisara o extrato do banco, verificara se suas roupas estavam limpas, dera uma olhada na geladeira. Estava tudo em ordem. Pedaços da memória dele haviam caído como tijolos de alvenaria, mas as atividades cotidianas seguiam normais.

Eu o acompanho até a cozinha amarela, com as cortininhas brancas — estilo calcinha de vó, como minha mãe costuma dizer —, e observo enquanto o sr. Hart enche a chaleira e pega uma caneca de bolinhas do armário.

— Como você está? — pergunto.

— Nada mal — diz ele. — Algumas dores aqui e ali, mas é a idade, não tem o que fazer. Ainda consigo cuidar do jardim. Eric vem uma vez por mês para o trabalho pesado.

— Ah, sim!

Dou um passo à frente, me aproximando da janela, e olho para o jardim tão bem-cuidado quanto me lembro.

— Está lindo — elogio.

— Como estão as coisas na faculdade? — pergunta ele. — Muito tensa com a época de provas?

Tirando o fato de não saber que Susie se foi, ele não falou nada muito estranho até agora, e tento não parecer surpresa. Eu me lembro de Justin comentar que, com pacientes que têm demência, é melhor entrar na onda do que tentar corrigir, o que acabaria deixando-os desestabilizados.

— Não, não. Já revisei tudo — digo. — Estou confiante.

Bem confiante, considerando os três dez e dois nove que tirei, dezesseis anos atrás.

Assim que o sr. Hart mergulha o sachê de chá e faz menção de me entregar a caneca, a campainha toca de novo.

Ele vai atender e ouço vozes masculinas na varanda, numa conversa que, pela entonação, logo vira se não uma briga, certamente algo mais tenso do que um bate-papo.

Uma frase se distingue do falatório:

— Olha, eu já te falei. Você veio na casa errada.

Finlay Hart está tão feliz em me ver, espiando atrás de seu pai, como eu estou de ver sua expressão taciturna enquanto a noite cai.

— Você poderia explicar para este homem quem eu sou, por favor, Eve? — pede o sr. Hart. — Ele acha que somos parentes. Mas nunca o vi na vida. Ah, espera, seu chá vai esfriar.

Ele desaparece em direção à cozinha e Fin entra, fechando a porta atrás dele.

— O que está fazendo aqui? — pergunta ele, com a voz grave e ameaçadora.

— Vim ver como ele está.

— E o que acha? — questiona ele, ainda que não pareça querer uma resposta.

— Está... bem, acho? Não parece triste ou angustiado, pelo menos.

— Bom, ele... — Finlay se interrompe quando a porta se abre.

— Aqui está — diz o sr. Hart, quando reaparece com o chá, que aceito. Ele fica surpreso por um instante ao ver Fin dentro de casa, e então se vira para mim: — Ah, entendi... Você conhece esse homem?

— Hã... conheço — digo, bebericando o chá.

A tática de improvisar e entrar na onda está saindo do controle bem rápido.

— Seu namorado? — pergunta ele, olhando de um para outro.

— Isso — digo, cerrando os dentes e lançando um olhar para Finlay, que aperta o maxilar furioso.

O que ele queria que eu dissesse? *Não, ele entrou à força, chame a polícia!*

Então me dou conta de que o sr. Hart está esperando ser apresentado.

— Finlay — complemento.

— Nossa, caramba — diz o sr. Hart, e eu e Fin nos entreolhamos, porque sabemos o que está por vir. — Meu filho se chama Finlay. Fin, para os íntimos.

Ficamos em silêncio e sinto que Finlay, para além da irritação profunda ao me encontrar aqui de surpresa, está envergonhado. Eu estar ali testemunhando o estado do pai dele é uma invasão de privacidade, e ele se sente exposto. Fin gosta de manter as aparências quase como se tivesse uma placa de MANTENHA DISTÂNCIA pendurada no pescoço. Isso aqui é fraqueza e vulnerabilidade, ainda que não diretamente dele.

— Olha só, eu tenho uns biscoitos deliciosos, recheados com frutas — oferece o sr. Hart. — Vou lá buscar, e aí podemos conversar sobre como anda a vida. Podem ir por ali e se sentar que eu já encontro vocês.

Levo minha xícara de chá para a sala de estar, com Fin logo atrás, e deixo encostada a porta envernizada cor de creme, a maçaneta com estampa de flores. A casa dos Hart pertence a uma era em que a esposa decidia toda a decoração. Eu sempre ficava impressionada que eles tinham uma sala de estar para ver TV e outra sala elegante ao lado, com janelas para a rua, onde ficava a mesa de jantar com caminho de mesa e castiçais, para receber visitas. (Não a ralé que nem eu, mas jantares finos.)

— Você não deveria ter vindo — diz Fin, sussurrando com raiva. — Estranhos que conheciam Susie aparecendo do nada na porta dele só vão deixar meu pai desorientado. Ele não precisa disso.

— Ele sabe quem eu sou! Me cumprimentou, me chamou de Eve!

— Ele acha que a Susie tem 17 anos. Não sabe direito quem você é.

— Bom, você também está aqui, e ele não faz a menor ideia de quem seja — retruco.

— Ele é meu pai — rebate Fin, arqueando as sobrancelhas. — Tenho direito de vir. Você não tem.

— Você nem teria entrado se não fosse por mim.

— Aqui estão, são pedacinhos de gengibre cristalizados, acho — diz o sr. Hart, empurrando a porta e trazendo um prato que deixa na mesinha de centro. — Deliciosos. Você quer um chá, rapaz? — pergunta ele para Fin. — Peço desculpas, esqueci você.

Literalmente.

— Sim, obrigado — aceita Fin, depois de uma pausa em que ele pensou que seria uma boa forma de estender sua visita. — Com leite e sem açúcar, por favor.

— Você foi à casa da Susie? — pergunta Fin, depois que o pai sai. — Parecia que alguém tinha estado lá.

— Fui — digo, me empertigando, receosa, pensando *Deus abençoe o Ed*. Graças a Deus ele sabia que era algo que tínhamos que fazer rápido.

Assim que chegou no aeroporto de Heathrow, Finlay Hart foi para a casa de Susie acompanhado do chaveiro.

— Você levou objetos pessoais do quarto dela?

Sinto minha pele formigar.

— Uma caixa de recordações, nada com qualquer valor financeiro.

— Posso decidir por mim mesmo se não tinham valor? O que havia dentro, exatamente?

Não faço ideia se devo tentar desconversar e não tenho coragem de me recusar a responder.

— Cartas e diários.

— Certo. Pode devolver, por favor?

— Não, são particulares.

Nem por um segundo pensei que o irmão de Susie saberia que essa caixa existia, muito menos que daria falta dela, e fui pega desprevenida.

— Eram particulares para Susie. Não são seus.

— Estou guardando para ela.

— Mas você tem acesso ao conteúdo.

— Na verdade, não. Não vou ler nada.

Fin parece não acreditar.

— Você está com uma caixa que eu não posso ver, mas também não vai olhar?

— Sim. O objetivo é proteger a privacidade da Susie.

— Hum, tá, parece muito nobre, mas você não tem o direito de se autodeclarar a guardiã dos pertences dela sem me consultar.

— Pra que você quer os diários dela? — pergunto. — Vocês nem eram próximos.

— Não preciso me justificar. Como você justifica ter basicamente roubado a caixa?

— Como melhor amiga dela, sei que a última coisa que ela ia querer era que o irmão... — paro, e tento, em vão, ser mais diplomática: —... ou que qualquer um lesse seus antigos diários.

— Não cabe a você tomar essa decisão.

Decido parar com a palhaçada de fingir ser simpática com Finlay Hart.

— Na verdade, cabe, sim, já que a caixa está comigo. Assunto encerrado.

— Você quer mesmo que a coisa fique feia? Quer que eu acione meu advogado? Porque vou fazer isso, pode apostar.

— Fique à vontade — digo, entrando em pânico porque, se ele cumprir essa ameaça, não faço ideia de quais direitos ele têm.

Quanto mais ele me pressiona e mais me desespero, mais na defensiva fico. Será que eu deveria queimar as coisas dela? Será que ele poderia me processar por destruição de propriedade?

— Você está querendo fingir que se dava bem com a Susie?

O rosto de Fin se contorce, tentando conter o desdém.

— Eu não falei nada sobre me dar bem com ela. Isso é irrelevante. O que você fez foi roubo, você decidiu que as coisas dela pertencem a você. Só que não pertencem.

Eu poderia dizer a Fin que Susie havia salvado o número dele com um xingamento horrível, mas, diante da perda que ele teve, debaixo do teto de sua casa de infância, com seu pai doente logo ali na cozinha, não tenho estômago para ser tão cruel. Ainda assim, tenho certeza absoluta de que, se os papéis fossem invertidos, ele usaria isso contra mim.

O sr. Hart reaparece, trazendo uma xícara de chá para Fin, e a campainha toca de novo.

— Perdão — diz ele. — Esqueci de mencionar que a faxineira vinha hoje. Espero que os dois pombinhos possam se entreter enquanto atendo.

A porta se fecha de novo e ouvimos uma voz feminina. Ela usa uma entonação firme e forçosamente animada, o que sugere que está ciente dos desafios que o sr. Hart tem enfrentado.

— Volto para casa no dia seguinte do funeral — fala Fin. — Devolva as coisas da Susie até lá ou pode esperar uma carta bem desagradável.

— Você não tem nenhum pudor em desrespeitar a vontade dela, né? — digo.

— E você não tem nenhum pudor em usar a suposta vontade dela para tirar proveito da situação.

— *Tirar proveito?* — sibilo. — Você acha que estou fazendo isso porque acho *divertido*?

— Eu só disse que te traz alguma vantagem. Vai saber qual.

Fulminamos um ao outro, num impasse, mas não quero brigar e acabar perturbando um paciente com demência e de luto. (Ainda pode ser considerado luto se a pessoa não lembra que deve senti-lo?)

Termino o chá e vou ao lavabo tanto para fazer xixi como para dar uma analisada, e o encontro limpíssimo.

Enquanto vou embora e recebo um tchau animado do sr. Hart, vejo que Fin se enfiou na outra sala para falar com a faxineira.

Esmoreço ao pensar que estou deixando um idoso vulnerável com um soldado inimigo dentro de casa, mas o que posso fazer?

17

Para a surpresa de absolutamente ninguém, a primeira coisa que faço quando chego em casa é checar se a caixa ainda está lá.

Você quer mesmo que a coisa fique feia? Quer que eu acione meu advogado? Porque vou fazer isso, pode apostar.

Finlay Hart não é só detestável, ele é assustador.

Subo as escadas correndo, pego a caixa embaixo da cama, abro a tampa e verifico se está tudo lá. Talvez eu devesse tirá-la daqui? É um lugar bem comum para esconder coisas, e acho que Finlay Hart seria capaz de invadir minha casa. Usando um capuz preto e tênis brancos impecáveis, escalando a janela ao me ouvir girar a chave, Roger miando confuso. É uma hipótese insana, mas não consigo ser racional com isso nem com nada relacionado a Susie.

Quando dou uma segunda olhada no conteúdo da caixa, noto algo. Conforme organizo os montes de cartas, vejo um envelope com um buraco, rasgado quando Susie o abriu.

Esse buraco revela uma caligrafia feminina que não é da Susie, e dá para ler claramente as seguintes palavras:

relação a Eve, ela pode

Encaro a carta por um bom tempo, até que a largo e tampo a caixa de novo. Meu coração está disparado; meu rosto, corado. Sou eu. Tem uma carta que fala sobre mim.

Em relação a mim, *o quê*?

A vontade de ler é gigante, quase esmagadora. Eu estava tão firme e convicta de não bisbilhotar, não esperava esse nível de tentação.

O anjinho sussurra na minha orelha: *seu instinto inicial estava correto. Quem bisbilhota não encontra nada de bom. A carta foi destinada apenas a Susie, e, até onde você sabe, ela nunca compartilhou o que está escrito aqui com você. Quer mesmo ler algo que pode ser chocante ou perturbador na véspera do funeral dela?*

O diabinho diz: *você não queria ter visto, mas agora já viu, e isso vai te consumir até você descobrir o que está escrito. Provavelmente não é nada de mais. E olha só a data! É de dez anos atrás. Você tinha 20 e poucos anos. Não deve ser nada importante. Você lembra de algo que possa ter escrito sobre Susie uma década atrás que ainda tenha importância? Não, né? Então!*

Imagino cenários possíveis. Se forem reclamações bobas, alguma maldade, deslealdade, sugerindo que Susie tenha falado mal de mim para alguém, como vou me sentir? Vai doer, claro.

Entretanto, Susie e eu éramos tão próximas que podíamos reclamar uma na cara da outra e ficava tudo bem. A gente sempre resolvia nossos problemas. Era parte do que nos tornava tão boas amigas, não havia qualquer resíduo de rancor acumulado, do tipo que pode acabar entupindo o encanamento de tantas amizades entre mulheres.

(Isso descreve bem as amizades de Hester, por exemplo. Ela tem uma miríade de objeções morais, comentários cínicos e rixas históricas com todo mundo que considera próximo. Se você conhecer uma amiga dela e comentar algo tipo: "A Verity é muito legal, né? Tem várias histórias para contar", ela imediatamente vai rebater com: "Ela é TÃO cansativa. Aliás, só para você saber, nada do que ela contou sobre ter ficado com esse editor de tabloides é verdade. Ela gosta de jogar no outro time, se é que você me entende". Não é nenhuma surpresa que ela não tenha muitas opções de madrinha.)

É aí que eu penso: *Eve, pelo amor. O que poderia ser pior do que você já passou? Nada chegaria AOS PÉS disso.*

Abra a carta, leia as bobagens que alguém escreveu em resposta a Susie, que só deve ter comentado que você não ficou bem num vestido (você nem vai lembrar qual era, e ela não estará aqui para refrescar sua memória, o que vai doer bastante), e pronto. Dê umas risadas e vá fazer um gim-tônica bem forte. Depois vá pesquisar na internet se Finlay Hart pode te obrigar legalmente a entregar a caixa de Susie.

Abro a caixa de novo e tiro a carta do maço preso com elástico. Assim que eu vi meu nome, soube que acabaria lendo.

Desdobro o papel, chacoalhando as folhas e as virando para ver se a carta era mesmo para Susie — *Querida Suz!!* — e então para ver quem era o remetente.

Becky. Hum. Becky era a melhor amiga de Susie na faculdade, do curso de contabilidade. Nunca gostei dela, o que pode parecer uma rivalidade besta, mas não se tratava disso. Susie e eu éramos tão esclarecidas como melhores-amigas-que-tinham-outros-amigos que nunca tive receio de que Becky tomasse meu lugar. Na verdade, era o contrário: acho que Becky queria me jogar para escanteio, por isso minha reserva em relação a ela. Ela e Susie viajaram juntas pela Europa depois da formatura, e todas as legendas dos posts dela tentavam dizer sutilmente que Susie era sua "melhor amiga maravilhosa número 1". Becky me cansava um pouco, era meio falsa e cheia de frescura. Ela devia me achar antissocial, boca-suja e desinteressante.

Hoje em dia Becky e o marido têm uma casa enorme em Cheltenham, e ele tem um cargo importante numa agência de fotojornalismo. Sempre que eu a encontrava quando ela vinha visitar Susie em Nottingham, ela não perdia a oportunidade de dizer: "O Declan pode conseguir uma entrevista para você, viu? É só falar", como se não fosse rude oferecer ajuda profissional sem a pessoa ter pedido.

Ela me mandou uma mensagem com extensas desculpas por não poder vir ao funeral, já que está de férias com a família em Marbella, na Espanha: "É uma mansão incrível que reservamos num site de hospedagens de luxo, tem piscina aquecida e lancha, perderíamos milhares de libras", Becky me disse, em meio a suas declarações de amor chorosas a Susie. Eu respondi que claro, sem problemas, não se preocupe. Sua melhor amiga maravilhosa número 1 com certeza entenderia. E o pior é que Susie não ia ligar. Ela diria que depósitos não reembolsáveis e banheiras de hidromassagem são mais importantes que qualquer sentimentalismo.

Começo a ler do início.

> Desculpa a demora para responder, o trabalho está uma loucura. Menina, você me deixou chocada com esse bafão... Você e o Ed! Não dá pra dizer que estava cozinhando em fogo lento, porque não tinha fogo nenhum. Até que de repente: uma fogueira! Ha-ha-ha. UAU. Sua safadinha! Safadinhos, aliás. Eu não fazia ideia de que vocês eram a fim um do outro, e aparentemente nem vocês sabiam.

Quê. Quê? O *quê?* Não. Sinto vontade de vomitar. Releio essa passagem umas sete vezes antes de continuar. Minha nuca está gelada e não sinto meus pés.

> Sobre os seus receios, entendo que esteja preocupada. Mas, se você e Ed não contarem pra ninguém o que aconteceu, então ninguém vai saber, simples assim. O Ed não vai confessar tudo pra namorada de longa data, ele não é idiota, né? Por que ele faria isso?! Em relação a Eve, ela pode estar caidinha, mas não é namorada dele. Ela não tem o direito de ficar chateada com você, mas, bom, se o que ela sente por ele é tão forte quanto você diz, *não* conte pra ela. Você não precisa dessa dor de cabeça. E tem certeza de que não tem mais nada entre você e o Ed? Pareceu bem tórrido. Vou querer o relato completo regado a margaritas e Doritos da próxima vez que você vier 😊
> Minha vida não tem graça NENHUMA comparada à sua. Lembra aquela promoção que eu te falei que meu...

Com as mãos encharcadas de suor, faço uma leitura rápida do restante da carta para garantir que não tem mais nada sobre o affair de Susie e Ed nem sobre mim. Sento na cama e releio tudo, de novo e de novo, torcendo para que o significado das palavras mude.

Ed e Susie. Susie e Ed. Será que Becky estava falando de algum outro Ed? Talvez seja um indicativo do meu estado mental que eu passe quase um minuto tentando achar embasamento para essa teoria, mas para isso Susie teria que conhecer outro Ed que também tivesse uma namorada de longa data e conhecer outra Eve que estivesse "caidinha". Ela sabia. Meu segredo mais bem guardado e doloroso e até a maldita Becky da Mansão de Luxo com Lancha sabia.

Quando alguém diz "minha vida era uma mentira", parece um roteiro mal escrito, algo que diriam no especial de Natal de uma novela bem dramática. Ainda assim, não consigo pensar em outra forma de descrever o que sinto, sentada na minha cama, atônita, as lágrimas rolando pelo rosto. Toda a idealização que eu nutria sobre o que eu e Ed sentíamos um pelo outro, os dois separados pelo acaso cruel, uma tragédia Shakespeariana de banca de jornal... uma grande mentira. (Caralho, será que ele RECEBEU a minha carta anos atrás, mas Hester era uma tentação forte demais?)

Minha melhor amiga, que eu acreditava não esconder nada de mim, de quem eu acreditava que conhecia até a alma — só que não. Esse era o maior segredo que Susie poderia ter, e ela achou que Becky fosse digna de saber, não eu.

Nosso grupo de amigos, que eu sempre valorizei tanto, as pessoas por quem eu lutaria na guerra... O tempo inteiro essa trama paralela rolando, pessoas que tinham transado e mantido tudo em segredo... Será que *Justin* sabia? Será que fui tão idiota assim?

Sinto que vou desmaiar.

E, para completar, eu acreditava piamente que ninguém sabia dos meus sentimentos por Ed, exceto, claro, o próprio Ed. Talvez isso seja mais difícil de aceitar do que o sexo. Susie sabia o tempo todo. Por que nunca disse nada? Será que queria Ed só para ela? A pessoa mais próxima que eu tinha estava me sacaneando, mesmo sabendo o quanto ele era importante para mim? *Como ela sabia?* Eu achava que nunca tivesse dado qualquer indício. Será que Ed contou pra ela? Na cama, depois de transar?

Não tem ninguém com quem eu possa falar sobre isso. Amo Justin e sei que é recíproco, mas ele ainda é o melhor amigo do Ed. A única pessoa para quem eu poderia contar isso — minha melhor amiga — 1) é quem mais me machucou e 2) está morta.

Ganhar o primeiro lugar no pódio, à frente de Ed Cooper, nas Olimpíadas de Quem Mais me Machucou na Vida — está aí um grande feito. A única desculpa possível era Susie não saber como eu me sentia, mas ela sabia.

Eu me deito na cama, encarando o teto e me perguntando por que fui acionar essa bomba quando decidi ler a carta. Eu destruí tudo.

Dez anos atrás, Ed e Susie, duas pessoas que eu achava que nunca tinham trocado nada mais íntimo do que um olhar, transaram. Minha melhor amiga e o cara que eu pensava ser minha alma gêmea perdida. Acabaram de destruir a imagem (e a confiança) que eu tinha em ambos, de uma vez só.

E a pior parte, a pior de todas, é que Susie sabia que eu estava apaixonada por Ed, mas foi adiante mesmo assim.

Não. Não é verdade. A pior parte é que nunca vou poder perguntar a ela *por quê*.

18

— Para onde vamos, meu bem?

     — Crematório Wilford.

— Ah, que pena. Não é um bom dia, então? — diz o taxista, virando para olhar para mim, fingindo ser gentil, não enxerido.

Claro que não é um bom dia, seu escroto, que tipo de pergunta é essa?

— Não.

— Alguém próximo?

— Sim.

Nem sei se isso é verdade, na real. Estou mal nesse nível. Me sentindo completamente humilhada e traída. Nem vou poder dar adeus a Susie hoje do jeito que imaginei, porque não sei bem para quem estou dando adeus.

— Ah, sinto muito.

O táxi está fedendo a um arroto longo de nabo que ele soltou logo antes de eu entrar, mas sou inglesa demais para baixar o vidro e passar a mensagem "você está fedendo".

— Quer que ligue o rádio? — pergunta ele, depois de ponderar e decidir que não vai perguntar mais nada sobre meu luto.

— Claro, pode ser — balbucio.

— Você costuma ouvir o Canal Dois? — questiona ele, depois de aumentar o volume.

O homem acabou de pegar uma mulher de pele quase acinzentada de tão pálida, usando um casaco preto sobre um vestido preto, de olhos inchados e vermelhos de tanto chorar e não dormir, que pediu para ser levada para um lugar onde cadáveres são incinerados e que respondeu todas as perguntas com monossílabos, mas ainda assim insiste em bater papo, fingindo que quer me alegrar.

— Não muito — digo.

— Vamos ver quantas perguntas do quiz você consegue acertar, eu sou péssimo nisso — fala ele, girando o botão para aumentar o volume.

Recosto a cabeça no assento, fecho os olhos e penso: *isso é bem irritante, mas ouvir uma música da banda T'Pau é melhor do que pensar no local para onde estou indo.*

— É "China in Your Hand"! — anuncia o motorista.

— É "Heart and Soul" — digo.

— A resposta é: "Heart and Soul"! — fala o apresentador.

— Muito bom! — diz o taxista, impressionado.

— Eles só tiveram duas músicas de sucesso — explico. — Fui por eliminação.

Consegui driblar todas as conversas com Ed desde que li a carta. Perdi as ligações dele acidentalmente porque "estava no banho", respondi as mensagens no WhatsApp de forma que não desse brecha para muita conversa. Ele deve ter concluído que não estou bem com a proximidade do funeral e decidido me deixar quieta.

— Elastica — digo para o motorista.

— Sinto muito, Dave, mas você errou. A banda não é Sleeper, é Elastica. *Elastica* — diz o apresentador.

— Você é muito boa nisso! — elogia o taxista. — Posso te levar todo dia? A gente podia ganhar um iate.

Não tenho dinheiro para manter um iate, mas dou uma boa gorjeta quando chegamos ao topo da colina, onde meu estômago se revira assim que vejo as pessoas aglomeradas na frente da capela do crematório.

Me pergunto quem são, qual sua conexão com Susie — é como ver o negativo desolador de uma foto de casamento. São de diversas áreas da vida de Susie, e muitas delas não vou reconhecer de cara. A guia turística de que eu precisava não está mais aqui.

Mas muitas eu conheço. Vejo Justin.

Sinto o luto borbulhar descontroladamente quando o olho, lindo e adulto e levemente desconfortável num terno justo e escuro. É como se estivéssemos interpretando personagens de TV.

Ele me vê e vem na hora na minha direção. Nós nos abraçamos, e Justin murmura no meu ouvido:

— Está tudo bem, querida. Estou aqui.

Neste instante, percebo que ele e Ed devem ter tido várias conversas sobre como estou lidando com toda a situação, e eu deveria ser grata pelo apoio que estão me dando. Me sinto grata pelo apoio de Justin, supondo que ele não soubesse nada do sexo "tórrido" (tórrido, *tórrido*).

Logo atrás de Justin estão Ed e Hester.

— Eve, querida, como você está? Faz tempo que não te vejo — diz Hester, jogando os braços para me envolver.

Ela fez uma escova no cabelo, que se agita com a brisa, os fios dourados contrastando com o tom azul-marinho do casaco, e luvas pretas de couro. Tem cheiro de rosas.

— Vem cá, garota — diz Ed, com carinho, e me rendo ao seu abraço, inexpressiva, pensando: *nem vem com toda essa merda de carinho falso. Você me enganou por muito, muito tempo, mas acabou.*

Hester ajeita a gravata de Ed sob o casaco e penso que um aspecto curioso de tudo o que descobri é que, por mais que eu a odeie, ela é a maior vítima aqui, mais do que eu. Para mim, Ed e Susie só quebraram promessas tácitas. Ele traiu Hester pra valer.

Mas estou sendo uma grande hipócrita — nunca dei a mínima para a fidelidade de Ed, desde que a traição fosse comigo. Tinha que ser uma traição movida pelo amor, com a promessa de um futuro juntos. Será que com Susie foi assim?

— Nossa senhora — diz Justin, soltando um assobio baixo, fazendo menção para olharmos quem está atrás de nós.

Chegando ao topo da colina, estão as Garotas de Porcelana, usando vestidos tubinho pretos, chapéus tipo casquete com redinha cobrindo o rosto, saltos de dez centímetros, dois pares deles com a sola vermelha típica dos Louboutin, e meias-arrastão. Apesar do clima congelante, elas optaram por levar o casaco na mão para exibir melhor os figurinos.

— São tipo as amantes que aparecem no velório contra a vontade da família — comenta Justin.

— Quer saber? Acho que Susie ia amar — digo, sentindo um aperto no peito em relação ao que ela amava ou deixava de amar. *Tórrido.* — Deixa elas.

Vejo Finlay ao longe, vestido e calçado de forma impecável, conversando com pessoas mais velhas que não reconheço. Não vejo seu pai.

O carro fúnebre com o caixão branco vem subindo pelo caminho em nossa direção. Inspiro, expiro, e Justin segura meu braço com força para comunicar que sabe como é difícil, mas não tenta falar nada comigo, e fico muito grata por isso.

Os agentes funerários, com expressões sombrias, realizam seus rituais ao posicionar o carro, e outro momento terrível chega. Justin solta meu braço e se adianta para carregar o caixão. Concordamos que seriam Ed, Justin, Finlay e o marido de uma das amigas dela.

Se concentrar para não fazer nada de errado enquanto aguentam o peso do caixão me parece menos difícil do que assistir a eles fazendo isso. É uma cena que nunca vou esquecer. Queima minha alma, deixando marcas indeléveis.

Para meu desconcerto, Hester surge do meu lado, segurando minha mão e secando as lágrimas.

Não duvido que ela esteja triste; teria que ser uma alienígena para não estar. Mas sei que vai se recuperar rapidinho, porque Susie era uma presença familiar em sua vida por causa de Ed, mas não tinha qualquer valor para ela. Elas pegavam no pé uma da outra. Hester está performando para o público uma tristeza que não é sua, que não vai borrar o rímel. Ela não consegue, neste momento, ser apenas a noiva elegante de Ed; tem que ser o apoio da melhor amiga de Susie. Não ligo que ela não sofra tanto, mas me deixe em paz para sofrer mais.

Entramos atrás do caixão na capela, onde toca a música clássica que escolhemos, olhares baixos, pessoas de luto que se reconhecem e murmuram cumprimentos. O caixão, como o celebrante nos explicou, vai ficar numa sala da capela e a cremação vai acontecer em outro lugar depois. O que me deixa aliviada, porque a parte de "apertar um botão e ver o caixão deslizar para fora de vista direto para o forno" sempre me pareceu um tanto fria e cômica.

Pego um folheto na caixa — *ah, o rosto dela, tão alegre, sorridente, inocente* — e escolho meu lugar com cuidado, sabendo que Ed e Justin vão sentar-se do meu lado e do de Hester.

Escolho o lado oposto de onde estão Finlay e outros parentes distantes, algumas fileiras mais para trás, para não exagerar a nossa importância.

Lanço um olhar para as Garotas de Porcelana e outras pessoas do escritório de Susie. Algo me incomoda, mas não consigo entender o quê. Conforme as observo folheando o papel, esticando o pescoço para ver quem está presente e se alguém está prestes a subir ao púlpito, me dou conta: elas estão *empolgadas*.

Não de um jeito mal-intencionado, não é como se desejassem o que aconteceu com Susie. Mas uma morte prematura e dramática como a dela é um grande acontecimento. Uma reviravolta e tanto no enredo. É tipo quando alguém famoso morre e o celular de todo mundo apita com a notícia, e todo mundo corre para postar primeiro. Você conhece a pessoa, mas não liga de verdade para ela, então está livre para aproveitar a emoção do momento.

Finalmente entendo o costume da minha falecida avó de ler o obituário no jornal local com tanto gosto, apesar de suas chances de ir parar lá serem cada vez maiores.

— Sejam todos bem-vindos à cerimônia em homenagem à vida de Susannah Hart, uma pessoa muito querida para vários de vocês reunidos aqui hoje.

Mas não muito querida para uma delas.

Observo a nuca de Finlay Hart, que olha para a frente, e me pergunto o que ele está pensando.

Uma celebração da vida de Susannah Hart

Foco a atenção nessas palavras até não fazerem mais sentido. Elas quase perfuram meu crânio.

O celebrante recita datas e acontecimentos importantes na vida de Susie, reforçando como era querida por todos nós, e uma tia dela, tia Val, lê um poema: "A vida continua", de Joyce Grenfell.

"Nem quando eu tiver partido / Falem com voz de domingo."

Começa a tocar uma música de Billie Holiday, "The Very Thought of You". Tivemos dificuldade para escolher essa. Vivaldi e Val Doonican são escolhas fáceis quando uma pessoa mais velha morre e apropriadas para um crematório. A preferência de Susie pelos Pet Shop Boys não foi muito útil. Por mais que também amássemos a banda, era difícil imaginar todo mundo impassível e pensativo ouvindo "Paninaro".

— "Being Boring"? — sugeriu Justin, e, por mais que houvesse um consenso de que era ótima e adequada, achamos que o ritmo mais animado não combinaria.

Felizmente, lembrei que Susie amou quando Billie Holiday começou a tocar num bar que encontramos em Roma, o que a levou a comprar um álbum e ouvir sem parar quando voltamos para casa. É um catalisador e, assim que a música começa, sou transportada para o passado, bêbada de *Aperol spritz* com ela, num bar iluminado por um jukebox e pequenas velas, fazendo planos para um futuro que ela não chegou a ver. Meu rosto parece uma enxurrada.

Então chega a vez de Ed, vejo-o levantar na ponta da fileira, com os papéis nas mãos. Ouvir Ed ler em voz alta minha homenagem a Susie teria sido torturante antes mesmo do que eu descobri ontem à noite. Agora nem sei como categorizar minha reação emocional.

No púlpito, ele abafa uma tosse com a mão e olha para todos. Vejo-o embaçado por causa das lágrimas e pisco para limpar a visão.

— Boa tarde — diz ele. — Eu só tenho 34 anos, mas acho que este vai ser o discurso mais difícil que vou fazer em toda a minha vida. E olha que, como professor, já tive que lidar com alunos do ensino médio contrabandeando uma dúzia de garrafas de bebida para dentro da escola no último dia de aula. — Ele abre um leve sorriso. Não é como se o público de um funeral pudesse encorajar o palestrante com risadas. — O que vou ler para vocês foi escrito pela melhor amiga de Susie, Eve.

Justin aperta meu joelho enquanto Ed olha para mim. Eu apertaria de volta, mas estou prestes a soltar um urro gutural.

Quem é você, Ed? Nunca precisei contar tanto com você quanto agora. Perdi o chão. Nunca vou conseguir confiar em você de novo.

— Eve não só era uma das pessoas que Susie mais amava neste mundo, e vice-versa, como também é muito boa com as palavras — diz ele. — Achamos que seria uma boa ideia falar um pouco sobre Susie pelo ponto de vista de seus amigos. Eve escreve bem, eu sei ler, então é um esforço coletivo.

Ele tosse de novo e eu fico tensa, na expectativa de ouvir minhas palavras na voz de Ed. De toda forma, estou aliviada de não ter tentado ler eu mesma. Não teria terminado uma frase sequer.

— Eve conheceu Susie no ensino fundamental, nos anos 1990. A primeira foto delas juntas é numa peça, um auto de Natal. Susie era a Virgem Maria, a escolha natural para interpretar a protagonista, e Eve era a metade de trás de um camelo. A escolha natural para interpretar o traseiro de um animal.

Ed levanta o olhar e diz:

— Só para reforçar, foi Eve que escreveu isso.

Ele consegue arrancar uma risada da plateia.

— Assim aconteceu o que viria a ser um incidente famoso na Escola Primária Saint Peter, em que a metade da frente do camelo desmaiou e vomitou na cabeça da fantasia, e a metade de trás do camelo conseguiu se livrar da roupa e ficou ali parada, de regata e calça, borrifada de vômito. As crianças gritaram. Susie Hart, que sempre fazia do limão uma limonada, anunciou: "Vejam! O camelo também pariu um bebê, que nem eu!", incorporando o incidente ao roteiro da peça. — Mais uma onda de risadas. — Desde então, elas se tornaram uma dupla inseparável. Parando para pensar, Susie e Eve eram completos opostos. Susie era capitã do time de basquete, já Eve enfaixava o braço só para se livrar da educação física e ler romances adolescentes.

"Susie não ligava muito para as regras e fazia qualquer coisa pelos amigos. Era uma das vencedoras do jogo da vida, até que um instante de azar terrível a tirou de nós. Ela nunca ignorava quem precisasse de ajuda. E se identificava fortemente com os desfavorecidos, ainda que fosse uma aluna exemplar que obtinha sucesso em tudo que se propunha a fazer. Esse era seu superpoder. Eve se lembra de uma vez quando uma garota da sala delas estava sofrendo bullying por usar sapatos baratos e Susie não só a defendeu como comprou um sapato igual para usar na escola na semana seguinte. Quando Eve disse que ela era uma heroína, Susie deu de ombros e falou: 'Aff, é que eu odeio valentões. Além do mais, eu fico muito bem de couro cinza reluzente.'"

Mais risadas.

— Susie era assim. Sarcástica, audaciosa, confiante, com uma humanidade e um senso de humor que sempre prevaleciam. Quando Eve escreveu isso, percebeu que aquele momento aos 8 anos resumia quem Susie era, quando a abençoou como o filhote de camelo de Deus, coberto de vômito. Confiança, e compaixão, e uma boa dose de rebeldia.

"Não dá para explicar o quanto nosso grupo de amigos vai sentir falta de Susie, nem conseguimos calcular o tamanho da nossa perda. Da perda de todos nós. Há algo de especial nas amizades que cultivamos desde a infância. São amigos que conheceram todas as nossas versões. Que sabem de onde a gente veio. Que conseguem nos ler como um mapa. São sinônimos de um amor tão forte quanto qualquer laço de sangue."

A voz de Ed vacila e ele faz uma pausa para se recompor.

— Vou ler o final do jeito que Eve escreveu: "O que eu não esperava, depois da morte de Susie, era sentir esse pânico. Pânico de que ela fosse esquecida. Não seu nome, ou seu rosto, ou suas conquistas. As coisas oficiais. Mas o pânico de que sua voz, seu jeito de falar, suas opiniões, tudo que era único e específico dela, se tornasse história. Eu queria que ela estivesse aqui, queria que seus comentários e suas opiniões ainda estivessem conosco. Ela ter se tornado passado me parece impossível, porque era cheia de vida. Enquanto eu escrevia esta homenagem, me perguntava: o que será que Susie diria se a lesse? A opinião dela era a única que eu queria, e a única que não podia ter.

"Imaginei ela lendo, o queixo apoiado na mão, mastigando o cordão daquele moletom horrível do clube de regatas que ela sempre usava. Ela daria risada da história do camelo e diria algo como: 'Nossa, mas você se lembra do professor de educação física? Um querido que nem Átila, o Huno. Mas gato'. Então ela diria no final, com o queixo um pouco trêmulo, secando uma lágrima: 'Ah, sua bobinha emotiva, vem cá me dar um abraço. Não sei, não, está tão fofo. Será que me faz parecer uma mistura de Madre Teresa com a Samantha de *Sex and the City*? Eu nem me lembrava dessa história do sapato, tem certeza de que aconteceu? Bom, se você diz. Você pode ser minha biógrafa oficial, está contratada. Depois outra pessoa pode escrever sobre a vez que cantei 'Parabéns para você' para o presidente e acabei dormindo com ele'."

Ed faz uma pausa.

— Espero nunca parar de ouvir a voz de Susie e sempre manter sua memória viva. Então não tinha como não encerrar com uma frase no espírito de Susie Hart, como a conhecemos: Susie, você sempre foi um pouco demais. Mas a gente queria mais ainda. Obrigado.

Ed dobra os papéis e desce do púlpito.

As pessoas aplaudem, o que não sei se é algo comum em funerais, então vou considerar que fizemos justiça a Susie.

Justin põe a mão na minha perna e diz, com a voz embargada:

— Perfeito, Eve. Perfeito.

Mal escuto o discurso final do celebrante.

Quando saímos ao som da música-tema de *Twin Peaks*, só consigo pensar na fantasia de Susie que dizia: ELA É CHEIA DE SEGREDOS.

19

— Essa quiche está muito boa, viu — diz Hester, e deve ser verdade, porque ela não é do tipo que solta elogios, gratuitos ou não. — Quer esse outro pedaço?

Ela passou pelo bufê fazendo a rapa, pegando uma montanha de coisas aleatórias para depois dividir com o resto da mesa.

— Não, obrigada. Mas parece bom mesmo.

— Sem fome? — pergunta ela, e eu assinto. — Bom, pensa em como você vai ficar magra. Tem sempre um lado bom.

Esse é um comentário ofensivo tão clássico da Hester que nem consigo me importar. Não tenho como mandar mensagem para Susie, não tem 4G no céu.

Sua morte violenta teve um lado bom, agora eu consigo usar aquele vestido chique. Sabe, aquele com estampa de zebra e a cintura tão apertada que parecia que eu estava pagando penitência?

Espera aí, quer dizer que, se você tivesse comprado o tamanho maior, sua vaca fútil, eu não precisaria ter morrido?!

Enquanto Hester belisca a salada de batata, olho com curiosidade para sua cabeça, o cabelo platinado perfeitamente dividido ao meio, e penso: *Du tinha tanto ciúme pelo Ed ser seu, mas será que ele era mesmo?* O que estava acontecendo esse tempo todo, hein? E o que aconteceria se eu lhe contasse que ele andou pulando a cerca? Será que ela terminaria com Ed?

O velório é nos arredores de um hotel boutique meio excêntrico e chique — com lustres, louça que não combina, sofás coloridos, lareiras —, um ótimo lugar para visitar em outra ocasião.

Agora, formamos um grupo peculiar e sem energia. Parece uma festinha, só que sem a camaradagem. Quando alguém morre "no tempo certo", como diz minha mãe, dá para encontrar consolo. É possível melhorar o ânimo depois de dar adeus. Entretanto, por mais que a gente devesse estar "celebrando" Susie agora, obviamente não conseguimos. *Entes queridos, estamos aqui reunidos para suportar essa coisa chamada morte.* O volume das conversas aumenta conforme as pessoas vão se inebriando, mas ainda é fraco.

Minha mãe queria vir, mas tinha combinado de fazer uma trilha com as amigas, e eu não queria que ela perdesse. Perder uma viagem por conta de um funeral não parecia justo, considerando as poucas coisas que ela tem para aproveitar.

Assim que chegamos, pegamos uma mesa num canto, um território com paredes atrás de nós, fácil de defender. Justin pediu uma garrafa de Veuve Clicquot num balde de gelo, declarando não dar a mínima "se o tio Rod de Chepstow não aprova". (É um parente hipotético, não acho que Susie de fato tivesse um tio Rod de Chepstow que aprovasse ou não a bebida.)

— Era a bebida favorita da Susie, e ela nem ia ligar para o fato de que não é comum beber champanhe em velórios. Na real, ela ia achar interessante justamente por isso.

Ainda assim, fico de costas para o restante das pessoas enquanto a garrafa é aberta, a rolha fazendo o *tump-splat-fsss* que nos denuncia.

— Um brinde à Susie — diz Justin, erguendo a taça. — Nossa amiga querida. Ela não está mais aqui, mas vai estar sempre conosco.

Erguemos nossas taças e murmuramos: "À Susie".

Penso nela naquela maca. Sem se mexer.

— Qual era aquela frase idiota que ela sempre dizia quando ia tomar a saideira? — pergunta Ed.

— "Um conhaque pro mandraque" — digo, e Ed ri, e desvio o olhar rápido caso ele queira transformar isso num *momento nosso*.

Nossa amiga querida, que não está mais aqui. A ausência dela faz doer a barriga, o que nós duas costumávamos chamar de "vazio da deprê". Perdi todo o léxico que compartilhava com ela, um acúmulo de coisas que só a gente entendia.

Se Susie voltasse para mim, porém, será que teríamos uma briga homérica, capaz de acabar com a nossa amizade? Eu exigiria respostas sobre coisas que duvido muito que pudéssemos superar. Ela morreu duas vezes.

— Ed, quer um pouco de quiche? — pergunta Hester.

— Não, obrigado — diz ele, com um sorriso. — Me empanturrei de enroladinho de salsicha.

É incrível como uma descoberta reveladora pode alterar completamente sua percepção de alguém.

Como somos os convidados principais, tirando o irmão taciturno de Susie, as pessoas vêm até nós prestar condolências. Em vez de ficar sentado, Ed se levanta para cumprimentá-las, agradecê-las pelos elogios ao discurso, indicar onde ficam as bebidas, direcionar o fluxo.

Antes, eu teria pensado: que gentileza do Ed, ao mesmo tempo nos representando e nos protegendo.

Agora, o que penso é: lá vai você se achando importante, se fazendo de embaixador do nosso grupo, quem te pediu para fazer isso?

Será que é porque a Susie era mais importante para você do que a gente imaginava?

— Com licença, você é *Eve Harris*?

Um homem na faixa dos 30 anos toca meu ombro e pronuncia meu nome como se fosse uma comida exótica do cardápio.

— Sou Andy, eu era da equipe de Susie na Deloitte. O discurso foi lindo. Você que escreveu?

Respondo que sim e o agradeço. Conversamos sobre amenidades da vida profissional e, de tempos em tempos, Andy balança a cabeça e diz, quase como se tivesse medo de que eu pensasse que ele havia esquecido:

— Que coisa horrível, como algo tão terrível foi acontecer?

Penso: *preciso contar para Susie que conheci o Andy*, aí lembro que não posso. Qualquer comentário ou opinião que Susie fosse dar sobre ele nunca vai existir. Penso nas máquinas do hospital, com o apito constante. Quero ir para casa ficar sozinha.

— Ela falava muito de você — diz Andy.

— É mesmo? — respondo, sem pensar muito a respeito, senão vou chorar.

— Ah, sim! Ela sempre citava coisas que você dizia, falava que vocês eram inseparáveis desde a escola! "Somos opostos completos e ainda assim iguaizinhas", era o que ela dizia.

Andy está radiante; sua intenção é tão boa. É compreensível achar que está me consolando. Mas cada palavra é como uma chave de fenda espetada nas minhas canelas.

Agradeço efusivamente e peço licença para ir ao banheiro. Esbarro em Finlay Hart no caminho e sou forçada a interagir. Ele parece tão feliz com o encontro quanto eu. Está com a barba feita agora, e vislumbro os genes de Susie de novo. É impressionante como sua postura desagradável exala de cada poro: apesar da beleza inegável, duvido que mesmo as Garotas de Porcelana estejam lançando olhares interessados. Tá, tudo bem, talvez elas estejam, sim, mas não vão receber nada em troca além de radiação tóxica.

Sei que é horrível, mas fico ressentida ao pensar que Deus escolheu a irmã para morrer e o irmão para viver. Deus não escolheu nada, claro. Assim como Ele ou Ela não escolhe o que vou beber.

Sempre pensei assim, mas agora, mais do que nunca, tenho certeza de que é impossível encontrar conforto na religião. A gente tenta se enganar dizendo: "O que é nosso ninguém tira", mas acontecimentos brutais totalmente sem sentido são difíceis de engolir.

— Obrigado por organizar tudo — diz Finlay, formal, frio. — Correu tudo bem. Tanto quanto possível.

O rei dos elogios que parecem insultos.

Assinto e digo:

— Obrigada.

A namorada ruiva e mal-educada que tinha ido ao funeral da mãe dele não está aqui — talvez ela pense que uma única visita para conhecer os parentes britânicos do namorado já era mais do que suficiente.

— Seu pai não veio? — pergunto.

Fin balança a cabeça.

— Ele não conseguiu entender que Susie partiu, então, não foi possível.

— É uma pena — digo.

— É e não é. Pelo menos ele está sendo poupado da dor — diz Fin.

— É mesmo.

Basta dizer algo ligeiramente simpático para Finlay Hart que ele rebate na hora, como se você tivesse falado alguma tolice, em vez de apenas estar respondendo com algo reconfortante e educado, como qualquer um faria. Isso me deixa furiosa.

— Existe a possibilidade de ele entender o que aconteceu no futuro e ficar chateado por ter perdido o funeral?

— Não é assim que a doença funciona. Ele não está são em um dia e com demência no outro.

— Sim, eu sei, mas achei que a memória dele flutuasse, como uma maré. Susie chegou a comentar que havia momentos de lucidez.

Fin me encara, julgando, considerando o que responder.

— Pela experiência que tive com ele, não foi assim. Algumas coisas pareciam fixas. Como achar que Susie ainda é adolescente.

— E você? Ele acha que você tem a mesma idade?

Sei que estou me intrometendo, e talvez sendo injusta. Não é um assunto nada confortável. Sinto que estou fazendo o que sempre faço com pessoas de quem não gosto: jogo iscas para forçá-las a falar algo que justifique meu ódio.

— Eu tenho… tinha… dois anos a mais que Susie, então estava em Londres naquela época, acho.

— Sei.

— Já que estamos discutindo seu interesse pela minha família, consultei um advogado sobre as cartas. Na ausência de um testamento, a casa de Susie e todos seus pertences passam para mim e para o meu pai. O que você fez é ilegal. É melhor devolver as coisas dela agora, para poupar nosso tempo e dinheiro.

— A gente vai mesmo ter essa conversa no velório dela? — digo, me sentindo muito mais acuada e intimidada do que deixo transparecer.

— Eu não queria fazer nada disso. Você que escolheu esse caminho.

— Finlay? É *você*? Meu Deus!

Alguma conhecida na faixa dos 60 anos se aproxima de nós e fico grata pela interrupção.

Saio andando antes que possa dizer qualquer outra coisa, que com certeza não seria na minha "voz de domingo".

— Que conversa intensa era essa que você estava tendo com o irmão sinistro, hein? Acho que tenho uma quedinha por ele. Ele irrompeu no café aquele dia como se fosse o Drácula voltando da cripta às duas da manhã depois de tomar sua cota de sangue de virgens.

— Eca, você sempre teve um péssimo gosto. Tirando Francis.

— Verdade.

A concordância imediata de Justin é um indicativo de que ele não está bem. Francis brilhou em nossa vida durante alguns meses no ano passado, um dos raros namorados oficiais de Justin e um deleite de se ter por perto. Até que Justin anunciou: *desculpa, mas alguém tão legal é pressão demais!*, Susie assentiu concordando e Ed e eu nos entreolhamos, confusos. ("Peraí, então você *quer* namorar um baita de um cuzão?" "Péssima escolha de palavras, Edward!")

Justin está com os olhos vermelhos do champanhe e de chorar, e claramente com dificuldade de ser a pessoa animada de sempre. De tempos em tempos, ele dá tapinhas no meu braço, distraído, para expressar sem palavras, mais uma vez: *que porra foi essa? Como isso foi acontecer?*

Estamos com medo de como será a vida a partir de amanhã.

Acordaremos com o sentimento de "então é isso" e tudo voltará à "normalidade". Concordamos que não vamos retomar a tradição do quiz no pub tão cedo, em respeito a ela. Na realidade, estamos evitando porque a cadeira vazia, as tiradas que não vão vir, o pacote de salgadinho de camarão que não vamos precisar comprar, tudo isso vai nos deixar ainda pior. Quando esse estranhamento acabar, a ausência dela vai ter de fato se sedimentado.

— Então... — começo, olhando ao redor para garantir que Fin está do outro lado da multidão. — Ele quer que eu devolva uma caixa com os diários de Susie que peguei na casa dela. Lembra que eu e o Ed fomos fazer a limpa? Ele alega que tudo que estava dentro da casa da Susie pertence à família.

— Como ele sabia que a caixa deveria estar ali?

— Ele perguntou se eu peguei alguma coisa e acabei falando, que nem uma idiota. Agora ele está ameaçando envolver o advogado para me forçar a devolver se eu não cooperar.

— Ele quer esses diários tanto assim? Por quê, meu Deus? Quem quer saber o nome do garoto que bateu uma siririca pra sua irmã no nono ano?

Quase cuspo o vinho quando escuto isso.

— Só vai ter isso lá! — diz Justin. — Que Deus abençoe nossa Sue, mas esses diários não estarão no páreo do Nobel de literatura. Uma vez ela me disse: "Por que vou ler um livro se posso ver *Flores de aço* de novo com um pote de sorvete?".

— Não sei o que ela escreveu. Não vou ler nada — digo, desconfortável.

— E eu achando que o pó tinha sido o achado mais polêmico. Eu devolveria a caixa para ele, Eve.

— *É sério?*

Eu estava tão convicta de que deveria enfrentá-lo.

— Se a coisa vai ficar feia, sim. Você não precisa passar por isso.

— Mas... ela ia odiar que o irmão tivesse acesso aos diários.

— Ela ia odiar vários aspectos dessa situação, mas não está nas nossas mãos, né?

Fico surpresa. Justin é muito mais pragmático do que eu. Susie era bem mais parecida com ele do que comigo, o que me leva a pensar que talvez até ela concordasse.

— Ela era irmã dele, Eve. Ele tem esse direito.

— Ele acha que tem direito a tudo.

Lanço um olhar para Finlay, que está com o maxilar cerrado, sozinho num canto do salão. Aposto que ele detesta todo mundo aqui. Aposto que quer sair correndo direto para o aeroporto, para embarcar no 747, tendo arrepios de repulsa e pena. Somos a cidadezinha de onde ele escapou.

— Eles se odiavam — digo.

— Talvez. Mas não cabe a nós julgarmos, não somos júri nem juiz.

— Ed queria que a gente protegesse a reputação dela.

Assim que pronuncio essas palavras, me dou conta de seu real significado e da ironia. Seria porque ele queria esconder a informação? Porém, não pareceu interessado nos objetos pessoais de Susie. Não sei mais no que acreditar. Não sei quem ele é, quem minha melhor amiga era ou por que o mundo se tornou um lugar irreconhecível para mim numa questão de dias. Não consigo superar a sensação de que fui muito, muito negligente para não perceber toda essa trama paralela.

— Vou ser bem franco agora para efeito de choque. Sei que não acontece muito, mas às vezes Edward Cooper erra.

Justin lança um olhar, que só eu vejo, na direção de Hester, que está arrumando o cabelo enquanto se admira num espelhinho portátil.

— É. Vou tomar um ar — digo, com um sorriso, pegando minha taça e, pensando bem, uma das várias garrafas, porque preciso ficar sozinha.

O hotel tem um terraço com mesas de madeira cobertas. A área pavimentada é iluminada por luzinhas e lâmpadas incandescentes, já que o céu de inverno está escuro. Sei que as portas estão destrancadas porque vi os fumantes passando, em pequenos grupos, com isqueiros nas mãos.

Nossa, como eu queria ser fumante agora. Susie me obrigou a largar, e depois seu próprio vício contribuiu para que fosse morta.

Sigo para fora e mudo minha linguagem corporal para "não fale comigo, por favor", que é composta por uma careta determinada, ombros tensos e nenhum contato visual. Funciona, em parte talvez porque as pessoas sabem que não se deve encher o saco de uma pessoa sozinha em luto.

Escolho uma mesa no final do terraço e apoio minha taça. A temperatura fria me ajuda a ficar mais sóbria, e a visão dos telhados da cidade à noite é bem bonita. Com auxílio de um longo gole de vinho branco, tento me acalmar.

Por um instante, me imagino de pé no muro, como se fosse uma nadadora prestes a pular numa piscina, e como seria mergulhar no emaranhado escuro de arbustos lá embaixo. Rolando e quicando pela colina, em direção à estrada, até bater em algo duro capaz de me parar. É uma ideia mais atrativa do que deveria ser.

Olho por cima do ombro para o velório e observo ressentida a multidão atrás dos vidros embaçados. Odeio que, apesar de todos sentirem muito pelo que aconteceu, a vida deles vai seguir em frente, tranquilamente, assim que forem embora.

Para nosso grupo, nada mais será igual. É como perder uma perna e ver todo mundo reunido no hospital, tentando te consolar, para em seguida ir embora saltitando. Tenho inveja dessas pessoas.

— Ei, você. Fazendo uma pausa?— diz Ed atrás de mim, me assustando.

— Hã? Ah, sim.

Queria ter me preparado para essa aproximação, queria ter pensado em algo para dizer que poderia mandá-lo embora friamente sem revelar nada. Quando estamos só nós dois, não tenho como evitar Ed, como meu coração partido exige. É insuportável fingir carinho por ele agora.

— Deu tudo certo, né? Acho que ela teria ficado orgulhosa — diz.

Ele tirou a gravata preta, e o terno cinza cai bem no seu tom de pele claro. Espero que ele exploda.

Dou de ombros.

— Espero que sim. Difícil dizer. Isso aqui não é para quem conhecia ela, né? — Gesticulo com a taça, indicando o hotel, e faço uma pausa. — Na verdade, é ainda pior — continuo, meio que começando uma briga. — É para as pessoas que não dão a mínima.

— Elas dão, sim — diz ele. — Só não tanto quanto a gente.

— Agora não é o momento de ser sensato e olhar todos os lados. Aceita que é uma merda.

— Não estou falando que não é uma merda.

Encolho os ombros e viro de costas para ele, encarando mais uma vez o céu preto e nublado.

— A gente tem que cuidar um do outro. É o único jeito de superar isso — fala Ed, a voz grave. — Foi a única conclusão que consegui tirar.

Não respondo.

— Você está com raiva de mim? — pergunta ele, hesitante. — Eu estraguei o discurso?

— Não.

— Não para as duas perguntas?

Eu não fazia ideia de que ia dizer isto até este momento. Em meio ao turbilhão de emoções e à leve embriaguez, e por não saber mais o que fazer, bum, escapa da minha boca:

— Você transou com a Susie.

As palavras ditas em voz alta soam cortantes. É como se eu tivesse engolido um estilhaço, pontudo e metálico, que destroça minhas vísceras até sair de dentro de mim.

20

— **Q**uê? Olho para o rosto em choque de Ed, e, pela pausa quase imperceptível, que dura uma fração de segundo, antes de ele dizer "quê?", me dou conta, mais uma vez, de que é verdade.

Para alguém inocente, poderia soar como uma resposta imediata, tipo: *Espera, quê?*

E não: (Ai-meu-Deus-como-ela-sabe-disso, engolida em seco, preciso dar uma resposta) *Quê?*

— Você ouviu muito bem.

Não tinha como ser mentira, claro, mas ainda assim essa confirmação é chocante e dramática. Algumas verdades, como a morte de Susie, são grandes demais para serem digeridas de uma vez só.

A pele de Ed, que já era pálida, agora parece a de um fantasma. As pessoas ao nosso redor, ainda que não pudessem ouvir, terminaram seus cigarros e estão voltando para dentro, tornando o momento ainda mais silencioso.

— O que você quer dizer?

— O que eu *quero dizer* com "transar"?

— Não, por que você está falando uma coisa dessas?

— Porque é verdade.

Ed me encara, tentando de alguma forma ler minha expressão.

— Quando? — pergunta ele, sem conseguir manter a compostura. Consigo sentir seu medo.

— Você precisa que eu especifique uma data? Quantas vezes foram?

— Não — Ed se apressa em dizer, tentando retomar o controle, tentando descobrir como lidar com a situação.

A combinação de álcool com um sofrimento surreal e esmagador me deu um superpoder, uma força maligna. Todas as vezes que expressei raiva na vida, percebo, ela veio acompanhada de ressalvas: o que iam pensar de mim, como afetaria a outra pessoa, se eu poderia ser demitida. Consequências, basicamente.

"Não estou nem aí!" é algo que se fala bastante, mas raramente coloca-se em prática. Só que eu não estou nem aí mesmo. Não tenho mais nada a proteger, nenhum receio, estou livre para atacar Ed. Já perdi tudo. Estou vivendo a história de origem de um vilão de quadrinhos.

— Tá — diz Ed, visivelmente sem fôlego. – Tá. Olha só. Aqui não é o melhor lugar...

— Rá! — solto uma risada maligna e bêbada. — Eu deveria ter escolhido uma das inúmeras ocasiões adequadas para trazer à tona que você é um mentiroso, canalha, que se aproveitou da nossa amiga que já morreu?

Se aproveitou? Não sei de onde tirei isso, mas agora vou até o fim. Mais uma vez, sob o estresse, minha boca desenfreia a falar:

— Infelizmente só descobri ontem à noite, então não tinha como.

Ed morde a parte de dentro da bochecha, com a testa franzida, tentando não se incriminar ainda mais. Sinto uma satisfação sinistra em jogar essa bomba no colo dele em pleno velório, porque agora ele também precisa lidar com isso.

Depois de ponderar por um instante inquietador, ele diz baixinho:

— *Como* você descobriu?

— Uma carta. Na caixa que peguei na casa dela.

— Achei que você não fosse ler nada.

— Eu também. Mas já estava aberta, bem no topo da pilha, aí já viu.

Nos encaramos à meia-luz. Uma brisa nos atinge, mas nenhum de nós sente frio. Faço questão de resistir a todos os olhares intensos em busca de compreensão que Ed tenta transmitir. Não vai mais rolar. Quero ver você usar suas palavras para escapar dessa.

Ele abre a boca, mas é interrompido.

— Vocês dois não estão congelando? O que estão fazendo aqui fora?

Nós nos viramos e damos de cara com Hester, de braços cruzados sobre o vestido azul-marinho justo.

— Não quis interromper, mas do que vocês estavam falando? Parecia intenso.

— Sobre o discurso, nada de mais — diz Ed.

— O que tem o discurso? — questiona Hester.

Uma pausa.

— Tô vendo que a Eve veio equipada — continua ela, lançando um olhar para minha garrafa.

Agora não. Aqui não. Nem ferrando.

— Sim, estou bebendo depois do funeral da minha melhor amiga, posso? — respondo para ela.

— Justin pediu para fazerem negronis lá dentro. Eca — diz Hester, me ignorando. — Têm gosto de remédio para enjoo.

Ed se dá conta de que passou de uma conversa inflamada para outra ainda mais inflamável, caso eu decida compartilhar minha descoberta com Hester, e se apressa a dizer:

— Eu entendo. Talvez eu pegue mais uma cerveja.

— Vai ficar de ressaca — repreende Hester.

— É, fazer o quê?

Não tenho a menor intenção de preencher o silêncio que se segue com conversa fiada, mas tenho plena consciência de que, se eu continuar calada, Hester vai ter certeza de que interrompeu uma conversa importante. Sinto que Ed está tentando achar o que dizer, mas não tem muitas opções.

— Ah, Eve, aproveitando que estamos aqui — insiste Hester —, queria te contar, já que você é uma das madrinhas. Depois de pensar e conversar bastante, eu e Ed decidimos manter a data do casamento.

— Ah, é?

— Pode ser algo bom para criar expectativa, no meio de tanta tristeza.

— Sei.

Junto com o fato de que vou ficar mais magra, o casamento está ajudando a reequilibrar a balança. Uma coisa é saber que alguém é insensível, mas outra bem diferente é ver essa pessoa demonstrar total insensibilidade quando você está mais vulnerável.

Ed olha para o chão.

— Vou ver se a Verity aceita o lugar da Susie como madrinha — continua Hester. — Por favor, quando estiver nas provas de vestido, não comenta com ela que Susie era a primeira opção, tá? Não quero que ela se ofenda por ser uma das reservas. Mas você vai ver só, ela vai bater de frente comigo o tempo todo até decidirmos o modelo do vestido. Ela é linda, mas não conheço *ninguém* tão vaidosa, ha-ha.

Assinto, bebo mais um pouco e Ed evita meu olhar, chegando a novas profundezas no fundo do poço, tenho certeza.

Bom, foi você que quis casar com ela.

Silêncio.

— O show tem que continuar. Susie ia querer isso — prossegue Hester, se dando conta da bobagem que estava falando, acho.

O golpe de misericórdia é quando seus olhos se enchem de lágrimas falsas. Consigo imaginar um homem correndo para colocar a jaqueta nos ombros dela enquanto Hester treme de frio. Ed continua paralisado.

Já cheguei no meu limite com Hester. Eu nunca disse uma palavra ofensiva para ela desde que a conheci, anos atrás. Mas a barragem se rompeu.

— Susie *ia querer isso*? Sabe o que ela ia querer? Não estar se transformando numa pilha de cinzas dentro de uma fornalha industrial em Wilford neste exato momento.

— Shhhh, meu Deus, Eve. — Hester observa ao redor, os olhos arregalados diante da minha falta de sutileza. — Agora não é hora… de usar esse seu linguajar.

— Não é hora? E você acha que é um bom momento para falar sobre quem vai ser madrinha no lugar dela?

— Espera aí, então tudo bem vocês fazerem piada de tudo, mas é só eu falar qualquer coisa que vira algo de mau gosto? É isso?

— O que não tolero é você usar um suposto desejo da Susie como desculpa. Ela não daria a mínima se seu casamento ia acontecer ou não. Deixa ela fora disso.

— Uau, estou usando como desculpa? — replica Hester, o rosto se contorcendo. — Tá bom, então. Valeu pelo toque. Não sei por que você resolveu me atacar. Você acha que, por respeito a ela, a gente deveria cancelar o casamento e perder dois mil…

— Não estou nem aí — retruco, com tanta força que ela fica surpresa de verdade. — A gente está pouco se fodendo para o seu casamento, Hester. Desculpa ser a mensageira dessa notícia, mas falar do seu casamento hoje é tão apropriado quanto sair tocando trompete pelo salão.

Descubro que não tenho medo dela. Eu me sinto como uma mistura genética de Bette Davis com uma naja.

Hester não está acostumada a ser confrontada, é evidente. Como uma pessoa sedentária que de repente é obrigada a correr um quilômetro, ela está fora de forma quando se trata de lidar com críticas, bufando sem parar. Já eu sinto que venho treinando para este momento há anos.

— Falar do meu casamento… do *nosso* casamento… — ela lança um olhar para Ed, se dando conta de que ele devia estar dando apoio —… é seguir em frente. Você concordou em manter a data, mas não estou te ouvindo concordar agora.

Ela encara Ed.

Há uma pausa dolorosa.

— Sim, concordei. Mas não precisava falar disso agora. Eve está certa — diz Ed, e juro que Hester se ergue dois centímetros do chão de tanta fúria. — Vamos encerrar esse assunto.

— Você está do lado dela, mesmo depois de ela ter falado comigo desse jeito? — questiona Hester, apontando para mim, como se quisesse identificar o culpado para o júri.

Ed não responde.

O olhar dela se estreita.

— Estou de saco cheio de como vocês agem uns com os outros, esse grupinho inseparável, com toda essa… *arrogância*. Não distorça minhas palavras e não desconte sua raiva em mim só porque está triste e amargurada — diz ela para mim.

Hester enxuga as lágrimas repentinas e dispara de volta para o hotel. Só faltou ela dizer "Vem, cachorrinho!" para Ed; a expectativa de que ele a siga é clara.

Não estou arrependida, nem exultante, nem preocupada com as repercussões da briga. Não sinto mais nada. Estou anestesiada.

— Desculpa — fala Ed, que parece ter envelhecido um ano em questão de minutos.

— Pelo quê? — pergunto.

Em geral, falamos isso quando queremos eximir a pessoa da culpa, mas nesse caso é uma acusação.

— Ah. — Ele esfrega a testa. — Depois eu te ligo — anuncia com a voz grave, e vai atrás de Hester.

Conforme meu olhar o acompanha, vejo Finlay Hart à sombra, apoiado no muro, a chama brilhante de um cigarro na mão. Quase me contorço ao reconhecê-lo na penumbra, perto o bastante para ter escutado tudo.

Há quanto tempo será que está ali?

Ele sorri para mim, deixa a bituca cair e a esmaga com o sapato. É a primeira vez que o vejo sorrir. Era de se esperar que ele só sinta prazer com o caos. E Marlboro Gold.

— Precisa de alguma coisa? — digo, confrontando-o.

— Veja pelo lado bom — diz ele.

Aff.

— E qual seria?

— Acho que você não vai mais precisar ser madrinha.

21

Três semanas depois

Hot yoga!
Venha se alongar com a Rosimar (sim, esse é o slogan)
em Loughborough

Uma coisa é o estado de choque, outra é o luto e outra é a rotina cansativa e infinita da vida que segue. São diferentes, descobri.

A falha da memória é a pior parte. *Ah, vou mandar uma mensagem pra Susie se... Hum, será que a Susie quer ingressos pra ir ver... O que a Susie disse sobre isso, mesmo? Eu vou só...*

Toda vez, o lembrete vem como uma chicotada, tipo a onda de náusea que temos quando um meio de transporte para de repente. É nesse momento que o abismo de "não há mais Susie, nunca mais" se abre sob meus pés. O fato de que ela não vai voltar. Quem diria que a coisa mais óbvia seria a mais difícil?

Ainda por cima, é entediante — as tarefas diárias desgastantes, seguir com as coisas sem a pessoa que permeava minha vida e minhas obrigações. A pessoa que melhor me entendia.

Fico aliviada por ter a distração do escritório, mas não dá para fingir que o trabalho em si me dá algum alento. A vida é uma peça de teatro. Mais uma vez, sou a metade de trás de um camelo que vomita.

De manhã, escolho uma roupa que Susie disse há pouco tempo que era "uma síntese da Eve. Você virou a maior definição de si mesma": um vestido longo de bolinhas com manguinhas bufantes e coturnos. "É a sua personalidade transformada em tecido. Doce e atraente, com uma piadinha sarcástica no final."

Eu devia ter perguntado a ela se era eu quem fazia a piadinha ou se a piada era eu.

Phil me traz uma xícara de café e pergunta:

— Sua amiga foi cremada?

Assinto. Não houve nenhuma conversa entre meus amigos sobre quem ficaria com a urna. Pode ser que Ed já tenha ido lá discretamente e pegado. Maldito Ed.

— O Johnny Depp pagou para que as cinzas de um amigo fossem colocadas num foguete. Custou três milhões. Tolinho.

Lucy e Seth erguem a cabeça e prendem a respiração, na expectativa para ver se vou reagir mal ao comentário. Típico do Phil.

— Ah é? — digo, numa boa. — Não chegamos a tanto.

Lucy e Seth relaxam.

— Me parece estranho jogar os restos lá de cima — diz Phil.

— Bom, as pessoas espalham as cinzas em todo tipo de paisagem bonita. Esse é só um jeito mais dramático de fazer a entrega.

— Verdade.

O jeito de Phil é estranhamente reconfortante. Ele não é como os outros, que ficam pisando em ovos com quem está de luto. Na primeira semana ele ficou mais controlado — talvez porque foi ele quem me viu assim que recebi a notícia —, mas, passado o funeral, julgou que podia voltar ao normal. E acho que podia mesmo. Phil é o que a minha mãe costuma chamar de "gaiato".

Ele espreme os olhos para a tela, onde a Wikipédia está aberta.

— Ah, errei, na verdade foi de um canhão. Esse povo rico, né? Parece que vive em outro planeta.

Ed tem polvilhado meu celular com tentativas de contato desde que brigamos. Consegui evitá-lo — sem criar suspeitas em Justin de que algo específico esteja rolando — dizendo que preciso de um tempo sozinha para entender essa nova ordem mundial, e o quiz no pub está fora de cogitação por enquanto. Hester com certeza acha que estou fazendo birra. Ah, e Ed teve que ir numa excursão da escola de uma semana, o que ajudou.

Mas sei que esse tempo que consegui vai acabar em breve, e me isolar vai começar a ser preocupante, não um autocuidado.

Assim que Ed volta da viagem, me liga, manda mensagem perguntando se podemos conversar, liga de novo, escreve no WhatsApp, querendo saber se vou ignorá-lo para sempre.

No meio da manhã, vem mais uma notificação de Ed no WhatsApp. Abro a mensagem e rolo a tela onde há um textão:

Tá, esta é uma mensagem meio longa pra mandar pelo WhatsApp e só tenho sete minutos antes de a próxima aula começar, mas enfim. Sei que você está muito, muito brava e muito, muito abalada, Eve. Mas parte disso talvez se deva ao fato de que você não sabe muito bem o que aconteceu, além do evento principal. Se você não quer me ouvir porque acha que não mereço a chance de me explicar, entendo. Mas acho que você se sentiria melhor se me escutasse, e ainda vai poder dizer o que quiser na minha cara. Não estou fingindo que é uma atitude altruísta nem nada, sei que sou o maior interessado aqui. Odeio saber que você está pensando tão mal de mim e odeio não ter minha melhor amiga por perto no pior momento da minha vida. Porque é isso que você é. Não é a Hester, nem o Justin. Nem era a Susie. Você é minha melhor amiga e, se isso ainda significa alguma coisa pra você, vamos pelo menos conversar. Talvez isto aqui seja uma chantagem emocional descarada, mas estou acabado demais pra julgar. E não deixa de ser verdade. Bj, Ed

Não sei se declarar que sou sua mais querida amiga escanteada para a *friendzone* é a jogada de mestre que ele pensa que é.

Depois de uma hora virando xícaras de café como se fossem shots, me obrigo a responder à mensagem.

Pensei e repensei sobre o que dizer ou fazer agora, e ainda não sei.

Minha única certeza é a seguinte: se eu não quisesse ter essa conversa com Ed, não teria desabafado no velório de Susie. (No *velório* dela? Velórios são para quem morreu.)

Só que responsabilizar Ed pelo que aconteceu envolve um problema gritante: a carta de Becky comprova que Susie sabia como eu me sentia. Se Susie sabia, então ela e Ed devem ter falado sobre isso. O fato de que nenhum dos dois me contou prova que *alguma coisa* foi discutida entre eles. Até que ponto insisto na humilhação de fazer Ed dizer com todas as letras? *Nós achamos melhor não falar nada, já que você é uma doida apaixonada...*

Mas o fato de que eles sabiam é crucial, não dá para falar do assunto sem mencionar isso. E não sei como conduzir essa conversa.

Cedo, apenas para ser pragmática. Vou ter que vê-lo de qualquer forma. Logo vai ser aniversário do Justin.

Tá bom, pode ir na minha casa hoje umas oito. Vou visitar o pai da Susie depois do trabalho.

O dia passa numa névoa de estresse debilitante por não saber o que Ed vai dizer à noite.

Deveria existir uma palavra em alemão para estar morrendo de vontade de saber uma coisa, mas ao mesmo tempo quase passar mal de tanto medo do que vai ouvir.

Morrendo de vontade de saber. Susie está morta. Ensaio as palavras pela centésima vez. E mais uma vez é como levar um soco.

— Por que você está usando essas botas de peão com um vestido? — pergunta Phil quando me levanto para ir embora, às cinco e meia. — Com o que você está parecida? — Ele faz uma pausa e entendo que não é uma pergunta retórica. — Você está me lembrando alguma coisa. Já sei! Um daqueles abajures estilo art déco. Minha mãe tem uma imitação. Uma mulher graciosa dançando com um vestido longo e esvoaçante, em cima de uma base grande e pesada.

Não consigo segurar a risada.

Enquanto espero o ônibus, meu celular apita. Finlay Hart. Um nome que suscita desprezo e medo. Como também suscitava para a irmã falecida dele, imagino.

Oi, Eve. Vou pra Inglaterra de novo semana que vem pra resolver a venda da casa da Susie, e até agora não recebi os diários e as cartas. Podemos combinar de você me entregar? Obrigado. Finlay

Achei que você ia acionar seu advogado.

É sua última chance de evitar isso. Fica a seu critério.

Hum, sinto cheirinho de blefe. Se ele fosse mesmo fazer isso, será que já não teria feito?

Minha intransigência com Fin pode parecer implacável, mas, no fundo, meu silêncio vem do fato de que não sei o que fazer. Tenho medo de mim mesma perto daquela caixa. E se eu for compelida a dar uma espiada e acabar descobrindo mais coisas?

Susie não ia querer que Finlay ficasse com a caixa, disso tenho certeza. Mas será que não estou criando um problema muito real só para preservar uma ideia abstrata de sua honra? Não dá para constranger os mortos. Os vivos precisam pagar advogados, e eu estou sempre dura.

Tento ouvir a voz de Susie, mas sobre esse assunto ela se cala.

22

Não tenho certeza se Iain Hart quer ou precisa que eu dê uma passada na casa dele de vez em quando, mas não consigo deixar de fazer isso, então fico aliviada que ele pareça feliz com minhas visitas, ainda que com um leve ar de surpresa. Sou uma enxerida bem peculiar, mas até agora ele não demonstrou se importar.

Uma vez por semana apareço na porta dele, geralmente com biscoitos — já que descobri que ele é amante dessa iguaria —, digo que "estava aqui perto" e pergunto se ele "precisa de alguma coisa". Tomamos um chá, jogamos um pouco de conversa fora, e me convenço de que ele está seguro e bem o suficiente para eu parar de encher o saco.

Hoje ele parece mais nervoso que o normal, esqueceu de comer seus biscoitos de chocolate e quer me contar sobre as hierarquias profissionais na empresa (vendida há muito tempo). Tenho a sensação de que ele sente um incômodo persistente, como se precisasse fazer alguma coisa, mas não consegue desvendar o quê nem como. Até agora, sua demência tem sido benigna, apesar de triste. Como ele sempre parece animado e funcional, não é tão chocante. Mas agora consigo ver com clareza que é uma prisão.

— Bom, vou parar de te chatear com essas coisas — diz ele. — Vocês jovens têm coisas melhores para fazer. Já fui jovem um dia, viu? Ha-ha! Olha só...

Ele pega uma foto na prateleira sobre a lareira, um casamento nos anos 1980, cheio de ombreiras, coroas de flores artificiais e ternos tradicionais, e aponta para ele mesmo, com um bigode viçoso. Está com a mão apoiada na cabeça de um menininho de cabelo escuro e cara fechada, que deve ser Finlay.

— Foi no casamento do meu irmão, Don. Ele mora em Edimburgo. Uma bela cidade, foi onde cresci. Já foi lá?

— Uma vez quando era criança, faz muito tempo — digo.

— Ah, você tem que voltar! Eu devia visitar o Don, aliás, faz muito tempo que não vou.

— Com certeza ele ia ficar feliz em te ver — digo, me perguntando se Don estava no funeral.

A única pessoa capaz de me apresentá-lo seria Finlay, e ele não se daria o trabalho. Será que Susie contou ao tio sobre a doença do pai? Ela nunca falava de seus outros parentes, nem mesmo quando éramos crianças. Se ao menos a gente soubesse que seria melhor ela deixar tudo explicado por escrito. Se ao menos a gente soubesse tanta coisa...

Entro em casa faltando meia hora para Ed chegar e estou tão nervosa que não consigo comer. O jantar vai ser vinho, então.

Ele chega às oito, e Roger corre para a porta, miando empolgado quando Ed entra, o traidorzinho de pelo listrado.

Odeio que, mesmo agora, vendo-o de jaqueta impermeável e cabelo molhado pela chuva, sinto vontade de abraçá-lo. Não dá para negar o que nossos sentidos pedem. *Todo mundo tem um fraco por alguém*, como diz minha mãe.

— Ei, Rog, quer dizer que ela não está te dando comida de novo? Adivinha só o que o tio Edward trouxe!

Ele revela o petisco favorito do Roger, palitinhos sabor carne, e chacoalha o pacote, fazendo com que os miados passem do nível "fãs num show dos Bay City Rollers" para "prestes a ter uma convulsão".

Enquanto ele mastiga o pedido de desculpas insuficiente de Ed, nosso olhar se encontra. Ed está corado por ter feito exercício.

— Quer uma bebida? — digo, brusca.

— Uma só. Estou de bike, não quero cair.

— Senta. Cerveja?

— Sim, obrigado.

Vou até a geladeira, me sirvo uma taça generosa de vinho, então abro uma latinha de Staropramen e entrego para ele.

Não estou a fim de conversinha, e Ed, que sabe ler os sinais, diz, bem direto:

— Em primeiro lugar, faz tempo que queria te dizer isso: desculpa por Hester ter sido uma escrota no velório. Ela está muito envergonhada por tudo o que disse. Sem ressentimentos. Pelo menos da parte dela.

— Não acredito que ela admitiu que passou dos limites.

Não vou massacrar Hester para o noivo dela, mas, a partir de agora, também não vou mais ficar cheia de dedos para dar minha opinião sobre seu comportamento. Algumas verdades foram ditas. Esse pode ser o novo normal.

— Sim, admitiu — afirma Ed, com a testa tão franzida que me leva a pensar que eles brigaram pra valer quando chegaram em casa. — Ela estava muito bêbada… — continua. (Não acho que estava, mas tudo bem.) —… e não parava de pensar no casamento. Quando expliquei que ela basicamente ficou falando toda animada sobre substituir Susie para a melhor amiga dela, Hester entendeu.

— Ah. Tudo bem.

Acho que entendi como o truque dele funcionou. Ed, um cara capaz de fazer todo mundo se entender. "Você não percebe como Eve vai ficar arrasada de não ter a companhia de Susie no dia do casamento?" Direcionando o holofote de volta para Hester, o Sol ao redor do qual nós, planetas, giramos.

Mas quem garante que Ed não fez Hester acreditar que eu havia reconhecido que tinha errado e me arrependido de tê-la ofendido depois de sóbria? Uma trégua em que ambas achamos que foi a outra que deu o braço a torcer.

Ed pigarreia.

— Em relação ao outro assunto...

Dou um gole no vinho, encarando-o, impassível. Ele deixa a latinha na mesa e se inclina para a frente, as mãos nos joelhos.

— Sinto muito por você ter descoberto do jeito que descobriu, Eve. Pode acreditar. O velório já foi difícil o suficiente sem isso. Nem consigo imaginar como foi para você.

Ele está usando a tática da empatia. Ou será que está dizendo, implicitamente, que o que aconteceu só é problemático porque Susie partiu?

— Se você guarda segredos, não dá para saber quando eles vão vir à tona, né? — digo. Minha voz está tensa.

— Eu já tinha quase esquecido o que aconteceu. Fizemos de tudo para enterrar isso.

— Você deve ser péssimo na cama, então — falo. — Dificilmente alguém esqueceria que transou com uma das melhores amigas.

Ed estremece.

Pois é, que pena. Não vou engolir nenhuma tentativa de minimizar o que aconteceu, tipo: "Nossa, eu tropecei, caí em cima dela e sou tão desajeitado que acabou rolando uma penetração, mas nem me lembro direito".

— Foi há dez anos, mas acho que você já sabe disso. — Nunca vi Ed tão desconfortável. — Era uma sexta à noite. Decidimos de última hora que estávamos os dois entediados e queríamos sair. Hester estava na Suíça trabalhando como *au pair*.

Eu tinha me esquecido disso. Hester trabalhava em tempo integral, mas tirou um período sabático no verão para ir dar aulas de inglês para crianças de família rica. Ela é do tipo que precisa adicionar atividades extras para estender o currículo em vez de só aumentar o tamanho da fonte, como eu faço. Mark me disse uma vez que o meu tinha EVELYN HARRIS escrito tão grande que podia ser um daqueles banners de avião.

— Justin estava em Londres naquele fim de semana, em um daqueles bacanais.

Fico esperando Ed dizer onde eu estava. *Você... A gente só não te ligou.*

— Você estava em algum lugar com Mark.

Ah. Isso me surpreende, por um instante. Eu devia ter calculado que foi nessa época, quando comecei a sair com Mark.

— Fomos num pub, jogamos sinuca, bebemos pra caramba de estômago vazio, acabamos chapados, tomamos meio comprimido cada. Daí fomos pra balada na Rock City...

Fico ouvindo. Consigo sentir o calor crescente do suor sob a minha roupa.

— Lembra que eles sempre tocavam Rage Against the Machine? "Killing in the Name" começou a tocar, daí quando vimos... — Ele expira. — Uma coisa levou à outra...

— Ah, não me vem com essa de que "uma coisa levou à outra", Ed — disparo, para meu constrangimento e dele. — Você não está contando para os seus alunos que a sua esposa vai ter um bebê.

Ed fica vermelho.

Sou um cachorro que ladra mas não morde. Estou interrogando um homem que está noivo de outra mulher, não de mim, sobre um affair que aconteceu dez anos atrás, com uma outra mulher que nem está mais aqui. Meus direitos nessa situação são bastante turvos. Não foi a mim que Ed traiu, e ainda assim me sinto traída, tenho ciúmes e uma raiva visceral. Faço papel de indignada e guardiã da virtude, mas na realidade estou me afogando em vergonha e confusão.

É por isso que não se deve ficar iludida e apaixonada de forma disfuncional por pessoas comprometidas. Basta algumas jogadas de xadrez para se tornar uma loucura completa. Bom, acho que sempre foi uma loucura completa.

— Ah, a gente estava dando socos no ar durante o refrão, os dois bêbados, aí nos abraçamos, e de repente, sem saber quem tomou a iniciativa, a gente se beijou — explica Ed. — Foi uma daquelas loucuras no calor do momento que só é possível depois de tomar litros de cerveja de estômago vazio quando você tem 24 anos.

— Então vocês se beijaram, e aí...? — pergunto.

— Fomos para a casa da Suze beber mais. Lembra quando ela tinha o flat onde rolava de tudo, em Lace Market? Conforme a embriaguez aumentava, continuar a noite ia parecendo uma boa ideia, era quase como se nos desafiássemos a dar o próximo passo. A gente estava fora de si. Nem eu, nem ela saímos de casa com essa pretensão.

Eu me preparei para esta noite, tanto quanto possível, e me obrigo a dizer (para não ficar com isso na cabeça para sempre):

— Susie descreveu como "tórrido".

Bom, foi a Becky. Dá na mesma.

O rosto de Ed passa de rosa para rosa pincelado de palidez. Espero que ele não esteja prestes a admitir um ato que ficará gravado na minha mente para sempre.

— A gente transou no banheiro da balada — diz ele, depois de uma pausa.

Engulo em seco.

O crush intenso que eu tive durante dez anos sofre um golpe pesado. Um golpe duplo.

Sempre terei essa imagem na cabeça quando pensar em Susie e Ed: uma pegação frenética numa cabine de banheiro pichada, alguma música do Arctic Monkeys abafada pelas paredes. Considerando tudo que pode ser descrito como "tórrido", acho que é melhor do que alguma atividade depravada da qual nunca ouvi falar envolvendo orifícios e balões de água, como se o mundo fosse uma grande orgia para a qual não fui convidada. Isso na minha escala imaginária de "atividade sexual incomum menos pior que dois amigos poderiam praticar enquanto partem o coração de uma terceira pessoa". Uma terceira pessoa. É isso que eu sou.

— Susie me levou até o banheiro feminino. Depois transamos de novo na casa dela. E apagamos. Acordamos de manhã com a pior ressaca da vida, martirizados com o que tinha acontecido. Pode acreditar, o principal motivo para manter segredo é que nós dois queríamos muito que nunca tivesse acontecido. Concordamos em não contar para você nem para o Justin…

— O Justin também não sabe?

Já é alguma coisa. Não estou sozinha.

— Sabe, sim. Acabei contando pra ele depois. Susie não sabia disso.

— *Quê?!*

— Numa conversa de homem pra homem, tarde da noite. Confessei porque precisava desabafar a culpa que sentia em relação a Hester.

— Ótimo, então só eu não sabia. Susie nunca me contou.

A sensação de ter sido feita de idiota, de ser a única do grupo que não sabia disso, porque não me consideravam madura o suficiente para lidar com essa notícia, me traz um sentimento profundo de rejeição. É como o que Ed fez quando tínhamos 18 anos, ao quadrado.

— Ela amarelou. Quanto mais o tempo passa, mais difícil fica de contar a verdade. O problema só fica maior. É o preço da covardia. O preço de ter feito a escolha errada desde o início.

Ed me encara, como se tivesse um duplo sentido, e fico aliviada com o miado repentino de Roger, pedindo mais um palito e cortando a tensão. Ed tem mais um, claro. Sempre preparado e cativante.

Em meio aos ruídos de mastigação felina, ele continua:

— Depois que Susie terminou de vomitar naquela manhã, conversamos sobre tudo que poderíamos acabar prejudicando ou destruindo por sermos dois imbecis. Eu tinha traído a Hester. E provavelmente as coisas mudariam entre nós... — diz Ed, gesticulando para mim, mas se referindo ao nosso grupo. — E por quê? Por causa de algo puramente instintivo que fizemos depois de afogar o cérebro em Heineken? A gente mal conseguia olhar na cara um do outro. Não era como se fôssemos apaixonados, e à luz do dia isso tornava tudo mais simples e ao mesmo tempo pior. Nunca senti um desprezo tão grande por mim mesmo.

Eu me esforço para lembrar se em algum momento, ao voltar da casa do Mark, notei que Susie estava diferente. Não consigo. Lembro de ficar de bobeira no flat dela, Susie fumando com o braço estendido para fora da janela. Ela estava saindo com alguns caras na época, mas nada sério.

Com algum esforço, lembro que uma vez ela me disse, pensativa de uma forma atípica: "A questão é que você, Eve, se apaixona raramente e pra valer. Já eu me apaixono fácil, mas supero em uma semana".

Ela devia estar falando de Ed — então ela também se apaixonou por ele? Por que nunca me contou? Será que ela achava que eu ia explodir numa nuvem de folhas secas? Pego minha taça.

— Você permitiu que Hester continuasse sendo amiga da Susie, sem saber de nada?

— Foi uma atitude de merda mesmo. Mas eu só tinha opções de merda. Se eu confessasse e meu relacionamento sobrevivesse, Hester não ia querer que eu continuasse amigo da Suze, daí nosso grupo já era. Ela nunca aceitou bem a nossa proximidade como você já deve ter percebido. O custo-benefício não compensava, e ainda não compensa.

— O *custo-benefício*? — repito, com reprovação. — Não se trata de tirar o saldo da situação. Você só pensou em benefício próprio.

— Mas quem seria beneficiado? Hester merece saber a verdade, em teoria, mas isso não a beneficiaria, muito pelo contrário. Não tem como discutir isso sem soar péssimo, porque foi mesmo. Foi algo execrável de se fazer e me envergonho até hoje. Você quer saber a verdade nua e crua? Bom, é horrível.

De repente me lembro dos meus pais discutindo sobre o impeachment do Bill Clinton. Meu pai disse: "Se você perguntar para qualquer homem se ele já transou com outra mulher além da esposa, ele vai dizer que não, né? Que homem, sob pressão, responderia: 'Opa, agora você me pegou?'. Não sei por que ele ter mentido tomou uma proporção tão grande; qualquer homem no lugar dele teria feito o mesmo".

E minha mãe respondeu: "Ele não devia ter traído!". E meu pai: "Sim, mas a burrada já estava feita desde o início, não é, Connie?".

Será que estou sendo irracional ao exigir que Ed seja um homem melhor do que um presidente? As mentiras dele foram por omissão.

Roger, à distância, dá uma patada na portinha de sua caixa de areia.

— Passei muito tempo me perguntando qual poderia ter sido minha motivação, para além do álcool — fala Ed. — Nunca cheguei numa resposta melhor do que "porque eu podia". Não dá para trair sua própria personalidade, mesmo bêbado. Suze me provocava pra caramba, dizendo que eu era sério e sem graça. Acho que querer me exibir foi parte do motivo. Quando percebi as intenções dela, senti que precisava enfrentar o desafio e mostrar que também podia ser inconsequente. O que é irônico, já que nada do que aconteceu é motivo de orgulho, muito pelo contrário. Não tinha como ser mais ridículo.

— Ah, então foi ela que que ficou forçando a barra? — digo, revirando os olhos.

— Pelo que lembro, sim — argumenta Ed, de repente exausto. — Não dá para ter certeza, considerando como estávamos chapados. Mas eu não teria ousado arrastá-la para o banheiro feminino.

No cerne dessa explicação e pedido de desculpas — se é que essa conversa pode ser chamada assim —, existe um problema. Tudo o que ele está falando pode ser verdade, mas a conexão que eu achava que tinha com Ed se torna impossível. Ou pelo menos não é do jeito que eu imaginava, se ele foi capaz de fazer isso. Qualquer uma menos ela, o ser humano mais próximo de mim. Eu suportei a traição que foi ele ficar com a Hester, porque podia compreender como tinha acontecido. Mas não isso.

— Você não é a pessoa que eu pensava — digo, desolada.

Não era para ser uma frase feita para causar impacto, só um espasmo de dor que escapou pela minha boca, no entanto, Ed claramente desmorona.

— Sim, eu sei — responde ele, e respira fundo. — Nem quem eu mesmo pensava. Sua opinião significa tudo pra mim.

A parte mais difícil da conversa está diante de nós, e preciso encará-la, mesmo que faça eu me sentir nua.

— Susie disse na carta que não queria que eu soubesse — falo, e prendo a respiração.

Ed rompe o contato visual por um momento.

— Ela sabia que tinha... alguma coisa entre a gente. Por isso ela sentia que ia te decepcionar se contasse.

Eu me contorço, mas mantenho uma falsa compostura.

— Você contou pra Susie sobre a carta que me mandou? Na faculdade?

— Não! Por que eu faria isso?

Ed, de olhos arregalados, acha que marcou um ponto aqui, por não ter traído minha confiança. Mas eu sei o que isso realmente significa: ele deixou tudo nas minhas costas.

— Então por que ela achava que tinha algo entre nós?

Esse é um questionamento que eu só ousaria fazer em circunstâncias extremas e para alguém que tivesse a obrigação de ser cuidadoso com a resposta, como Ed agora. *Eu fui tão óbvia assim?* é uma das perguntas mais agonizantes do mundo.

Ed ergue as mãos dos joelhos.

— Não sei.

— O que ela disse? — pergunto.

— Você quer mesmo saber?

— Não, Ed, não quero! — digo, perdendo a paciência e ficando muito vermelha. É uma combinação engraçada. — Eu não queria saber uma palavra disso, mas, graças a você, aconteceu, eu descobri e Susie está morta. Vou ter que passar o resto da vida me perguntando por que ela escondeu isso de mim, se você não me contar. Eu não *quero* saber, eu *preciso*. Achei que fosse óbvio.

— Ela disse que achava que você estava apaixonada por mim e que isso te destruiria — diz Ed, numa tacada só, e baixa o olhar para os joelhos.

Estou molhada de suor. Permaneço impassível.

— Hum, ok. Uau.

É uma boa resposta, e ambígua, acho. Pode significar tanto "uau, ela sabia" quanto "uau, sério que ela pensava isso?".

— E aí você disse o quê? — pergunto.

— Concordei que não era uma boa ideia te contar.

— Mas você não disse: "Ah, eu falei pra Eve que estava loucamente apaixonado por *ela* alguns anos atrás"?

— Não — responde Ed, franzindo a testa. — Não era o momento, e meio que supus que você teria contado pra Susie na época, de toda forma, não?

Não tinha me ocorrido que ele pensaria isso. Acho que faz sentido, porque em geral amigas conversam e fofocam sobre tudo. Mas a verdade é que eu achava esse assunto precioso demais, e doloroso demais, para lançar qualquer luz sobre ele. E, como sempre, o nosso grupo vinha em primeiro lugar.

— Não — respondo.

Eu me pergunto por que ele acha que não contei a Susie.

— Eve — continua Ed. — Sei que "falar pela Susie" só tem causado problemas para a gente, mas ela ficaria arrasada se soubesse que te magoou por guardar esse segredo. Nada importava mais pra ela do que você. *Nada*.

As palavras não têm muito impacto, não depois de ele relatar uma noite em que meus sentimentos definitivamente não importaram para ela. Ela sabia que eu estava apaixonada e que aquilo me destruiria, mas foi lá e fez mesmo assim. "Destruir": uma palavra que ela mesma usou, não eu.

Tudo por uma transa desajeitada e sem compromisso. Ela era Susie Hart, poderia ter ido para casa com qualquer homem daquela balada se quisesse.

O que ela diria se estivesse aqui? Só consigo imaginar uma versão parecida com a do Ed: *Nós estávamos bêbados, fomos uns idiotas. Idiotice demais, só arrependimento.* Que outra desculpa haveria? Ela não era a pessoa que eu pensava.

— Hester ainda casaria com você se soubesse? — pergunto, deixando claro que não há necessidade de um discursinho conciliador da parte de Ed.

— Não sei. Seria uma briga homérica. O fato de ter sido com a Susie tornaria tudo mil vezes pior, claro, comparado com uma desconhecida. Não quero que ela pense mal da Susie. — Ed mostra a palma da mão quando vê que estou de queixo caído. — Pois é, você deve achar algo bem hipócrita de se dizer, e é, mas é verdade. Você acha que Susie ia querer isso agora? Que a gente se separasse por conta de uma rebeldia vergonhosa de dez anos atrás? Ou que Hester fosse atormentada pra sempre por esse pensamento? Você viu como foi horrível.

— Bom, agora estou envolvida — interrompo, antes que a gente comece a comparar o que eu sinto *versus* o que Hester sentiria. —

Porque no seu casamento vai ter aquela parte de *se algum dos presentes souber de uma razão para que este casal não se una…*

— Você não vai ser a primeira pessoa a ficar calada nessa parte da cerimônia mesmo sabendo de algo sobre a noiva ou o noivo que o outro não sabe.

Ed ensaia um sorriso pesaroso, mas permaneço impassível.

— Não tem graça.

— Não mesmo. E não estou dizendo que você não deveria contar a Hester, se é isso que sua consciência manda. Mas eu juro, nunca traí Hester, essa foi a única vez.

— Ah, nossa, troféu Orgulho da Inglaterra pra você.

— Não! O que quero dizer é que não é algo habitual, que essa não é a ponta do iceberg. Você não está deixando uma mulher se casar com o Rei dos Cretinos sem saber.

— Hum.

Não vou contar a Hester. Considerando o quão pouco me importo com ela, seria uma mera vingança contra o Ed, e, como minha mãe diz, se vingar é jogar mijo num vendaval. Ela sabe bem.

— Obrigado por me ouvir. Sei que não foi fácil.

Balanço a cabeça e sinto o vazio que eu sabia que me aguardava depois dessa conversa. E agora? Aceitar e seguir em frente.

Ed se abaixa para fazer carinho em Roger, que se esfrega nas pernas dele e claramente considera implorar pelo Palito de Carne 3: o Engordador.

— Você andou meio sumida desde o funeral… Está tudo bem? Tirando as questões gigantes que não estão nada bem?

Ergo os ombros e os solto.

— Sim e não.

Ed assente. Por ora perdeu o direito de ser o Ed carinhoso e sabe disso. Ele amassa um pouco a latinha, fazendo um barulhinho.

— Você vai no aniversário do Justin, né? — diz, antes de sair.

— Hum? Vou. Ele já planejou algo?

— Não que eu saiba. Vai ser alguma coisa discreta. Tanto quanto Justin consegue ser discreto.

Ed sorri, aliviado que o status quo esteja voltando. A bomba foi desarmada. Não sorrio de volta. Ele sabe que não vou contar para Hester, então estamos de volta ao ponto de antes, só que na verdade isso é impossível e nunca estaremos.

— Pode me fazer um favor? Não conte ao Justin que tivemos essa conversa? Espero que não tenha comentado com ele sobre nada disso — digo.

— Não comentei nada.

Ele olha para mim e percebe que não pode arriscar nada além de um leve aperto no ombro.

— Tchau — falo.

Depois que fecho a porta, sinto uma decepção esmagadora comigo mesma e com ele, e sei por quê.

Não tive coragem de perguntar: e *você*, achava que eu estava apaixonada?

23

Pego o resto da garrafa de vinho branco com um humor sombrio. A chuva que havia molhado Ed de leve mais cedo se torna uma tempestade. É a única coisa que consigo apreciar, além de um álbum do Nick Cave, da vela que acendo e do álcool nas minhas veias. A água batendo sem parar na janela é quase relaxante.

Não me escapa à atenção que em geral seria Susie a pessoa que conseguiria me arrancar desse tipo de armadilha. Ela faria uma vistoria no ambiente, os olhos focados na chama tremeluzente da vela nardo da Diptyque (cara demais para ser acesa em situações menos graves), e diria:

O que você tem, hein? Aff, não suporto esse cantor deprimente, ele tem uma voz grave ressonante do tipo que devia estar lá no clube de operários cantando "My Way", do Frank Sinatra. "WHAT IS A MAN / WHAT HAS HE GOT / IF NOT HIMSELF / THEN NOT A LOT..." Pera, ele acabou de falar abattoir blues *para dizer que está sentindo "a tristeza do matadouro"?*

Aham.

Quem estaria feliz num matadouro?!

É um matadouro metafórico.

Então ele pode sair de lá, né. Ele é o que meu pai chama de um reclamão preguiçoso. Ah, não, estou num frigorífico suíno imaginário, coitadinho de mim.

Eu cairia na risada ao ouvir "frigorífico suíno imaginário" e ela diria *por acaso estou mentindo?* e faria aquela cara de você-acha--que-sou-boba-mas-não-sou, com um bico parecendo um esquilo com nozes nas bochechas, como a Susie criança petulante fazia. Eu veria como ela estaria satisfeita em me fazer rir.

Só que, mesmo se ela estivesse aqui, não teria como consertar nada. Por que ela fez aquilo? Sei que estava bêbada, mas... se algum conhecido a parasse, quando Susie estava segurando a mão do Ed, serpenteando pela multidão da Rock City, e dissesse: "Meu Deus, vocês dois juntos? Posso contar pra Eve?", ela teria dito *não não não nem ouse.*

Quem consegue abrir a braguilha de uma calça, mesmo com dificuldade, consegue lembrar quem é a melhor amiga. O álcool não apaga quem você é, só te dá permissão.

A gente não se machucava de propósito. A gente nunca teria disputado o mesmo homem. Nenhuma Becky, mesmo com *good hair*,[*] poderia se meter entre nós. Havia algumas poucas regras tácitas e sagradas entre nós, nossas pedras fundamentais.

E o que foi Ed me lançando aquele olhar sedutor quando falou do "preço da covardia"?

Se é que rolou esse olhar. Será que estou imaginando coisas? Será que me tornei essa louca ressentida através de gaslighting?

O problema é: quando pensamos em amor, em romance, pensamos em algo ativo, uma conquista, "correr atrás". Mas estamos usando modelos ultrapassados. Precisamos de novos conceitos para as merdas de hoje. Ed não está correndo atrás de mim, de forma alguma, nem vice-versa. Ainda assim, ele está *sempre lá*. Estamos perpetuamente no quase romance. Mas como se afastar emocio-

---

[*] Referência à música "Sorry", da Beyoncé. [N.E.]

nalmente de um dos seus melhores amigos? Não me lembro de ler nenhum conselho sobre isso em revistas femininas.

Roger se ajeita em cima da minha barriga enquanto encaro minhas "botas de peão" penduradas no braço do sofá.

Por que sou a única apegada ao passado? A única que se importa? Todo mundo só pega o que quer e segue em frente. Até mesmo Susie, em disparada para o Além.

Ela não está aqui, tendo que se preocupar com as coisas. Todos os seus problemas, novos e antigos — o caso secreto com Ed, o irmão inimigo, até mesmo seu pai vulnerável —, foram deixados para mim. Ela morreu "sem testamento", como o homem do inventário disse, mas isso só se referia a quem herdaria propriedades e dinheiro. *Talvez eu não queira a porra desses problemas, Susie. Talvez eu não os mereça. Não posso deixar essa responsabilidade de lado, como todos vocês fizeram?*

Penso essas coisas como uma forma de autoflagelação, tirando uma satisfação perversa dessa crueldade proposital. Estou com raiva de Susie, percebo, e não só pelo que aconteceu com Ed. Por não ter olhado para o lado certo enquanto caminhava pela rua escura, por não ter desviado rápido o suficiente e por ter me deixado com toda essa dor. Por ter me deixado.

Depois de chafurdar nessa melancolia, me dou conta de que não gosto de quem eu sou.

Se minha vida fosse uma série de TV, acho que esse seria o momento em que parte do público diria: "Me esforcei para gostar dela, mas essa garota só se faz de coitadinha, sabe? Tipo, sua melhor amiga morreu, mas é você que se deu mal?". (Ou talvez eles já tivessem desistido depois da Operação Pelos Pubianos. "Não consigo lidar com comédia *cringe*, que vale 2 estrelas de 5".)

Sou tomada pela necessidade de fazer algo destrutivo e definitivo… As cartas e os diários? Oitenta e cinco por cento de mim diz: *vai em frente, se livra disso*. Quinze por cento de mim sussurra, com nervosismo: *depois não vai dar para voltar atrás*.

Os oitenta e cinco por cento gritam de volta: *pois é, muita coisa não pode ser desfeita, não reparou?* Se for um erro, pelo menos eu mesma escolhi e controlei. Estou cansada de ser o saco de pancadas do Acaso.

Ela disse que achava que você estava apaixonada por mim e que isso te destruiria.

Aí está, se ela estava preparada para *me* destruir, imagina uns rabiscos juvenis?

Antes que eu possa mudar de ideia, coloco Rog de lado, corro lá para cima e pego a caixa. Quando volto, me dou conta de que queimar tudo seria um problema. Nos filmes norte-americanos, as pessoas têm lixeiras de metal para queimar as coisas ao ar livre. A minha é feita de plástico com pedal, não serve.

Peraí, e se, em vez de fogo, eu usar água? Tenho uma pia enorme e funda que me custou um rim. Enquanto observava a instalação, minha mãe fez o seguinte comentário:

— Não é curioso como a gente acaba fetichizando coisas que eram comuns para nossos avós? Ainda assim, eu nunca quis ter a latrina que eles usavam.

Viro o conteúdo da caixa na pia, satisfeita porque a carta maldita estava no topo, então vai parar no fundo. Agora que observo o emaranhado de envelopes, como um sorteio de bingo, o que vou fazer se torna mais real. As palavras da Susie, seus pensamentos: prestes a se perderem para sempre. Sinto uma pontada, me pergunto se deveria me sentar aqui, ler tudo e memorizar o que ela escreveu.

Aí, quando Finlay tiver me amarrado a uma cadeira numa garagem, segurando um galão de gasolina, vou poder cuspir sangue e dizer: *se você me matar, nunca vai saber.*

Os diários trazem um problema específico, com suas capas almofadadas e superprotetoras. Tenho que abri-los e arrancar brutalmente as páginas, então é inevitável ver a caligrafia rococó de Susie mais nova, em caneta azul, e identificar algumas palavras aleatórias, mesmo que meu cérebro não queira. A maioria são advérbios eufóricos e sem contexto, além de "nuggets de frango pro jantar!" (o que reforça a teoria de Justin de que o mundo não está perdendo nenhuma gênia da literatura). Faço uma pausa, só por um instante, quando vejo um pedaço de papel com a palavra "FINLAY!!", em maiúsculas, sublinhada, seguida da carinha: 🙁.

Não é da minha conta. Nem da conta dele. Susie iria se contorcer só de pensar nele lendo tudo.

Precisa ser feito. Tenho que eliminar a tentação, proteger a privacidade dela. *Será que é por isso mesmo que você está fazendo isso?*, uma voz pergunta. *Ou é vingança, Evelyn Harris?*

Abro a torneira e observo a água jorrar sobre o papel. A tinta desbota, o papel fica transparente, se despedaça, se transforma numa sopa bege. Quando fecho a torneira, os restos molengos e encharcados podem ser moldados numa estranha paisagem, como montes de neve.

Pego montinhos de correspondência ininteligível e jogo na lixeira com um baque molhado.

Roger aparece e solta um longo miado confuso, que interpreto como: *mas quais são as consequências legais de ter destruído artefatos tão disputados?*

— Não sei — respondo a ele, a voz carregada de vinho, triunfo e derrota.

Uma lembrança me vem: alguns aniversários atrás, Susie me deu um presente engraçadinho com vários objetos nostálgicos, uns cigarros fininhos de menta, um frasco de perfume Dolly Girl e um pacote de minichocolates. Talismãs meio bregas que dizem "olha só do que a gente gostava naquela época!", que só velhos amigos poderiam reunir.

Eu os encontro numa caixa no meu quarto e os pego antes que a memória me atinja: a cara dela, ansiosa, enquanto eu abria o presente num restaurante grego, naquele passado feliz, em que vivíamos sem consciência de nada e não sabíamos que ela ia morrer.

Desço as escadas, espalho tudo no balcão, espirro o perfume no meu pescoço, abro um chocolate e dou uma mordida. Meu Deus, é enjoativo de tão doce. Susie e eu comíamos potes de sorvete de creme usando esse chocolate como colher. É um milagre que a gente ainda tenha dentes.

Bom, que *eu* ainda tenha dentes. Se as pessoas que morrem em incêndios são identificadas pela arcada dentária, o que os crematórios fazem com os dentes?

Abro o maço de cigarros e acendo um com um fósforo, dou um trago, inspiro, expiro e tusso. Caramba, é horrível, eu realmente fazia isso?

Que nem uma chaminé, escuto Susie dizer.

A chuva deu uma trégua, então abro a porta dos fundos e me sento encolhida no degrau de concreto que dá para meu minúsculo quintal, a água atravessando meu vestido, e solto nuvens de fumaça no ar úmido.

Me sinto uma *call girl* por um momento, numa cena dramática de um filme.

Sem me dar conta de que comecei a chorar, sinto uma lágrima cair do meu queixo.

24

Eu poderia ter esperado o tempo de sempre (que eu mesma estabeleci) de uma semana para visitar o sr. Hart de novo, mas estou com uma caixa de biscoitos florentinos caros que acho que ele vai amar.

Então, quatro dias depois, subo a rua até a casa da família Hart, ouvindo um podcast sobre um crime não solucionado que mudou uma cidadezinha no meio dos Estados Unidos para sempre. Não se trata apenas de ser uma Boa Samaritana, ainda que eu fique feliz com isso. Ver o sr. Hart faz com que eu me sinta conectada a Susie e me ajuda a ocupar o tempo que de repente está sobrando.

Pauso o podcast e toco a campainha. Sinto o estômago revirar conforme o tempo passa, até que a porta interna é aberta pelo sr. Hart Júnior. Puta merda. Eu devia ter imaginado que Fin estaria aqui — suas mensagens, que eu nunca respondi, diziam "semana que vem". Aqui estamos, na semana que vem, e infelizmente aqui está ele. As cartas. Minha decisão impensada. Sinto uma batedeira de bolo ligada dentro da minha barriga.

Ele está com cara de jet lag: olheiras, barba começando a aparecer, levemente inchado. Ainda assim, tem o tipo de beleza que é potencializada pelo desalinho. Tipo quando um penteado novo fica melhor ao bater um vento. A camiseta e o moletom com capuz dizem "vim direto do avião".

— Que bizarro, eu estava neste instante tentando te ligar, sem sucesso — diz Fin, sem me cumprimentar antes.

Sua expressão é um sarcástico "a-há!".

— Nossa — falo, tirando os AirPods com um floreio, como se estivesse tirando os brincos em *Dinastia* —, não ouvi, estava de fone, desculpa.

Fico aliviada por ser verdade, ainda que nada daqui para a frente vá melhorar para o meu lado. *Não tenho mais as cartas, poxa. Não TENHO mais...* Lembro como ele ficou bravo só por eu me recusar a entregá-las.

Ouço Justin dizer: *não cabe a nós julgarmos, não somos júri nem juiz.* Eu fui o júri, o juiz e o carrasco.

Engulo em seco.

— Entra — diz Fin, abrindo espaço. — Meu pai não está.

— Ah, não vou te incomodar então...

— Temos assuntos a tratar.

Imagino que ele vá armar o bote sobre as cartas e começar a soltar nomes de escritórios de advocacia de Nova York para me assustar. *A não ser que você queira que alguém da Bárbaro, Escroto & Cuzão entre em contato.*

O que eu digo? Como conto a verdade? Será que dou uma enrolada, para não ter que dizer pessoalmente?

Em vez disso, Fin segue para a cozinha e volta com uma folha de papel. Ele estende para mim, a boca contraída numa linha fina. Pego e leio:

Ann, desculpe por não ver você esta semana, mas resolvi cair na gandaia, como dizíamos na minha época.

Aquela amiga da Susie de cabelo preto (não consigo lembrar o nome) sugeriu que eu visitasse meu irmão, Don, na minha terra natal, e pensei: "Por que não?!". Acho que vou fazer alguns passeios turísticos primeiro e ver a antiga casa da família, depois faço a visita. Aqui está o pagamento e não se preocupe com a pilha de roupas para passar, não tem pressa. Até semana que vem.

Iain

— Ah, não… — digo, sem forças.

— Você incentivou meu pai a viajar para outro país? Posso perguntar por quê? — questiona Fin.

Ele não está soltando fogo pelas ventas, mas parece estar preparando o terreno para a briga, com seu Converse preto de cano alto.

— Eu não o incentivei — respondo, de maneira inútil, diante da evidência concreta. — Ele me mostrou uma foto do casamento do irmão e perguntei se eles tinham se visto recentemente… O seu pai disse que não, daí eu falei, hum… — O olhar de Finlay poderia me perfurar como laser —… que com certeza o irmão ia ficar feliz em revê-lo.

Quando digo em voz alta, em meio ao silêncio do hall, percebo como soei idiota.

— Eu pedi para você parar de visitar, para não confundir mais meu pai — diz Fin, me encarando de forma ameaçadora por baixo de seu cabelo bagunçado de bom moço que frequenta escola particular.

(Ainda que ele não tenha estudado em escolas particulares. Será que é por isso que ele me odeia, por conhecer suas origens?)

— Eu não achei que ele fosse levar ao pé da letra — justifico, esbaforida, sentindo o suor se formar sob o casaco. — Foi só um modo dizer, tipo, "ah, talvez fosse legal"… E não, tipo, "isso, vai lá, compra uma passagem para a Escócia agora mesmo".

— Meu pai tem Alzheimer. Ele não reage de forma normal a comentários feitos por mera convenção social.

Nem você, para falar a verdade.

— É muito ruim ele ter ido para Edimburgo, caso ele chegue lá bem? Você pode ligar para o seu tio e explicar que ele precisa de cuidados…

— Meu pai e meu tio não se falam mais.

— Ah... poxa. Talvez seu pai tenha esquecido o motivo, e Don vai perceber que ele está doente...

— Meu tio morreu — continua Fin. — Então não tenho esperança de que aconteça uma reconciliação.

— Quê? Puta merda...

— É você quem vai estar lá para lidar com a situação quando meu pai descobrir isso pela segunda vez? Que para ele vai ser como se fosse a primeira?

Meu Deus.

— Me desculpa — digo, e Fin balança a cabeça.

Não é nada agradável ser a pessoa errada numa discussão com ele.

— Há quanto tempo ele morreu? — pergunto, baixinho, na casa silenciosa.

Fin cruza os braços.

— Uns cinco anos.

— Como você acha que seu pai vai reagir?

— Não sei. Não sei como ele vai reagir quando se sentir desorientado. Aqui ele consegue racionalizar e entender o que está no seu entorno. Agora ele vai voltar para um passado onde ainda está vivendo, com a expectativa de encontrar tudo igual. Essa é a realidade dele.

— Você falou com a polícia?

— Sim, e eles notificaram a polícia de lá, mas, sendo realista, já que meu pai não vai estar visivelmente fora de si, a única chance de ser identificado é se ele entrar numa delegacia. E tudo o que sei sobre meu pai, incluindo a vida dele antes da doença, me leva a crer que ele jamais vai admitir que não está no controle da situação para um sujeito qualquer de uniforme.

Finlay Hart é bem inteligente, admito. Somando à sua personalidade, isso me deixa preocupada, em vez de impressionada.

— Mesmo que o levem para a delegacia se ele estiver confuso, não tem muito o que possam fazer além de acalmá-lo e me avisar — continua. — Ele não está internado numa clínica. Pode ir embora da delegacia se quiser. — Finlay faz uma pausa e pisca os olhos azul-escuros opacos para mim. — Eu tinha chamado uma pessoa para vir avaliar a capacidade mental dele esta semana. Agora não vai mais acontecer.

— Você acha mesmo que ele não está bem aqui? — digo, gesticulando para a casa.

— Não tenho certeza. Por isso queria que fosse feita a avaliação. A faxineira encontrou uma chaleira na banheira outro dia.

— Quê? Na água?

— Não, a banheira não estava cheia. Ela falou que ele disse que tinha ido encher ali porque a torneira do andar de baixo não estava funcionando, daí esqueceu. Acho que meu pai sabe que tem alguma coisa estranha e está se esforçando para disfarçar. Tenho pesquisado sobre demência e parece que é algo comum. Pacientes que se comunicam bem parecem mais sãos do que realmente estão, demonstrando perspicácia, cheios de lábia. Em algum momento, ele vai precisar se mudar para uma clínica ou então que algum cuidador more aqui, e preciso começar a organizar isso. Não é justo que a faxineira tenha que ser meus olhos e ouvidos, desse jeito que está.

Assinto.

— Vou para Edimburgo procurá-lo. Se ele for parar num pub e começar a dar trela para algum desconhecido no bar, podem perceber que está senil. Me preocupo com sua segurança, além disso ele tem casa, carro, economias, cartão de crédito, usa um relógio Patek Philippe. São muitos motivos para ser sequestrado.

Hum, pois é, e tudo isso é sua herança, penso, pouco gentil.

— E celular? Ele tem?

— Não. Ele tinha, uns anos atrás, mas nunca usava e agora ninguém sabe onde está, provavelmente em alguma gaveta com uma dúzia de cabos com defeito.

— Ah.

— O problema é que não vai ser fácil resgatar ele, mesmo se eu encontrá-lo. Ele não faz ideia de quem eu sou. Acha que sou um vizinho que está confundindo ele com outra pessoa.

— É…

— E, se esse vizinho irritante aparecer no meio da Royal Mile, dizendo: "Ei, que tal vir pra casa comigo?", não acho que vai dar certo. Pode chegar a uma situação hostil.

— É mesmo… — digo, num tom empático.

— Se eu pagar tudo, seu quarto de hotel, você viria comigo para Edimburgo me ajudar a procurá-lo?

— Quê? — falo, sentindo o rosto esquentar. Não esperava por isso. — Como eu ajudaria?

— Ele reage muito bem a você. Ele ainda se lembra das conversas de vocês, e o bilhete é a prova disso. Acho que ele não reage assim a mais ninguém.

— Não sei… — respondo. Preciso me livrar dessa situação, mas não sei como. — Posso pensar um pouco?

Finlay estreita os olhos. Ele é esperto demais, a tática do "posso pensar?" não vai funcionar com ele.

— Tá, olha só. Você ajudou a criar esse problema. Estou pedindo ajuda para consertar, sem nenhum custo para você. É uma proposta bem razoável. Você se envolveu na vida dele, mesmo quando pedi para se afastar. Pular fora agora seria bem egoísta da sua parte.

Solto um resmungo indignado diante da palavra "egoísta", ainda que ele esteja fazendo um bom resumo.

— Além disso, se você topar… — continua Fin. — Eu desencano dos diários e das cartas.

— É sério?

Ele conseguiu me convencer. O apelo de me livrar desse problema é inegável, já que dizimei itens de valor.

— Sim. Estou bastante incomodado com isso, mas disposto a deixar pra lá, se você me ajudar.

Umedeço os lábios secos.

— Quando nós teríamos que ir? E por quanto tempo? — pergunto.

— Amanhã. Vou alugar um carro, vamos dirigindo até lá e ficamos em algum hotel no centro por uns dias. Ann, a faxineira, tem meu número para o caso de ele aparecer aqui nesse meio-tempo.

— Amanhã?! E meu trabalho?

— Você não consegue tirar uns dias de folga?

— Hum. Talvez.

Na verdade, a gerente do nosso departamento, Kirsty, já nos deu um ultimato de que alguém da nossa equipe precisa tirar férias este mês. Ninguém quer férias na porcaria de novembro sendo que podemos tirar em dezembro, um mês repleto de comemorações, então ninguém se manifestou, só esperando para ver quem vai ceder primeiro.

E minha vizinha, Greta, pode dar comida para o Roger com prazer em troca de uma garrafa de prosecco e uma caixa de chocolate com menta.

Mordo o lábio.

Um relógio de pêndulo antiquado bate atrás de nós.

— Acho que consigo. Se forem só alguns dias.

— Te busco amanhã. Me manda uma mensagem com o endereço.

Caminho de volta até o ponto de ônibus, imersa em pensamentos e quase voltando atrás na decisão.

Por que Finlay Hart, que nasceu sem coração, que não deu a mínima para a morte da própria mãe e que mal conseguiu trocar algumas palavras tensas com o pai e a irmã no funeral dela, está se esforçando tanto para reencontrar o sr. Hart? Ele mora em Nova York, poderia ter lavado as mãos nesse caso, deixando instruções para quando seu pai reaparecesse. Como ele mesmo disse, o pai nem sabe quem ele é.

Nos minutos que o ônibus demora para aparecer na esquina, penso: se não é amor, será que é por dinheiro?

Será que ele quer mudar o testamento, caso tenha sido deserdado? Aproveitar que Susie não está aqui para contestar ou interferir, e levar o pai direto para uma clínica e vender a casa? E sem ter que dividir a grana. Parece possível.

Se for o caso, estou sendo cúmplice, ajudando no resgate do pai? Disfarçando a trama com um sorriso acolhedor? Então, pondero: mesmo que seja isso, é melhor eu ficar do lado dele se quiser provar e impedir. Se o sr. Hart está feliz e seguro em casa por enquanto, quem Fin pensa que é para apressar sua internação?

A voz do fantasma de Susie invade a minha cabeça, sem ser chamada.

É como dizem, Eve. Para pegar um ladrão, você tem que entrar na Mercedes Benz S-Class que ele alugou.

25

A lei imutável do meu trabalho é que sempre estamos errados. Quando pedi para tirar as férias que estávamos sendo forçados a tirar, ainda fui inconveniente.

— Sim, é maravilhoso que você tenha aceitado, Eve, mas tem que ser *hoje*? — reclamou Kirsty quando liguei para solicitar as férias, depois de ter mandado por e-mail na noite anterior. — Por acaso o *Brad Pitt* apareceu num *jatinho* dizendo "anda logo, otária, vamos pro shopping"?

Kirsty é uma pessoa que se faz de refinada. Ninguém sabe se ela veio do Cairo ou de Kettering, uma cidade pequena aqui da região.

— Sim, hoje seria ideal, por favor — digo, ignorando o sarcasmo.

Kirsty bufa alto e me deixa na linha, ouvindo o tec-tec de suas unhas de gel marrons cintilantes no teclado, como se estivesse abrindo uma planilha importantíssima quando certamente deve estar escrevendo um e-mail para uma amiga.

— Hum... — enrola. — Hum... Se você puder trabalhar meio período hoje e sair só à tarde, *acho* que consigo dar um jeito. Pode me chamar de fada madrinha.

Desligo o telefone e explico para os meus colegas que com muita sorte consegui ser dispensada.

— Puta que pariu, quanto caso só por causa de umas férias. Você não é, sei lá, o Obama — comenta Phil. — Não é como se as fábricas de manchetes caça-cliques fossem ficar à beira do colapso e o mercado financeiro na corda bamba até você voltar. Morte aos nossos senhores neoliberais.

— Eles precisam criar uma narrativa, Phil — digo, tomando o partido dele. — A gente "toma liberdades", e eles são pacientes e compreensivos. Daí, quando vêm as medidas punitivas, eles justificam fazendo papel de pais exaustos e maltratados que não aguentaram mais.

— Eu acho que são só uns idiotas — diz Seth.

Ed manda mensagem perguntando se estamos prontos para voltar ao quiz do pub, e digo que não. Quando ele tenta puxar conversa de novo perguntando como estou me sentindo, digo que vou viajar para o norte.

Meu celular toca.

— Edimburgo? Por quê?

Explico.

— Que *porra* é essa?! Você vai pra Escócia com ele?

— Vou.

Fico preocupada com a intensidade da reação de Ed.

Não tem como ele estar fingindo isso, se fazer de cavalheiro protetor para ganhar uns pontinhos tão escassos. Ele parece genuinamente atordoado.

— Você nem conhece esse cara direito e tudo que sabemos sobre ele é ruim. Você não parou pra pensar na sua segurança?

Não muito, na verdade, mas não quero admitir.

— Ele vai voltar para Nova York logo, logo, não acho que vai... — Deixo a frase no ar.

— Cometer um crime porque não quer ser deportado para ir a julgamento. Excelente lógica, dez de dez.

— O que está insinuando? Sei que ele jamais venceria o prêmio de Personalidade do Ano, mas não acho que seja um abusador.

— Olha, se eu bem me lembro você estava achando que ele podia ser um serial killer atrás da fortuna do pai decrépito.

— Se esse for o plano dele, pelo menos vou poder acompanhar de perto e…

— Quê?! Está achando que é a Jessica Fletcher agora? — Ed faz uma pausa, perplexo. — Você está fora de si, não está pensando direito.

— Agradeço a preocupação, mas sei o que estou fazendo. É arriscado, mas eu fui responsável pela fuga do pai dele. Preciso ajudar, senão não vou conseguir dormir à noite.

— Hum — retruca Ed. — Ele deve ter achado ótimo botar a culpa em você, né? O que isso te diz sobre ele?

Murmuro frases evasivas. De fato ele me persuadiu, mas devo admitir que eu teria negado se ele não tivesse insistido.

— Se vai mesmo fazer isso, posso pedir um favor? Por mim?

— Que seria…?

— Me manda mensagem todo dia, às nove da noite, de um jeito que eu tenha certeza de que é você, me dando notícias de que está tudo bem? Não dê a entender que está avisando a alguém com quem já havia combinado. Porque daí, se outra pessoa estiver com seu celular, não vai saber que precisa mandar a mensagem no seu lugar. Se eu não receber uma mensagem, vou ligar para a polícia e embarcar no primeiro trem para lá. Me manda uma foto da placa do carro também. Mas sem que ele te veja tirando.

Dou risada.

— É sério? Você não precisa dar uma de cavalhei…

— Estou falando sério! — diz Ed, determinado. — Você está prestes a ir para outro país com um cara suspeito que nem conhece direito, numa busca sem sentido em que ele está no controle de tudo. Parece um roteiro de filme de terror.

Concordo em mandar provas de vida e Ed se acalma um pouco. Mas, quando encerro a ligação, estou tudo menos calma.

São duas da tarde quando saio de casa com a minha mala, pronta para entrar no carro de Finlay Hart, que já me aguarda. É um Audi escuro. Você errou, Susie.

Ele sai e abre o porta-malas, depois guarda minha mala. Está usando um suéter leve sob um casaco azul-marinho, que ele tira e joga no encosto do banco de trás. Noto que suas roupas são do tipo em que a gente bate o olho e sabe que são caras, com caimento perfeito. Se eu comprasse um suéter preto e um casaco azul, não ficaria igual.

Não tenho a chance de dar uma de paparazzo e tirar foto da placa discretamente. Primeira falha no plano.

— Acho que chegaremos lá na hora do jantar — diz ele, depois de me cumprimentar. — Cinco horas, acho. Mais ou menos.

— Chegar para o jantar é sempre a melhor opção — respondo, espero que num tom amigável, enquanto me sento no banco do passageiro. — Como você não tem sotaque americano? É quase imperceptível.

Estou tentando ser espontânea e simpática. Só depois me dei conta de que, para além das questões de segurança, eu ainda tenho horas e horas tediosas pela frente, na companhia de um homem que tem o carisma de um figurante interpretando um guarda nazista.

— Achei que tivesse — replica Finlay, sem soar ofendido nem especialmente animado. — Me mudei pros Estados Unidos quando tinha 20 anos, então meu sotaque e vocabulário já estavam bem definidos. Além disso, vários dos meus amigos são imigrantes também.

Vários dos meus amigos. Tenho dificuldade para imaginá-los, mas vai ver ele é sociável e encantador do outro lado do oceano.

Assim que se acomoda no banco do motorista, ele começa a mexer no rádio.

— Quer ouvir música?

— Claro.

— Pode escolher.

Mexo no botão até sintonizar a rádio de música alternativa.

— O que está tocando? Estou bem por fora — diz Fin, checando o retrovisor quando entramos no fluxo do tráfego.

— É "This Is What She's Like", da Dexys Midnight Runners — respondo, orgulhosa de por acaso saber, porque eu mesma também estou bem por fora ultimamente. Justin ama essa banda. — É a banda de "Come On Eileen".

— Ah, sim, isso eu sei — responde Fin, com um sorriso.

Saímos da cidade e pegamos a estrada com facilidade, ouvindo de tempos em tempos a voz forte e masculina do GPS cuspindo instruções.

— Daqui a pouco eu desligo, agora que já estamos na estrada — diz Fin.

— Claro — respondo de novo, como um robô.

O carro é confortável e tem cheiro de couro limpo. Estico as pernas no assoalho e fico feliz por pelo menos não estar escrevendo sobre se alongar com a Rosimar.

Sempre gostei dessa parte em toda viagem: a sensação de escapar. Sempre que o avião decola, penso como vivo num pedacinho minúsculo do planeta, como meus horizontes são limitados.

Consigo ouvir Mark na minha cabeça, dizendo: "E mesmo assim não consegui te fazer vir pro noroeste de Londres". E o que ele falou na briga do nosso término: "Sabe o que me deixa mais puto? Você se mudaria pra cá pela Susie e pelos seus amigos".

Acho que ele estava certo.

— Não me julgue por usar câmbio automático, faz anos que não dirijo com o manual — comenta Fin, conforme passamos rápido pelas casas construídas no pós-guerra no rodoanel.

Sorrio pensando que, de todas as coisas pelas quais eu poderia julgar Finlay Hart, o câmbio automático não é uma delas. Um bônus: silêncios confortáveis são mais fáceis quando você não precisa encarar o rosto da outra pessoa.

Lanço um olhar rápido para Fin no volante e, mesmo a contragosto, admiro seu maxilar de ator de cinema — mais uma vez barbeado —, os braços com as mangas arregaçadas e um relógio vintage com pulseira de couro, elegante sem ostentar.

Ninguém nunca falou que o diabo não é atraente. É como ele consegue realizar grande parte do seu trabalho, na verdade.

Eu me divirto imaginando-o falando num gravador, como o Agente Cooper. É uma comparação imperfeita: Cooper parecia um agente do FBI que tem carinha de bebê e usa mousse no cabelo. Finlay Hart parece o assassino arrumadinho que ninguém consegue lembrar direito depois.

— Onde você mora em Nova York? — pergunto.

— Park Slope. Uma parte do Brooklyn gentrificada, mas com o custo ainda acessível. Não sei se conhece.

— Você gosta de lá? De Nova York, de forma geral.

— Gosto… a maior parte do tempo. Não sei se quero ficar lá para sempre. Quer dizer, toda vez que encontro meus amigos a gente fica reclamando de como a cidade é horrível, o que significa que já nos tornamos nova-iorquinos. E você? Gosta de Nottingham?

Pela primeira vez, o tom sempre neutro de Fin soa quase charmoso.

— Ha-ha-ha. Se Nova York é a Big Apple, Nottingham é uma laranja miúda. Nova York é um grande felino, e Nottingham, um guaxinim no lixo.

Fin sorri.

— Eu gosto daqui.

Claro que sim, daquele jeito levemente paternalista como pessoas descoladas fingem gostar de coisas nada descoladas, porque não têm nada a perder.

— Bom, você foi embora — digo, também sorrindo.

Ele afrouxa o colarinho e olha para uma placa na estrada.

— Às vezes as pessoas deixam lugares de que gostam para trás. E pessoas de que gostam também.

— Você é terapeuta, né? Por acaso a gente começou… uma sessão de terapia? Vai me cobrar depois? — pergunto.

— Não importa quantos anos de profissão eu tenha, nunca canso de ouvir isso — comenta ele, ainda sorrindo, mas um pouco menos, então anoto mentalmente que ele não deve gostar de falar sobre trabalho.

— Eu gosto de algumas coisas em Nottingham. Mas não tudo — concluo.

— É uma visão bem consciente de qualquer lugar, né? — diz Fin. — Eu não confiaria em ninguém que dissesse: "Nossa, onde eu

218

moro é *o melhor lugar do mundo*, é perfeito". Eu desconfiaria que a pessoa deve achar que sempre faz as melhores escolhas.

Lanço mais um olhar para ele. Com esse tipo de visão crítica das coisas eu consigo lidar.

— Você diz isso, mas meu pai mora numa fazenda de ovelhas na Austrália, e parece *literalmente* o céu na terra.

— Você confia nele?

— Não — digo, e, para surpresa de ambos, dou risada e Fin abre um sorriso a contragosto.

Seu rosto fica bem diferente quando sorri, como se nunca tivesse sido aquela pessoa rabugenta. Isso me assusta um pouco.

Meu Deus, acabei de lembrar: Susie disse uma vez que ele devia ser bom como modelo porque "ele fica diferente em cada foto. Não é tipo uma foto diferente da mesma pessoa ou um outro ângulo. Parece outra pessoa. Credo".

Sinto aquela pontada familiar de dor por saber que nunca vou poder contar nada disso a ela. Com o bônus de nunca poder ter aquela briga com ela também.

Depois de mais de uma hora de conversa descontraída, Fin vê a tela do celular piscando no porta-copos e diz:

— Ah. A Romilly está ligando.

— Romilly?

Ele aperta "Aceitar ligação" antes de explicar.

— Oi, Rom. — Fin franze a testa. — Você está no viva-voz, estou dirigindo. Tem mais alguém comigo.

Um estalo.

— Quem?

— A Eve. Ela era amiga da minha irmã. Vai me ajudar a procurar meu pai. Lembra que te falei que ele fugiu?

— Ah. Oi, Eve? — diz uma voz clara, da Costa Leste, estilo *Sex and the City*. Bem Charlotte, ou talvez Miranda.

— Oi! — falo.

— Liguei para contar que deu tudo certo na consulta do Ethan. Marcaram o retorno para daqui a três meses, mas não acham que teve nenhum prejuízo à audição.

219

— Que ótimo. Ele está feliz?

— Com certeza, já voltou a ser um pestinha de novo. Levei ele no Balthazar para comemorar e ele comeu metade do cardápio do café da manhã. O garçom ficou chocado.

— Que bom! Fala pra ele que vou levar um presente quando voltar.

Uma pausa. Difícil dizer se é pela chamada de longa distância ou um silêncio tenso.

— Me liga quando chegar na Escócia. Sem ser no viva-voz — pede Romilly enfim, o que interpreto como uma alfinetada para mim. Ou talvez os nova-iorquinos sejam mesmo bem diretos?

— É sua namorada? — pergunto, quando Fin encerra a ligação.

— Ex — responde.

— Ah.

Considerando a frieza dela em relação a mim, suponho que tenha sido Fin quem terminou e ela ainda não tenha superado, mas vai saber.

— Ela tem um filho pequeno, de outro relacionamento. Me preocupo com ele — explica Fin. — A gente mantém contato por causa dele.

— Ela foi no funeral da sua mãe? Tinha cabelo ruivo?

Fin parece surpreso.

— Sim. Você estava lá?

— Estava.

— Não te vi.

Me parece algo peculiar de se dizer. Se ele já não se lembrava mais de mim na vida adulta, não teria me reconhecido se me visse, então como saberia se me viu ou não? Mas não me parece um bom assunto no qual me estender.

— Romilly — digo. — Um nome pouco comum.

— Os pais dela são franco-canadenses. Por que você fez essa cara?

— Que cara?

— Como se dissesse "bem que imaginei".

Me dou conta de que fiz essa cara mesmo.

— É que… Tinha que ser "Romilly". Um nome descolado. Você nunca namoraria, sei lá, uma Doris.

— Considerando que a maioria das Doris devem ter uns 80 anos, acho que não.

— Nomes antigos viraram tendência, sabia? As creches da classe média estão cheias de Doris e Hildas.

— Namorar uma criança de 5 anos também não estava nos meus planos.

— Todo mundo dá nome de uma avó ou de estrela do cinema para os filhos agora.

— Eve não é o nome de um filme antigo? *All About Eve, A Malvada.*

— Meu nome é Evelyn, na verdade.

— Evelyn. É bonito.

Não sei se a simpatia de Fin é mesmo simpatia ou só uma tática para conseguir alguma coisa, mas sou zero do tipo *Lobo de Wall Street* para sacar.

— Obrigada. Também gosto. Ainda que soe como alguém que ouve radionovela e tem sachês de lavanda seca na gaveta de calcinhas.

— Você gosta de dizer tudo o que está pensando, né? — comenta Fin, me lançando um sorriso para não parecer uma acusação.

— E você gosta de esconder tudo o que está pensando, né? — rebato, sorrindo de volta.

Apesar de estar dirigindo a cento e trinta quilômetros por hora, Fin me encara, levemente consternado. Será que o analista não está acostumado a ser analisado?

O momento é interrompido por uma sensação bem peculiar e incomum. De repente, o carro sacoleja e pula pela estrada, fazendo um barulho horrível, como se as partes de baixo estivessem soltas, batendo direto no asfalto. "Partes de baixo" demonstra meu grau de conhecimento automotivo.

— Merda, acho que o pneu estourou — diz Fin.

Apoio as mãos no painel à minha frente enquanto Fin dá seta e atravessa as pistas, com uma expressão impassível conforme observa o retrovisor.

Fico aliviada que ele esteja no controle porque, se fosse eu dirigindo e o carro começasse a chacoalhar desse jeito, minha reação imediata seria gritar a plenos pulmões.

Cambaleamos para a faixa da direita, passamos pela faixa de acesso até o acostamento, com o carro chacoalhando como se estivéssemos num desenho animado. Quando Fin estaciona perto da entrada do Burger King, solto um suspiro de alívio, sentindo o suor acumulado na testa.

— Isso não foi nada agradável — fala ele, parecendo manter a compostura, mas, quando o encaro, está pálido como a superfície lunar.

Ainda bem que até agora eu não tinha percebido que ele estava com tanto medo quanto eu.

26

— Devem chegar a qualquer minuto, pelo que falaram — avisa Fin, enfiando o celular no bolso do casaco enquanto se aproxima de mim. — Mas deve ser o equivalente de "logo ali na esquina" da companhia de táxi.

Estou empoleirada no meio-fio duro e gelado, perto das bombas do posto de gasolina, sob o pretexto de "cuidar das malas", comendo balas ácidas Haribo, enquanto a Operação Pane do Carro entra em seu nonagésimo minuto. Amasso o saquinho e me levanto, limpando o açúcar das mãos, para tentar parecer eficiente e engajada.

As etapas de "inspeção consternada do veículo" e "longas conversas técnicas pelo celular" foram inteiramente realizadas por Fin. A princípio, fiquei sentada no carro me sentindo inútil, em seguida fiquei ali perto da nossa bagagem, ainda me sentindo inútil, depois me arrastei para comprar doces.

Concluí que a situação era pior do que um pneu estourado, e nosso Audi na verdade estava, citando um mecânico que passou por ali e nos deu sua opinião de graça e sem compromisso, "acabado".

— Interrupção inesperada, né? Espero que não seja da celebração de aniversário de namoro — acrescentou, simpático, enquanto Finlay e eu o encarávamos sem reação, já que não há nenhuma forma rápida e socialmente aceitável de descrever essa viagem.

Formamos uma aliança temporária a contragosto para procurar um cidadão idoso senil.

O carro foi rebocado em desgraça.

— Ah, espera, será que é...?

Outro veículo com rodas brilhantes, dessa vez prateadas, aparece no pátio. Fin vai até lá e conversa com o motorista. Ele recebe as chaves e um papel, e o homem da locadora de carros faz vários gestos com as mãos e balança a cabeça. Fin dá de ombros como se dissesse "fazer o quê?", provavelmente discutindo o destino do Audi.

Pego a mala de Fin com uma das mãos e a alça da minha de rodinhas com a outra, e a puxo pelo concreto fazendo bastante barulho, em direção ao que percebo ser uma Mercedes-Benz.

— Isso é... uma S-Class? — pergunto, com os pelos da nuca arrepiados.

— Acho que sim? — responde Fin. — Por quê?

Continuo encarando. Tipo, não quer dizer nada, né? É só uma coincidência idiota.

— Por nada.

— Não achei que entendesse de carros — comenta Fin, com um sorriso, pegando minha mala. — Se nos levar até Edimburgo inteiros, pra mim tá ótimo.

Obviamente, eu jamais mencionaria Susie em referência a qualquer evento sobrenatural, mas começo a me perguntar se mencionar Susie de forma geral seria prudente ou sagaz. Não faço ideia do que se passa na cabeça de Finlay, o que está por trás do seu comportamento.

Consigo ouvir Susie dizer: *Menos do que você pensa. Como todos os homens. É a sua cara achar que eles têm pensamentos vívidos e complexos.*

— Mais um carro pra gente se acostumar — diz Fin, enquanto seguimos pela via de acesso.

Eu me recosto no apoio de cabeça e Fin liga o rádio.

— As rodas parecem boas e estáveis — comento.

— A viagem está saindo de graça porque eles basicamente tentaram nos matar — diz Fin. — Só pra você saber. Vou investir o dinheiro que economizamos em eskibon no zoológico.

Rio alto.

— Peraí, você tá falando sério? A gente vai ao zoológico?

— Meu pai disse no bilhete que ele ia fazer passeios turísticos primeiro, então, acho que sim.

— Certo.

É difícil imaginar como vamos encontrar um homem numa multidão de turistas, mas talvez seja como Denholm Elliott se destacando com seu chapéu panamá em *Indiana Jones e a última cruzada*.

— Eskibon — digo, em referência ao nome do picolé de creme com casquinha de chocolate. — Bem britânico da sua parte.

— Ah, sim. Nos Estados Unidos chamam de *popsicles*, vê se pode.

Abro um sorriso e nos acomodamos em um silêncio agradável, com "Regret" do New Order tocando ao fundo.

Observar de perto a suposta psicopatia de Finlay é um tanto confuso. Não me sinto ameaçada, mas, até aí, Finlay tem motivos para me manter no jogo.

Enquanto passamos por belas montanhas em direção à Escócia, Fin diz, do nada:

— Agradeço por ter topado vir. Sei que é pedir demais. Obrigado.

— Ah… tudo bem — respondo, pega de surpresa.

— Começamos com o pé esquerdo, mas não quero que você sinta que temos que ser adversários — fala ele. — Posso colocar nas notícias de trânsito?

Ele estende a mão para o botão do rádio, e eu assinto.

Isso me tranquiliza, mas ao mesmo tempo me assusta. E se for tudo um truque? E se for uma parte importante de seu plano maligno? Ele finge ser bonzinho, comportado e gentil por um tempo, até que, quando for conveniente, vai puxar o tapete? Daí, quando ele fizer essa coisa horrível, eu vou me sentir ridícula de ter confiado nele? E se tentar conviver bem com Finlay Hart for tipo tentar andar de costas numa esteira, usando salto alto e segurando um martíni? Ou regar uma planta de plástico?

Se ele for assim, Susie não teria me contado.

Lembro uma vez que Becky, da porra da Mansão de Luxo com Lancha, deixou Susie pagar sozinha a hospedagem de luxo que reservaram para um fim de semana de amigas em Bath. Susie pagou adiantado, porque Becky insistiu que seria mais prático. Depois, Susie foi surpreendida por um cartão de agradecimento de Becky, dizendo que foi maravilhoso Susie ter dado esse presente de aniversário de 30 anos, ainda mais considerando que Becky estava dura por causa do cruzeiro que faria em breve pelo Nilo. Eu li e bufei.

"Tradução: inventei esse presente de aniversário e ainda deixei claro que não tenho dinheiro pra te pagar, assim você vai ficar constrangida e desistir de me cobrar o dinheiro. Olá, meu nome é Becky Bramley e não tenho um pingo de vergonha na cara."

Susie deu risada, mas a defendeu e insistiu que ela devia ter esquecido do acordo de dividirem as despesas. Fiquei incrédula que Susie, cética como era, pudesse ser tão ingênua diante desse roubo descarado, e concluí que ela passava pano para Becky. Em retrospecto, acho que não era uma questão de acreditar nas boas intenções de Becky, mas de Susie não querer admitir que tinha sido enganada. "Ser passada para trás" não era algo que acontecia com Susie, fugia totalmente do personagem.

Será que sua intensidade em relação a Finlay existia não só porque era seu irmão, mas também porque, em algum momento, ele a passou para trás?

Quando dou por mim, já está quase anoitecendo e estamos em Edimburgo; o carro se desloca por ruas mais movimentadas, passando por casas georgianas de arenito com janelas de moldura branca. O GPS agora nos dá instruções a cada trinta segundos, depois de sua longa soneca na estrada.

Descemos devagar pela Princes Street e paramos na frente do Caledonian, a fachada vitoriana de arenito vermelho com colunas coríntias, porteiros de luva branca e toldos com o logo do hotel. Uma bandeira do Reino Unido e outra da Escócia estão penduradas nos mastros, e há cercas-vivas bem cuidadas e portas giratórias.

Espero Fin passar reto e seguir até nossa hospedagem, que deve ser mais em conta, quando o GPS anuncia: "Você chegou ao seu destino". Um funcionário de libré abre a porta de Fin para ele. Outro abre a minha.

— A gente vai ficar *aqui*? — pergunto, enquanto Fin entrega a chave do carro.

— Sim.

— É o *Waldorf* — afirmo, estreitando os olhos para a fachada.

O prédio está todo iluminado, brilhando num tom de mel contra o céu azul-escuro.

— Sim, que nem a salada.

— Mas… Uau. Tá bom.

— A gente ficava no Waldorf quando era criança. Escolha da minha mãe, mas pensei que talvez meu pai pudesse ter vindo pra cá.

— É bem mais chique do que estou acostumada — comento, olhando de volta para o carro, de onde estão tirando as bagagens antes de levá-lo ao estacionamento, sem precisarmos mover um dedo.

— Posso reservar para você um albergue em East Lothian que vi no TripAdvisor. A principal resenha dizia que tinha bonecos dos Minions na cama e um grafite sinistro que parecia feito de sangue no box do banheiro. Que tal?

Entro pela porta giratória, rindo.

Meu Deus… Consigo aguentar o luxo, mas o luxo com piadas espertinhas é demais para mim.

No lobby brilhante de mármore com toalhas brancas, esperamos na fila, atrás de turistas com camisetas berrantes, câmeras fotográficas e papetes de velcro. Fin olha o relógio.

— Está bem tarde para ir a um restaurante — diz ele. — Vamos pedir serviço de quarto para cada um e começar a bater perna amanhã? A gente se encontra aqui embaixo às nove?

— Claro.

"Para cada um" significa "separadamente". Acho que eu poderia ficar ofendida com sua falta de vontade de passar mais um minuto comigo, mas comer um hambúrguer na cama vestindo roupão é tentador demais.

— Pode pedir o que quiser enquanto estiver hospedada aqui — diz Fin, então hesita, corando de um jeito que eu não tinha visto antes. — Quer dizer, não quero criar nenhuma situação estranha ou mal-entendido. Eu pedi para você vir. É minha responsabilidade, portanto eu pago a conta.

— Obrigada — respondo.

Então, sem ter mais nada a dizer, olho ao redor, tentando aliviar a tensão.

— Este lugar é incrível! No máximo eu reservo um fim de semana no Radisson Blu quando estou a fim de ostentar.

Nas entrelinhas, talvez eu esteja dizendo de forma bem óbvia: *Não sabia que você era cheio da grana!*

Fin me deixa apreensiva, porque não estou conseguindo distinguir muito bem a linha tênue entre comentário engraçadinho e gafe.

— Quando Susie falava mal de mim, ela não me criticava por ter dinheiro? — diz Fin, lendo nas entrelinhas como eu previa.

Me contorço um pouco.

No lobby silencioso, em meio apenas ao eco de vozes murmurantes, sinto que é uma pergunta importante. Sou a guardiã do legado de Susie agora, pelo menos o intelectual.

— Não — respondo, feliz em poder ser sincera. — Ela nunca mencionou nada.

— Não achei que ela deixaria isso de lado, mas agora, pensando melhor, devia ter imaginado.

— Por quê?

— Porque ela devia falar muito mal de mim?

Fin diz isso de um jeito leve, mas existe um peso por trás que me deixa insegura. Sem falar no histórico dos dois.

— Não, por que agora, tendo pensado melhor, você devia ter imaginado?

Os olhos dele se estreitam, intrigados.

— Sei que, pelo que diz a lenda, sou uma pessoa horrível. "Ter dinheiro" só seria usado se fosse acrescentar algo no caso. Até onde sei, não tinha muito como usar. Não sou traficante de armas, não compro camarotes nos shows do Ed Sheeran.

Dou risada. O senso de humor de Fin é rápido e preciso, e ele sempre fala com o rosto tão sério, que demoro um ou dois segundos para perceber que é piada.

De repente sou tomada por uma curiosidade enorme de saber o lado de Fin da guerra entre eles, ainda que tenha certeza de que vai ser uma história totalmente enviesada.

Nenhuma reputação vem à toa, uma das frases de efeito preferidas do Justin. (Lembro que uma vez tentei argumentar, dizendo que era injusto, e Justin respondeu: "Quando você me mostrar uma exceção, aí vou começar a abrir exceções". Ainda não consegui.)

Fin vai ao balcão da recepção e tento me ocupar enquanto ele faz o nosso check-in, me sentindo malvestida nesse ambiente.

— Você tem certeza de que seu pai se hospedaria aqui? — sussurro, enquanto Finlay me entrega o cartão magnético numa capinha de papel com o número do quarto.

— Não, e nem adianta perguntar. Vão dizer que não podem divulgar dados dos hóspedes e blá-blá-blá.

— Hum — digo, coçando o queixo. — Eles não vão confirmar se ele estiver aqui mesmo, mas com alguma lábia deve dar para descobrir se ele *não* está aqui.

— Como assim?

— Deixa eu tentar.

Sigo até um recepcionista livre que, talvez por sorte, é um homem da idade do pai de Fin.

— Oi, será que você poderia me ajudar? Eu e meu irmão — indico Fin com a cabeça logo atrás de mim, e ele parece perplexo — estamos preparando uma surpresa para o aniversário de 70 anos do meu pai. Será que você poderia ligar no quarto dele e dizer que tem alguém aqui querendo vê-lo? Só não diz que é a gente, por favor! — Faço o gesto de passar um zíper na boca.

229

— Qual o nome dele? — pergunta o homem, com um sorriso prestativo.

— Iain Hart — digo. — Iain se escreve I, A, I, N.

O homem digita no teclado e olha para a tela.

— Infelizmente, não temos nenhum hóspede com esse nome no momento.

— Ah... Tudo bem, talvez ele chegue hoje mais tarde, né?

Eu me viro para Finlay, que murmura:

— É, deve ser isso.

— Obrigada mesmo assim — digo.

— Isso não é algo que costumamos fazer — diz o homem, se inclinando na minha direção —, mas, se você me passar o número do quarto, posso avisar se alguém com esse nome chegar. Não vou poder informar o número do quarto dele, mas poderei contatar o quarto se quiserem, assim que ele se instalar.

— Ah, sim, com certeza. Muito obrigada! — agradeço. — Eu sou Evelyn Harris, do quarto 166, e ele é Finlay Hart. Quarto...

— 312 — acrescenta Fin.

— Anotado — responde o homem , irradiando alegria, depois de escrever num bloquinho. — Tenham uma ótima estadia.

Conforme caminhamos até os elevadores, ouço Finlay dizer:

— Isso foi bem impressionante. Estou admirado.

— Fui repórter do jornal da cidade. Nunca perdi o jeito para essas artimanhas, nem a cara de pau.

— Seu carisma também ajuda — observa ele.

— Ah... — Fico surpresa com o elogio inesperado. Ele acha que eu sou uma chata presunçosa, não? — É tudo parte do truque.

— Nunca tive esse talento — revela ele quando entramos no elevador.

Ele aperta o botão do primeiro e o do terceiro andares.

— Mas tem uma coisa — diz Fin, depois de um breve silêncio. — Não estou criticando seus métodos. Pelo contrário, isso só torna tudo mais impressionante. Mas por que você apareceria de surpresa para o aniversário de 70 anos do seu pai e então pediria para o recepcionista ligar e dizer que tem alguém esperando no lobby? Não estragaria tudo? A grande revelação deveria ser feita num restaurante, depois de bater o garfo de leve numa taça de champanhe, não?

— A-há, qualquer malandro saberia responder essa. Os golpes não funcionam por serem inteligentes. Funcionam por serem *rápidos*.

A porta do elevador se abre no meu andar.

— Você é cheia de surpresas, Evelyn Harris — diz Fin enquanto saio, e me pergunto quais foram as outras surpresas.

Meu quarto é do tamanho de um flat londrino, uma vasta extensão de carpete roxo e tecidos caros cor de café com leite, uma cama do tamanho da Itália com travesseiros impecáveis e branquíssimos enfileirados. Quando mexo nas cortinas, dou de cara com uma vista incrível do castelo iluminado. Seria o conteúdo perfeito para me gabar no Instagram, mas não quero publicar nada e ter que responder por que estou aqui.

Tento não ser tão vulgar a ponto de cismar com o valor, mas acho que algumas noites seguidas aqui, multiplicadas por dois, devem dar o equivalente a seis meses do meu financiamento.

Preciso me lembrar de mandar mensagem para o Ed. Mas… pensando melhor, que direito ele tem de me fazer sentir, ainda que de forma sutil e disfarçada de boas intenções, que tem algum tipo de posse sobre mim? Ele está noivo daquela horrorosa e transou com a minha melhor amiga falecida.

Melhor amiga falecida. Encaro os controles remotos alinhados na mesa de cabeceira de madeira e, pela primeira vez, me choco com essas palavras, não porque são surpreendentes para mim, mas porque não são.

A morte de Susie ultrapassou uma barreira invisível, se transformou num fato que pode fazer parte do meu mobiliário mental, algo tão prosaico como o frigobar e o cofre para itens de valor desse quarto.

Sei que isso só é verdade agora, neste instante. Vou ficar chocada de novo, em algum momento em breve. Mas vai acontecer cada vez menos, e isso vai acontecer cada vez mais, até que se torne comum.

Um dia, vou estar olhando fotos com meus (atualmente improváveis) filhos, e eles vão dizer: "Quem é essa?" e vou responder "ah, é minha querida amiga Susie, ela foi atropelada e morreu muito jovem". Eles vão fitar a imagem com mais interesse por conta da história macabra, e aí, já que ela nunca se tornou a tia Susie e eles nunca a conheceram, vão virar a página do álbum. Sinto uma indignação que beira a raiva diante dessa hipótese. É uma mentira, esse obituário. Susie não é uma história curta e triste. Susie não é uma tragédia. Susie foi uma longa história cheia de energia, interrompida cedo demais.

Com alguns capítulos secretos de que eu não tinha conhecimento. Cenas abandonadas na sala de edição.

Abro minha mala de rodinhas, pego meu nécessaire e tomo um banho longo e escaldante para compensar a demora para tomá-lo. Ataco os artigos de higiene de cortesia e seco o cabelo mecha por mecha usando uma grande escova redonda diante do largo espelho, girando o punho como se estivesse no salão. Fazia meses que não pensava na minha aparência. De repente, quero ficar bonita. Acho que é o ambiente e por estar aqui para o aniversário falso do meu pai de mentira com meu irmão de mentira. Queria viver essa outra vida, dessa mentirosa divertida, cheia da grana e sem preocupações.

Uma batida na porta anuncia a chegada do meu jantar, e fico empolgada ao ver que veio debaixo de um cloche de prata.

Quando mergulho a última batata frita no delicado ramequim de ketchup, a tela do celular se ilumina com uma mensagem de Ed. Meu Deus, já são nove e meia!

Oi! Lembra de mim? Lembra daquilo que a gente combinou?

Limpo as mãos engorduradas correndo no guardanapo de pano grosso.

Ahh desculpa desculpa hoje foi uma loucura... O carro quebrou e a gente chegou tarde no hotel, mas boas notícias: é o Waldorf 😊✨

Uau! Parece que eu não tinha nada com que me preocupar!
Deixa eu adivinhar, só tinha um grande quarto disponível? 😞
Michael Bublé na caixa de som e um boa-noite Cinderela bor-
bulhando que nem um antiácido no Laurent Perrier 🍷

Eu devia ter previsto que ele pensaria que o hotel chique era um
plano do Fin para transar comigo. Ele *conhece* Finlay, como consegue
pensar em "sedução" neste caso?

Hum, não, quartos separados. 😊 Desculpa ter esquecido de
mandar mensagem, vou lembrar amanhã

Vou ficar no aguardo. Boa noite, Harris. Bj

O celular acende de novo.

P.S.: Sei que você sabe disso, mas... Se precisar que eu vá te
buscar com urgência, é só me ligar, a qualquer momento. Vou
direto praí, não precisa explicar nada. Não seja orgulhosa a
ponto de não pedir ajuda. Bj

Claro, obrigada. (Mas com certeza você pediria explicações) Bj

Tá, pediria mesmo. Bj

Sob a luz do abajur, fico deitada na cama encarando o roda-teto
cor de marfim, perfeito e imaculado, como cobertura de marzipã.
Ed está com ciúme. Repito esse fato evidente para mim mesma.
Já havia percebido quando ele fez todo aquele discurso me desen-
corajando a viajar, mas só agora compreendi. Tento decidir o que
fazer com isso.

233

27

Depois de comer um croissant e bebericar aquele tipo de café preto que nos faz lembrar qual sabor o café deveria ter, em um salão de café da manhã com revestimento de tijolinhos brancos sem a presença de Finlay Hart, subo ao quarto para escovar os dentes e desço às nove para encontrá-lo.

Ele é uma figura imponente de azul-escuro em meio a todo o branco do lugar, com sua expressão séria e as mãos nos bolsos do casaco. Não parece hostil, mas impaciente, agitado, ansioso para começar a busca. Só porque estamos num hotel esplendoroso não significa que ele esteja tendo algum prazer nesta viagem.

— Lugares pega-turista, depois casas de parentes, esse é o plano — diz Fin, parecendo pouco à vontade e meio sem esperança quando saímos para o frio da Princes Street. — Seguindo o que meu pai descreveu no bilhete.

— Saquei. O que acha de pegar um ônibus turístico? — digo, quando um passa na nossa frente. — Dá pra cobrir vários lugares.

Cético, Finlay encara o veículo vermelho todo adesivado. Contra o sol da manhã de inverno, sua expressão de repente evoca demais a de Susie, e sinto uma pontada forte, a estupefação de lembrar a morte dela. Estranhamente, fico feliz de sentir esse choque de novo.

— Hum, sério? Será que a gente conseguiria identificar meu pai na multidão, do ponto de vista de um pombo? — questiona Fin.

— A gente desceria nas paradas — explico. — Como vamos chegar mais rápido? A pé?

Fin dá de ombros, relutante, compra duas passagens com o homem de crachá, pega nossos folhetos e embarcamos.

— Andar de cima? — pergunto caminhando atrás dele.

— Se quiser — diz ele, virando para trás, com o olhar de um pai paciente que recebe os filhos durante um fim de semana.

Fin pega um lugar mais na frente. Está quase vazio, como era de se esperar do andar descoberto de um ônibus turístico num país chuvoso no inverno.

Felizmente, há fones de ouvido opcionais para ouvir o audioguia, então, podemos aproveitar a cidade sem a trilha sonora de alguém berrando animado num microfone sobre a estátua do Greyfriars Bobby conforme sacolejamos ao dobrar as esquinas.

As poucas pessoas ao redor seguram os celulares no alto com as duas mãos, tirando fotos ou filmando.

— Você acha que as pessoas ficam revendo esses vídeos que elas gravam nas férias? — sussurro para Fin. — Elas filmam *tudo*. Como funciona? Elas voltam para casa e daí numa terça-feira qualquer dizem: "pega a cerveja, vamos assistir a três minutos de gravação tremida da Royal Mile"? Ou será que obrigam os amigos e a família a assistirem?

— Não faço ideia — responde ele. — Não acho legal que a tecnologia tenha transformado todo mundo num documentarista amador. Mês passado vi uma briga no Bagel Hole, e um outro cliente ficou assistindo como se fosse a apresentação da escola do filho.

Fin gesticula como se segurasse um celular e prestasse atenção.

— Pois é, e é bizarro que as pessoas agem como se ficassem invisíveis quando seguram um celular no alto.

O silêncio recai e Fin ainda parece tenso. Será que acha que vai rolar uma cena se encontrarmos seu pai?

Uma manada de adolescentes franceses de mochila invade o ônibus, gritando *"Edinbourg, Edinbourg!"* animados, como se a cidade que observam por cima da grade do ônibus pudesse mudar. Em seguida, entoam: "Esquifo! Esquifo!".

— Esquifo? — sussurro, confusa.

— *Skyfall* — corrige Fin. — O filme do James Bond, sabe? Uma parte foi gravada na Escócia.

— Ahh, ha-ha-ha. Faz mais sentido agora.

Fin sorri de volta, mas só para me agradar, porque o sorriso não chega nos seus olhos.

Decido livrá-lo do fardo da conversa casual colocando os fones, depois de arrancá-los da pequena embalagem de plástico.

— "O Grassmarket tem uma das vistas mais icônicas da cidade. A feira fica numa área de depressão, bem abaixo do nível do terreno ao redor, diretamente sob o castelo."

O ônibus freia bruscamente e descemos.

Passamos pelas fachadas coloridas das lojinhas, atravessamos o calçamento desgastado, observando os transeuntes. Caminhamos com uma missão secreta, e gosto dessa sensação inusitada. Em geral temos a obrigação de aproveitar esse tipo de passeio, mas hoje somos quase obrigados a *não* aproveitar, o que é meio libertador.

Seres humanos são irracionais.

— Que lugar lindo, né? — comento, e me pergunto se estou puxando assuntos de um jeito pior que num encontro ruim.

— Você ia gostar de morar aqui? — pergunta Fin, depois de um tempo.

— Sim... Não sei. Se eu conseguisse deixar para trás as coisas que eu amo.

— Quais são?

— Meus amigos, minha mãe. O peixe e a batata fritos.

Assim que falo isso, me pergunto se, especialmente pós-Susie, são motivos suficientes para ficar ou apenas um álibi para continuar na zona de conforto. Sei muito bem qual seria a opinião do meu ex, Mark.

— Acho que as batatas aqui na Escócia também são ótimas — retruca Fin.

Olho ao redor, inspirando o ar úmido, e tento me imaginar num novo cenário grandioso. Seria bem empolgante. Assustador, mas empolgante.

Ao cogitar escapar, penso que Susie não pode mais fazer nenhuma escolha. Me lembro dela naquele último quiz no pub, os olhos brilhando, enrolada no lenço, todas as mensagens silenciosas e urgentes que trocamos sem fazer ideia de que nunca seriam ditas. Meus olhos se enchem de lágrimas. Por mais que os sentimentos mudem ou se abrandem, sei que, por toda a minha vida, uma coisa não vai mudar: a capacidade de produzir lágrimas só de pensar em Susie. Não colocam isso nos discursos fúnebres, né? *Ela viverá para sempre em nosso coração e na maneira como nos pegamos chorando de soluçar numa padaria, porque lembramos de repente como ela amava o choux com creme dali.*

Pisco várias vezes para me recompor e vejo que Finlay assistiu a tudo isso.

— Está tudo bem, viu — diz ele, baixinho. — Você tem permissão.

— Permissão do quê?

— De estar viva. De seguir em frente.

Não confio na minha voz para responder, então só assinto. Me assusta como ele consegue me ler com tanta facilidade, mas também me sinto reconfortada. Ele é tão seguro. Como será que ele se sente em relação à perda da irmã?

— Ah, o castelo — digo, aliviada, quando chegamos numa área aberta com uma vista impressionante. — Merece uma foto.

Arranco o celular do bolso e aponto a câmera. Noto que Finlay está na extremidade direita do enquadramento. A princípio, eu o fotografo secretamente olhando para o castelo.

Então uma série de fotos dele esperando que eu termine: olhando para longe, depois para o chão, pensativo, passando a mão no cabelo distraído e aí olhando para mim. Mudo o enquadramento para que ele fique mais ao centro e, *clic-clic-clic*, tiro mais algumas. Não sei por que faço essa coleção secreta de recordações e acho graça da minha própria hipocrisia, já que agora há pouco estava criticando como as pessoas não largam o celular. Digo a mim mesma que é um teste: quero ver se ele é tão fotogênico à paisana quanto era quando trabalhava como modelo.

Quando corro o risco de ele perceber que meu olhar não está na fortaleza célebre adiante, paro. Rá, Finlay Hart é uma fortaleza célebre por si só.

Acho que estamos deixando estudantes entediados no chinelo com nossa eficiência primorosa para vasculhar o Museu Nacional, atravessando o átrio central iluminado com esqueletos de dinossauros e nos separando para cobrir diferentes galerias.

Mando mensagem para Finlay:

Só encontrei a panda gigante Ching Ching na seção de animais. Ela foi embalsamada em 1985 e está mais conservada que eu

Pois é, nada na seção de arte, design e moda também, mas duvido muito que meu pai curta espartilhos do século XVIII. Te encontro lá fora

— É estranho ignorar a exposição da Antiguidade sem sentir aquela culpa típica da classe média, né? — digo quando subimos de volta no ônibus, ficando no andar de baixo desta vez, já que parece que vai chover. — Meu pai ficaria abismado.

Na Casa de John Knox, sinto uma adrenalina nostálgica ao examinar rapidamente cada cômodo e sentir o cheiro de madeira e mofo ali dentro. É estranho não ter um relatório sobre os reformadores protestantes do século XVII para preencher em seguida. Só falta um professor perguntando se alguém quer ir ao banheiro antes de voltarmos ao ônibus e anunciando que só temos quinze minutos para explorar a lojinha. Quase compro um pacote de lápis e uma borracha de arco-íris.

Sinto o humor de Finlay piorar cada vez que subimos no ônibus.

— Será que vale priorizarmos os lugares que seu pai acharia mais interessantes? — pergunto. — Ele é um nerd de história do Reino

Unido que ia gostar de ver os prédios do parlamento escocês? Ou... o café onde a J.K. Rowling escreveu *Harry Potter*?

— Sinceramente, não sei. Não somos próximos, e ainda por cima ele está senil, então eu teria que chutar — diz Fin. — Acho que ele gosta de prédios antigos e imponentes.

— Vamos para o palácio de Holyrood, então?

Finlay consegue me ler, mas eu não consigo lê-lo. Algo o incomoda, e não consigo identificar o que é. A viagem foi ideia dele. Só vim porque ele exigiu que eu viesse. Mas qualquer um diria que foi o contrário.

Descemos em Holyrood e Finlay compra nossos ingressos.

— Meu Deus — digo, dando uma olhada na magnificência colossal e vastidão do lugar. — Você fica com a ala oeste e eu com a leste? — Dou um sorrisinho amarelo.

Ouvimos um trovão ameaçador e, assim que o céu desaba, o humor de Fin desaba junto.

— Porra, era só o que faltava! — balbucia ele, e seguramos o capuz do casaco para correr em busca de abrigo pelo gramado perfeitamente aparado.

— Vamos para as ruínas do mosteiro! — digo. — Não fica tão perto, mas seria o momento *perfeito* de ir lá.

— Como você sabe que isso existe? — questiona Fin, e fico orgulhosa de mim mesma por saber.

— Toda gótica que se preze sabe onde ficam as ruínas sinistras mais próximas.

Vou na frente, trotando, e, quando chegamos, ele diz:

— Sem querer ser implicante, mas esse lugar não tem telhado.

Começo a rir sem parar, daquele jeito que rimos quando nos sentimos impotentes diante do clima e das circunstâncias.

— Mas a fachada é linda, né? Vem, essa parte aqui é coberta.

Nos encolhemos sob uma arcada, observando a chuva bater sobre pedras antigas cheias de musgo, um abrigo que se tornou desabrigado. Nos deparamos com alguns minutos peculiarmente inesquecíveis.

— Vamos ficar três horas aqui, então — diz Fin, depois de um tempo.

— Eu amei esse lugar. Queria que a gente tivesse trazido uma garrafa térmica.

Quando Ed disse que essa viagem parecia um roteiro de filme de terror, subestimou o quanto eu gosto de filmes de terror.

— Como você consegue ser tão animada? É uma energia efervescente quase revoltante.

Finlay fala isso sem demonstrar emoção, do jeito seco de sempre, o rosto molhado pela chuva. Sinto um frio na barriga gostoso diante dessa provocação e fico olhando ele baixar o capuz para tentar tirar a água do cabelo, o que só o deixa mais molhado. Ele só ousaria dizer isso se estivesse confortável com a minha companhia.

— Eu sou animada?

— Aham. Foi arrastada contra a vontade para outro país, por um homem que não conhece, para procurar outro homem que não está em seu juízo perfeito. Depois ficou encharcada num lugar que parece um cenário de *Game of Thrones*. E mesmo assim é como se você tivesse acabado de pegar um *coco loco* no bar da piscina.

— Triste é o feliz das pessoas profundas — digo, e em troca recebo uma risada genuína de Finlay.

Me dou conta de que estou falando com ele como se fosse a Susie, e confesso que não sei se é de propósito ou não.

— Você que inventou isso?

— Não, roubei de *Doctor Who*.

— Nunca sei quando você está falando sério ou zoando.

— Já que estamos falando de coisas pessoais, por que você está sendo tão rabugento?

— *Rabugento?* — repete Finlay, pronunciando a palavra como se estivesse cheirando um queijo fedido e raro da região. — Aff, é tão inútil. Estamos um dia atrasados, se não mais, não vamos encontrá-lo passeando nesse ônibus turístico idiota. Não que eu tenha alguma ideia melhor — completa, lembrando que a sugestão foi minha.

— É. Acho que, num lugar diferente, ele iria aonde já conhece — digo. — Onde era a casa de infância dele? Onde ele cresceu?

— Portobello, na costa. Um belo dia para ir à praia.

— Vamos voltar para o hotel, trocar de roupa, almoçar e daí tentar Portobello de tarde.

Finlay assente.

— A previsão é que pare de chover à tarde, inclusive.

— Acho que vou tirar uma foto antes de a gente ir — digo, olhando para a chuva torrencial.

Pego o celular, destravo e, para minha tristeza, o que estava aberto por último reaparece: minha galeria de fotos. Finlay Hart me encarando carrancudo, sem saber que era meu modelo.

Fin não está perto o suficiente para ver a tela inteira, mas ainda assim consegue perceber que aparece na foto.

— Esse na foto… sou eu?

— Aham — respondo, mudando o ângulo do celular, aliviada que o capuz cobre parte do meu rosto e que não preciso encarar seus olhos, me encolhendo dentro do casaco. — Você acabou se intrometendo em algumas fotos do castelo.

— Quando eu estava parado? — diz Fin, com seu pensamento rápido irritante.

Por um segundo não sei o que responder, borbulhando de vergonha, fingindo me concentrar numa arcada, mexendo na tela com o indicador e o polegar.

— Eu queria lembranças da viagem — justifico, querendo morrer.

— Lembranças de pessoas que não sabem que estão sendo fotografadas? — questiona Fin. — Você também rouba mechas de cabelo das suas vítimas quando elas dormem?

Olho para ele constrangida e seu rosto está brilhando de divertimento.

— Ah, *agora* você parou de fazer birra, com esse sorriso espertinho! — disparo, fingindo estar indignada, mas feliz por ele não estar me acusando seriamente. — Posso deletar se você estiver tão incomodado.

— Não, não precisa. Fico tocado que você queira lembrar um segundo que seja dessa viagem — diz ele, num tom neutro.

Guardo o celular respingado de chuva.

— Pode só apagar as que eu fiquei com papada? — pede Finlay, daquele jeito paquerador descontraído de quem sabe muito bem que nunca teve uma papada na vida, chutando (corretamente) que não havia só uma foto, mas várias.

— Combinado. Mas, só pra te lembrar, vaidade é pecado.

— E, só pra *te* lembrar, tirar foto sem avisar é antiético.

A tempestade se espalha ao nosso redor, sorrimos um para o outro sob o capuz e me sinto inexplicavelmente... Qual é a palavra? Tranquila. Me sinto tranquila.

De volta ao hotel, rolo a tela do celular com uma série de fotos lindas (ainda que rabugentas) de um homem de cabelo preto e casaco azul, e não diria que me sinto exatamente *tranquila*.

28

Desço às dez para uma, na expectativa de ser a primeira, mas Finlay já está sentado no bar. Ele brinca com a colher no pires de uma xícara de chá, em meio a jovens que vestem roupas elegantes dos anos 1920, falantes por conta do alto astral e do álcool no meio do dia.

Eles se unem num coro forte de "Parabéns para o Bobby!" e um rapaz angelical com cabelo penteado para o lado e smoking branco com a gravata-borboleta torta ergue uma taça coupé para eles, cheio de si. Noto que as mulheres, com tiara de pluma na cabeça, vestido de cintura baixa e cachinho na testa, usam plaquinhas escrito "East Egg", e os rapazes elegantes usam outras escrito "West Egg".

— É uma das ironias do tempo, né? — digo baixinho, depois de cumprimentar Fin e pedir uma Coca diet. — *O grande Gatsby* falava de como a riqueza, e o glamour, e a ascensão social a qualquer custo vão acabar te tirando tudo e te destruindo, levando embora o amor da sua vida. Então, naturalmente, nos apropriamos disso numa vibe "uhuu, bora encher a cara", nos fantasiando para festas que celebram tudo isso porém não de uma forma irônica.

— Ha-ha. Nem precisa de Jay Gatsby, eu mesmo poderia dizer a eles que, depois de chegar em Nova York como um anônimo qualquer, a riqueza e a ascensão social não levam a nada de bom. Minha cultura não deveria ser usada como fantasia, Bobby — diz Finlay, com um sorriso de quem sabe das coisas.

Por um momento fico atordoada com sua resposta rápida e autocrítica, somada à sua maldita aparência de estrela de cinema. Quase consigo ver os fogos de artifício explodindo atrás dele.

— Uma ironia do tempo... É uma boa expressão. Sou uma ironia do tempo ambulante — diz ele.

Dou risada, admirada, e compartilhamos um olhar confidente. Tenho a impressão de que ele quer estabelecer uma conexão comigo, mas não sei por que faria isso. Perdi o rumo e preciso recuperá-lo, rápido.

— Não sabia que psicologia era um ramo lucrativo para quem quer ascender socialmente — digo com cuidado, tentando me estabilizar. — Mas até aí não conheço nenhum psicólogo, então não tenho propriedade nenhuma para falar. Nos filmes, os psiquiatras sempre são velhos como bruxos. Peraí, qual dos dois você é? E qual a diferença?

— Sou psicólogo, faço aconselhamento psicológico. Em suma, a diferença é que os psiquiatras prescrevem remédios. Eu não prescrevo. Sobre ser lucrativo, depende — fala Fin. — Só se abrir o próprio consultório e tiver sucesso. Eu tive sorte no início da carreira.

— Como assim? — pergunto, bebendo o refrigerante.

— Hum... — diz Fin, me avaliando. — Sempre me vem à cabeça: "Será que eu quero que isso acabe chegando na Susie?", daí me dou conta de que não tem como.

— Também acontece comigo — conto.

— Como assim? Você acha que eu contaria alguma coisa para ela? — pergunta ele, erguendo a sobrancelha.

— Não, de forma geral. O impulso de consultá-la sobre alguma coisa e perceber que não tem como.

— Certo. Por favor, não conte para ninguém, mas... quando comecei a atender no meu próprio consultório, depois da residência, um amigo encaminhou um paciente do alto escalão para mim.

— Do alto escalão? — repito, sem entender.

Entendo que Finlay está compartilhando todo um léxico comigo, e às vezes ele soa como uma longa reportagem do *New York Times*. Como se fosse começar a usar palavras como *empecilho,* e *corroborar,* e *quintessência.*

— A pessoa estava trabalhando num filme de alto orçamento e não conseguia continuar, precisava de terapia, alguém para conversar.

— Meu Deus, você quer dizer que era uma pessoa *famosa*?

— Fizemos algumas sessões até a pessoa se sentir bem para voltar ao trabalho, o estúdio economizou uma baita grana e o filme ganhou Oscars.

— Caralho!

— Aí a pessoa que eu ajudei me recomendou para os amigos. Assim eu acabei formando uma lista bem forte de clientes. — Fin termina sua xícara.

— Você é o terapeuta de um bando de atores famosos neuróticos, então pode cobrar um valor absurdo pela sessão? E ainda sabe todos os segredos deles?

— Sou bom no que faço, meus pacientes são humanos como eu e você, e cobro um valor competitivo, obrigado — responde Fin, revirando os olhos, mas sem se incomodar de verdade. — E o sigilo profissional é inviolável.

— Por que quis seguir nessa área?

— Eu fiz terapia — conta Fin, e sinto que devia ter previsto isso considerando suas origens e a vida nos Estados Unidos. — Foi bem interessante desvendar por que nos comportamos de certas formas. E quis ajudar outras pessoas do mesmo jeito. Sem querer fazer um discurso de Miss Universo.

— Susie nunca soube que você era "o terapeuta das estrelas"? Você nunca quis contar?

— Sempre tentei contar o mínimo possível para minha família — diz Fin, e as cortinas parecem se fechar em sua expressão tensa.

Estou abusando da sorte com Finlay, mas sinto o perigo bem o suficiente para parar de brincar ou cutucá-lo.

— Posso perguntar uma coisa? — diz ele, pousando a colher na xícara. — Por que tocou a música do *Twin Peaks* no final do velório da Susie?

— Você não gostou?

— Não é que não gostei, só achei uma escolha curiosa.

— Por quê? Ela amava a série, e a música meio que combinava com o momento, acho. Ela gostava de dizer que era a Laura Palmer.

A Laura Palmer que não conseguiram matar. Essa acabou perdendo a graça.

— Uma série sobre uma loira popular na escola com uma faceta demoníaca que morreu de forma trágica ainda jovem? — questiona Fin. — Uma garota que tinha uma vida permeada de sexo, drogas e relacionamentos disfuncionais, por trás da fachada de tortas de maçã e vendas para caridade? Nunca ocorreu que isso pudesse ser algum tipo de... comentário sobre ela?

Abro a boca, e pela primeira vez fico sem palavras.

— Para ser um comentário sobre ela, alguma dessas coisas teria que ser verdade, né? — retruco.

Fin se recosta na cadeira e me observa.

— Pronta para ir? — diz ele um tempo depois, gesticulando para meu copo. Respondo que sim e viro a bebida.

Que porra foi essa? Será que ele sabia que Susie curtia usar cocaína de vez em quando?

— Quando penso em Edimburgo, nunca penso em praia — comento durante o trajeto de carro de quinze minutos. — Apesar de ser uma cidade portuária, claro — acrescento, para Finlay não achar que sou uma desmiolada.

Fin chamou um Uber para nos levar a Portobello, dizendo que não queria dirigir no centro da cidade tendo que andar "na pista errada", já que desacostumou com a mão inglesa, o que me pareceu justo.

— Dizem que Sean Connery trabalhou como salva-vidas nas piscinas públicas daqui — comenta Fin quando saímos do carro para o cinza congelante do calçadão no inverno.

— Só coberto de óleo de baleia para fazer isso na Escócia, né? — digo, enfiando os punhos mais fundo nos bolsos da parca.

— Eu sou um idiota mesmo — diz Finlay, conforme caminhamos pela rua, passando pelas grades e pela faixa de areia clara totalmente deserta que deve lotar na alta temporada.

Não tem muita gente por aqui, um patinador passa zunindo, há um agradável cheiro de fritura no ar e ocasionalmente ouvimos o guincho de uma gaivota.

— Por que você seria um idiota?

Não é comum Finlay criticar a si mesmo.

— Como você disse. Vim para uma cidade com meio milhão de pessoas achando que vou conseguir esbarrar num homem confuso que não está seguindo nenhuma lógica. Um homem que nem vai me reconhecer se me encontrar. Vir aqui faz tanto sentido quanto ir ver os pinguins no zoológico.

— Ah. Deve ser difícil demais ser tratado como um desconhecido pelo próprio pai — digo, pensando nisso pela primeira vez. — Tipo… é um abandono. Ainda que seja por conta da doença.

Finlay me olha com uma grande atenção. Ele fica em silêncio por alguns segundos antes de responder.

— Eu não esperava que Susie tivesse uma amiga como você — comenta ele. — Fico feliz que ela tenha tido.

— Obrigada — agradeço, sem conseguir entender o motivo para esta resposta.

Talvez tenha sido uma forma de mudar de assunto e não discutir a demência do pai.

— Algumas mulheres no velório eram mais como eu esperava — diz Fin, hesitante. — Com umas roupas provocativas vampirescas, sabe?

— Ahh… as Garotas de Porcelana! — exclamo. — É assim que o Justin… deixa pra lá, outra hora eu conto. É, elas são bem diferentes da gente. Isso conta pontos pra Susie, na verdade. Ela tinha amigos diferentes em áreas diferentes da vida, mas não era esnobe. Transitava em vários círculos, mas não era uma alpinista social.

Continuamos andando.

Para meu espanto silencioso, Fin parece ter mudado sua opinião sobre mim de "terrível" para "aceitável".

— Não perca as esperanças — digo, para me distrair. — Se esses são lugares aonde seu pai poderia ir, temos alguma chance. É uma cidade enorme, mas os lugares específicos aonde estamos indo não são.

— Mas ele não está hospedado no Waldorf, certamente — diz Fin. — Primeira bola fora das minhas tentativas de antecipar seus movimentos.

— Você só precisa dar sorte uma vez, que nem o IRA quando cometeu o atentado contra a Margaret Thatcher — digo, e Finlay solta uma gargalhada.

— Ninguém ia saber lidar com você em Nova York. — fala ele. — Sei disso porque me mudei e voltei. Você faz umas piadas de mau gosto bem britânicas.

— Mau gosto? — finjo bufar.

— São de mau gosto, mas engraçadas.

Sob o tecido artificial, resplandeço. Mesmo que esses elogios sejam um artifício. Ferramentas de seu plano.

— Engraçadas que nem seu casaco — continua ele.

Minha parca tem um aro gigante de pelo falso num tom de vermelho vivo ao redor do capuz, cor de bolo de chocolate. Nenhuma zoação feita por homens de maças do rosto altas e QIs ainda mais altos vai me fazer amá-la menos.

— Certo, vamos atrás da residência histórica da família — diz Fin, pegando o iPhone para estudar o mapa. — Não é de se jogar fora. Teria sido bom herdar a casa, mesmo com todos os fantasmas barulhentos.

Estremeço, e não de frio. O vento bagunça o cabelo dele, e duas mulheres de 30 e poucos anos olham para Fin como se quisessem devorá-lo e para mim com desconfiança.

Ah, fiquem à vontade, queridas, vocês nem fazem ideia. Se construírem um boneco de neve, vai ser mais caloroso que ele, viu? E ainda vão ter a cenoura do nariz para comer.

Olho para o mar e respiro fundo. Na era vitoriana, não prescreviam o ar do litoral para os inválidos? Acho que estou convalescendo.

— Certo, onze minutos nessa direção, pelo que diz aqui.

E seguimos.

— Você se importa se caminharmos pela praia? — pergunta Fin.

Concordo, mas, assim que percorremos a estreita trilha de concreto e pisamos na areia, me arrependo. Minhas botas não foram feitas para andar na praia.

— Você está bem? — questiona ele, e respondo apenas "sim, sim" enquanto disfarço os tropeços, porque tudo bem ser a Garota da Jaqueta Excêntrica, mas ainda por cima ser A Garota Que Trouxe o Calçado Errado já é demais pra mim.

— Existe uma lógica por trás dessa loucura — fala Fin. — A vista vai ser melhor daqui da praia.

— Que vista? — digo.

— Ali está. A casa da família Hart — anuncia Finlay, parando de repente e apontando para o outro lado da estrada, onde jaz uma mansão incrível de arenito.

Ao centro, há uma torre circular enorme, com o telhado cônico pontudo, ladeada de janelas salientes e com uma grande porta em forma de arco com dobradiças de metal, igual às séries de TV de fantasia. É colossal, como um minicastelo. Se ninguém me dissesse que é uma casa, eu acharia que é um restaurante novo com estrelas Michelin que serve pratos com combinações ousadas, chique demais para ter um letreiro grande na frente. Ou então uma igreja diferentona.

— É maravilhosa — digo. — Foi *nessa* casa que seu pai cresceu?

— Aham. Nada mal, né.

— "Nada mal" nem começa a descrever.

Fin está com as mãos nos bolsos do casaco, os ombros encolhidos diante do vento, o rosto muito pálido no frio.

— É estranho olhar para ela agora. Sabe, da última vez que estive aqui, meu pai ficou falando sobre um ou outro detalhe da arquitetura, relembrando a vez que ele e o tio Don quebraram o vidro de uma janela do andar de baixo com uma bola de futebol durante a Copa de 1966. Minha mãe deve ter reclamado que o vento estava bagunçando o penteado. E Susie devia estar de coroa de plástico e saia de tule.

— E o que você devia estar fazendo?

— Ouvindo meu pai, acho, senão ninguém mais ouviria. Todo esquisito, com aquelas minhas pernas de varapau.

Quase comento "Eu me lembro de você naquela idade", mas, considerando que nunca falamos sobre as vezes que nos encontramos naquela época — não que tenham sido muito significativas —, seria estranho tocar nesse assunto agora. Bloqueio a lembrança do beijo e espero que ele também tenha feito isso. Várias mulheres devem ter tomado a iniciativa com ele desde então.

— É um *gastropub* agora, com quartos para hospedagem — diz Fin.

Ele aponta com a cabeça na direção da janela cavernosa à esquerda.

— Ali é o bar.

— Sério? Bom, realmente parece uma construção grande e esplêndida demais para ser a casa de alguém.

— Quer um drinque? Pode ser que Iain já esteja lá bebendo.

— Claro, por que não?

Dou de ombros, com um leve arrepio de nervoso com a possibilidade de encontrar o pai dele ali dentro. Ganhei um quarto num hotel cinco estrelas, com tudo pago, com a esperança de que ele vá reagir bem à minha presença. Fin não me culparia se ele reagisse mal, tenho certeza, mas ainda assim eu me sentiria uma grande fraude aproveitadora.

Espera aí, eu me pergunto: quando você não tiver mais utilidade para ele, como pode ter certeza do que Finlay Hart seria ou não capaz de fazer? *Nenhuma reputação vem à toa*. De repente tenho uma sensação forte e atordoante de que Susie está me observando trotar obediente atrás de Finlay, esmurrando o vidro que agora nos separa e gritando: *Pare!*

29

—S e eu tivesse dinheiro para comprar esse lugar, ele voltaria a ser uma casa, mas eu deixaria este cômodo equipado como um pub — digo.

É charmoso e aconchegante pra caramba, simples mas caseiro, com velas enormes em suportes de ferro queimadas pela metade e uma área movimentada no bar, onde vendem pacotes de batatinha e pedaços de bolo decorados com confeitos prateados, protegidos por redomas de vidro.

Pedimos canecas de meio litro de cerveja direto do barril e sentamos na janela, de onde dá para ver o mar. Conforme a luz diminui lá fora, a iluminação ali dentro fica mais quente. Uma varredura do lugar não revelou a presença de Iain Hart.

Noto que Fin gosta de passar despercebido, ele não tenta chamar atenção. É sutil, quase furtivo. Ser bonito deve ser uma grande inconveniência.

— Dá pra acreditar que aqui já foi a sala de estar de alguém? — pergunto, olhando em volta.

— Para ser bem sincero, a dinastia Hart é tão, mas tão maluca... — Finlay faz uma pausa. — Jargão profissional, não repita isso por aí.

Abro um sorriso e mais uma vez percebo que ele está fazendo um esforço comigo.

— A casa ser tão grande a ponto de hoje ser usada para fins comerciais é só a ponta do iceberg — continua ele.

— Por que eram tão malucos?

— Meu avô tinha uma farmácia, que depois virou uma rede de sucesso. Ele vendeu, se aposentou aos 48, começou a beber, apostar e ser mulherengo. Ele e minha avó se odiavam como todo casal tóxico se odiava nos anos 1950, sem jamais conceber a possibilidade de se separar. E sem se dar conta de que todo esse veneno poderia contaminar os filhos. Quando meu avô estava em casa, fumava tanto que formou uma mancha de nicotina no teto, em cima da poltrona.

— Caramba!

Finlay lança um olhar para o teto.

— Meu pai conseguia mostrar onde era a mancha.

Tento imaginar este lugar, como se assistisse a uma série de TV e agora houvesse uma transição para o flashback, dissolvendo a imagem para mostrar o patriarca dos Hart tragando sem parar seus cigarros, a mãe fora do palco batendo panelas e frigideiras, o pequeno Iain e o pequeno Don brincando com um trenzinho.

Fin bebe sua cerveja e eu bebo a minha e penso nas circunstâncias terríveis e bizarras que me trouxeram até aqui, sentada neste pub enquanto o céu passa de azul-vivo para roxo-claro. O que Susie pensaria? A voz dela está em silêncio. Sinto que está só assistindo.

— Qual a história da sua família? Seu pai mora na Austrália? — pergunta Fin.

— É, ele se mudou pra lá quando eu tinha 16 anos.

— Me parece uma idade difícil para ver o pai indo embora.

— Ah, é mesmo, e obrigada por falar "ir embora", porque foi uma expressão controversa na época. "Não estou indo embora, Evelyn. Vou estar a vinte e quatro horas de distância, e existe internet e telefone, e acho que vou ser ainda mais presente, em vários sentidos." —

Faço uma pausa para revirar os olhos. — "Vou estar mais presente do outro lado do planeta do que quando morávamos na mesma casa" é uma bela desculpa de merda, né? Se um dia eu me casar, vou mandar um link pra ele entrar comigo na igreja, já que ele é mais presente no remoto. Vou beijar a tela do notebook. Obrigada, papai!

— Por que ele foi para lá?

— Reencontrou na internet uma mulher com quem tinha namorado na época da faculdade. Lembra quando tinha aquele site para você procurar antigos amigos? Meus pais estavam infelizes, mas, em vez de fazer terapia de casal, meu pai começou a trocar e-mails de madrugada com a ex-namorada que nunca esqueceu, daí largou minha mãe pra ficar com ela. Ela morava em Adelaide.

— Nossa, que... difícil — diz Fin.

— Pois é. E fica ainda melhor, quer dizer, pior. Meu irmão, Kieran, foi pra lá aos 20 anos, meu pai arrumou um emprego pra ele num bar. Kieran conheceu uma menina, largou a faculdade e não voltou mais. Imagina o estado da minha mãe quando recebeu esse telefonema.

Fin franze a testa, impassível. Tenho a impressão de que entrou no modo terapeuta. *E como isso fez você se sentir, Evelyn?*

Bebo mais cerveja. Vou querer mais uma rodada, já sei disso.

— Só fui visitá-lo duas vezes — digo. — Não é muito agradável. Meu pai passa o tempo todo agindo como se fosse um vendedor, se gabando de como a vida dele é incrível. Como se estivesse numa propaganda para atrair turistas. A segunda esposa dele, Amelia, tem dois filhos de 20 e poucos anos, e ele tem sido um pai bem presente pra eles. Legal, né? Fico feliz de ter sido a filha-teste.

— Ele nunca reconheceu como deve ter sido difícil para você?

Faço que não com a cabeça.

— Quando eu chorava ou reclamava na época, ele dizia que para ele também era muito difícil, mas ele não estava feliz na Inglaterra, e eu não ia querer que ele fosse feliz? Meu pai tem um grande talento para colocar os próprios sentimentos em primeiro lugar.

— Como sua mãe lidou com tudo isso?

— Ela mergulhou de cabeça num segundo casamento que durou pouco, com Nigel, um homem que só consigo descrever como um arroto humano.

— Um o quê?!

— Tipo a personificação de um arroto choco. Tem que conhecer o Nigel pra entender. Mas eu não recomendo. Durante os cinco anos do casamento, a relação mãe e filha deu uma estremecida. No fim, ela acabou concordando comigo, mas ainda assim não valeu de muita coisa. "Obrigada por avisar que meu marido era péssimo, você estava certa desde o início." Taí uma coisa que nunca vou ouvir. — Fin sorri, com os olhos tristes, e eu continuo: — Perdemos muito tempo brigando. Você precisa ver minha cara nas fotos do casamento. Usei um véu de renda preto. Parecia que eles tinham convidado o Babadook. — Dou risada.

— Então você não vê muito seu irmão desde que ele se mudou?

— Não. A gente se fala por Skype de vez em quando. Tenho pena dele. Está sempre se sentindo culpado por ter ido embora. Mas ele não teve culpa. Nunca gostou de estudar, estava com dificuldade para acompanhar a faculdade, foi visitar o papai e de repente encontrou sol, cerveja, emprego num bar, namorada. Claro que ele ficou. Agora a vida dele é lá, e pronto. Minha mãe acha que ele escolheu o meu pai.

Hum, eu não disse uma vez a minha mãe que ela tinha que superar o rancor que sentia por coisas que não poderia mudar, para então ser feliz? Senão, seria "consumida por seus demônios"? (Como sempre, uma gótica bem dramática.) Quem precisa desse conselho agora, hein? Nunca tente dar uma de sabichona aos 25 anos, suas palavras vão acabar te dando uma rasteira depois.

— Claro. Divórcio é sempre uma merda, cada um com seus próprios interesses e os filhos no meio — afirma ele.

— Nem me fale.

— Você deve ter se sentido abandonada por todos os membros da família, um a um — diz Finlay. — Incluindo sua mãe, quando ela se casou de novo.

Eu o encaro por um instante, atordoada.

— Isso. *Isso.* Foi exatamente assim que me senti... Não estou mais surpresa por você ser um psicólogo-não-psiquiatra disputado.

Finlay sorri e passa a mão no cabelo. Quantas mulheres se apaixonam por ele num nível que beira a devoção, depois que Fin conserta seus sentimentos? Ou ajuda a processá-los, seja lá como isso funciona.

— Estou só sendo empático — diz ele. — É uma história e tanto.

Assinto.

— Obrigada, fazia tempo que eu não contava essa história pra ninguém. Tinha quase esquecido como era pesada. Tenho *permissão* de ser uma fracassada traumatizada.

Fin sorri, mas ignora o comentário.

— Como você acha que tudo isso te afetou? Tá, reconheço que é uma pergunta típica da terapia. Mas não vou te cobrar. Só quero mais uma dessa em troca — diz ele, apontando para as canecas, e meu ânimo se eleva.

Eu estava torcendo para ficarmos mais um pouco.

— Fechado! Hum, como isso me afetou...

Nunca me perguntei isso antes.

— Acho que... — começo e paro, sentindo uma dor sob as costelas, que aparece sem aviso. — Acho que, depois de tudo isso, parei de achar que coisas boas podem acontecer comigo.

Finlay me olha atentamente.

— Sei o que você quer dizer.

— Sabe?

Trocamos um olhar.

— Vamos beber mais uma. Caramba, pedir Uber foi uma boa escolha — declara Fin, interrompendo o momento.

Nessa segunda rodada, conversamos sobre curiosidades da cultura pop, e fico aliviada.

Antes de irmos, ele mostra uma foto do pai para os funcionários do bar. O cara que opera as bombas dos barris de cerveja dá uma olhada, balança a cabeça e chama a esposa para ter certeza.

Ela pega a foto de Fin e segura entre o indicador e o polegar. Sim, ele esteve lá ontem! Queria contar para ela em detalhes como era o lugar quando morava ali. Tomou uma xícara de Earl Grey e comeu um pedaço de bolo de café com nozes. Não, não mencionou onde estava hospedado.

Vamos embora, animados por estarmos chegando perto. Assim que a empolgação inicial passa, porém, sobra apenas nervosismo durante a viagem de volta.

Se o sr. Hart está mesmo aqui, estamos falhando na nossa missão.

30

—Aliás, se você não estiver muito cansada, fiz reserva em um lugar chamado Café St. Honore para hoje à noite. Faz um milhão de anos, mas a gente ia toda vez que visitava a cidade. Talvez meu pai esteja lá, devorando uma morcela caríssima, contando aos garçons a verdadeira história da independência da Escócia. Achei mais fácil unir o útil ao agradável e fazer uma reserva. Íamos ter que comer mesmo.

Já recebi convites para jantar mais calorosos, mas aceito.

— Te encontro no lobby às sete e meia? — diz Fin quando nos preparamos para nos separar no elevador do Waldorf.

— É um lugar superchique? — pergunto, cautelosa.

— Não, está mais para um bistrô movimentado.

— Legal. Isso aqui está parecendo a busca do O.J. Simpson pelo assassino da esposa, né? — digo. — "Não vou deixar nenhum campo de golfe ou resort intacto!"

Fin me encara atônito e então solta uma gargalhada.

— Meu Deus do céu! — exclama ele, quando se recupera.

— Que foi?

— Você... — Fin balança a cabeça. — Você é tão desaforada, mas sempre consegue sair impune. Se eu dissesse metade das coisas que você fala, estaria preso.

— Obrigada — digo.

— Não foi exatamente um elogio — fala Fin, quando as portas do elevador se fecham.

— Eu sei.

No quarto, pego o vestido mais arrumado que trouxe na mala, sem saber exatamente por quê. É preto — óbvio —, mais justo no que seria chamado de corpete, exige um sutiã meia taça e tem saia evasê. Da última vez que o usei, Justin me acusou de querer me casar com o pai dele e roubar sua herança.

Me recordo das minhas suspeitas sobre Fin, que pelo visto, tem um alto poder aquisitivo. Então talvez ele não tenha interesse em mudar o testamento do pai, certo?

Por uma coincidência cósmica, assim que termino de colocar o vestido e de fechar o zíper difícil de alcançar me contorcendo toda, o celular toca e é Justin.

— Oi, o Ed disse que você foi sequestrada e vítima de tráfico humano. É verdade? Se sim, pode pedir pro Finlay Hart me sequestrar também?

Dou uma gargalhada.

— Oie! É tão bom ouvir sua voz. Mas não aconteceu nada disso, sinto muito. Meu Deus, o Ed está surtando?

— Ele vai virar deputado do partido conservador aos 40, se continuar nesse ritmo. Vai gritar por aí que existe uma degeneração dos costumes, que mendigos são uns preguiçosos, que uma cuequinha cavada não pode ser usada no lugar da calça — diz Justin. — Mas, sério, acho que está com os nervos à flor da pele como todos nós. E, sim, está surtando.

Conto como está a situação em Edimburgo e Justin solta um suspiro.

— Sei que é meio errado dizer isso, mas nem ligo. Estou com inveja de você.

— Por quê?

— Ir pra um lugar diferente, poder criar novas memórias, parece tão bom. Toda hora penso: ah, vou contar isso pra Suze. Ou: ah, vou ver o pessoal no quiz, vou mandar mensagem pra ela. Ah não, peraí, não vou. A vida é péssima agora. Daria tudo pra voltar àqueles minutos antes de Ed me ligar pra contar.

Não tinha pensado nisso, em como esta viagem poderia ser uma valiosa válvula de escape, mas sei exatamente o que Justin está sentindo.

— Sim! — digo, agarrando o celular. — Meu Deus, sim. Esquecer e em seguida lembrar é uma das piores partes. É como se eu tivesse contratado alguém pra me seguir e me dar um soco toda vez que me distraio.

— Como o irmão dela é? Está triste? Ou viajar para o norte significa ainda mais tempo longe do planeta natal dele, o Planeta dos Homens Altos, Atraentes e Antipáticos?

— Triste eu não sei… Acho que ele já estava triste antes. Tem muita coisa sobre ele que a gente não sabe, acho.

— Eita! Eu sabia que você era burra, mas nunca pensei que fosse cega. Conto com você para desvendar a alma desse homem.

— Tá bom, tá bom.

Solto um suspiro, sorrindo.

— Escuta, não te liguei para insinuar um monte de indecência, ainda que seja divertido. Meu aniversário é no fim de semana que vem, né.

— Aham.

— Eu não ia fazer nada, só beber em casa até ficar anestesiado. Mas decidi beber até ficar anestesiado em outro lugar. O que acha de eu, você, o Ed e a sra. Ed irmos pra Derbyshire passar o fim de semana num chalé? Saímos quinta à noite e voltamos no domingo. Vai resolver minha vontade de sair de casa e ver gente, mas sem sair de casa e ver gente, se é que você me entende.

— Ah, não sei… Eu e Hester convivendo tão próximas?

Desabafo sem me tocar que ele não sabe nada do que rolou no funeral da Susie. Felizmente, Justin acha que estou falando da nossa antipatia de sempre.

— É, pois é, é sempre um saco. Mas beber vai ajudar. E acho que Ed deve ter conversado com ela sobre não virar uma noiva neurótica, porque tenho ouvido menos sobre como ranúnculos rosa são bem melhores que peônias laranja em buquês primaveris.

— Aff, tá bom. Mas duvido que eu vá conseguir mais um dia de folga tão cedo. Consigo chegar lá sexta à noite, pode ser?

— Esperta. Assim já vamos ter feito as compras, enchido as formas de gelo e encontrado o acendedor da lareira.

Justin pergunta quais são os planos para hoje e conto sobre o jantar.

— O que você vai vestir? Posso ver?

Saio da chamada, abro a câmera do celular, tiro uma selfie e mando para ele.

— Acho que capturou bem a atmosfera local — comenta Justin, quando recebe a foto. — Cabelo preso, talvez? Quando ele te vir vai cair duro. Se é que podemos usar essa expressão depois do que aconteceu com a Susie. Ela ia rachar o bico!

— Ia mesmo.

Abro um sorriso e sinto o soco na barriga desse sentimento feliz e triste, como suco de limão com açúcar.

Quando desligo, passo um tempo na frente do espelho no banheiro de mármore brilhante, colocando grampos e mais grampos no cabelo levemente penteado para trás, até formar um coque que *acho* que remete a uma cantora francesa num bar secreto enfumaçado.

Daqui a meia hora e depois de tomar um *kir royal*, vai estar mais para "tudo bem se ela não quiser voltar, a família só precisa saber se ela está bem".

No lobby, não encontro Fin de cara. Ando devagar pelo piso de mármore, que parece uma pista de patinação no gelo com meu calçado precário.

Estou com a língua de fora, concentrada, segurando as laterais do casaco para me equilibrar, achando que não estou sendo observada, até que, para meu desgosto, vejo Finlay encostado numa parede, assistindo meu progresso com uma expressão divertida.

— Ainda insistindo nessas botas, hein? — comenta ele.

E eu achando que meus tropeços na praia tinham passado despercebidos.

— Sou muito fiel — digo.

Caminhamos até o Café St. Honore ao anoitecer glacial, e tento, em vão, fingir que não estou andando como se tivesse duas próteses no quadril enquanto subimos as ladeiras íngremes da Cidade Nova.

Me pergunto como é a vida das pessoas atrás das persianas brancas nas janelas.

A certa altura, me desequilibro e Finlay segura meu cotovelo.

— Tudo bem aí?

— Uhum, valeu — respondo, furiosa comigo mesma por estar andando que nem o Bambi, o puro clichê da garota avoada.

Tudo bem ser destrambelhada na frente dos amigos (bom, se for para escolher algum público), mas com Finlay Hart quero estar no controle.

Quando chegamos ao restaurante, meus pés estão doloridos, mas meu coração fica leve.

— Este lugar só seria mais a minha cara se chamasse A Cara da Evelyn — falo baixinho, olhando ao redor quando nos sentamos, depois de Fin mostrar discretamente uma foto do pai aos garçons, que balançaram a cabeça, educados.

O chão forma um quadriculado em branco e preto, as paredes estão repletas de espelhos oxidados charmosos. As cadeiras são pretas e envernizadas, e a iluminação é composta de bolas brilhantes pendentes, conferindo uma meia-luz inebriante ao ambiente. É um pastiche da Paris dos anos 1940 e me faz sentir como se tivesse caído de cabeça num livro romântico.

— Loureiros bem podados nas floreiras lá fora, luzinhas acima da parede de vinhos… É o meu equivalente do Moon Under Water, do Orwell,* só que na versão restaurantes — digo, quando abrimos o cardápio.

---

* Referência ao ensaio do escritor George Orwell, em que ele descreve como seria seu pub ideal, chamado Moon Under Water. [N.E.]

— Vamos torcer para você gostar da comida, então — responde Fin. — Muita coisa está em jogo.

— Eles podem jogar uma porção de patê de fígado de frango do supermercado direto no meu prato com umas torradinhas e eu ficaria feliz.

Finlay abre um pequeno sorriso, aí confirma comigo se pode pedir o vinho tinto que escolheu.

— Por que você se mudou para os Estados Unidos? Foi para estudar psicologia? — pergunto, quando terminamos o couvert.

Finlay me lança um olhar.

— Susie deve ter te contado.

— Contou.

— Então por que a pergunta? — diz ele, calmo.

— Porque… — Sinto que estou ficando menos temerosa em relação e ele; só não sei se isso significa que estamos criando intimidade ou se a culpa é do Côtes du Rhône. —… é educado perguntar. Em vez de chegar na pessoa dizendo que você já sabe, obrigando ela a te contar.

— É só uma volta maior para chegar no mesmo lugar. Acho que o nome disso é "jogar um verde".

— Pelo amor de Deus! — digo, exasperada. — Só estou puxando assunto. Eu aceitaria qualquer resposta. Inclusive "não é da sua conta". Você age como se tivesse minas terrestres e arames farpados por toda parte, quando não tem.

Fin recosta na cadeira, mexendo na haste da taça de vinho, e me perscruta, até que parece tomar uma decisão.

— Desculpa. Sempre tenho que lidar com tanta merda quando venho pra cá que já chego com quatro pedras na mão. Nem sempre sei quando largar.

— Tudo bem.

— Um olheiro de uma agência de modelos me abordou em Londres. Essa agência também tinha um escritório em Nova York. Só trabalhei com isso por uns dois anos. Odiava, mas consegui dinheiro suficiente para pagar a faculdade. Acho bem constrangedor. — Ele dá de ombros.

— Por quê?! Se eu tivesse trabalhado como modelo, ia falar disso o tempo todo. Nem quando meus netos dissessem: "Sério mesmo, vó? Porque agora você parece um javali".

— Eu tinha que ficar lá parado como se não existisse, enquanto as pessoas discutiam se meus braços eram finos demais ou se meu perfil esquerdo ficava tão bom na foto quanto o direito.

Fin inclina a cabeça para um lado e para o outro, demonstrando o que falava, e sinto um frio na barriga. Tudo o que vejo é um maxilar com a barba começando a despontar, à luz de velas. Tenho certeza de que eu tiraria uma bela foto.

— Ou se minha beleza era "genérica demais" etc. Os únicos talentos necessários eram ficar de pé ou descer uma rampa. Era o oposto de inflar o ego.

— Uau. Quem diria.

— Se você quer receber elogios à sua aparência, é só ir num bar e pagar os drinques de alguém ao longo da noite. Os *bookers* e os clientes só vão focar nos seus defeitos. Honestamente, prefiro trabalhar numa lanchonete fritando hambúrguer do que voltar a fazer isso. Não que eles fossem aceitar o Dumbledore de 36 anos aqui.

— O que sua família dizia, que te fez quase arrancar minha cabeça? — pergunto, com um sorriso por via das dúvidas.

— Susie te contou, né?

— Sim. Ela disse que você ficava ofendido quando tocavam nesse assunto.

— Ha-ha-ha. Esse é um exemplo perfeito de como eles transformavam o comportamento deles num problema meu. Meu pai achava que ser modelo era sinônimo de ser gay, minha mãe e minha irmã achavam que era coisa de gente presunçosa. "Você? Modelo?!" Então, sim, eu ficava "ofendido". Do mesmo jeito que alguém grita quando leva uma pedrada na cabeça.

Ele faz uma pausa, e então pergunta:

— Você sabe por que a gripe espanhola tem esse nome?

— Porque começou na Espanha?

— É o que todo mundo pensa. Na verdade, para manter o ânimo das tropas na Primeira Guerra, reportavam um número menor de mortes causadas pela gripe nos países em conflito. A Espanha estava neutra e livre para divulgar os números corretos, o que levou todo mundo a acreditar que a situação ali era pior. Daí o nome. Eles acabaram ganhando a fama de incubadores da doença, só porque foram mais honestos. Sou eu na família Hart. Era só eu que reclamava, então levei a fama de ser a causa do problema. A gripe do Finlay.

— Do que você reclamava?

— É uma longa história — diz Fin, depois de uma pausa, como se dissesse *agora não*.

Não sei o que mais falar.

— Desculpa, você perguntou sobre meus anos de Zoolander e viemos parar aqui. É por isso que não gosto de falar sobre mim — continua ele, parecendo cansado.

As entradas chegam.

Pela primeira vez, me pergunto se "A Balada de Finlay Hart" é uma história sobre como fizeram mal a ele. É uma narrativa sedutora, especialmente quando ele está sentado à minha frente, com as mangas arregaçadas e aqueles antebraços à meia-luz, mas ainda assim meus instintos se rebelam. Eram três votos contra um, e já vi com meus próprios olhos como ele pode ser frio.

— Tudo bem. Susie sempre dizia que você era difícil, quando vocês eram mais novos — comento de um jeito casual, não acusatório. — Só isso. Mas o que sei nem se compara ao que você viveu, claro. Eu só conhecia o lado dela.

— Eu era difícil mesmo — confirma Fin, num tom monótono, espetando um pepino com o garfo. — Ou me tornei assim. Ela não estava inventando nada. Mas com certeza deixou muita coisa de fora. Como está sua terrine? Boa?

Estou com a boca cheia, então só faço um joinha.

— O que ela deixou de fora? — pergunto, depois de engolir.

— Posso te perguntar uma coisa? — diz Fin, como se não tivesse me ouvido. — Você conhecia minha irmã muito bem, né? Podemos dizer que era quem a conhecia melhor.

Assinto.

— Como você acha que ela teria reagido se eu tivesse morrido? Se ela tivesse viajado de avião até Manhattan para resolver as questões do funeral e chegasse num lugar cheio de amigos meus que, se não fossem hostis, no mínimo teriam uma série de preconceitos em relação a ela, considerando que não nos dávamos bem? Como você acha que ela teria lidado?

— Hum…

Fico grata pelo vinho. Dou mais um gole para me firmar.

— Ela teria… Ela teria sido a Susie, acho. Irreverente e durona. Ela teria… — Caramba, é difícil ser fiel à verdade sem ser ofensiva. — Ela provavelmente diria que teria sido diferente se vocês fossem próximos.

Para dizer o mínimo.

Finlay assente.

— Sim, exato. Ela teria presumido que meus amigos eram inimigos dela, informaria os direitos que tinha, derramaria umas poucas lágrimas e cairia fora. Meus amigos iam achar que ela era… Como você disse? Difícil.

E então volta a comer suas *rillettes*. Ele provou seu argumento de forma prática e definitiva.

Não é comum eu ficar sem palavras.

Como eu não tinha percebido isso antes? Como eu, que sempre me orgulhei de refletir sobre tudo e de julgar bem o caráter das pessoas, não vi que Finlay e Susie eram, na verdade, muito parecidos?

31

Cientes de que as coisas ficaram mais pesadas do que queríamos, voltamos a conversar sobre as alegrias da vida no Brooklyn e meus conhecimentos escassos de turista. Para tentar parecer uma pessoa mais global, conto a Fin que Mark trabalha em São Francisco, esperando ser eloquente o bastante para que ele não perceba que estou pegando carona nas realizações do meu ex-namorado.

Quando decidimos que vamos pedir uma tábua de queijos em vez de sobremesa, outra cliente do restaurante nos interrompe.

— Com licença… — diz uma mulher de cabelo grisalho preso num coque.

— Beverly, volta aqui! — fala um homem articulado, de pé atrás dela. — Deixa os dois em paz.

— Só queria dizer que vocês são o casal mais adorável que eu já vi — continua ela, levando a mão ao peito como se estivesse emocionada.

De repente me lembro das garotas da escola que ficavam desenhando corações com as iniciais FH na margem do caderno.

— É mesmo...? — nós dois respondemos ao mesmo tempo, nos encarando surpresos.

Mas tenho certeza de que meu choque é maior. Não estou nem perto do mesmo nível de beleza do Fin, e não é falsa modéstia. Isso só prova o efeito da proximidade dele. É como se a equipe de filmagem ligasse os refletores.

— Adorei ficar vendo vocês. — Ela se inclina e acaricia meu braço, apoiado sobre a mesa. — Espero que tenham uma vida longa e feliz, viu? Por mim.

Ela pega minha mão esquerda e vê que não tem anel ali.

— Faz logo o pedido, seu bobo! — Ela finge repreender Fin.

— Perdoem a minha esposa, ela tomou muito Bordeaux — diz o homem, todos rimos, e eles vão embora.

Um silêncio constrangedor se segue.

— Ok, já que a Bev tocou no assunto, não podemos mais ignorar. Quer casar comigo? — fala Fin. — A gente nem se conhece, mas muita gente que se conhece bem tem péssimos casamentos, então não é garantia de nada, né?

— Bom, falando desse jeito...

Rio, aliviada, e brindamos. A princípio encarei suas palavras como uma forma delicada de quebrar o gelo, mas ele me encara de um jeito que talvez possa ser interpretado como um flerte? Nada até agora me preparou para Finlay Hart flertando. Se alguém me perguntasse qual seria a única coisa que ele jamais faria, eu teria dito "flertar".

Não é justo, neste restaurante, com essa camisa branca, esses traços perfeitos, depois de Jesus me chutar em todas as traves da vida.

— Se eu te contar uma coisa estranha, você promete não me achar estranho? — pergunta Fin.

— Depende do quanto essa coisa for estranha — respondo, tentando recuperar meu gingado, já que me sinto vulnerável e um tanto... como minha mãe fala? *Altinha*.

— Anos atrás, talvez uns cinco, eu estava num bar no East Village. O tipo de lugar presunçoso onde toca Yo La Tengo e Whitney Houston e os barmen têm bigodes de assediador. Tem um cachorro que anda por ali, e serve coquetéis com sabor de melão em potes de vidro... Não o cachorro, o bar. Daí começou a tocar "Catch", do The Cure, sabe?

— Claro, é bem o meu estilo. É uma música curtinha... *"I'd see her when the days got colder",* essa?

— Isso! — Nunca vi Fin tão animado. — Começou a tocar essa música, daí de repente, do nada, me veio na cabeça uma imagem nítida de você parada na porta, quando vinha encontrar a Susie. Um laço enorme no cabelo. Os olhos solenes.

Eu arfo.

— Eu achava que você não se lembrava mais de mim! Nem de nada disso. Senão teria mencionado.

Finlay franze a testa.

— Claro que lembro. Eu me mudei há bastante tempo, mas não tenho amnésia. Quando ouvi aquela música, a milhares de quilômetros de distância, tantos anos depois, descobri o que era tão diferente em você.

— O laço de cabelo típico de um fantasma do início do século XX?

— Você sempre estava muito preocupada para alguém tão nova.

— Estava?

Ele brinca com a haste da taça de vinho de novo e me olha, e me sinto *vista*, ainda que não saiba exatamente o porquê.

— Para mim parecia. Acho que os semelhantes se reconhecem.

Eu o encaro, confusa.

— Vamos pedir a conta? — diz Fin.

— Uma saideira? — sugiro, quando chegamos no hotel. — Eu pago! Me sinto mal não pagando nada.

— Tá certo. É uma boa ideia — aceita Fin.

O bar do hotel é um espaço estreito e comprido, então nos sentamos um ao lado do outro nos banquinhos altos do balcão, o que sempre prefiro.

Pedimos dois *smoked old fashioneds* e fico vendo o barman chacoalhar o gelo na coqueteleira como se fosse uma maraca.

---

* Tradução livre: "Eu a vejo quando os dias esfriam". [N.E.]

Faltando poucos minutos para as nove, lembro da mensagem que Ed me pediu para mandar e peço licença para digitar um rápido TÁ TUDO BEM, TUDO NORMAL, sem explicar do que se trata.

— Desculpa, tinha que responder o Ed sobre um negócio — digo.

— Ed é o cara loiro que estava no funeral, que leu o seu texto?

— Isso!

— Ele é seu ex, né?

— Ed? Não, não, não, nada de ex. Não.

— Ah.

— Acho que o nome disso é "jogar um verde" — digo, e Fin sorri de volta.

— Não, só estou puxando assunto, fiz uma pergunta e você tem todo o direito de responder: "Não é da sua conta" — fala Finlay, deixando as aspas claras na entonação.

Ele dá um gole do drinque e lanço um olhar para o teto.

— Ah, espertinho. Você me perguntou isso porque ouviu o barraco no velório?

— Foi uma discussão bem calorosa, mas não sei se entendi tudo. Você leu uma carta? Daquela caixa pessoal da Susie, que tinha dito que não ia olhar, mas, enfim, isso não vem ao caso agora...

Fin faz uma pose engraçada, desviando o olhar enquanto inclina o copo até os lábios, e rio alto, meu estômago se contorcendo de culpa. Ainda me surpreende que ele consiga ser tão engraçado. É como se um amigo seu se sentasse a um piano público e começasse a tocar a "Sonata ao luar" do Beethoven com perfeição.

— Foi meu único momento de fraqueza — rebato. — E, como você testemunhou, o carma foi forte, então nem precisa perder tempo me repreendendo.

— Certo. Mas, se ele não é seu ex, por que é um problema tão grande ele ter transado com a minha irmã? Não precisa contar se não quiser.

Engulo em seco por ele saber do que aconteceu e por me fazer uma pergunta que já fiz a mim mesma várias vezes, morrendo de vergonha.

— É complicado...

— Esta é uma daquelas situações em que a gente está se vendo diariamente por um período, mas depois nunca mais vamos nos ver na vida, então é mais fácil contar as coisas, não? — comenta Fin.

— Total! É tipo um romance de férias, só que sem férias e sem romance — digo, com a ousadia de uma mulher que está escondida pela luz de velas com aroma de laranja.

Conto a ele sobre a carta que mandei para Ed e se perdeu, sobre Hester, o noivado deles, como a gente costuma se entender só por um olhar e a minha descoberta do affair com Susie, contextualizando tudo. Faço um resumo do que Ed disse quando foi na minha casa com os palitos de carne para o Rog. É bom desabafar com alguém, tanto que acaba compensando qualquer hesitação ou vergonha da minha parte.

Fin escuta tudo e, quando termino, diz:

— Dá pra entender por que você ficou chateada.

Respiro fundo.

— Obrigada.

— Quer minha opinião?

— Quero — respondo e me preparo, porque Fin é tão inteligente que, mesmo se estiver errado, vai parecer que está certo.

— Esse seu amigo Ed recebeu um banquete e ainda pediu mais.

Ergo as sobrancelhas, e Fin continua:

— Ele conseguiu exatamente o que queria de cada uma de vocês, né? Adoração sua, compromisso duradouro da noiva, sexo casual com a Susie. Machucou cada uma de um jeito diferente. No caso da Susie, talvez só tenha manchado a memória dela. Mas vai saber. Ela deve ter ficado péssima de ter que esconder tudo de você.

— Hum, acho que sim...

— Ele escolheu começar algo com você, escolheu deixar pra lá, escolheu começar a namorar outra pessoa e permitir que você descobrisse do jeito que descobriu. E escolheu trair a namorada. Ainda assim, ele não admite nenhuma dessas escolhas, como se tudo fosse mero azar ou acaso. Atenção para o Rei das Boas Intenções, que não acha que seus erros são iguais aos de todo mundo.

Contenho um sorriso, porque Fin jamais seria acusado de agir como Rei das Boas Intenções.

— Hum. Não acho que ele tenha feito tudo de maneira *premeditada...* nem comigo, nem com a Susie. Mesmo com a Hester, já que ele achava que eu não tinha respondido a carta... — Meu Deus, olha o que eu estou dizendo. Desencana, Eve.

— Não é um bom jeito de julgar seus inimigos, pela intenção. Se tem uma coisa que eu aprendi é que só em uns dois por cento dos casos em que uma pessoa machuca a outra isso foi feito de forma consciente. É o caso de ditadores, serial killers e professores de educação física.

Finlay faz uma pausa, para alívio do meu cérebro, que funciona a todo vapor. Acho que nunca tive tanta coisa em que pensar desde a prova de história do vestibular.

— Está bom, né? Forte, mas gostoso. — Ele toma mais um gole do *old fashioned.* — Você não fazia a menor ideia do que tinha rolado entre o Ed e a minha irmã? — pergunta ele.

— Não. O que dói mais é que nunca vou poder perguntar por que ela fez isso, mesmo sabendo como eu me sentia. Acho que ela ia dizer que estava muito bêbada, sabe? O que mais poderia dizer? Mas essa não parece a explicação completa. Ela podia ter ficado com qualquer um, mas quis ficar com ele.

— Acho que eu sei por que ela fez isso.

— Por quê?

— Ciúme.

— Será? Mas ela nunca foi a fim do Ed.

— Ciúme de você, não dele. Ciúme do sentimento que havia entre vocês dois. Ciúme e inveja se manifestam de várias formas. Além disso, sempre que rolava alguma aventura, minha irmã queria estar no meio — informa Fin, com um sorriso. — Digo isso porque já tive que dividir os brinquedos com ela.

Sinto que estou sendo desleal ao desabafar com Fin, e toda essa análise que ele faz é tão certeira que fico desconfortável.

Não acredito que você está ouvindo o escroto do meu irmão falar mal de mim! Aff... pelo amor de Deus, não vai me dizer que você está a fim dele?! Já chega, vou gorfar.

Ed, numa cabine de banheiro?, respondo a ela, séria. Ela fica em silêncio.

Fico mexendo no porta-copo.

— Mas ela devia achar minha trágica história de amor com o Ed exatamente isso: trágica. Por que teria inveja disso?

— Pelo pouco tempo que te conheço, já deu para perceber que você acredita na palavra das pessoas, o que é uma característica ótima, mas às vezes te deixa sem explicação para algumas coisas. Susie desdenhava de um monte de coisa, mas isso não necessariamente refletia o que ela sentia. Até onde sei, ela nunca se apaixonou por ninguém. Você estava apaixonada, e isso devia fasciná-la. O que aconteceu com o Ed... Provavelmente ela estava tentando entender por quê. Estava explorando, tentando sentir o que você sentia. Estava vasculhando seu guarda-roupa enquanto você estava fora.

Bebo meu drinque e penso: acabei de ter uma aula de tango com um profissional da dança. A análise dele causa uma série de explosões na minha cabeça.

— Ela estava xeretando?

— É, xeretando emocionalmente. Você estava com seu ex durante o rolo com o Ed? Aquele que se mudou para a Costa Oeste? Como foi, já que você tinha esse apego?

Engulo em seco e sinto uma culpa histórica.

— Acho que era tipo uma tocha carregada por muito tempo. Deixei a tocha num armário durante aquele período, só com uma chama fraca. Quando meu relacionamento com Mark acabou, a chama ainda estava lá. Mark me acusou de não estar disposta a deixar os amigos para trás e me mudar com ele para Londres. Ele se referia principalmente a Susie, mas sempre me pergunto se Ed também não era um fator. Deve ter sido.

— Qual foi seu motivo para não ir, na época?

— Bom... Mark era um cara de poucas palavras mas muito engraçado, um jornalista supertalentoso e ambicioso. O que eu sentia por ele era mais admiração do que amor. Éramos colegas de trabalho, depois viramos amigos que iam no pub, depois amigos que transavam de vez em quando, depois namorados. Tudo alimentado pelo desejo e pela esperança de que o amor verdadeiro tinha chegado. Mas, quando ele pediu que eu abrisse mão da minha vida para ir viver com ele, foi demais pra mim. A brincadeira acabou. Eu me enganei antes de enganar o Mark. Foi péssimo da minha parte. Mas não tive a intenção... — Deixo a frase no ar e abro um sorriso. — Rá. Exatamente como você disse. Meu Deus. É tudo tão claro agora.

Fin sorri de volta.

— É, relacionamentos... são tão fáceis de entender em retrospecto. Principalmente quando desabafamos com alguém no bar de um hotel, tomando um drinque clássico com quatro unidades de álcool e uma casca de laranja.

Meu celular acende com uma mensagem de Ed no WhatsApp. Deslizo para abrir.

> Que bom ter notícias suas, Harris. Justin me contou que vocês estão indo num restaurante chique? O cara acha que vai encontrar o pai dele dentro de uma meia-calça de seda? Bj

Encaro o balão de texto, tão ridiculamente manipulador. Ele está sendo possessivo como se fôssemos namorados, mas tem a desculpa plausível de ser apenas o melhor amigo preocupado, caso eu o questione. Sinto algo próximo de desprezo.

Que espaço Ed pretende deixar para mim em sua vida depois que se casar, tiver filhos? Me sinto como a personagem da Janeane Garofalo em *Feito cães e gatos*, só que ele sabe, lá no fundo, que nunca vai me escolher. Ele vai se casar com a Uma Thurman. A esperança é o que mais dói.

— E você, hein? — digo, pensando que ganhei um passe livre para me intrometer na vida dele também. — Você e a... Rowena? Romilly!

— Ah... — Fin abre um sorriso frouxo, enrugando os olhos, e observa o drinque. Seu cabelo cai um pouco na testa, e meu coração dispara, querendo ou não. — É minha ex, como falei.

— Pela ligação, fiquei com a impressão de que ela ainda não desapegou.

— É, sua impressão está correta. Eu terminei há alguns meses, mas ela tem certeza de que vou mudar de ideia.

— E você acha que vai mudar?

— Ai. Mais uma rodada, antes de continuar? — diz Fin, e concordo. — O mesmo, obrigado — completa, gesticulando para o barman. — Não, não vou mudar de ideia, mas estou com dificuldade de me distanciar do filho dela de 5 anos, com quem criei uma ligação. Além disso, na nossa última briga, ela falou uma coisa que não consigo esquecer. Fico acordado à noite pensando nisso.

— O quê? "A vida é uma tarefa vil atrás da outra"? Al Swearengen, em *Deadwood*.

Fin dá risada, sem conseguir segurar, e sei que com certeza rompi a armadura dele. Susie também teria achado graça.

— Ela disse... Ah, obrigado — diz Fin, quando os drinques chegam. — Ele espera o barman se afastar para continuar. — Ela disse: "Você não me quer porque sou muito parecida com você".

— Nossa.

— Pois é.

— O que ela quis dizer com isso?

— Ela quis dizer... Ou melhor, ela disse com todas as letras... que sou inflexível e pessimista e não tenho fé nas pessoas. Mas que quero uma pessoa otimista, generosa, gentil, para tentar ser assim de novo. Uma pessoa que, pelo que ela disse, eu vou acabar devorando viva e palitando os dentes com os ossos.

— *Nossa*.

Pelo pouco que sei, Romilly parece entender Fin direitinho.

— Ela ainda disse: "Essa garota doce e alegre *é achatada*".

Ele sorri.

— Como assim?

— Não é inteligente, não sabe conversar, não tem química. Não vai me fazer rir.

— Ela estava pensando em alguém específico?

— Não. É a cara da Romilly odiar *a mera ideia* da próxima pessoa com quem posso me relacionar.

— Por que você perde o sono pensando nisso?

— Porque daqui a quatro anos faço 40 e tenho receio de que ela esteja certa. Quando você abandona algo que tinha pontos positivos, mas não era bom o bastante, você está apostando que um dia vai encontrar algo melhor, né? É pegar ou largar. Agora tenho idade suficiente para considerar que posso estar errado.

Fico em silêncio por um instante.

— Porra, você está parecendo a minha mãe! Não vai me dizer que minha mãe estava certa sobre o Mark!

— Bom, ela acabou se casando com o arroto humano. Você também pode ter baixado demais o nível.

Gargalho alto a ponto de chamar atenção do barman.

O celular de Fin, em cima do balcão, acende de repente. Não apenas uma ligação, uma imagem de tela cheia, um FaceTime. Onde aparece primeiro uma mulher ruiva, que então é empurrada por um menininho ruivo. Penso: não é meio tarde para ele estar acordado? Daí lembro que Nova York está horas atrás.

— Falando no diabo... — diz Fin, surpreso ao ver o rosto de Romilly. — É melhor eu atender.

— Claro — respondo, virando o resto da bebida e descendo do banquinho.

— Me encontra às nove no lobby para o grande tour pelo bairro de Leith? — propõe Fin.

— Fechado!

Lá em cima, entro na suíte, ponho o pijama, solto o cabelo dos grampos e o penteio sob a luz do banheiro.

Enquanto caminho até o quarto, vejo meu celular tocando na mesa de cabeceira. Pego-o e é um número desconhecido, com DDI de outro país e dígitos misteriosos.

Por pura curiosidade, atendo.

32

Fico deitada de bruços com as lágrimas cobrindo o rosto, meu celular ainda quente da ligação. Uma luz verde de repente pisca no telefone fixo do quarto, ao lado da cama. Pela segunda vez em menos de vinte minutos, quebro minhas próprias regras e atendo sem saber quem é.

— Alô? — pergunto, com a voz cansada.

— Sou eu — diz Fin. — Te acordei?

— Não.

— Por acaso você tem um carregador de iPhone sobrando? O meu está com o fio todo desencapado e a bateria está subindo um por cento a cada meia hora.

— Ah.

Eu me sento na cama e olho para a mala aberta.

— Acho que eu tenho, viu?

— Tudo bem se eu for buscar agora?

Tento suprimir um soluço de choro e respondo:

— Claro. — Minha voz sai como um ganido.

— Você está bem?

— Nem um pouco — digo, ofegante.

Fin fica em silêncio.

— Estou indo aí.

Ouço uma leve batida na porta pouco depois e lá está ele, de camiseta e calça de moletom. Ele fica bem até usando meias de trilha.

— O que aconteceu? — pergunta ele, quando entrego o carregador.

Tento falar, mas explodo numa nova onda de lágrimas, tampando o rosto com a mão. Fin entra no quarto, fechando a porta com cuidado atrás de si.

— Mark ligou — digo, quando me recomponho o suficiente para falar. — Meu ex, que mora nos Estados Unidos. Ele viu algo no Facebook sobre a Susie e me ligou para saber como eu estava. Ele estava tão em choque que a reação dele me fez entrar em choque de novo.

Fin assente, sério.

— Sim. Contar para as pessoas, falar sobre isso, é como sentir o terremoto reverberando de novo.

— Exatamente! Ele foi tão solidário, não aguentei.

Ao longo da conversa, dava para ouvir ao fundo os barulhos e gritinhos ocasionais de um bebê recém-nascido e uma voz feminina o acalmando. A ligação tinha aquele eco, aquele chiado típico de chamadas de longa distância.

No ambiente anônimo deste hotel luxuoso, houve um momento "holofote no pátio da prisão", como eu e Susie chamávamos. Quando você se vê sob a luz forte e impiedosa de uma inspeção para a qual não estava preparada.

Eu não queria estar com Mark. Ainda assim, o fato de ele estar tão longe, num clima mais ensolarado, enquanto eu estou aqui no frio solitário, em meio a tanto luto — tudo isso me fez sentir que minha vida entrou em colapso porque me recusei a compartilhar a dele. Senti como se estivesse sendo julgada por um poder superior.

— As lembranças que Mark tinha de Susie me fizeram pensar, de um jeito que eu ainda não tinha parado para pensar, em como todos nós éramos. — Ouço minha voz trêmula no silêncio de um quarto de hotel chique e antirruído. — Numa época que já passou. Correndo por aí com 20 e poucos anos, quando ainda tínhamos esperança e escolhas não tinham sido feitas e Susie estava com a gente. Naquela época eu poderia ter falado para ela não descer do táxi antes para fumar. Tudo isso se foi — digo, olhando para Fin enquanto as lágrimas caem e tento secar o rosto sem muito sucesso com a manga do pijama. — No fim das contas, nada deu certo. Meus amigos eram a única parte da minha vida que eu tinha acertado, e agora tudo ficou horrível, e estranho, e ferrado para sempre.

Finlay franze a testa, preocupado, mas me deixa falar.

— Parece que envelheci de um dia para o outro. Sei o quanto isso parece egoísta quando Susie só pôde viver 34 anos. Tudo o que me resta é dor, arrependimento e um emprego de merda em que digito coisas idiotas no computador.

— Você precisa entender que não vai ser assim para sempre, Eve — diz Fin, baixinho. — A vida tem épocas difíceis.

— O que vai mudar?

Fin abre um sorriso triste.

— Cabe a você decidir.

— Pois é. Não tenho muita esperança na Eve do Futuro. A Eve do Passado era uma idiota.

Paro para retomar o fôlego.

— Sinto tanta falta da Susie — digo. — Tanta falta, e passei esse tempo sentindo raiva dela, pra nada... e você estava certo, ela estava xeretando com o Ed, do mesmo jeito que eu xeretei lendo aquela carta. Meu Deus... Só queria que ela estivesse aqui para pedir desculpas, e então *eu* poderia pedir desculpas também. Por tudo. E dizer que eu amo tanto ela, tanto, e que nada mais importa. Só que não tem como falar com ela nunca mais, Finlay. Já era.

Choro de soluçar, e Finlay me abraça.

Em seu abraço, tomo uma decisão: me deixar levar. Não vou refrear as lágrimas só por constrangimento. Não vou tentar parecer bonita e feminina chorando. Choro fazendo careta, com o rosto na camiseta dele, até ficar molhada o suficiente para grudar em sua pele. O corpo dele parece rígido e definido sob o tecido, um contraste gritante com a flacidez do meu torso. Nunca estive tão próxima de alguém malhado. Meus ex, mesmo que parecessem esguios quando vestidos, sempre tinham uma barriguinha de cerveja e curry. Que nem eu.

— Eu também tenho saudade dela — diz ele, com a boca encostada no meu cabelo.

— É mesmo?

Ergo os olhos para Fin. Pisco algumas vezes e percebo que ele também tem lágrimas nos olhos.

— Não tinha certeza se você sentia.

— Sinto — diz ele com a voz grave. — Bastante. Não da mesma forma que você; não posso ter saudade de uma relação que não existia. Já fazia tempo que eu estava com saudade dela. É como se eu tivesse perdido uma parte de mim, meu passado. Tinha tantas coisas que só Susie viveu também. Eu já era bem solitário, mas percebo que não era. Não como agora. E, assim como você, tenho várias questões que nunca vão ser resolvidas com ela. Depois que a polícia ligou, fiquei sentado em silêncio, antes de as lágrimas virem. Eu não estava pronto. Não era para ter terminado assim. Sei que você só viu a raiva. Mas acho que ainda tinha amor, lá no fundo. Ou pelo menos alguma conexão. Pelo menos da minha parte eu sei que tinha. Descobri que eu estava me apegando com força à ideia de que em algum momento no futuro a gente se reconciliaria. Que o jeito como as coisas estavam entre nós não era algo permanente, sabe? Mas, no fim das contas, foi.

Nunca tinha ouvido Finlay, ou aliás qualquer pessoa, ser tão vulnerável.

— Desculpa por ter agido assim — digo, quebrando o silêncio profundo que se instalou.

— Por quê?

— Não quis dar a entender que minha perda é maior.

— Eu sei que não. Vem, senta aqui — diz Finlay, me guiando até a beirada da cama. — O que acha de uma xícara de chá com leite e bastante açúcar? É o que minha mãe sugeriria.

— Parece perfeito — respondo, sorrindo.

E parece mesmo. Assisto a Fin encher a chaleira no banheiro, fuçar entre os sachês e pacotinhos de leite, ajeitar as xícaras.

— Por que a TV está ligada no mudo? — pergunta ele, ao notar a imagem brilhando na penumbra.

— Eu liguei e depois não sabia como desligar.

— Rúgbi sem som é bem hipnotizante.

Fin me entrega a xícara, demonstrando suas boas maneiras ao virar a alça na minha direção. Pelo jeito que se comporta, parece que frequentou uma escola chique, não a mesma que eu. Ele é meio Gatsby mesmo.

— Obrigada.

— Quer ficar sozinha ou fico mais um pouco?

— Fica! Se não for um problema.

— Tudo bem.

Fin despeja água quente num sachê de chá, afunda o saquinho e depois tira, vindo até a cama. É tão grande que ele pode se deitar e zapear os canais sem dar a impressão de que estamos na mesma cama.

Enquanto bebo, me ocorre que, além de estar abalada, eu também estava altinha e desidratada. Mas me sinto bem melhor depois de tomar metade do chá.

Finlay segura o controle remoto no alto e vai passando os canais rápido. Por alguns segundos, um modelo de cavanhaque e coque samurai usando uma calça curta e larga desfila por uma passarela segurando uma jaqueta no ombro, até que para, dá meia-volta e caminha firme adiante.

— Ah, puta merda. Cadê o botão de desligar?!

Fin aponta o controle fingindo apertar com força e raiva, e dou uma risadinha tanto pela coincidência como por Fin levar na brincadeira.

Tenho uma pequena revelação: gosto dele. Não sei se confio nele, mas gosto.

— Ai, meu Deus, você consegue fazer isso? — pergunto.

— O quê? Andar? Sim, obrigado.

— Posso ver uma foto sua como modelo? Tem alguma na internet?

— Não tem, são muito antigas. Peças de museu. As câmeras que eles usavam ainda eram aquelas de papelão.

Rio mais um pouco. Era disso que eu precisava para espairecer.

— Você fez alguma "campanha" famosa? Acho que é assim que fala, né?

Enquanto ria, acabei chegando mais perto do Finlay. Nossos braços estão quase se tocando, e nenhum dos dois faz menção de se afastar.

— Hum, não vou contar. Senão você vai atrás.

— Você acabou de dizer que não tinha fotos em lugar nenhum!

— Eu menti, é o que se costuma fazer para que mulheres problemáticas não saibam das coisas.

— Problemáticas? Ha-ha.

Ele ergue o quadril da cama, tira o celular do bolso do moletom, dá alguns cliques com cuidado para que eu não veja a tela.

— Teve uma para uma marca de uísque, bem estilo *Mad Men*, que não odiei…

Meu coração dispara quando me dou conta de que ele está fazendo isso não só para me agradar, mas para me impressionar. Quando o provoquei, nem por um segundo achei que ele fosse mesmo me mostrar alguma foto. Mas tenho mais poder do que pensava.

Fin segura o celular com a tela contra o peito.

— Certo, vou te mostrar, mas os termos usados na busca *foram omitidos por um motivo*!

Ele diz isso com uma voz de professor quando o sinal toca, e solto risinhos enquanto ele vira o celular para mim. Seguro o aparelho com a mão sobre a dele e enfim analiso a imagem. Tem um efeito tão grande sobre mim que quase me arrependo de ter pedido.

Finlay Hart num terno justo, marrom-escuro, estilo anos 1960, um braço apoiado no encosto de um sofá de couro, o outro segurando um copo de uísque com gelo, encarando a câmera com um olhar desafiador, como se dissesse "vem cá, quero te comer". Seu cabelo está muito preto e curto, e sua pele parece iluminada por dentro.

— Você está *maravilhoso* — sussurro. — Sério. Não sei por que fica constrangido. Eu emolduraria essa merda.

— Se ajudou a te animar, valeu a pena — diz ele, charmoso, guardando o celular e dando um gole do chá.

— Você é um enigma, Finlay Hart.

Fin deixa a xícara de lado e se vira para me olhar. Nos encaramos sob o brilho bruxuleante da televisão.

— Não quero ser um enigma.

— O que você quer ser?

— Eis a grande questão.

Nós dois fingimos assistir a pessoas pulando de janelas e disparando armas na perseguição policial pelas ruas noturnas de Los Angeles no filme qualquer que começa a passar depois do rúgbi. Acho que nenhum dos dois está pensando nisso.

— Você já parou para pensar como seria, tipo, poder largar mão de tudo isso com alguém? — pergunta Fin, quebrando o silêncio. Ele gesticula da cabeça passando pelos ombros até a cintura, me deixando sem reação. — Todos os mecanismos de defesa, mentiras, tentativas de impressionar. Ser totalmente você, sem nenhum… nenhum medo do que vão pensar, acho. Sem se preocupar com a impressão que está causando. Honestidade total.

Tenho um flashback desagradável de estar em cima do Zack, me preparando para fingir ser alguém que lhe daria prazer.

— Não — respondo. — Mas talvez devesse.

— Se vale de alguma coisa, se pudesse se enxergar pelos meus olhos, não acho que você é um fracasso na vida, Evelyn.

— Mesmo?

— Mesmo. Eu vejo uma pessoa que tem tudo a seu favor. Só falta acreditar em si mesma.

— Obrigada — digo. Guardo esse elogio incrível na cabeça, para desembrulhar e aproveitar depois que ele for embora. — Você também não está se saindo nada mal.

— Rá. Foi o que eu disse a mim mesmo. É tão estranho voltar para cá. Percebi que deixei uma parte de mim para trás. É como se desvencilhar de uma armadilha de urso, mas sua perna continuar presa. Você está livre, mas manco.

— Por que aqui era uma armadilha de urso?

— Eu perguntei se você já imaginou como seria largar tudo isso — diz ele, repetindo o gesto e sorrindo. — Não disse que eu estou pronto para isso.

— Ha-ha. "Não quero ser um enigma", disse o homem que fala tudo cifrado.

— Acho que o que eu quis dizer é: não quero ser um enigma para você.

— Por quê?

Estamos lado a lado na cama e ele me encara intensamente. Sou tomada por uma vontade louca de tirar a camiseta dele. Calma, calma, calma… A gente vai… se beijar…? Acho que não, né? Fico muito nervosa, ainda que receptiva a esse desenrolar dos acontecimentos, olhando para sua silhueta à meia-luz, tão perto que dá para sentir sua loção de banho. Chego ainda mais perto, meu peito encostando em seu braço. É o mais convidativa que consigo ser, usando as terminações nervosas, sem agarrá-lo. Ele ainda é intimidante demais para eu arriscar nesse nível.

— É melhor eu ir dormir — diz Fin, se afastando e sentando, a voz um pouco mais alta.

— Tudo bem.

Finlay faz uma pausa, então se levanta da cama.

— Te vejo de manhã, Eve.

Ele caminha pelo carpete e a porta se fecha com um clique atrás dele. Uau. Isso é que é esfriar rápido.

Apago a luz do abajur e fico deitada, ouvindo o ambiente, barulhos ao longe do centro de Edimburgo, tarde da noite.

O que foi isso? Um monte de olhares intensos, fotos dele vestido de Don Draper, "Não quero ser um enigma para você", e daí, puf. Foi embora.

Talvez ele quisesse deixar claro que podia ficar comigo se quisesse.

Eu me lembro do nosso primeiro beijo quando éramos crianças, da minha pergunta: "Quer fazer comigo?".

Tive uma resposta positiva e direta, daquela vez.

Será que minhas habilidades com os homens pioraram tanto nos últimos vinte e cinco anos?

Quando estou quase pegando no sono, penso: a gente está na porra do Waldorf, com certeza eles tinham carregador de iPhone para emprestar na recepção. Será que ele queria me ver de novo esta noite? Será que estava vindo com — não pode ser — intenções românticas, daí eu me debulhei em lágrimas? Se sim, por que se levantar e ir embora depois? Não. Não deve ser nada disso. Os drinques que tomei é que estão me iludindo.

Imagino como seria contar para Susie o que ele disse sobre ter esperanças de reconciliação. Imagino-a mexendo na manga, o rosto com aquela expressão mal-humorada, só que agora o biquinho e a testa franzida não são para efeito cômico. Ela odiaria ter que sentir algo que não fosse raiva, acho. A dor e a tristeza fariam uma rápida aparição.

Só acredito vendo, Eve.

E mudaria de assunto.

33

Na manhã seguinte, fico nervosa com a expectativa de ver Finlay. Depois de uma situação meio constrangedora, nada é pior do que aquele segundo em que os olhares se encontram, antes de dizer oi, e você estampa todo o desconforto na cara.

Será que ele vai dar uma de "terapeuta americano" e querer discutir isso? Espero que não. Quero a versão britânica: enfiar no porta-luvas e nunca mais tocar no assunto. Finlay Hart me explicando tristemente por que não quer me beijar — mesmo toda arrumada, depois de tomarmos *smoked old fashioneds*, sem compromisso, quando outra pessoa vai lavar os lençóis e vamos estar em continentes diferentes daqui a uma semana — não é uma explicação que eu quero ou de que preciso.

O tempo passa no lobby e meu desconforto aumenta: será que ele está tentando dar uma de macho alfa me deixando plantada? Quando já são quase nove e meia, chego à conclusão de que deve ter algo errado e ligo para o celular dele. Ninguém atende. Peço para a recepção ligar no quarto dele.

— Sinto muito, madame, ninguém atende — diz a mulher de batom luminoso e camisa com gola de laço.

Olho o relógio. São 9h35. Será que entendi o horário errado? Ainda assim, isso não explica ele não atender. Será que ele soube algo do pai desaparecido e correu atrás dele de madrugada? Mas por que não atenderia o celular? Ou me mandaria mensagem? Concluo que não há nada a fazer além de subir lá, bater na porta e ver se ele perdeu a hora ou algo assim.

Atravesso o corredor e pego o elevador vazio. Segundos depois, as portas se abrem no terceiro andar com um *plim*, e sigo as setas até a seção correta no labirinto de corredores até achar o do 312.

Ao virar no corredor, quase solto um berro com o que encontro. Fin Hart, encostado na porta do quarto, pelado exceto por um pedaço de toalha puxado ao redor da virilha para esconder suas partes. O algodão cobre o principal, mas não alcança seu quadril, deixando claro que ele não está com nada por baixo. Me dou conta de que o resto da toalha está preso do outro lado da porta, por isso ele tem tão pouco para se cobrir.

— Eve! — grita ele e estende a palma da mão, como se tentasse parar o trânsito.

— Mas o quê...? — Olho para cima e cubro a visão com a mão. — Bom dia para o senhor também!

— Alguém bateu na porta quando saí do banho, fui atender, não tinha ninguém. A toalha ficou presa na porta e fechou atrás de mim!

— Alguém deve ter batido e saído correndo — digo. — Só não contava que a toalha ia deixar a brincadeira mais divertida, ha-ha-ha.

— Ha. Ha. Muito engraçado. Você poderia por favor pegar outro cartão magnético para eu abrir essa maldita porta?

— Tá, pode deixar. Mas antes, preciso te dizer uma coisa, então vou fazer contato visual, mas meu olhar vai ficar na altura dos olhos, fica tranquilo. Está pronto?

— Pelo amor de Deus, onde mais você faria contato visual senão nos olhos?

— Ha-ha-ha. Tem certeza de que quer saber?

Arrisco olhar para a cara de Finlay, furioso e vermelho. Ele ainda deve ir na academia, porque nunca vi um peitoral desses sem ser nas revistas do Justin.

— O que você queria falar?

— Quer meu casaco? — digo, brincando com o capuz de pelos vermelhos.

— Não, porra! Quero o cartão magnético, agora! — responde Fin, e eu gargalho.

Quanto mais ele fica indignado, mais cômica a cena fica "Vai Logo e Não Tenta Ver meu Pipi".

— Você que sabe, mas estou sendo generosa de oferecer. Eu que ia ter que pagar a conta da lavanderia se você encostasse as bolas nele — falo, rindo alto enquanto volto por onde cheguei.

Rio sozinha no elevador e no caminho até o lobby, e continuo rindo quando peço outro cartão e explico o ocorrido.

— Podemos mandar algum funcionário ir abrir — diz a mulher de batom, insegura de sair entregando um cartão assim.

— Acho melhor eu subir, senão ele vai surtar com a falta de privacidade. É sério, por favor, não piora as coisas para o meu lado — imploro.

Depois de uma breve negociação em que ela confere se Fin e eu fizemos check-in juntos digitando no computador e acessando registros, a recepcionista finalmente me concede acesso ao quarto dele, me entregando um envelope com o cartão.

Subo de novo, ainda sorrindo.

— Onde você foi buscar, na porra da Índia? — grita ele, com a voz aguda, quando viro no corredor, e me dobro de tanto rir.

— Para com isso, é muito engraçado te ver bravo quando você está pelado, ha-ha-ha-ha.

Estendo o cartão, e Fin agarra com a mão livre.

— Agora vai rolar uma dança com o véu, hein? — digo, quando percebo que Fin vai ter que dar um jeito de se virar para a porta e usar o cartão, enquanto segura a toalha.

E quando ele abrir a porta, a toalha vai cair?

— Pois é, por isso, preciso que você vire de costas, por favor.

— Todo mundo nasceu pelado, não precisa ter vergonha — falo, fingindo bufar enquanto viro de costas.

Um instante depois, escuto um alvoroço, xingamentos e um gritinho feminino atrás de mim, então me viro e dou de cara com duas senhoras de mais de 60 anos segurando uma na outra. Vejo um borrão rosa por uma fração de segundo enquanto Fin desaparece para dentro do quarto e a porta bate atrás dele.

— Que bela visão para começar o dia! — grita uma das senhoras. — Melhor que assistir a *Mamma Mia!* de camarote.

— Que garota sortuda você é! — diz a outra.

Seguimos para Leith em silêncio, com o rádio tocando Pulp. É uma pena que seja "Do You Remember the First Time?", já que parece uma indireta. Se bem que desconfio de que qualquer coisa diferente de "Hi Ho Silver Lining" pareceria uma indireta, considerando o clima em que estamos. Talvez até essa.

Estacionamos e o celular de Finlay nos direciona até a antiga casa de seu tio, uma caminhada de cinco minutos. É bem menor que a casa da família, uma construção pequena e geminada, mas bonita, com a fachada de pedra e dois quartos.

Comento a diferença em relação à outra casa.

— Pois é. Lembra que meu avô gostava de apostar dinheiro? Tio Don era pior e tinha menos dinheiro para perder — explica Fin. — Ele apostava em cavalos. Leith se desenvolveu bastante desde que ele comprou a casa, então deve ter valorizado bem.

— Ele não se casou? Nem teve filhos?

— Não, costumava dizer que não podia se dar esse luxo. Acho que tinha razão.

Batemos a aldrava de bronze na porta verde-menta descascada, mas os moradores da antiga casa do tio Don ou não estão em casa, ou não querem falar com a gente.

— Por que ele e seu pai brigaram? — pergunto, conforme caminhamos de volta para a rua principal.

— Dinheiro. Meu avô morreu antes da minha avó, então teve a maior briga entre os irmãos para decidir para que casa de repouso ela iria ou mesmo se ela *deveria* ir para uma casa de repouso. Don sabia direitinho o que queria do patrimônio do meu avô e era a favor de economizar ao máximo com a minha avó. Os irmãos sempre foram um barril de pólvora, para ser sincero. Lembro que não fiquei surpreso quando paramos de vir para Edimburgo nas férias escolares.

Passeamos pela região do cais e solto exclamações diante das lojinhas interessantes e lugares descolados para comer e beber. Finlay caminha com as mãos nos bolsos do casaco, interagindo comigo só quando necessário. Uma garoa começa a cair, e visto o capuz.

— Você está bravo comigo? — pergunto, de debaixo de uma auréola de pelos vermelhos, depois da quinta ou sexta tentativa de puxar assunto.

— Não.

— Mas está quieto demais.

— Considerando tudo que aconteceu hoje, talvez eu não esteja falante.

— Tudo que aconteceu hoje?

— Ah, Eve, o que poderia ser, de tudo o que aconteceu hoje? O que será?

— O Caso ToalhaGate? — Finlay me olha feio. — Mas isso não é motivo pra ficar emburrado!

Ele se importa tanto assim com isso? Fin foi modelo, eles não vivem mostrando tudo para todo mundo?

— Não estou emburrado, só não estou animado e falante. Se eu tivesse te visto pelada sem querer, como você estaria se sentindo?

— Hum... — Faço uma pausa. — Com vergonha, acho... Mas eu...

— Exatamente — interrompe ele. — Com vergonha.

— Não achei que você fosse ficar com vergonha.

— Claro que não achou, porque você pensa que não tenho sentimentos iguais aos das pessoas normais.

— Eu não penso isso — digo, franzindo a testa.

— Pensa, sim. Você acha que eu sou um ciborgue que veio do passado para atacar minha irmã.

— Isso foi uma referência ao *Exterminador do futuro*?

— Obviamente.

— Ele veio do futuro, como o nome já diz. Mas estava pelado quando chegou, então...

Abro um sorriso e Fin bate palmas devagar, as mãos cobertas com suas luvas de couro.

— Excelente.

— Mas por que você se importa?

— Eu sou TÍMIDO! — exclama ele. — Sou uma pessoa tímida. Em relação a várias coisas. Por que isso é tão difícil de entender?

— Eu não tinha percebido.

— Evidentemente.

Eu não tenho o direito de ficar com vergonha também, considerando que ontem à noite minha iniciativa descarada foi rejeitada?

— Vamos falar sobre sentir vergonha, então — digo, prestes a me justificar e me humilhar também, mas não tem outro jeito, não dá para fazer omelete sem quebrar os ovos. — Você está agindo como se fosse uma grande coisa, mas eu nem vi seu pau, só a região púbica de maneira geral...

Paro e me pergunto se falei muito alto, e um grupo de passantes encarando confusos me dá a resposta. Fin olha para a frente num silêncio furioso.

— Eu vi, tipo, uns cinco centímetros do seu quadril VIP superimportante...

— VIP significa "pessoa muito importante", então o que você está falando nem faz sentido — murmura Fin, e eu o ignoro.

— E não foi culpa minha. E quanto ao fato de que ontem à noite a gente...

Sou interrompida, felizmente, pelo celular de Finlay tocando.

— Oi, Ann? — diz ele.

Fin dá alguns passos, de modo que não consigo ouvir a conversa. Fico matando o tempo até ele desligar.

— Era a Ann, a faxineira do meu pai. Ele ligou para ela. Ela não conseguiu descobrir onde ele está hospedado, mas disse que ele foi visitar minha tia Tricia.

— Sua tia? Você nunca falou que tinha uma tia aqui.

— É porque não tenho, na verdade.

— Como assim?

Confesso que estou ficando cansada dos mistérios da família Hart.

— Ela cortou o contato anos atrás. Quando eu e Susie ainda éramos adolescentes. Alguns anos antes da briga com tio Don.

— Todo mundo corta o contato com todo mundo na sua família, né?

— Nem me fala.

— Mas seu pai foi lá?

— Parece que sim. O que significa que ela deve morar na mesma casa.

— Tenho a sensação de que estamos prestes a embarcar na missão "visitar a tia que odeia todo mundo" — digo.

Fin faz uma careta de desgosto.

— Ela pode ter amolecido com a idade. Pelo que Ann disse, até deixou meu pai entrar. E ele talvez tenha dito a ela onde está hospedado. Então...

Ergo os ombros e então os solto.

— Vamos ter que visitá-la — digo, torcendo o nariz.

— Olha, vou ser sincero com você. Sim, a tia Trish é bem assustadora. Mas acho que ela pode gostar de você. Ela gostava da Susie. Vai achar que você também é determinada. Se conseguir ser o mais encantadora possível, *talvez* ela te conte onde meu pai está. Faça ela acreditar que você está do lado dela, independentemente do que ela disser para mim.

— Você quer que eu seja uma fera reluzente — digo sem pensar.

— Uma *o quê*? — pergunta ele.

— Ah, desculpa. É uma piada interna que eu tinha com a Susie. Eu era obcecada pela esposa do F. Scott Fitzgerald, a Zelda, quando a gente estava no ensino médio. Eu li um artigo sobre ela que a descrevia como uma jovem socialite sulista e rebelde. Dizia que ela parecia uma "festa reluzente", mas li errado e entendi "fera reluzente". Então, sempre que a gente precisava dar o nosso melhor em alguma situação, Susie e eu dizíamos que íamos ser feras reluzentes.

Fin balança a cabeça como se falasse "bom, se você diz".

— Ceeeerto. Sim, por favor seja uma fera reluzente, Evelyn.

34

Finlay vira o pescoço para trás para estacionar de ré enquanto os sensores do carro fazem bip-bip-bip. A fileira de casas georgianas formando um arco, somadas às árvores exuberantes e centenárias, conferem uma enorme elegância ao endereço, e sinto um mau pressentimento igualmente enorme. Não acho que tentar enganar ou espernear funcione com o tipo de gente que mora atrás dessas portas lustrosas, com suas enormes faixas salariais.

Nossa conversa no caminho não ajudou a aplacar meus receios.

— Quão pesada foi essa briga?

— Para você ter uma ideia, a última notícia que tivemos da minha tia era que ela ia colocar um marca-passo. Meu pai disse: "Espero que o cirurgião tenha as mãos trêmulas".

— Caramba. Sempre que eu dizia: "Não desejo isso nem pro meu pior inimigo", Susie rebatia: "Eu desejo, sim, por isso que é meu pior inimigo".

— Rá. É a cara da Susie falar isso. Ela e meu pai tinham jeitos de pensar bem parecidos.

— Você acha que seu pai se lembra de ter brigado com a irmã?

— Não faço ideia. Vamos descobrir agora.

Fin toca a campainha da porta amarelo-canário que, ao contrário da última em que batemos, está em perfeito estado. O sobrado alto parece personificar tia Tricia, se assomando sobre mim. Ouvimos passos, e uma mulher de cabelo curto e grisalho abre a porta. Ela usa o uniforme extraoficial das mulheres de classe média com mais de 60 anos que fizeram faculdade de arte: colar tibetano gigante nas cores turquesa e coral, um conjuntinho de blusa soltinha e cardigã longo em tons neutros, calça larga de linho.

— Ora, ora — diz ela, com um sotaque elitista, cruzando os braços. — *Après* o pai, *le déluge*! O que te trouxe até aqui depois de tanto tempo, Finlay? É você, né? A última vez que te vi você estava usando uniforme de futebol sub-15.

— Sim. Oi, tia Tricia — fala ele. — Já vou explicar. Essa é minha amiga, Eve. Melhor amiga da Susie, para ser mais exato.

— É um prazer enorme — diz ela, ríspida, me lançando um olhar rápido de avaliação enquanto ajeita os óculos no nariz. — O que isso tem a ver comigo?

— Estamos procurando meu pai. Ficamos sabendo que ele veio te ver e queríamos perguntar se ele disse onde estava hospedado aqui em Edimburgo.

— Então você resolveu simplesmente aparecer na minha porta depois de… vamos ver. Quantos anos?

— Vinte?

— Vinte e dois, mas quem está contando? Além de mim, claro. Por que não ligou antes?

— Não tenho seu número.

— Com certeza poderia encontrar na lista telefônica.

— Desculpa, achei que era melhor ter esta conversa pessoalmente.

Há um momento de silêncio, em que a receptividade da tia está por um fio.

— Entrem, então — diz ela, com um suspiro irritado e murcho por ter que conversar com a gente por mais tempo.

Minha expectativa era que, depois que ela demonstrasse toda sua hostilidade, a interação fosse sangrenta porém breve.

Nós a seguimos por um corredor tão branco que parece uma galeria de arte moderna. O chão é marrom e há orquídeas em jarros de vidro com pedrinhas numa mesinha escura. Na sala de estar com pé direito alto, tudo também é branco, exceto os dois sofás de linho, roxos e macios. Não há mais quase nada na sala, exceto um cesto de vime cheio de lenha para a lareira e uma luminária de chão com a cúpula prateada.

Só conheço a tia Tricia há quarenta segundos, mas a casa parece refletir perfeitamente sua dona. Uma brancura ofuscante de causar enxaqueca, pontuada por móveis que parecem gritar na sua cara. Ela não oferece nenhuma bebida.

— Horrível o que aconteceu com a sua irmã — comenta Tricia, sem demonstrar muita empatia.

— Horrível mesmo.

— Falei com Susie uns anos atrás. Depois que sua mãe morreu.

— Sei.

— Ela disse que você não se deu ao trabalho de visitar quando sua mãe ficou doente.

Lanço um olhar preocupado para Finlay, que não se abala.

— Não foi bem assim.

Tricia bufa.

— Ah, me poupe, Finlay. Susie disse que você só viajou até lá para o funeral.

— A questão não é que não me dei ao trabalho, eu não sabia que ela estava doente. Susie não tinha ideia do que meus pais tinham ou não me contado, mas eu só soube do diagnóstico terminal da minha mãe dois meses depois de ela recebê-lo. Por que eu mentiria?

— Hum, deixe-me ver. Para não parecer um animal sem coração na frente de uma moça bonita? — diz ela, gesticulando na minha direção. — Você está me dizendo que sua irmã não pegou o telefone e te ligou quando soube que sua mãe estava morrendo?

— Como falei, Susie deve ter suposto que eu já sabia — repete Fin. — Talvez ela achasse que eu a estava ignorando. Mas não, ela não me ligou. Nós não éramos próximos.

— *De fato*. Agora você está atrás do seu pai, com quem também não tem uma relação próxima. Por quê?

— Não acho seguro ele viajar sozinho e, antes de voltar aos Estados Unidos, quero avaliar se não seria melhor ele ir para uma casa de repouso.

— Ah, é? — fala Tricia, cruzando as pernas. — É mesmo, Finlay? Nesse caso, a casa seria vendida, né?

Me remexo no sofá, incomodada.

— Creio que sim. Em que estado ele estava quando veio te visitar?

— Ele parecia normal nos primeiros minutos, mas aos poucos deu para perceber que está bem gagá. Acha que ainda somos jovens.

— Sim, exatamente. Ele resolve bem as questões práticas do dia a dia, mas quando se trata do... funcionamento da mente de forma geral, é como se ele tivesse perdido os últimos vinte anos. — Fin fica em silêncio por um instante. — Ele disse onde estava hospedado?

— Eu queria confiar nas suas boas intenções, Fin. De verdade — diz Tricia, limpando fiapos imaginários do joelho.

— Como funciona esse julgamento que você está fazendo, exatamente? — questiona Fin, franzindo a testa. — Você brigou com meu pai, cortou os laços com a minha família, mas ainda assim me culpa por eu não me dar bem com eles? Não sou culpado da mesma coisa que você, então?

— Eu não conseguia suportar seu pai. Nunca briguei com a sua mãe ou a sua irmã. E, sinto lhe dizer, sei tudo que você fez elas passarem.

Fin passa a mão no cabelo e parece se concentrar para não explodir.

— Você nunca ligou para os seus pais — continua Tricia. — Isso é fato, infelizmente. Agora você é o único que sobrou e, se insiste tanto em querer organizar a vida do seu pai, me pergunto se não tem a ver com o testamento.

Fin fica pálido.

— Não tem, mas acho que minha palavra não vale de nada.

Lembro-me da minha missão.

— Desculpa, não sei de nenhum detalhe desses conflitos familiares, Susie nunca me contou… nem ele… — digo, fazendo um gesto vago na direção de Fin. — Não estou em nenhum testamento nem quero estar. Mas, se não encontrarmos o sr. Hart e garantirmos que ele está bem, ele pode correr perigo ou acabar se machucando enquanto vaga pela cidade na condição em que está. Sei que Susie ia querer que eu levasse ele pra casa. É o único motivo de eu ter vindo.

— Um morde e o outro assopra, é isso? — pergunta Tricia.

— Não estou assoprando nada — respondo, como uma idiota. *E não entendo metáforas!* — Tudo o que eu falei é verdade. Só quero o melhor para o sr. Hart.

Tricia me olha apertando os lábios e acho que vou ser achincalhada também. Me surpreendo quando ela murmura, com relutância:

— Ele disse que estava ficando num hotel cujo nome não lembro, de verdade. Anota seu número e, se eu lembrar, te aviso.

Ela fala só para mim. Fica de pé, remexe numa gaveta e me entrega uma caneta e um bloquinho.

Escrevo meu número com cuidado e Finlay se levanta para ir embora. Quando faço menção de segui-lo, Tricia segura meu braço discretamente. Finlay desaparece pelo corredor, mas ela me segura ali, com um aperto firme.

— Não confie nele — sussurra ela, e enfim solta meu braço. — É sério. Se você for um pouco esperta, corra o mais rápido possível para longe dele.

— Por quê? — pergunto, tremendo um pouco.

— Ele destruiu aquela família. Eu vi o que aconteceu. Ele é venenoso. Os próprios pais disseram isso. *Venenoso.*

— Tá, mas por quê? Quer dizer, por que ele trataria a família assim?

— Tem gente que simplesmente nasce ruim — diz Tricia. — Aposto que ele já jogou todo o papinho em cima de você, e beleza ele tem. Mas a beleza engana.

— Sei.

Ela balança a cabeça para mim, com a expressão azeda. Como se dissesse: *tenho certeza de que você não vai me ouvir.*

Sinto minha cabeça a mil e meu coração disparar enquanto caminho até o carro, o motor já ligado onde estacionamos. Eu não estava dando a mínima para as preocupações de Ed, mas, neste momento, reconsidero. Vim até aqui como acompanhante do Finlay, abrindo mão de boa parte do meu controle. E fiz isso sem saber quem ele era. E se eu realmente estiver contribuindo com algo — ou alguém — sinistro? Não parece ser o caso, mas talvez eu esteja sentindo a arrogância de quem acredita que nunca vai ser enganado. Todo mundo acha que seu sistema de segurança interno é infalível, até falhar. Todo mundo acha que sabe perceber quando estão mentindo. Mas eu não percebi quando Susie mentiu. Será que deixei passar com Finlay também?

— O que minha tia te falou? — pergunta Fin, quando me acomodo no carro.

— Para não confiar em você — respondo, colocando o cinto, torcendo para que minhas mãos não denunciem toda a adrenalina que corre pelo meu corpo.

— Eu avisei que ela era venenosa.

— Será que é mesmo? — digo, virando para Fin, meu nervosismo à flor da pele. — Que história é essa que ela contou sobre a sua mãe?

— Um monte de mentira?

— Não conheço mais ninguém que seja alvo de tantas mentiras.

— Que sorte a dos outros.

— Nem que seja sempre acusado pelos familiares mais próximos e queridos.

— Ela não é próxima nem querida.

— Quem é, então?

Quem chega aos 36 anos de vida sem ter sequer uma boa referência?

Fin tensiona o maxilar.

— É como eu disse. Na minha família, sou a gripe espanhola.

— Pois é, Fin. Mas a questão é que a gripe espanhola matou milhões de pessoas.

— Deixa eu ver se entendi. Aquela mulher que encontramos te pareceu uma narradora confiável? É alguém que você escolheria para testemunhar a seu favor?

— Não, óbvio que não. Mas...

— Mas o quê?

— Ela me disse para não ficar perto de você, de um jeito bem dramático.

— Bom, você não vai precisar ficar por muito mais tempo.

Finlay encara o para-brisa e tenho a estranha sensação de que o magoei. Esperava raiva, desdém ou até ameaça, mas não que ele fosse se sentir ferido. Não achava possível ele se magoar. Ou será que é tudo atuação?

Há uma batida forte no vidro do motorista, que nos faz pular de susto.

É a tia Trish. Fin aperta o botão para baixar o vidro com um *ziiiiiip*.

— Waldorf — diz ela. — Acabei de lembrar. Ele está no Waldorf, na Princes Street.

— Obrigado — responde Fin, mas Tricia já deu as costas para voltar para casa.

35

Pelo menos conversar sobre como era possível o sr. Hart estar no mesmo hotel que nós sem nos darmos conta desvia o assunto das bombas que a tia Tricia soltou.

Não sei por que fiquei tão assustada, ela não disse nada que a Susie já não tinha dito com palavras ainda mais ofensivas enquanto bebíamos cerveja no Gladdy. Acho que deve ser porque me aproximei de Fin. Antes, ele era um conto folclórico, um goblim deixado no lugar da criança no berço, que a família criou sem saber. Não o homem que está agora no volante de uma Mercedes alugada, um homem de quem eu estupidamente comecei a gostar e por quem, confesso, até me sinto atraída. Se alguém me dissesse isso quando o antigo Finlay reapareceu, eu jamais acreditaria. Será que é isso, então?

Mas tia Tricia falou com tanta certeza. Ninguém faria críticas tão ferrenhas a um sobrinho sem motivo, não é? Será que é verdade que a mãe dele não contou que estava morrendo, e Susie também não ligou? É uma alegação grave, e as mulheres que poderiam contradizê-la ou explicá-la estão mortas. E o pai, incapacitado.

Reviro minha memória atrás de alguma menção de Susie a Tricia, e só me lembro por alto de um comentário que a comparava com um pterodátilo, mas até aí a tia era brigada com o pai dela, então isso não contribui muito com a defesa de Finlay.

— Se meu pai está mesmo no Waldorf — Fin está dizendo quando volto do meu devaneio, checando o retrovisor no semáforo —, ele deve ter dado informações imprecisas.

— Mas o senso de direção dele parece perfeito.

— Verdade.

— Meu amigo na recepção ia me avisar se ele aparecesse! — digo, só para evitar o silêncio.

— Seu amigo era um entre cinco funcionários na recepção, só naquele turno. A gente tinha uma chance em cinco. Dependendo do turno.

— Verdade.

Paramos, Fin entrega a chave e acena para a porta giratória indicando que eu vá na frente. Pela primeira vez na viagem, a tensão é entre nós dois, e não diante da nossa missão.

— Por onde começamos? — pergunto para Fin enquanto observamos o lobby.

— Por ali.

O sr. Hart está a dez passos de distância, de casaco, com a mala aos seus pés.

Nem tenho tempo de pensar em como abordá-lo, já que seu rosto logo se transforma, ficando caloroso ao me reconhecer.

— Eve?! Minha nossa, o que você está fazendo aqui? — pergunta ele, sorridente.

É uma triste ironia que ele esteja ruim da cabeça mas tão bem fisicamente. Ele mudou muito pouco do estereótipo de pai alto e responsável, estilo Mary Poppins, das minhas lembranças de criança.

— E seu jovem companheiro — continua ele, em referência a Fin, que permanece mudo.

— Hã... Estamos fazendo compras de Natal! — digo a primeira coisa que me vem à cabeça. — E você?

— Vim visitar a família, mas já estou indo embora.

— Veio encontrar o seu irmão? — pergunto.

— Sim, meu irmão e minha irmã moram aqui. Não consegui falar com ele de jeito nenhum, deve estar viajando.

— Ah... E como está sua irmã?

— Como sempre. Como era aquela frase de *Frasier*? Uma escultura de gelo no buffet de um casamento seria mais calorosa. Patricia com certeza manteria os camarões gelados.

Dou risada, por achar graça e por ficar surpresa que ele lembrasse o número da Tricia e citações de séries de comédia antigas. Esse é o sr. Hart de que me lembro — chacoalhando seus papéis e fazendo comentários ácidos mas carinhosos para mim e Susie quando desaparecíamos pela porta, indo aprontar.

— Agora vai voltar a Nottingham? — pergunto.

— Sim, sim, vou... — Ele checa o relógio. — Se o trânsito estiver bom, devo chegar na hora do jantar.

— Nossa, que coincidência, a gente também volta hoje — digo para Finlay, que assente.

Achamos que teríamos que persuadi-lo, que estaríamos à frente do sr. Hart na nossa missão de encontrá-lo em Edimburgo, mas nos deparamos com o contrário — e ficamos embasbacados.

— Vamos ver quem chega primeiro! — brinca o sr. Hart. — Ah, obrigado! — diz a um funcionário do Waldorf que se aproxima.

— Dirija com cuidado! — recomendo, e assisto o porteiro de luvas brancas entregar as chaves do carro a ele, me sentindo inútil.

Olho para Finlay para ver se ele tem alguma objeção, mas ele apenas dá de ombros.

— Bom, a Operação Resgate de Iain Hart na Escócia foi um sucesso estrondoso, hein? — diz Fin, enquanto observamos seu pai seguir para a porta giratória. — Tenho medo de pensar o que teria acontecido se não estivéssemos aqui.

— Será que a gente devia impedi-lo? — pergunto.

Finlay dá de ombros.

— Ele tem uma carteira de motorista válida e quer ir embora, e de toda forma o que a gente faria com o carro dele? O objetivo principal era que ele voltasse para casa inteiro, sem ter entrado para nenhum esquema de pirâmide. Até onde sabemos, é o que vai acontecer.

A frieza em seu tom de voz me diz que o Finlay Hart que me disse que eu podia arrasar na vida se quisesse e que me mostrou fotos antigas no celular já se foi, pelo menos por enquanto. As cortinas desceram de novo. Pelo visto, para ele, tomei partido de Tricia ao questioná-lo.

— Acho que sim.

Existe um termo literário para o que estou sentindo: *bathos*. Anticlímax. É o fim da nossa busca, mas o sentimento não é o que eu esperava. Será que eu queria um esforço maior, a sensação de que salvei o sr. Hart do perigo? Não, pensando bem, claro que eu não queria.

— Você consegue fazer as malas rápido e descer em quinze minutos?

— Consigo — digo.

— Certo, vai lá enquanto faço o checkout.

No elevador a caminho do quarto, eu deveria me sentir mais leve. Em vez disso, parece que estou com uma pedra na barriga, um peso que tenho que carregar.

Fico ouvindo aquela palavra na cabeça, de novo e de novo. Quase como uma provocação, me impelindo a decidir se vou acreditar ou não. Me perguntando o que vou fazer com ela.

Aperto o botão do primeiro andar.

Nada. Não vou fazer nada com ela, porque daqui a algumas horas nunca mais vou ter que ver Finlay Hart na vida, e esse é um quebra--cabeça que nunca vou resolver. Tenho certeza de que Susie levou as últimas peças com ela para a cova. O elevador apita, primeiro andar.

Venenoso.

O clima na viagem de volta para a Inglaterra é convenientemente ameno. Não precisamos nos encarar e temos um propósito em comum, pelo menos. Mexo nos botões do rádio, ou no ar-condicio-nado, e Finlay faz um ou outro comentário banal sobre o trânsito, e, no geral, o GPS fala mais do que nós dois.

— Me sinto ridículo por ter te arrastado até aqui para uma conversa de dois minutos com meu pai — diz ele de repente, quando passamos por Leicester, e leio nas entrelinhas: *você viu toda aquela lavagem de roupa suja a troco de nada.*

Lembro como ele odiou minhas visitas à casa do pai, naquela semana antes do funeral de Susie. Ir em restaurantes chiques era só unir o útil ao agradável.

— Não tem problema, de verdade — digo. — Eu não estava planejando fazer nada nas minhas férias do Noitada Urbana, de qualquer forma. Mudar de ares é tão bom quanto descansar, dizem.

— Acho que quando dizem "mudar de ares", isso não inclui um intensivo brutal da minha família disfuncional — responde ele, franzindo a testa.

Hum, ele também não para de pensar na visita à tia. Com certeza foram os quinze minutos mais estranhos da minha vida.

— Acha que vai continuar no… Como chama? Noitada Urbana? — pergunta Fin.

— Por enquanto, sim. Tenho um financiamento para pagar e um gato para alimentar. A questão é se o Noitada Urbana vai continuar. Não há muitas maneiras de ganhar dinheiro escrevendo manchetes engraçadinhas hoje em dia, né?

— O que você gostaria de fazer? Seu emprego dos sonhos? Escrever, imagino?

— Sim, sabe aqueles artigos longos do *New York Times*? Ou uns que costumavam publicar na *Vanity Fair*? Várias laudas lindamente escritas, e o jornalista tinha meses para pesquisar o assunto. Tipo velhos escândalos de Hollywood envolvendo a mansão Pickfair, ou alguma investigação de crime real. O tipo de coisa que depois acaba virando um livro. Que nem aquele sobre o Assassino de Golden State.

— Você curte umas coisas alegres, né? — diz Fin.

— Bom, existem músicas do Cure sobre mim — respondo, e em seguida me arrependo.

Fin parece satisfeito, mas fica um pouco corado. Me pergunto se ele se arrepende de ter me contado. Me pergunto o que ele acabou falando e fazendo espontaneamente. Me pergunto de onde veio aquela conversa sobre parar de fingir.

— Entendo o que quer dizer — retoma ele. — Sobre o que gostaria de escrever. Parece bem interessante. Como dá para entrar nesse ramo?

— Não faço ideia — respondo. — Além do mais, eu precisaria usar uma máquina do tempo e voltar para a era de ouro da mídia impressa, quando pagavam bons salários.

— Também quero usar essa máquina do tempo — diz Fin. — Cabem duas pessoas?

— Não sei se confio no que você faria com ela — falo, com um sorriso, para não parecer uma acusação.

— Também não sei se confio no que eu faria.

Um silêncio profundo se estabelece. Sinto que devo quebrá-lo, até porque deve ser a última vez que vou ver o irmão de Susie.

— Nós dois voltaríamos uns meses e diríamos para Susie olhar para a porra do outro lado, né? — digo sem rodeios, a dor desse pensamento me deixando sem tato.

— Sim — concorda Finlay, me lançando um olhar. — Nós dois faríamos isso.

Mais um breve silêncio, então ele diz:

— Obrigado.

— Por quê?

— Por partir do pressuposto de que eu não queria que minha irmã tivesse morrido.

— Mas... isso é óbvio, não?

— A tia que nós encontramos discordaria — rebate Fin, ajeitando as mãos no volante e estreitando os olhos para a estrada.

Sua habilidade de assumir uma expressão impassível foi o que fez Fin se sair tão bem naquela foto como modelo. Nunca dá para saber o que ele está pensando.

— Ela te acusou de negligência, mas jamais pensaria que você ia desejar que Susie...

É uma ideia tão grotesca que nem consigo terminar a frase.

— Sim, o padrão é baixo nesse nível — diz Fin, a voz grave. — Achei que essa fosse a linha de raciocínio da conversa que tivemos depois. "A gripe espanhola matou milhões de pessoas."

Ele desvia o olhar da estrada para me dar um sorriso irônico.

Sinto meu rosto esquentar ao ouvir as palavras que eu disse no calor do momento fora de contexto.

— Só usei a mesma analogia que você, não quis dizer que você seja literalmente capaz de matar! Nem por um segundo achei que você desejasse qualquer mal a Susie — digo, feliz por pelo menos isso ser verdade, ao contrário das insinuações de que "Finlay Hart é um serial killer", feitas mais ou menos brincando poucas semanas atrás. Eu estava comparando Fin a um assassino, sem ele saber, durante a viagem de ida. — Isso é loucura.

Finlay me olha e abre um sorriso triste.

— Como eu disse, desculpa por te expor à minha família — repete ele, encerrando o assunto de modo diplomático, conforme muda de pista.

Sinto uma pontada complexa de afeto, junto a uma sensação clara de arrependimento.

— Posso te fazer uma pergunta pessoal? — pergunto em voz baixa. — Pode dizer que não é da minha conta, aquelas regras de sempre.

— Pode — concorda Fin, com os olhos na estrada.

— Por que sua mãe não te disse que estava morrendo?

Há um silêncio tenso em que me pergunto se foi algo horrível de perguntar.

— Porque eu era a última pessoa que ela queria ver no pouco tempo que tinha, acho — responde Fin. — Literalmente, já que só fui informado quando ela foi internada. Fiquei tão bravo e magoado que demorei uma semana para viajar. E ela já tinha partido. Minha tia estava certa. O que Susie disse era verdade. Eu só vim para o funeral.

Arrisco um olhar na direção dele e, por uma fração de segundo, seus olhos brilham com o que parecem lágrimas, mas em uma piscada elas somem.

— Sinto muito — digo baixinho, e de forma insuficiente.

Quero perguntar: *mas por que ela não gostava de você?*, mas acho que é uma pergunta grande demais agora, se ele não quis explicar.

Agora entendo por que senti um vazio tão grande ao encontrar o sr. Hart. Ele era o objetivo da nossa missão, mas pareceu uma interrupção. Eu estava desvendando algo, e o processo foi interrompido de repente. Vou passar o resto da vida me perguntando o que estava por trás da fachada de Finlay.

Sorte a sua, então.

Pela primeira vez, fico irritada com o comentário da Susie imaginária. Quero desafiá-la, não consigo conciliar o Fin dela com este. Há uma peça faltando nessa história e, na minha opinião, não se trata do coração dele.

— É aqui? — pergunta ele, quando o carro percorre a minha rua, em direção à minha casa.

— Isso, aqui — digo, resignada.

Ele estaciona, desliga o motor e por um segundo acho que vai dizer alguma coisa, mas tira o cinto de segurança para sair do carro e pegar minha mala lá atrás.

— Obrigado pela ajuda — diz Fin, depois de fechar o porta-malas.

— Não ajudei muito, né? Desculpa.

— Ajudou, sim.

— Obrigada.

— Se cuida, Eve. E se algum dia for ao Brooklyn e precisar de um lugar para ficar...

— Idem, se estiver em Carrington — digo, indicando minha casa, e nós dois rimos.

— Olha que eu vou aceitar o convite — fala Fin, e espero que minha expressão permaneça equilibrada e neutra enquanto ele me lança mais um olhar intenso.

Estendo a mão para cumprimentá-lo, para criar um momento de despedida. Fin olha para minha mão, a segura e me puxa para um abraço rápido e apertado. Não consigo envolvê-lo com o outro braço por causa da mala, então, correspondo encostando o rosto em seu peito. Ele tem um cheiro delicioso para alguém que esteve dirigindo pelas últimas cinco horas. Por que ele me agradeceu? Poderia ser apenas por educação, mas minha intuição me diz que é mais que isso. Será que é porque se dar bem com a melhor amiga de Susie é o mais próximo que ele vai chegar de se reconciliar com a irmã?

Ele vai embora sem dizer mais nada nem olhar para trás, e nunca saberei a resposta.

36

A viagem para Edimburgo sem data de volta resultou no meu retorno ao trabalho em plena quarta-feira, algo que ninguém faz, e tive que agir como se esse fosse o plano desde o início, sem contar que "plano" era esse.

— Achei que você só voltava semana que vem! — diz Lucy, de forma inocente e inconveniente.

— Conseguimos uma hospedagem em promoção no Wowcher, então não dava para escolher as datas — balbucio, o que parece contentá-la.

— Qual hotel?

— O Waldorf.

— Puta que pariu, o *Waldorf* estava com desconto? — diz Phil.

Ele se intromete na conversa, me olhando por cima de seu monitor, que está envolto em enfeites natalinos, e, a julgar pela sua calça enorme com cinto, ele está com uma fantasia barata de elfo. Assim que chega dezembro, Phil — num contraste curioso com sua personalidade ranzinza — vira adepto de todas as brincadeiras natalinas possíveis e insiste em batucar numa lata de chocolate o tempo todo.

— O Airbnb deve ter impactado bastante a indústria hoteleira — respondo, com cara de quem sabe das coisas.

— Foi com um namorado novo? — pergunta Phil.

— Não.

— Nossa, eu não desperdiçaria o Waldorf com uma amiga na época de Natal — comenta Lucy. — Ficar bêbada e ir dormir num Travelodge daria na mesma, e eu poderia gastar o dinheiro com sapatos.

— Não era uma amiga, Lucy — diz Seth, me lançando um sorrisinho. — Era um amigo. Que não é namorado. Estou certo?

— Nossa, excelente raciocínio — fala Phil, olhando de um para outro. — Acha que a gente é bobo, Harris?

— Phil, você está usando um chapéu listrado com sininho na ponta, orelhas pontudas enormes e uma blusa escrito DUENDE FAVORITO DO NOEL.

Abro a página de hoje.

TEQUILA! Ou ela te faz ficar feliz.
Ou passar mal. Sem meio-termo.
Aprenda a fazer margaritas deliciosas
com os "Fodões das Margas"

Meu Deus, sinto que estou emburrecendo. Tanto que pesquiso no Google "curso de escrita criativa" no meu horário de almoço e tento fingir que ainda estou de férias à noite, pedindo delivery de comida indiana e lutando uma batalha perdida de tentar manter o nariz de Roger longe da embalagem de alumínio de grão de bico com curry.

Hesito em mandar uma mensagem para Fin perguntando como o pai está, porque tudo o que começo a escrever parece esquisito, artificial e invasivo.

É estranho: é como se a viagem tivesse trazido um respiro para minha vida, e agora percebo como me sinto sufocada na minha rotina. Finlay Hart pode ter muitos defeitos, mas uma incapacidade de seguir em frente não é um deles. Até o teto da minha casa parece mais baixo. Mas talvez essa sensação fosse inevitável depois de uns dias no Waldorf.

No fim da tarde de sexta, desço a ladeira do escritório até a estação de trem, arrastando minha mala de rodinhas e carregando com dificuldade uma sacola de compras cheia, graças a uma mensagem de Justin no meio da tarde, sobre a logística do aniversário no campo:

EEEEEEVE! Ansioso pra você chegar. Poderia trazer um frango grande, fósforos longos, tônica zero (adivinha quem está sendo obrigado a fazer dieta para o casamento? Dica: não é a noiva) e dois potes de creme de leite? TE AMO ETC. BJSSS

Pego um trem na hora do rush para Derby e fico de pé tremendo de frio esperando um táxi para me levar até o chalé no meio do nada. Sou péssima para estimar distâncias e não pensei em pedir um Uber, então o táxi me custa uma bela grana e a viagem demora quarenta e cinco minutos.

Quando finalmente paramos numa poça de lama na frente de uma porteira de madeira, estou morta de fome e xingando Justin mentalmente por não ter decidido só pedir uma pizza para comemorar o aniversário, como pessoas normais fazem. Eu poderia estar bêbada e entupida de pão de alho neste exato instante. Justin avisou que quando eu chegasse eles provavelmente já teriam comido, por conta do horário, o que foi bom, já que me atrasei pra caramba.

O chalé tem quatrocentos anos, de acordo com Justin, e, para chegar até ele, é preciso seguir por uma ladeira perigosa depois de abrir a porteira e trancá-la de novo — por que não tem nenhuma luz aqui fora, porra?

— Puta que pariu! — grito, quando tropeço e deslizo de bunda na lama no caminho até a porta.

— Olha só quem chegou! Reconheço na hora o som de uma ex-aluna da escola de etiqueta…

Um clarão surge no meio da escuridão (sempre esqueço como as áreas rurais são *escuras*), de onde sai Justin, usando um gorro e segurando uma taça de vinho tinto.

— Tem uma vibe meio aquele filme *Os desajustados*, né? Bem--vinda ao Penhasco do Corvo! Calma, Leonard, é a Eve! — diz ele, para um cão ainda fora de vista mas bastante barulhento.

— Me serve uma taça dessa agora — digo.

Entro com dificuldade, tiro o calçado nojento e o casaco, e entrego a sacola pesada para o Justin.

— Obrigado, querida. Charles e Diana estão para lá, você vai ver a garrafa de vinho e as taças na cozinha no caminho. Siga o cão em miniatura.

Abaixo para fazer carinho em Leonard, que pula animado. As vigas do chalé são tão baixas que tenho que me curvar para passar pelas portas. Na sala, Ed e Hester levantam o olhar para mim, parecendo um anúncio de marca de roupa: lado a lado, com seus suéteres grossos, sob o brilho tremeluzente da lareira.

— Boa noite, Eve! — cantarolam eles animados, e Leonard retoma seu lugar numa poltrona ali perto.

Ergo a taça para cumprimentá-los. Fico aliviada porque a briga no velório foi há tempo suficiente para podermos fingir que nunca aconteceu. Ed abre um sorriso meio desconfortável, e retribuo para garantir que as coisas voltaram ao normal. Bom, tanto quanto possível.

Justin me traz um prato de carne com purê de batata, e me pedem para fazer um resumo da viagem a Edimburgo enquanto mastigo.

Meu relato é breve e positivo.

— Como estava o irmão? Ele continua tão simpático como Nosferatu? — pergunta Ed.

— Esse Nosferatu pode ficar com meu pescocinho — diz Justin.

Eu não tinha pensado em como lidar com esse tipo de pergunta, que certamente surgiria. Minha cabeça estava ocupada com questões mais importantes. Tipo o jeito que Finlay Hart me olhou naquele quarto escuro de hotel.

— Ele foi… legal, na verdade. No fim eu estava até gostando dele. Acho que Fin chegou aqui na defensiva porque sabia que teríamos uma opinião ruim a respeito dele.

— A gente tinha uma opinião ruim a respeito dele porque Susie dizia que ele era um cuzão. Toma essa.

— Para quem você está dizendo "Toma essa"? Para mim? — pergunto a Ed.

— Para ele, principalmente.

— Bom, eu o conheço melhor.

— Como assim? Só porque passou alguns dias com ele, subindo no pico Arthur's Seat, conhece o cara melhor do que a própria irmã? — desdenha ele.

— Talvez, de certa forma, sim, eu o conheça melhor — digo, e vejo a expressão de Ed ficar ainda mais incrédula.

— Como assim? — insiste ele.

— Por acaso está dizendo que conhece Finlay melhor porque Susie nunca transou com ele? — pergunta Justin, unindo as mãos em oração. — Por acaso você não só subiu no pico, mas também na pica? Por favor, diz que sim e me conta todos os detalhes sórdidos. Minha vida amorosa está uma tragédia.

— Sinto muito por decepcionar, mas não transei — respondo, e evito olhar para Ed para analisar sua reação.

Isso é algo novo. Eu, sem dar a mínima pra reação do Ed? A atenção do Ed tem sido minha estrela-guia há tanto tempo. Checo meus sentimentos mais uma vez… *Ele está com ciúme, você não se importa?* Não, nada.

— Ha-ha-ha, ela não ia contar pra gente se tivesse transado, Justin — diz Hester.

Olho para ela, que enrola uma mecha de cabelo dourado perto da orelha, as pernas torneadas num jeans *skinny* preto, a boca vibrante com o batom preferido da M.A.C., Lady Danger. Hester é decorativa pra caralho.

Vejo sarcasmo na contração de seus lábios vermelhos e sei na hora que Hester não me perdoou pela briga no velório de Susie. Em vez disso, um novo nível de antipatia foi desbloqueado. *Aceito o desafio.* Quando se trata de brigas entre mulheres, nunca confie nas interpretações fantasiosas dos homens.

Ed franze a testa e vira a taça de vinho.

— Eu contaria, sim. Por que não? — digo.

— Porque todo mundo acha esse cara péssimo.

Hester dá de ombros com seu suéter de tricô trançado, descruza as pernas e derrama mais vinho em sua taça.

— Se eu quisesse transar com ele, eu não ia ligar para o que vocês acham — digo, e, enquanto falo, percebo que o clima passou de papo descontraído para indiretas sendo atiradas em todas as direções.

— Se você diz... — balbucia Hester, afofando as almofadas com a mão livre antes de recostar novamente.

— Sim, eu digo. Já que conheço meu processo de tomada de decisão melhor do que você.

— Disso pode ter certeza — murmura ela.

Justin parece desconfortável com o rumo da conversa, com uma guerra prestes a eclodir.

Ed ainda encara a lareira furioso, bebendo sem parar. Não acho que pense que transei com Finlay, o que significa que deve estar bravo só por eu ter uma opinião favorável. A quanto controle sobre mim ele acha que tem direito?

— Susie detestava ele — diz Ed.

— Você perguntou a minha opinião sobre ele, não a dela — retruco, o tom afiado como uma adaga.

— Por que você acha que a opinião dela estava errada?

— Ela não estava certa sobre tudo — digo, olhando diretamente para Ed, que percebe o perigo e não responde nada.

— Ela não disse que ele trabalhava como modelo? — pergunta Justin depressa, desesperado.

— Eu achava que ele era psiquiatra, não? — indaga Hester.

— Ele era o quê? — diz Ed, se refestelando com a nova munição para atacar, os olhos brilhando com um prazer demoníaco. — Ele é modelo E psiquiatra? *Me conta mais sobre a relação com seu...* — Ed vira a cabeça para o lado, e então vira de volta forçando um beicinho. —*... pai.*

— Ele é psicólogo e, pra falar a verdade, parece muito bem-sucedido. Está muito bem de vida — comento, entregando o prato vazio para Justin.

Não custa nada continuar alfinetando o Ed, a esta altura.

— Vários clientes dele são celebridades, gente tão famosa que ele nem podia me dizer quem era.

— Típico. Quem vem de família rica sempre se dá bem — diz Ed, dando de ombros.

— Seguindo essa lógica, Susie também vinha de família rica.

— Vinha, mas não acho que ela negava isso — diz Ed.

— E por acaso Finlay negou?

— Ele vai ficar ainda mais rico quando o pai morrer. Você descobriu alguma coisa sobre as intenções dele com o testamento? — pergunta Justin.

— Não — respondo.

Sou neutra nesse assunto. Não consigo imaginar Fin de pé ao lado de um sr. Hart lelé da cuca, encorajando-o a escrever o nome do filho numa linha pontilhada. Mas até aí um monte de coisa que eu jamais imaginaria de fato aconteceu.

— Nossa, coitado do velhinho — diz Ed. — Perdeu a esposa, a filha e a sanidade, e um dia quem vai tomar a decisão de desligar ou não os aparelhos vai ser *aquele cara*.

— Quer sobremesa, Eve? — pergunta Justin, numa voz de dona de casa Vamos Aliviar o Clima Que Tal. — É banana caramelizada com calda de leite.

— Você tá zoando, né?

Leonard pula da poltrona e começa a latir.

— Não estou, nem meu filho guloso.

Ed e Hester vão dormir primeiro, na suíte principal na frente da casa. É distante o suficiente para não termos receio de atrapalhar se ficarmos acordados até tarde.

Justin levou uma lamparina até uma mesa de piquenique do lado de fora, na escuridão congelante, onde pode fumar. Ele recomendou que eu botasse um casaco grosso e encheu minha taça, dizendo:

— Dez minutos, no máximo. É o fim de semana *do meu aniversário*.

— Aqui fora é tão acolhedor quanto ser recebida por Ed e Hester — sussurro, batendo os dentes, fazendo carinho em Leonard, que solta uns resmungos e volta para dentro.

— Está um clima estranho entre aqueles dois — diz Justin, a voz baixa, soltando fumaça pelo canto da boca. — Ontem à noite eles ficaram tipo "Pode me passar o sal, POR FAVOR?". Fiquei com a impressão de que planejar um casamento em poucos meses está desgastando o relacionamento. Não sei por que precisa ser tão rápido. Hester está bebendo pra caramba, então não é *aquilo*.

— Você ficou sabendo da minha briga com Hester no velório? — Justin balança a cabeça, e continuo: — Senta que lá vem história...

Deixo Justin a par de tudo, desde a carta que se perdeu na inundação quando estávamos na faculdade, tanto tempo atrás, até a carta da caixa secreta de Susie que eu li na véspera do funeral, sobre a pegação na Rock City.

— Sei que você sabia, mas eu não fazia ideia — digo.

Não acho difícil me abrir, talvez porque já tinha praticado com Finlay. Pela primeira vez, compreendo que deveria ter contado como eu me sentia para Susie, Justin e até mesmo Ed, lá atrás. Essa informação só tinha tanto poder em parte porque foi mantida em segredo. De novo, checo meus sentimentos: imagino Ed e Susie agarrados numa cabine de banheiro, as pernas longas dela em volta dele, ele gemendo. Não... nada? Uma curiosidade quase antropológica, mas nenhum sofrimento. Sim, me sinto idiota por ninguém ter me contado, como se eu fosse uma frágil e histérica sra. Rochester. Mas não tenho mais aquela sensação de que um médico está arrancando minhas entranhas com mãos frias. Talvez seja todo o vinho que tomei.

— Você não sabia do affair? Eu achava que todos nós sabíamos, mas tinha um combinado tácito de nunca falar a respeito. O casal mais macabro desde Steve Coogan e Courtney Love. Credo.

— Não. Susie nunca me contou porque achava que eu estava apaixonada pelo Ed.

— E você estava? — Justin pergunta.

— Sim — respondo.

— Ainda está?

— Não sei.

— Eita, deixa eu pegar o cinzeiro pra gente continuar — diz Justin, agora que nosso papo virou uma conversa profunda da madrugada. — Por que escolhi um chalé onde não pode fumar? Minha prioridade foi o Wi-Fi. Ninguém precisa daquela baboseira de "recanto tranquilo e relaxante, totalmente isolado do resto do mundo".

— Acho que não deve ter nenhum onde seja permitido fumar, hoje em dia. Aliás, você não tinha parado?

— Voltei depois que a Susie morreu.

Justin volta com uma caneca e apaga a bituca lá dentro.

— Vamos falar sobre esse Grande Segredo. Eu achava que era mútuo, assim como a Susie — diz Justin. — Susie e eu sempre comentávamos: *por que o Ed não conta pra ela? Por que ele não enxerga o que é melhor pra ele?*

— Sério?

Isso faz meu ego se recuperar um pouco.

— Por que vocês achavam que a gente estava apaixonado? Eu era uma idiota tão transparente assim?

— Ha-ha-ha. — Justin ri, e dá um trago longo. — Não, não foi algo específico. Era o jeito que vocês se olhavam, a tensão sexual. Ed era completamente obcecado por você no ensino médio. Por isso fiquei tão chocado quando ele arranjou alguém no primeiro ano da faculdade. Achei que fosse só um estepe, um jeito de ele lidar com ter te perdido. Mas aí... bom. O resto é história. *Hestória.*

— Por que Susie nunca me disse nada?

— Talvez porque ela achasse que você ia ficar constrangida? E, depois de trepar com ele bêbada, virou um assunto muito delicado. Tipo, se eu fiz algo de que me envergonho, vou fugir do assunto que nem o diabo foge da cruz e pronto, resolvido. Negar que aconteceu é uma forma de lidar com os problemas, ainda que pouco valorizada.

— Pode ser. E por que você acha que aconteceu? Ed e Susie, digo.

— Porque jovens de 24 anos têm muito tesão? Não sei. Acho que já estava definido que Ed ia acabar ficando com alguma de vocês desde que nos conhecemos. A gente se ama muito, e o amor às vezes é complicado e melado.

Dou risada. Queria ter falado com Justin sobre isso antes.

— Suze gostava de saber que poderia ter qualquer um que quisesse, e Ed não é do tipo que rejeita atenção feminina — continua ele.

— Mesmo que fosse me machucar? — digo, mais como uma afirmação do que uma pergunta. — Sei que eu não tinha qualquer direito sobre ele. Já não sinto mágoa nem raiva, só a dificuldade de entender por quê.

— Hum, é, mas... a Suze tinha um lado cruel — afirma Justin. Encaro seus olhos vermelhos à meia-luz. — Eu também tenho. A gente reconhecia isso um no outro. Quero me lembrar dela como realmente era, e ela também tinha partes não tão bonitas.

Assinto, e penso no que Finlay disse sobre Susie estar invadindo o que era meu para investigar. Que a diferença essencial entre nós era que eu estava perdidamente apaixonada, e ela não sabia como era se apaixonar.

Eu achava que, por ter perdido Susie, nunca saberia por que ela transou com Ed. Agora, sinto que tenho uma resposta mais completa, graças ao que Finlay me ajudou a enxergar. Uma resposta que eu jamais receberia da própria Susie.

Olho para a escuridão das colinas ao nosso redor, pontilhada apenas por um ou outro quadradinho amarelo de luz nas casas da vizinhança. Sinto uma saudade repentina de Finlay Hart. De olhar para aquele rosto perigosamente lindo e sério, me perguntando o que ele diria em seguida. O que se passava atrás de seus olhos. Saudade de Finlay Hart... quem diria?

Ouço Susie dizer: *Sua tarada*.

— Queria perguntar sua opinião sobre uma coisa — diz Justin. — Acho que vou atrás do Francis.

— Seu ex?

— É. Finalmente enxerguei o quanto ele era incrível e como tratei ele mal.

— Certo.

— Eu não estava pronto para ser namorado de alguém. Agora estou. Mas não sei se voltar rastejando um ano depois, dizendo que estou mais velho, maduro e sofrendo com o luto vai ser uma piada para alguém que já tinha essa maturidade anos atrás. E que teve que me ouvir dizer que eu ainda não tinha transado com pessoas suficientes para me comprometer.

— Só tem um jeito de descobrir. Não deixa seu orgulho atrapalhar uma nova chance de viver o amor — digo.

— Mas ir atrás dele não é ultrajante? Só a ideia já não é ofensiva?

— Pra mim, não. Mas é o Francis quem tem que decidir.

Justin assente.

Nós dois levamos um susto quando a porta se abre e Ed aparece de roupão, com a cabeça para fora. Acho que vamos levar uma bronca por fazer barulho demais.

— Vocês não estão congelando?

— Já vamos entrar, meu vício em nicotina foi saciado — diz Justin. — A gente te acordou?

— Não, não consegui dormir — responde ele.

Levo a lamparina de volta para a mesa da cozinha e Justin serve uísque.

— Vou terminar meu vinho, obrigada — digo, erguendo a mão.

Não cheguei aos 34 sem saber o que sempre acontece em férias em grupo e despedidas de solteira: todo mundo mete o pé na jaca na primeira noite e fica com a capacidade reduzida pelo resto da viagem.

— Dois madrugadores vocês, hein? — diz Ed.

— Mágoas demais para afogar, de um jeito ou de outro — fala Justin, e então ergue a taça. — Um brinde a Suze. Que teria se juntado a mim para fumar e agora estaria tentando fazer uma bola de neve.

Brindamos e sinto aquele vazio pesado no estômago, porque passei por mais um marco do processo de luto: esqueci de notar que Susie não está aqui. Tomei sua ausência como natural. Somos mais quietos sem ela, a energia não é a mesma.

Conversamos um pouco, mas esse pensamento me deixou sóbria. Além disso, o clima está estranho, de alguma forma.

Ed me lança vários olhares. Sinto que ele está nervoso perto de mim, tentando chamar minha atenção ou conseguir minha aprovação.

— Vou ter que me retirar, rapazes — digo, fazendo carinho na orelha de Leonard.

Ed parece arrasado.

— Não é muito a sua cara ser a primeira a jogar a toalha.

— Estou tentando maneirar — falo.

Já na cama, com um edredom que tem cheiro de "lugar estranho" até o queixo, ouço Justin e Ed subirem a escada de madeira para irem dormir também.

Sei por que Ed está estranho. Ele acha que precisa lutar para conquistar de volta o que sempre teve e nunca achou que fosse perder. E talvez esteja certo.

37

Acordo cedo com um humor mais positivo e faço tranças, o que não fazia há anos — por causa dos homens nos pubs que puxavam como se fossem cordas e por receio de parecer que quero atenção masculina. Enquanto tranço mechas grossas de cabelo, penso em Finlay Hart dizendo que, aos olhos dele, não falhei em nada. Ele deve estar voltando para casa hoje ou amanhã. Pode ser que esteja no voo neste instante.

Quando o imagino checando qual o portão de embarque, colocando o relógio com tiras de couro na bandeja do raio X, se preparando para entrar no avião, sinto um nó no estômago.

Essa sensação me faz revisitar o caso Todos Contra Finlay pela enésima vez. *Venenoso*. O Fin que conheci, e aquele que lembro da infância, é tão reservado que chega a ser isolado. Talvez até solitário. "Você sempre estava muito preocupada para alguém tão nova. Acho que os semelhantes se reconhecem." Toda essa hostilidade o rodeia, e só o que consigo detectar é uma tristeza insuportável. Por que essa história da gripe espanhola? Será que ele era a doença ou o sintoma? Ou ambos?

Gosto dele. Sinto uma afinidade que não consigo explicar e acho que é mútua. Era isso que ele estava tentando dizer quando me contou sobre a música da jukebox no bar hipster de Nova York.

Desço a escada silenciosamente e faço uma montanha de ovos mexidos antes de os outros acordarem, com aquela sensação boa de estar de pé e sendo produtiva enquanto todo mundo ainda está dormindo.

Infelizmente, é Hester quem aparece primeiro, mas talvez seja bom sermos forçadas a falar de amenidades por uns quinze minutos até Ed aparecer, de banho tomado.

— Você fez tudo isso? Estou admirado! — exclama Ed quando levo mais um prato de torradas para a mesa, e dou de ombros.

— Ah, acordei cedo, por algum motivo.

— E teve tempo de se vestir de Dorothy de *O Mágico de Oz* — comenta Ed, e faço questão de ir para o outro lado da mesa e sentar ao lado de Hester, para evitar que ele puxe a trança de brincadeira. — Com você funciona, porque ainda tem cara de novinha.

Hester estreita os olhos para ele.

— Dorothy não tinha o cabelo trançado assim, era quase uma maria-chiquinha.

— Ah, é mesmo — diz Ed, tomando suco de laranja.

— E eu preocupada com qual penteado você ia gostar que eu fosse para o casamento… Aposto que se eu usasse touca nem faria diferença — fala ela.

— Ha-ha-ha. E as madrinhas com cartolas de borracha com propaganda da Guinness.

Justin aparece com pijama de vovô, bocejando, com Leonard a seus pés, latindo.

— Sim, Leonard, tem uma lata de ração úmida na mala, se Ed não comeu. Fica calmo.

— Bom dia, meninos! — digo. — Tem ovos quentinhos no forno.

— Caralho, você tomou anfetamina? Achei que fosse praticante de Wicca e só ia acordar quando já estivesse escurecendo lá fora.

Dou risada. Tem algo estranho neste sábado, e me dou conta do que é. Pela primeira vez desde que perdi Susie, sinto um lampejo de felicidade. É uma felicidade bem limitada, com uma lâmpada piscando, mas algo próximo da felicidade acende e apaga, ainda assim.

Só falta acreditar em si mesma.

Será que é verdade? Me apego à ideia, traçando seus contornos agradáveis, como se fosse uma pedrinha polida no meu bolso.

Depois do café, partimos todos para uma caminhada, esquecendo que esta época do ano é completamente inóspita para um bando de idiotas da cidade perambulando pela natureza selvagem, sem roupas impermeáveis nem calçados apropriados. É uma aventura divertida por duas horas, até perdermos a civilização de vista e a exaustão tomar conta. Percebemos que estamos realmente perdidos, não só perdidos de mentirinha.

Ed está com o Google Maps aberto no celular, com Hester ao seu lado de braços cruzados e queixo enterrado no peito. Justin está girando ali perto com os braços abertos, com Leonard correndo em círculos em volta dele com suas patinhas saltitantes. Justin grita:

— Viajar foi um erro!

— Ele já está bêbado? — pergunta Ed, irritado.

Sinto falta da Susie aqui; ela teria lidado com o exagero de Justin e com o mau humor de Ed com uma ou duas frases secas.

Na verdade, enquanto subia colinas e descia vales, entendi a lógica por trás da loucura rural de Justin. Quando respiramos ar puro e nos concentramos em movimentar o corpo, o luto se abranda. O exercício ajuda.

— Certo, meu celular diz que tem uma pousadinha ou albergue naquela direção — informa Ed. — Se Deus quiser, chegamos lá até anoitecer.

— Você está zoando, né? — pergunta Hester.

— Sim, na verdade são só uns vinte minutos se mantivermos o ritmo.

— Porra, graças a Deus.

Me dou conta de que não ouvi Ed e Hester trocarem uma só palavra amistosa desde que chegamos e não sei por quê. Deveriam estar na euforia pré-casamento.

Como Ed prometeu, encontramos um pubzinho onde fazemos uma parada para comer pão de leite com queijo ralado (que Leonard também come, no sigilo), salada com pimentão verde e um montão de batatinha gordurosa direto da fritadeira elétrica, e bebemos canecas de cerveja escura com gosto de meia velha. Com a fome, a preocupação e o leve pânico que estávamos sentindo até achar o lugar, é a melhor refeição da nossa vida.

No caminho de volta, ficamos encharcados, Justin coloca Leonard dentro do casaco com a cabecinha pra fora, até que finalmente chegamos ao chalé. Ed acende a lareira e Justin pega mais espumante da geladeira.

— Aliás, sei que não é um assunto fácil, mas precisamos decidir o que fazer com as cinzas da Susie — diz Ed, limpando as mãos.

Justin põe quatro taças de champanhe em cima do baú de madeira que serve de mesa de centro na sala de estar.

— É difícil escolher um lugar quando a pessoa não era muito da natureza, né? — comento. — Não podemos espalhar as cinzas naquele bar chique em St. Pancras de que ela gostava. E devíamos pedir a opinião de Finlay também.

— Ele não liga — responde Ed.

— Acho que liga, sim. De toda forma, merece opinar.

— Se ele nem foi ao crematório buscar a urna, significa que não está nem aí.

— Ele mora nos Estados Unidos. Como ele iria buscar, se você já tinha feito isso antes?

Ed fica incrédulo.

— O que exatamente aconteceu em Edimburgo para você ir de "aquele irmão psicopata está tentando embolsar uma fortuna" para "ele se importa, é um modelo barra médico fajuto muito sensível que fica ótimo de calça de couro"? — indaga Ed, usando um tom agudo para imitar minha voz. — Ou será que acabei de responder minha própria pergunta?

— Caralho, já chega, eu não aguento mais — fala Hester, a voz como um fio de navalha, deixando todo mundo arrepiado.

— Não aguenta mais o quê? — pergunta Ed com cautela.

— Você está obcecado por ela — diz Hester, apontando para mim sem me encarar.

Um silêncio tenebroso recai entre nós.

38

— **V**ocês estão tendo um caso, ou já tiveram, né? — pergunta ela, de braços cruzados.

Hester emana a energia de alguém que está tendo um prazer enorme em finalmente despejar algo destrutivo que guardava fazia tempo.

Ed, vermelho como um tomate, responde:

— Não!

— Não mesmo — digo, limpando a garganta.

Parece que o mundo inteiro apertou o botão de mudo enquanto esta conversa se desenrola com som Dolby surround.

— Ah, como se eu fosse acreditar no que você diz — fala Hester, enfim me encarando. — Com seus grandes olhos tristes e piadinhas tão irônicas, tentando bancar a triste solteirona dos gatos, uma Velma da loja de um e noventa e nove. Você é uma ameaça do caralho vestida com estampa de bolinhas, querida.

Justin, que estava tirando o papel-alumínio do champanhe, arregala os olhos, como daquela vez que tomou psicotrópicos demais no Glastonbury. Estamos experimentando juntos a sensação de despencar num elevador.

— Ei, não fala assim com a Eve! — diz Justin. — Resolve suas coisas com o Ed, mas não enfia a gente no meio.

— Você perdeu a parte em que ela mesma se enfiou no meio! — grita Hester para Justin, e nos encolhemos. — Por que vocês estavam discutindo no velório? — continua ela, olhando de mim para Ed. — Estava rolando alguma coisa intensa. Ed parecia na defensiva. Quando eu cheguei perto, os dois pararam e fingiram que não era nada. Daí a Eve ficou tão histérica que me atacou sem motivo.

Tomo um segundo para admirar como ela faz questão de que nada disso seja esquecido.

— Aquele dia tinha sido longo. Estávamos exaustos. Nem lembro direito, acho que era por causa de alguma burocracia… — Ed tenta se explicar.

— *Burocracia?* E não podia contar pra mim? Por acaso tenho cara de trouxa, Ed? Acha que sou tão burra assim? Era o velório de uma das suas melhores amigas. Você leu um texto que ela escreveu — diz Hester, olhando para mim, como se só isso já fosse suspeito. — Não consigo imaginar um motivo para vocês discutirem daquele jeito, naquele contexto, a não ser que fosse uma coisa bem importante.

Sinto a pele formigar e as mãos suadas. Quero tentar acobertar, mas não sei se deveria e nem como.

— Vai me contar? — pergunta ela. — Ou você também não lembra que "burocracia" era essa? — Ela faz aspas com os dedos. — Essa burocracia envolvia os encontros que vocês tiveram escondidos, sei lá, chutando alto aqui, no Mercure? Ou vocês iam pra sua toca tenebrosa de solteirona?

Abro a boca, mas nada sai.

— A gente estava discutindo porque eu transei com a Susie — conta Ed, e o tempo para por um segundo. — Uma vez, dez anos atrás.

— O quê? — guincha Hester, atordoada, o olhar indo de um para o outro, tentando entender se é um blefe, se ele está jogando a culpa na mulher que não pode se defender. — Então por que Eve estava brava?

— Porque escondemos dela. Ela descobriu lendo uma carta que estava nas coisas da Susie. Eve estava furiosa por você e insistiu que eu devia te contar antes do casamento.

Fico impressionada com a rapidez com que Ed inventou isso para me proteger. Hester está claramente com dificuldade de compreender que acertou o crime — infidelidade —, mas errou a criminosa, assim como a época. Parece inconcebível que eu não esteja envolvida. É razoável que ela pense assim, acho. Também passei por isso.

— Uma vez, dez anos atrás? — repete ela.

— Sim. Quando você estava trabalhando na Suíça.

— Acho melhor a gente dar mais privacidade para vocês — diz Justin.

— A gente vai lá fora — fala Ed, e, ainda que Hester não esteja muito disposta a aceitar ordens dele, está chocada demais para discutir.

Os dois desaparecem em direção à cozinha e a porta dos fundos se fecha atrás deles.

Justin senta no sofá ao meu lado e nós dois soltamos o ar e balançamos a cabeça.

— É cedo demais para eu confessar que "você é uma ameaça do caralho vestida com estampa de bolinhas, querida" foi uma frase maravilhosa? — sussurra Justin.

— Toca tenebrosa de solteirona! Será que posso mandar gravar isso numa plaquinha de madeira e pendurar do lado da minha porta? — digo, e Justin dá risada.

O barulho da porta se abrindo de novo indica que a conversa de Ed e Hester terminou antes do esperado. Instintivamente, nos levantamos e seguimos até a sala de jantar.

— Posso ter errado sobre o affair, mas vão se foder vocês dois, sinceramente — diz Hester, o cabelo desgrenhado e os olhos brilhando. — Vocês nunca foram meus amigos de verdade e nunca fizeram nada além de atrapalhar nosso relacionamento.

Ficamos ali ouvindo, sem expressão. Ela tira o anel de noivado, joga em cima da mesa e sobe a escada correndo, com os pés batendo como um tambor e Ed logo atrás.

— Eu mereci ouvir isso, mas vocês? — digo para Justin.

Olho para Leonard, dormindo tranquilamente no divã.

— Hester! Hester? — Ed chama, seguindo-a pela escada.

Justin e eu ouvimos, com os dentes cerrados, Ed tentar convencê--la a desistir de fazer as malas. Cinco minutos depois, Hester sai do chalé como um furacão loiro.

— Você tomou cerveja no almoço, não é seguro dirigir! — grita Ed, lá fora.

Ouvimos o ronco do motor, os pneus girando na lama e o som de uma ex-noiva acelerando para longe.

Ed volta de olhos arregalados, ainda tomado pela adrenalina do confronto e pela rapidez com que seu noivado acabou.

— Vocês fizeram as pazes? — diz Justin.

— Ha. Ha — responde Ed.

Ele pega o anel da mesa e guarda no bolso.

— Falando nisso, sei que é uma questão frívola, mas Hester era nossa carona pra casa — diz Justin.

— Será que você poderia ligar e pedir pra ela voltar amanhã pra buscar a gente? — pergunto.

— Que bom que vocês dois estão achando tudo tão engraçado — fala Ed, ofendido, mas sem moral para ficar bravo.

— Desculpa — digo.

— Perdão, sabemos que não está sendo fácil pra você. Mas Eve e eu levamos uma enxurrada de ofensas e meu fim de semana de aniversário foi arruinado, então acho que estamos no direito de rir um pouco da situação, né? — argumenta Justin, irritado mas sem perder o autocontrole.

— Tudo bem — concorda Ed, desanimado, esfregando os olhos. — Desculpa. Bom, a gente terminou. Como vocês devem ter percebido.

— Ela terminou de vez? Certeza que não dá pra consertar? — pergunto.

— Não — responde Ed, erguendo o olhar sofrido para nos encarar. — Eu terminei. Estava na hora.

Nem eu, nem Justin sabemos o que dizer.

— Justin, posso falar com a Eve a sós?

— Nossa, feliz aniversário, Justin! — resmunga ele. E então acrescenta: — Tá bom, tá bom, eu estava querendo fumar um cigarro lá fora mesmo. — Ele coloca o casaco e o gorro e pega a garrafa largada de Moët. — Vou beber direto da garrafa, tal qual um mendigo que ganhou na loteria.

— Sinto muito — fala Ed quando Justin sai. — Aquela situação era cem por cento problema meu, mas você acabou arrastada para o meio da confusão. Sinto muito pelas coisas horríveis que Hester disse, ela estava fora de si.

— Ed. Acho que, a esta altura, você pode admitir que ela não gostava de mim — digo educadamente. — Não é mais segredo para ninguém. Ela não estava fora de si. Aliás, admito que também nunca gostei dela. Pronto. Resolvido.

Ele abre um sorriso triste.

— Não a culpo — continuo. — Acho que Hester tem razão em não gostar de mim. Nunca fui amiga dela, isso é verdade. Eu era uma ameaça ao seu relacionamento.

— Mas a briga que estourou não foi culpa sua. Já vinha de algum tempo.

— Ah, é?

Ed enfia as mãos no bolso.

— Será que é melhor a gente sentar? Parece meio idiota, né? Como se eu estivesse convocando uma reunião.

A voz dele é grave e tenho um mau pressentimento. Eu só quero beber uma taça de champanhe e tentar salvar o que resta deste fim de semana. Ed quer um divisor de águas.

— Estou bem de pé.

— A princípio, pensei que Hester e eu não estávamos bem porque, parando pra pensar, não tive muita escolha a não ser aceitar o pedido de casamento. Eu não estava no controle da situação. Mas, conforme as coisas foram piorando, a ficha caiu: não foi o noivado que mudou tudo. Foi a morte de Susie. — Ele faz uma pausa. — Perder alguém da forma brutal como perdemos Suze… deixa tudo mais claro. Eu estava numa zona de conforto que não me fazia feliz de verdade. Ainda assim, eu sentia que era minha obrigação manter tudo como estava. Não achava que tinha o direito de ser feliz, não da forma que eu queria. — Seus olhos encontram os meus. — Porque pessoas se machucariam no caminho para chegar lá. Era melhor ficar onde eu estava, tentar ser feliz com o que eu tinha.

Não digo nada, apenas mantenho os braços cruzados.

— Os sentimentos que eu tinha por você, Eve, sempre estiveram lá. Eu deixei eles de lado. Achei que tivesse perdido a chance e que já era. Você era minha melhor amiga, e isso teria que bastar.

Continuo sem dizer nada.

— Mas ver a vida da Susie acabar aos 34... Foi tão injusto. Isso faz a gente pensar no que realmente importa e se estamos vivendo o pouco tempo que temos do jeito certo. Eu não estava. Hester sentiu que eu estava distante. A situação estava ficando crítica, aí você chegou... — Ele fica em silêncio por um instante. — Esses não são o jeito nem o momento ideal para dizer isso, mas acho que nunca imaginei como realmente seria. Eu te amo, Eve. Sempre te amei. Desde que éramos adolescentes.

Uma pausa. Assinto com a cabeça, porque alguma reação se faz necessária. Segue-se um silêncio que cabe a mim preencher.

— O que você espera que eu diga? — pergunto.

Ed balança a cabeça.

— O que quiser. Nada. Cheguei num ponto que precisava te contar, só isso. Não existe nenhuma expectativa.

Paro para pensar. Há pouquíssimo tempo, este momento teria sido tudo o que eu mais sonhei caindo bem no meu colo. Mas a realidade não é como eu esperava. Especialmente considerando que Ed não *escolheu* este momento, ele está *usando* este momento.

— Na verdade, existe sim uma expectativa, né? — digo. — Você quer que eu pense a respeito disso e decida ficar com você também, finalmente. Foi por isso que você agiu como meu herói e se sacrificou admitindo o affair com a Susie. Não foi pela Hester. Você estava se preparando para ter esta conversa comigo.

Ed balança a cabeça.

— Eu estava te protegendo da fúria da Hester. Eu era o responsável, eu devia lidar com as consequências.

— Mas não foi só agora. Você sempre me manteve ali na retaguarda. Sou seu Plano B. E cá estamos: seu Plano A está indo embora pelas colinas nesse instante, e a hora de finalmente dizer que me ama chegou. Foi Hester quem forçou essa decisão, não você.

— Plano B? Do jeito que você fala, parece que sou um canalha enrolando o bigode enquanto calculo meus próximos passos — diz Ed e dá uma risada, descrente. — Minha vida desmoronou na sua frente, como se fosse um carro na porra de um ferro velho. Não planejei nada disso. Nem A, nem B. Hester percebeu que eu estava apaixonado por você e não tinha nada que eu pudesse fazer para consertar, porque estou mesmo.

Lembro na hora o comentário de Fin sobre Ed sempre achar que é a vítima.

— Quando você ficou noivo, no pub — digo. — Não fui direto pra casa. Fui para um bar e quase transei com um cara que trabalha lá.

— Certo...?

— Foi uma atitude autodestrutiva, pra não ficar pensando no seu casamento com Hester. Minha intenção era te trair, trair a gente, nosso grande amor secreto. Eu ia comentar sobre a noite, ou deixar que Susie comentasse, mais para a frente. Só pra ver sua reação. Queria que você ficasse com ciúme. Queria que você soubesse o que eu tinha feito e que sentisse algo a respeito disso. Eu estava pronta pra transar com um cara contra minha própria vontade, só pela reação de dois segundos que eu veria no seu olhar, antes de você mudar de assunto. O que é bem bizarro quando admito em voz alta.

Ed franze a testa.

— Eu achava que nós dois sentíamos a mesma coisa, que estávamos perdidamente apaixonados — continuo. — A grande ilusão que eu vivi durante todos esses anos dependia da minha crença nisso. Mas sabe por que nós dois não estávamos no mesmo barco? Eu finalmente entendi: isso nunca te causou nenhum sofrimento.

Desde a carta perdida na inundação, tudo que aconteceu me trouxe muita, muita dor. Mas até agora, até Hester perder a paciência com essa merda de *ménage*, sua vida nunca foi prejudicada em nada. Muito pelo contrário: você gostava. Todo o drama nos bastidores, a garota que estava sempre ali disponível. Essa comédia romântica barata se desenrolando. Sempre me dando um abraço de consolação que durava alguns segundos a mais do que deveria. Você adorava o jeito que eu te olhava. Você diz que se importa comigo, mas nunca se importou em me magoar. Você é um cara sensível, observador. Era óbvio que às vezes eu voltava pra casa à noite e me acabava de chorar, era só parar para pensar um pouco. Mas você nunca quis parar para pensar nisso.

Estou suando no buço quando paro para tomar fôlego, mas não me arrependo de nenhuma palavra.

— Ok, nossa — replica Ed. — Você me massacrou com coisas para pensar. E vou refletir sobre tudo isso, claro.

Vai agir de novo como o Rei das Boas Intenções — depois que acendi a luz e mostrei tudo o que estava acontecendo — é tão inadequado. É mais uma forma de ele *não* pensar no assunto, de novo.

— Pra mim, nossa amizade nunca foi baseada em te deixar esperando, Eve.

— Eu sei que não. Foi justamente o que te permitiu fazer isso.

— Você está falando como se eu tivesse planejado tudo isso. Nenhum de nós nunca falou nada. Ninguém nunca virou e falou: "E se a gente ficasse junto?".

— Verdade, eu podia ter falado, mas você estava comprometido com a Hester. Cabia a você mudar de ideia, porque eu sempre estive disponível. Era bem conveniente pra você, eu te desejar à distância. Solteirona, como Hester disse. Não acho que foi coincidência você ter transado com a Susie pouco depois de eu conhecer o Mark.

— Ah, fala sério, como isso seria…?

— Pelas mesmas razões que eu tentei transar com aquele barman na noite do seu noivado.

— Eu fui um covarde com você, Eve. Essa é a verdade — alega Ed, esfregando as têmporas. — A carta que se perdeu estragou tudo entre a gente, não foi?

Balanço a cabeça.

— Rá, não, mas eu também achava isso. Estava desesperada para acreditar nisso, que a carta era... Como dizem no cinema? Foi o MacGuffin do início da nossa história. Éramos almas gêmeas separadas pelo acaso. Mas a verdade é que você não me escolheu. Foi isso — digo, e dou de ombros. — Essa é a verdadeira história de Ed Cooper e Evelyn Harris. Você não me quis o suficiente quando me escolher ficou mais difícil. Você nem arriscou telefonar, ou esperar alguns meses, pra entender por que eu não tinha respondido a carta. E quer saber? Tudo bem. Eu entendo, a gente era muito novo. Reconheço minha parcela de vitimização aqui, e você pode reconhecer a sua. Mas vamos parar de culpar o azar ou mal-entendidos.

— As pessoas nem sempre são corajosas. Elas cometem erros. Ainda assim, você sempre foi minha melhor amiga.

— Não, Susie era minha melhor amiga. Nós dois somos amigos próximos, com esse bônus de manipulação. Uma amizade "descolorida". Você veio com essa história de melhores amigos depois que descobri seu caso com ela, porque precisava me fazer sentir especial de outra forma. Porque você sabia que quem transa com a melhor amiga não é nenhum herói romântico. E era isso que você queria ser, independente do preço que eu tivesse que pagar.

Ed parece desnorteado. Mantive a calma, mas a conversa está sendo libertadora demais para eu me segurar.

— Me choca que você acredite que eu deliberadamente...

— Não é deliberado, você não planeja — interrompo. — É instintivo. O problema das suas mentiras, Ed, é que elas saem tão rápido e com tanta facilidade que você nem percebe. Você mesmo acredita nelas. Olha só como mentiu sobre a nossa briga na hora de contar pra Hester agora há pouco, só para conseguir uma vantagem.

Ed fica calado por um instante.

— Do jeito que você fala, parece que sou um monstro.

— Você não é um monstro. Você é alguém que sabe assumir responsabilidade, você é sempre o adulto responsável, a pessoa que fica com o mapa para guiar o grupo. Só que nunca assume responsabilidade com as mulheres.

— Hoje está sendo um baita dia de autoconhecimento — diz Ed, depois de uma breve pausa. — Sinto muito por ter te machucado, de verdade. Não foi minha intenção.

Nunca pensei que minha história com Ed fosse um círculo. Sempre achei que tivesse um final aberto, que seguiria para sempre. Mas cá estamos: ele finalmente se declarou de novo, e eu encerrei tudo. Estou feliz. Não tive muitas oportunidades de encerramento na vida.

— Desculpas aceitas. Com certeza você entende por que eu acho que mereço mais do que um cara que passou dezesseis anos tentando decidir se eu valia mesmo todo o esforço.

Ed fica aturdido, mas não sabe o que responder.

Um silêncio pesado toma conta. A maçaneta gira e Justin aparece, esfregando as mãos, Leonard saltitando à frente.

— Desculpem, parece que vocês ainda têm muito o que conversar, mas… já bebi meia garrafa de champanhe, meu celular está com doze por cento de bateria e meu pau virou um picolé.

— Tudo bem — digo, olhando para Ed. — Já terminamos.

39

—**A**cha que ele está bem? — pergunta Justin. — Estou picando as cebolas do tamanho certo?

Estico o pescoço para ver a tábua de Justin. Estamos fazendo frango assado com legumes e batata. Ed saiu para caminhar e "espairecer".

— Acho que sim e com certeza. Elas só vão entrar embaixo do frango.

— Ahh, pra elas absorverem o *weltschmerz*.

— O *schmaltz*, você quer dizer?

— Ah, isso. O que é *weltschmerz*? — Justin limpa as mãos no pano de prato e pega o celular. — "Palavra em alemão que significa um sentimento de melancolia ou cansaço do mundo." Queria que as cebolas pudessem absorver isso pra gente.

Dou risada e volto a descascar as batatas.

A noite de ontem foi bem sem graça. Assistimos a um filme — *Todos os homens do presidente* — e fingimos discutir o Watergate quando a cabeça de todo mundo estava no Hestergate. Como era de se esperar, Ed estava estranho comigo, mantendo distância, mas tentei agir o mais normal possível para deixar claro que não quero romper a amizade.

Hoje, Ed passou um tempão falando no celular no jardim de cenho franzido e agora foi fazer essa excursão sozinho, sem dúvida num estado de *weltschmerz*.

— Acho que não restam dúvidas de que eu estava doidinho quando marquei de viajar pra um chalé com um casal em crise e o amor secreto dele, durante o período de luto depois de perder uma amiga querida — pondera Justin. — Uma tragédia anunciada.

— Eu gostei. Leonard também — falo, apontando o descascador para o cachorro, que está no assento da janela da cozinha.

— Imagino que o drama entre você e Ed ontem à noite tenha sido ele se declarando seu príncipe e oferecendo a mão dele em casamento e daí você dizendo não, obrigada, prefiro casar com o príncipe Andrew, certo?

— Basicamente isso.

— Ele podia até ter te dado o anel na hora — diz Justin.

— Eu recomendaria jogar aquele anel nas chamas de Mordor.

— Puta merda, espero que ele não volte com ela.

— Você acha que eles vão voltar?

Por dentro e de maneira um tanto vergonhosa, me deleito com o fato de que posso perguntar isso sem me afetar. Essa liberdade é inebriante.

— Não sei, mas se declarar pra você logo em seguida demonstra que ele não está nem um pouco a fim de ficar sozinho, e ele falou um tempão com ela hoje.

— Eles compraram uma casa e um carro juntos, e já tinham boa parte do casamento planejada. Têm muita coisa pra resolver.

— Não acho que eles estavam falando sobre cancelar o buffet, você acha? — pergunta Justin, começando a cortar as cenouras.

— Você acha que o relacionamento pode sobreviver ao affair do Ed com a Susie? Se eu fosse Hester, acho que não conseguiria.

— Hester ia querer matá-la — responde Justin, erguendo a faca. — Mas nossa amiga espertinha claramente previa isso e se adiantou.

— Justin! — exclamo, pasma, e ele gargalha.

— Ela racha o bico lá no céu toda vez que solto uma dessas. É minha maneira de manter ela presente entre nós. — Ele fica em silêncio por um instante. — Não acho que Suze seria a questão principal agora. Acho que Hester ia querer que ele se livrasse da gente. Ou pelo menos de você.

— Depois de tudo que eu disse pra ele ontem, não iria culpar o Ed se ele decidisse que é melhor voltar para aquele relacionamento.

— Não sou tão magnânimo. Se ele voltar com ela e te descartar, pode me descartar junto.

Quero continuar amiga de Ed, acho. Mas não a qualquer custo. É uma ideia simples, mas ainda assim demorei toda a minha vida adulta para elaborar isso. Suportei a perda inimaginável de Susie até agora, e isso me deu força e um novo olhar para as coisas.

— Nossa, o cheiro aqui está maravilhoso — comenta Ed, praticamente se dobrando ao meio para passar pela porta da cozinha.

— É minha torta de pêssego — diz Justin.

— Eve, posso falar com você? Vai ser rapidinho — chama Ed, e Justin vira de costas antes que possa fazer algum comentário mordaz.

Limpo as mãos no avental e o sigo para o jardim, fechando a porta. Deus, como está frio. Será que vou mesmo ser oficialmente descartada?

— Queria dizer que pensei muito em tudo o que falou. Você estava certa. Mesmo que eu não tenha tido a intenção, eu te manipulei, sim. Eu amava pensar que você era apaixonada por mim, incentivei isso e nunca me perguntei se te machucava. Baguncei os limites entre amizade, e atração, e amor romântico, porque isso fazia eu me sentir bem, então achei que fosse inofensivo. — Ele respira fundo e vejo que está tão nervoso que seus dentes batem. — Então, quando meu relacionamento com Hester começou a ruir e passei a imaginar você viajando com aquele filho da puta bonito pra caralho, foi uma tortura. Agora há pouco me ocorreu, bem ali naquele gramado — Ed aponta —, tentando atravessar aquela porteira… Me sentir completamente arrasado quando você estava na Escócia, perder o apetite, tudo isso… Foi exatamente o que eu fiz você passar durante todos esses anos.

Sorrio.

— No geral mantive o apetite, mas foi tipo isso.

— Ontem à noite eu pedi desculpas, mas porque estava na defensiva. Foi a primeira vez que fui confrontado por meu comportamento, e meu instinto foi negar e desviar a culpa. Mas quero que saiba que não menti quando falei que você é minha melhor amiga. Escolhi um momento infeliz pra te dizer, que talvez escondesse uma motivação de que não me dei conta na hora, mas é verdade. Quero que você saiba, do fundo do coração, que queria continuar sendo seu amigo. Mas com zero ambiguidades ou segundas intenções. E vou entender se você não quiser.

— Você é bem eloquente — digo, encabulada, grata e aliviada, tudo ao mesmo tempo.

— Bom, eu fiquei meia hora ensaiando o que ia dizer e usei bastante da minha experiência nas assembleias escolares.

— Claro que quero ser sua amiga — respondo, e nos abraçamos, com algumas lágrimas e respirações profundas. — Acho que é preciso ter muita coragem para ouvir o que você ouviu ontem à noite e ainda assim conseguir dizer tudo isso na manhã seguinte.

— E você teve muita coragem para me dizer a verdade.

Estendo a mão para Ed apertar, e ele aperta, depois de secarmos as lágrimas.

— Fizemos as pazes! — anuncio para Justin quando voltamos. Não quero que ele tenha que ficar decifrando o clima entre nós mais uma vez. — Definitivamente. Falamos tudo que precisava ser dito.

— Ótimo — diz Justin. — Vocês podem celebrar fazendo os gins-tônicas. Você e Hester vão voltar? — pergunta ele para Ed.

— Não — responde ele. — De onde você tirou isso?

— Sou bem pessimista — retorque Justin.

— Me dá um pouco de crédito. Considerando tudo o que Hester disse pra vocês dois ontem, acabou de vez.

— A gente não queria te colocar numa posição de ter que escolher — digo.

— Eu queria, sim — fala Justin, jogando o pano de prato no ombro.

Ed põe a mesa para o almoço e nos esbaldamos com o coquetel de camarão que preparamos de entrada.

Depois de uma excelente refeição de aniversário, Ed liga para companhias de táxi da região para conseguir alguém para nos levar para casa.

— Foi culpa minha, então eu resolvo.

— Eles deixam levar o Leonard? — pergunta Justin.

— Disseram que sim.

Uma hora depois, estamos discutindo com o taxista:

— Enrolem ele numa toalha ou vou ter que cobrar uma taxa de limpeza. Vocês que escolhem! — diz Reg, da Valley Cars. — Uma vez um doberman cagou no banco de trás inteiro e a limpeza me custou cento e cinquenta paus.

— Por acaso o Leonard parece ter a mesma capacidade intestinal de um doberman? — questiona Justin.

— Pra ser sincero, ele parece um Muppet que cumpriu pena na cadeia — responde Reg.

— Cara, você está passando dos limites — diz Ed. — A pena dele foi suspensa.

— Tenho uma toalha que dá pra usar! — intervenho rápido, abrindo a minha mala, antes que a gente perca nossa melhor chance de voltar pra casa.

40

No caminho, meu celular vibra com uma mensagem no WhatsApp. Finlay Hart?! Sinto um frio na barriga e a dopamina inunda meu corpo. Eu estava planejando mandar uma mensagem educada, mas era só um pretexto para manter contato, porque não consigo resistir. Recebo a mensagem enquanto rascunhava um "oi espero que seu voo tenha sido tranquilo e que tudo esteja bem com seu pai". Tenho quase certeza de que a sincronicidade das mensagens não significa nada. Quase.

> Achei que você fosse querer saber: meu pai fez os exames, e acreditam que por enquanto é seguro ele continuar em casa, mas vai receber visitas regulares de enfermeiros.
> Espero que seu fim de semana tenha sido bom. Você estava em Derbyshire, né?
> Bj,
> Finlay

Deleto o rascunho que estava escrevendo. Apenas Leonard, todo enrolado no colo de Justin que nem o E.T. com o cobertor, observa minhas mãos digitarem com seus olhinhos brilhantes. Justin está cochilando.

> Que ótima notícia. Isso, Derbyshire! Foi bem intenso. Hester, a noiva do Ed, acusou a gente de ter um caso, Ed confessou o affair com a Susie; Hester e Ed terminaram, Hester sumiu no horizonte em sua BMW. Ed declarou estar apaixonado por mim, eu disse várias verdades sobre ele ter recebido um banquete e ainda pedido mais. Pelo menos ele está lidando bem com tudo. Agora estou num táxi apertado, ouvindo "Absolute Beginners" do David Bowie no rádio, na companhia de um cachorrinho enrolado numa toalha, rezando pra ele não defecar. Foi tudo estranhamente catártico. Bj

> Muita coisa pra destrinchar aqui, Evelyn: fico feliz pela catarse, mandando minhas orações para o cachorro não evacuar. Eu ainda estou com a Mercedes, podia ter ido te buscar se tivesse falado! Bj

O "beijo" da primeira mensagem eu achei que fosse só por educação, mas, se ele continua mandando, é outra história. E ainda se oferecendo para me resgatar nas montanhas?

> Obrigada! Mas estamos em três, mais as bagagens e o cruzamento de chihuahua com yorkshire terrier chamado Leonard... ☺ Peraí, você ainda está na Inglaterra? Bj

> Sim, ia ficar muito corrido, então adiei o voo em uma semana. Vocês três, as bagagens e o cachorro chamado Leonard seriam todos bem-vindos. Seus amigos são meus amigos etc. Bj

> É muito gentil da sua parte, Fin, obrigada. Aliás, comprei biscoitos amanteigados para o seu pai em Edimburgo, esqueci de dizer. Sou a traficante de biscoitos dele. Tudo bem se eu passar lá amanhã depois do trabalho? Umas 18h? Bj

Claro, sem problemas. Eu estava dependendo da faxineira pra saber como ele está, então talvez aproveite a oportunidade para entrar e dar uma olhada, tá? Bj

Sim, por favor, essa era exatamente a minha intenção, tal qual uma canalha calculista.

Claro! Te vejo lá. Bj

Só pra esclarecer, você também disse para o Ed que estava apaixonada por ele? Acho que o nome disso é "jogar um verde" etc. etc. 😊 Bj

Meu coração dispara.

Não, porque não estou mais. Bj

Que ótimo. Bj

É, acho que é mesmo. Bj

— Você ficou toda felizinha de repente — comenta Justin, acordado e me olhando de esguelha. — Com quem está falando? — Ele acena para o celular. — Como você conseguiu sinal?
— Um amigo.
— FINLAY HART?! — Justin articula as palavras exageradamente mas sem emitir nenhum som, e não consigo evitar sorrir e ficar vermelha.

Meu celular vibra com uma mensagem do Justin.

💣💣💣 É o que a Susie ia querer. Bj

Alargo ainda mais o sorriso e cantarolo junto com David Bowie. *If our love song/Could fly over mountains.**

---

* Tradução livre: "Se nossa história de amor pudesse sobrevoar montanhas". [N.E.]

41

Na noite seguinte, caminho até a porta da antiga casa de Susie carregando uma lata xadrez de biscoitos amanteigados, e fico tranquila quando vejo o Volvo típico de pai de família na garagem.

— Olá! — digo, animada mas nervosa, quando o sr. Hart atende. — Desculpa aparecer sem avisar de novo. Comprei isso aqui em Edimburgo.

Entrego os biscoitos.

— Ah, quanta consideração, Eve — diz ele, pegando a lata. — É melhor eu tomar cuidado com a balança! Quer uma xícara de chá? Acabei de pôr a chaleira no fogo.

Digo sim, por favor, e vou atrás dele.

Uma rápida olhada pela casa indica que está tudo bem. A faxineira manteve tudo impecável.

A chaleira está no fogo e me acomodo numa cadeira quando a campainha toca novamente.

— Veio alguém com você? — pergunta o sr. Hart, levantando para atender.

— Ah, o Finlay ia se juntar a nós — digo.

— Ah, é mesmo, seu rapaz — comenta o sr. Hart do corredor.

— Oi — cumprimenta Fin, enrolando o fone de ouvido ao redor do celular enquanto entra na sala com roupa de corrida, afastando o cabelo suado do rosto brilhante.

— Oi — digo, levantando.

— Também gostaria de um chá? — pergunta o sr. Hart.

— Sim, obrigado. Com leite e sem açúcar, por favor — responde Fin enquanto o sr. Hart se apressa para a cozinha.

— Eu lembro!

Olho para Finlay e ele me olha de volta. Não desgrudamos os olhos um do outro, e, conforme os segundos passam, me dou conta de que nenhum de nós está tentando disfarçar esse olhar carregado de saudade e anseio. Acho cada detalhe de seu rosto tão ridiculamente lindo que, por um instante, não consigo falar nada.

A beleza não é um conjunto de traços, mesmo traços tão perfeitos como os de Finlay Hart. É um sentimento. É o que sentimos na fração de segundo em que de repente percebemos que estamos nos apaixonando por alguém. É a última peça do quebra-cabeça se encaixando, a chuva de moedas numa máquina caça-níquel, os primeiros acordes arrebatadores da música perfeita que começa a tocar. Aquela convicção de que o universo finalmente faz sentido. *Claro. Era aqui que eu deveria estar. Com você.*

— Como você está? — pergunta Fin , enfim, e nós dois abrimos sorrisos enormes depois de termos declarado nossos sentimentos sem dizer uma só palavra.

Mal posso esperar para falar com ele direito, depois que sairmos daqui. Mal posso esperar, ponto.

— Chá com biscoitos a caminho! — anuncia o sr. Hart, empurrando a porta com o pé e trazendo uma bandeja tiritante e a apoiando num pufe.

A casa dos Hart é do tipo que tem pufes combinando com o sofá.

Falamos sobre amenidades e Fin toma seu chá, me observando por cima da beirada da xícara, e nunca senti um redemoinho tão grande dentro de mim diante de alguém me olhando por cima de uma xícara de chá.

— Eu poderia usar o banheiro? — pergunta Fin ao sr. Hart, depois de uns dez minutos, e acho que, mesmo que esteja com a bexiga cheia, quer aproveitar para fazer uma vistoria, ver se não tem nenhum eletrodoméstico na banheira ou algo assim.

O sr. Hart explica onde fica o banheiro que Fin deve ter usado durante vinte anos.

Quando ele volta, parece perturbado.

— O que foi? — pergunto mexendo a boca, mas sem emitir nenhum som.

Ele só balança a cabeça.

Depois de um pouco de conversa fiada, Fin pergunta:

— Onde você comprou aquele abajur ali na entrada, aliás? Me parece familiar.

— Ah, é minha esposa que cuida da decoração — responde o sr. Hart, rindo.

Fin pigarreia e me lança um olhar.

— Parece bastante com o que tinha no hotel que ficamos.

— É mesmo? Qual?

— O Caledonian. Em Edimburgo.

— Você está insinuando alguma coisa? — pergunta o pai dele.

— Não. Eu... queria saber de onde era, só isso. Você lembra onde comprou?

O sr. Hart não responde de imediato.

— Está me chamando de mentiroso? — diz ele, com a voz grave, que faz piscar um alerta dentro de mim.

— Não...

— Parece que está, sim.

O sr. Hart se levanta e, alarmados, Finlay e eu nos levantamos também.

— NÃO SOU A PORRA DE UM LADRÃO! — ruge o sr. Hart num volume ensurdecedor, bem na cara de Finlay, e levo um susto enorme.

Nunca tinha visto alguém gritar tão alto, muito menos um senhor de quase 70 anos, assim do nada, sem ter qualquer capacidade vocal. Incrivelmente, Fin nem se mexe.

Ele dá um passo para trás, respirando com força. Fecha os olhos, se desequilibra um pouco e, por um momento, acho que vai desabar.

— Você está bem? — pergunto, correndo até ele e segurando seu braço.

Ele não responde, mantém os olhos fechados e parece se esforçar para respirar, com a pele bem pálida. Será que está tendo um ataque cardíaco? *É um ataque de pânico*, penso.

O sr. Hart liga a televisão e senta-se, sem prestar a menor atenção na gente.

— Quer tomar um ar? — convido, e Fin consegue assentir com um pequeno meneio da cabeça.

Eu o ajudo a andar até a cozinha, em direção à porta dos fundos, e pego a chave no parapeito da janela.

Abro a porta e seguimos de modo desajeitado enquanto tento manter Fin de pé. Descemos os degraus até o jardim. Não posso deixá-lo desmaiar de cara no chão. Eu me jogaria na frente antes de permitir que ele caísse. Disso tenho certeza.

No quintal, Fin senta-se direto na pedra, as costas apoiadas numa cadeira de ferro do jardim. Sento com ele, as pernas estendidas ao lado das suas.

— Está melhor? — pergunto, e ele murmura que sim, enquanto seguro sua mão.

Está muito gelada, mas ele aperta a minha de volta. Respira fundo o ar congelante.

Depois de um tempo, sua respiração se acalma e seu rosto retoma a cor.

Apoio a cabeça em seu ombro. Ele passa o braço ao meu redor, com a mão na minha cintura.

— Você está pronto pra me contar o que não contou até agora?

Não sei de onde vêm essas palavras. Elas viajam pelo meu inconsciente e saem pela minha boca, sem que eu tome a decisão de pronunciá-las.

— Estou — responde Fin, sem hesitar.

42

As hidrângeas cor-de-rosa que lembro dos verões da nossa infância ainda estão lá, agora reduzidas a pétalas frágeis e amarronzadas, no auge do inverno. Há luzes automáticas nos canteiros de flores, piscando ao anoitecer.

Fin começa a falar.

— Eu tinha uns 6 ou 7 anos quando meu pai me bateu pela primeira vez. Eu não sabia o que tinha feito de errado. Me lembro de ficar muito confuso. A confusão era maior do que a dor, do que o choque com a violência. Sabia que as pessoas me achavam um *menino esperto*, mas por algum motivo não conseguia entender o que me levou a ser espancado daquele jeito. Era como um problema de matemática que eu não conseguia resolver. *Pense, Finlay*. Depois dessa primeira vez, continuou acontecendo mais ou menos uma vez por mês até meus 11 ou 12 anos, acho. Foi quando cresci o suficiente pra revidar ou contar para as pessoas que poderiam causar problemas reais para ele, como professores. Eu quase enlouqueci achando que devia ter algum jeito de evitar, se eu mudasse meu comportamento o suficiente.

"Também teve um período de uns dez meses quando eu tinha 10 anos em que ele misteriosamente parou, e mais tarde deduzi que foi porque ele estava tendo um caso com uma secretária da empresa. Fui deixado em paz na mesma época que ele vivia brigando feio com a minha mãe, com portas batendo, por causa dessa mulher que minha mãe chamava de *aquela vadia da Christina*, que acabou demitida."

Finlay abre um sorriso irônico, mas ainda não estou pronta para ironia.

— Eu sempre sabia quando ia apanhar. Aprendi a identificar os sinais. Era quando ele ficava com um brilho cruel no olhar ou então quando bebia. Ou quando voltava do escritório de mau humor. Ele inventava um motivo, puxava uma briga comigo só como pretexto. Era uma válvula de escape, mas ele era muito cuidadoso. Acontecia sempre em algum cômodo no andar de cima de casa, com a porta fechada, e sempre o mais silencioso possível. Na maioria das vezes, não deixava hematomas. Não usava cinto nem nada. Sem marcas. Ele já tinha pensado em como se precaver para não ser pego, e, de um jeito meio doentio, isso me traz certa paz. Não preciso ficar me perguntando se ele tinha intenção de me machucar, se queria que eu sofresse em silêncio e que ninguém acreditasse em mim. Tenho certeza disso. Talvez fosse um impulso irracional e violento, mas ele controlava de um jeito rígido e bem pensado.

Sinto o rosto queimar, mesmo no frio extremo. Solto a mão de Fin para esfregar na minha saia.

— Aquele dia que você me esperou, quando estávamos andando de bicicleta — digo. — Quando Susie e Gloria foram na frente. Se lembra daquele dia? Ele te bateu depois, não bateu?

Minha boca está seca. Em retrospecto, consigo ver a intensidade da fúria do sr. Hart e a total impotência de Finlay quando foi arrastado para dentro de casa.

Eu poderia facilmente chorar agora, mas me esforço para segurar, porque não sou eu o centro da história, não quero que Finlay tenha que me consolar.

— Sim, mas não foi porque eu fiquei para trás com você. Se eu tivesse te deixado lá, a surra teria sido por isso. Não tinha escapatória. Como eu disse, quando ele queria me bater, sempre arranjava um pretexto.

Assinto.

— Entendo.

Mas na verdade não entendo nem um pouco.

— Aos 13 anos, depois de passar um tempo sem ser espancado, criei coragem e contei para minha mãe o que estava acontecendo. Mas meu pai já tinha criado essa narrativa de que eu era um menino ruim, de que eu perturbava a casa. Se você demoniza uma criança, ela tende a se tornar meio má, facilitando as coisas. Ele era um agressor inteligente o suficiente para tirar minha credibilidade. Eu nunca acertava, Susie nunca errava e sempre foi assim. Então, de cara, minha mãe disse que eu estava mentindo, que era algo horrível de dizer do meu pai, como eu ousava? Ela disse, com estas palavras: "É sua cara inventar uma coisa dessas".

— Ela realmente não acreditou em você?

— Não, acho que acreditou, sim. Não vou limpar a barra dela e dizer que ela achava que era mentira. Acho que, no fundo, ela sabia. Minha mãe gostava do nosso status, gostava da nossa casa, das viagens. Minha mãe valorizava as aparências. Olha só como ela lidou com a traição. Aposto que Susie nunca te contou.

Balanço a cabeça.

— Pois é. Eles incutiram na gente a ideia de que não se lava roupa suja fora de casa. Se ouvissem por aí que meu pai estava agredindo o próprio filho, tudo ruiria. Quando contei que ele me batia cruelmente fazia anos, ou ele ia ter que cair fora, ou eu. Minha mãe escolheu meu pai.

Sinto uma dor profunda no peito.

— Ele batia na Susie?

Fin balança a cabeça.

— Não que eu saiba. Nem na minha mãe. Acho que eu saberia. Ele mimava a Susie. Qualquer que fosse a rachadura psicológica que eu causava, o mesmo não acontecia com ela. Já me perguntei muitas vezes: se Iain Hart tivesse tido duas filhas, será que teria encostado o dedo nas crianças? Vai saber. Talvez um filho diferente teria sido tratado diferente. Talvez ele simplesmente me odiasse.

— Não é culpa sua. De maneira nenhuma.

— Eu sei — diz Fin, segurando minha mão de novo e apertando. — Demorou um bom tempo, e foi necessário mudar de continente, um pouco de reabilitação e uma conta enorme na terapia, mas eu sei.

— Puta merda. Esse tempo todo. Todo mundo falando de você como se fosse uma pessoa horrível...

— Susie não mentiu para você — asseverou Fin, se virando para me encarar. — Não quero que você a culpe. Sempre digo para meus clientes não usarem a palavra "perturbado", mas eu era, Eve. Na minha adolescência, deixei bem claro que não queria nada além de sair de casa assim que eu pudesse. Susie testemunhou várias atitudes de merda que eu tive quando fui ficando mais velho. Mas eu agia assim só dentro de casa, porque era esperto o bastante para saber que a escola me daria a passagem para longe dali. Como meu pai querido, eu sabia manter tudo dentro dos muros de casa.

— Você nunca tentou contar pra ela o que estava acontecendo?

— Tentei, uma vez. Como punição, ele trancou a gente no guarda-roupa. Nós éramos bem pequenos. Foi a única vez que vi ele surtar com a Susie também. Ela começou a ficar com claustrofobia, a sentir falta de ar, foi horrível. Foi por isso que não quis que ela fosse enterrada. — Sei que Fin não está tentando ganhar pontos aqui, mas isso me bate fundo mesmo assim. — Achei que todo esse sadismo seria a prova de que eu precisava para ela acreditar em mim.

"Estávamos num pub, pouco depois de eu me mudar pra Londres. Respirei fundo e disse que nosso pai era um agressor. Ela desconversou. 'Ah, me poupe, Finlay, não seja tão dramático usando essa palavra. Você era um escroto com ele também e sabe disso. Eu me lembro das brigas que vocês tinham. Lembro quando você roubou o cartão de crédito dele. Quando destruiu o armário de bebidas. Levou uns tapas uma vez ou outra? Bom, o papai é um cara tradicional, né? Ele não vê problema em fazer isso. Ele pensa diferente, acha que pode fazer isso com um moleque. Principalmente um rebelde delinquente que nem você." Foi como ver pedras ricochetearem em um vidro à prova de balas.

"Ela tinha 17 anos, e eu 19. Esperei demais para falar. A opinião de Susie sobre nossa criação não ia mudar em uma conversa. A imagem que ela tinha do pai não ia mudar só pra acomodar o que eu disse. Como ela deixou bem claro, eu não era uma vítima indefesa. Entendo o que ela quis dizer."

— Não é culpa sua que ninguém quis te ouvir — digo, levemente rouca.

— Passei bastante tempo pensando no que aconteceu entre mim e Susie. É tipo quando você se atrasa para algum compromisso. A princípio, a pessoa que está te esperando fica confusa, depois fica puta. Preocupada. E, quanto mais o tempo passa, mais difícil fica dar uma explicação e se desculpar de maneira satisfatória. Chega uma hora que a pessoa desiste e vai embora. Ela para de te esperar. Foi o que aconteceu na minha relação com Susie. Quando me senti pronto pra conversar e contar para ela por que tinha sido um desgraçado tão terrível e destrutivo, ela já tinha ido embora. Eu a deixei esperando tempo demais, ela perdeu o interesse ou a fé naquilo que eu ia dizer. Isso não significa que eu não deveria ter insistido. Queria ter feito isso. Me pergunto se os diários dela tinham algum indício de que ela sabia, de que repensou aquela conversa que tivemos sobre o papai.

— Era por isso que você queria os diários?

— Sim.

Ele precisa saber. Não posso deixar ele pensar que, mesmo depois de me contar tudo isso, eu ainda me recusaria a entregá-los.

— Que merda, Fin. Eu destruí tudo. Antes de Edimburgo. Estava com raiva da Susie e você estava me pressionando, daí achei que precisava acabar com aquilo de uma vez. Você tinha razão. Eu não tinha esse direito, nem fazia ideia de como estava interferindo. Merda, me desculpa...

Percebo que não estou com medo da reação de Fin; estou tão revoltada e indignada comigo mesma que nem cheguei nesse ponto ainda. *Quero* que ele brigue comigo, mereço isso.

— Ei, está tudo bem — diz Fin, tranquilo. — Eu já tinha mudado de ideia mesmo. Foi um impulso, na primeira onda do luto, por saber que eu nunca poderia perguntar para ela. Não acho que eu deveria ter lido os diários dela. — Ele faz uma pausa. — A forma como me comportei com você, te pressionando… Você teve um gostinho da minha raiva mal direcionada com a qual Susie já tinha se acostumado.

— Susie teria ficado do seu lado se soubesse de tudo isso — digo, com convicção. — Teria sido difícil de digerir, mas ela chegaria lá. Ela odiava valentões. Lembra a história dos sapatos, que escrevi para o velório?

— Espero que esteja certa. Te conhecer melhor tem me ajudado a me sentir próximo dela de novo. Parece que a Susie está se vangloriando, lá do Além: "Está vendo, Finlay?!". Porque eu também julguei errado.

— Ha-ha, como assim?

— Eu achava que ela era uma princesinha arrogante que, diferente de mim, tinha escolhido o caminho mais fácil. A estratégia do meu pai de colocar um contra o outro tinha funcionado. Mas ela sempre teve você como melhor amiga, o que significa que continuou sendo a irmãzinha de que me lembro. Tempestuosa e insuportável quando contrariada, mas engraçada pra caramba e dona de um bom coração.

— É um bom resumo da Susie — digo, com a voz ofegante de quem está prestes a chorar e os olhos cheios.

— Toda vez que você faz um dos seus comentários irônicos, quase consigo ouvi-la caindo na gargalhada. Graças a você, tenho orgulho dela. Você é uma conexão com aquela Susie com quem não tive a oportunidade de conviver.

Assim que termina de dizer essas palavras, Finlay é tomado pelas lágrimas, e nos apoiamos um no outro, nos abraçando como se o chão sob nossos pés pudesse desaparecer a qualquer momento.

Quando nos recuperamos, percebemos como o jardim ficou frio e escuro.

— Você já teve ataques que nem esse antes? — pergunto baixinho, enxugando as lágrimas. — Foi um ataque de pânico?

— Sim, mas fazia anos que não acontecia, e não eram frequentes. Depois que descobri o preço dos planos de saúde nos Estados Unidos, aprendi rapidinho algumas técnicas de respiração para não ir parar no pronto-socorro. Ele me pegou de surpresa, foi isso. Nunca gostei de voltar para essa casa.

— Claro — digo. — Também me assustei.

Ficamos em silêncio por um instante.

— Tem uma coisa que não consigo entender — falo. — Por que você está ajudando ele? Por que não pegar um avião de volta pra Nova York e dizer "Dane-se, pode morrer eletrocutado aí na banheira, não estou nem aí"? Eu faria isso.

— Porque preciso de um encerramento. Não consegui isso com a minha mãe nem com a minha irmã, e, quando Susie contou que a memória do meu pai estava se fragmentando, me dei conta de que o canalha também ia se livrar de ser confrontado. Me livrei de todo ódio, toda raiva e toda prepotência aos 20 e poucos anos. Aprendi a tirar a corda que Iain Hart colocou no meu pescoço. Acho que os cristãos estavam certos sobre uma coisa: o perdão. Se eu tratar ele bem, encontrar um lugar para ele ficar, garantir que ele vai ser bem-cuidado no fim da vida... É o maior jeito de provar a mim mesmo que não sou igual a ele. Quando ele morrer, minha consciência vai estar limpa. Vai ser uma vitória.

— Você é uma pessoa bem melhor que eu — comento.

— Ah, de jeito nenhum — fala Fin, me olhando com aqueles olhos azul-escuros, e me derreto.

Todo mundo deveria ser olhado desse jeito, pelo menos uma vez na vida.

— Certo. Preciso de um momento sozinho para me recompor. Quer se despedir dele? — diz Fin, levantando-se e limpando as mãos. — Toma aqui a chave da Mercedes. Estacionei algumas ruas mais para trás e fui correr. Nunca venha aqui sem ter um jeito de fugir.

— Não vou sair pela porta da frente e deixar você sozinho com ele. De jeito nenhum.

— Vem cá — diz Fin, me abraçando tão forte que fico sem ar. — Se ele tentasse me agredir agora, tenho mais de um e oitenta e ele está senil, então ele é quem se daria mal. Não estou correndo nenhum perigo. Tive um choque mais cedo, só isso.

— Sei que sou uma guarda-costas patética e estou usando uma saia com estampa de esquilos dançantes, mas... deixa eu te salvar! — falo num impulso, meio chorando, meio rindo.

— Ah, Evelyn Harris... você já me salvou — diz Fin, acariciando meu rosto.

Quando passo pela sala da frente, ouço o barulho da televisão ligada num programa qualquer e não consigo evitar me aproximar e olhar para ele uma última vez.

O sr. Hart ergue o olhar, sorrindo a ponto de enrugar os olhos.

— Eve! Vocês dois ainda estavam lá fora? Estão papeando sobre o quê?

— Ele me contou que não era ele o venenoso. Era *você* — digo baixinho.

— Perdão? — diz o sr. Hart, sem entender, voltando a encarar a TV.

— Era o que você deveria pedir, mesmo — falo.

43

Não conversamos muito no caminho até a minha casa, mas, quando estacionamos na frente, Roger aparece na janela, batendo com a pata no vidro, fazendo uma careta felina. *Isso são horas, mocinha? E quem é esse aí, posso saber?*

— Olha só, você não tinha falado que estava com um hóspede — diz Fin. — É um belo animal. É seu?

— Não, não faço ideia de como Roger "Panqueca" conseguiu entrar. Agora não vai mais embora — respondo, sorrindo. — O apelido brega não é bem culpa minha.

— É uma referência a alguma série que nunca vi? — pergunta Fin.

— É uma história meio longa. Depois te conto. Envolve a sua irmã.

— Lembra quem era o assassino em *Twin Peaks*? — indaga ele. — O vilão era o pai, que parecia amoroso e perfeito, mas que de tempos em tempos era possuído por uma entidade demoníaca.

— Caralho...

— Por isso eu estava curioso para saber por que você escolheu a música-tema.

— Pura coincidência, infelizmente. Bom, a Susie vivia se comparando com a Laura Palmer. Agora vou me perguntar pra sempre se tinha alguma coisa ali. Fin, ainda estou com o celular dela. Quer que eu te entregue?

Fin desliga o motor e solta o cinto, virando-se para me encarar.

— Não, não. Não seria certo nem traria nada de bom. Se tem alguém que deve ficar com as coisas dela, é você. Como já falamos, você era o amor da vida dela.

Finlay Hart me encara intensamente, e sinto minhas entranhas se revirarem.

Olho para a mão dele, apoiada no câmbio.

— Quer entrar para conhecer o Roger? — pergunto, quase sem fôlego de tanta expectativa e medo.

— Quero — diz Fin, ainda me olhando. — Só tem uma questão. Lembra quando a gente estava em Edimburgo, e eu disse: e se eu parasse com a encenação, e se eu parasse de duvidar? E se eu dissesse a verdade sobre o que estou pensando? E se parasse de dar uma de Gatsby e arriscasse permitir que alguém de fato me conhecesse, mesmo correndo o risco de ser rejeitado?

— Que engraçado você falando de rejeição! A gente teve aquela conversa logo antes de você olhar pra mim como se quisesse me beijar e bem em seguida sair correndo horrorizado com a ideia.

Fin explode numa gargalhada, daquelas que enrugam os olhos, que transforma o seu rosto.

— Não fiquei nada horrorizado com a ideia, muito pelo contrário, mas você não vê como teria sido péssimo ir adiante? Eu te forcei a me ajudar a procurar o meu pai em outro país, paguei pela sua hospedagem. Você estava chorando um pouco antes. Se alguma coisa rolasse, você ia pensar que era meu plano desde o início. Que eu estava te consolando só para tirar vantagem depois.

— Eu nunca pensei isso. Nunca duvidei das suas intenções.

— Eu sei. E eu queria que continuasse assim.

Abro um sorriso, admirada que minha opinião sobre Finlay tenha passado por uma revolução tão grande. Eu confiaria minha vida a ele agora. Ainda bem.

— Tá, vou ser honesto. Vou falar primeiro, depois você fala — diz Fin, e me preparo para o que vem em seguida. — Estou ponderando várias coisas agora. Se eu entrar, acho que você já percebeu, que não vou querer sair.

Engulo em seco, e ele continua:

— Quero que diga que está sentindo a mesma coisa, mas não quero te magoar. Vou pegar um avião para os Estados Unidos daqui a alguns dias, mesmo que não queira. Não posso ficar porque meu emprego não é aqui. Não quero te pedir para ir comigo, ainda que queira profundamente que vá, se você quiser. Forçar alguém a mudar completamente de vida não é justo. Não sei como fazer isso funcionar, mas também não quero deixar de tentar. Então, sim, quero conhecer o Roger. Mas conhecer o Roger envolve várias questões. Porque, se isso aqui entre a gente durar apenas alguns dias memoráveis, acho que precisa ficar claro. Não que isso vá facilitar minha partida. Tá. Sua vez agora.

Pigarreio e torço para a minha voz funcionar.

— É, idem — digo casualmente, quebrando a tensão, e rimos até saírem lágrimas. — Acho que... — começo, e então faço uma pausa. — Quando paramos pra pensar em tudo o que a gente teve que superar pra chegar até aqui, neste carro, juntos, depois de encontrarmos um ao outro... Não acho que devemos permitir que a distância entre a Inglaterra e Nova York nos atrapalhe. A gente vai dar um jeito. Chegamos até aqui. Estamos juntos. É o que importa.

Fin se inclina e me beija, então me viro e enfio os dedos em seu cabelo e retribuo o beijo, primeiro devagar e depois com mais intensidade, sentindo suas reações.

— Talvez seja mais fácil se você tirar isso — murmura Finlay, apontando para o cinto, atravessado no meu peito, como se eu estivesse numa cadeirinha de criança.

Dou risada.

— Sabe quando percebi que estava apaixonado por você? — diz ele. — Quando te vi no lobby antes de a gente ir jantar. Você estava andando toda torta com aquele salto, que nem os Gumbys do *Monty*

Python. Foi como se eu pudesse ouvir uma orquestra, e todas as estrelas apareceram.

— Sério?

— Bom, ou foi nessa hora, ou quando você estava gritando que nem tinha visto minha região pubiana no cais de Leith. Fiquei bem aliviado, aliás.

— Então esse é seu maior pesadelo, que eu te veja pelado?

— Com certeza. Não vamos permitir que isso jamais aconteça. Dou risada e faço menção de abrir a porta do carro.

— Por que eu sinto que a gente se entende tão bem, Evelyn? Em geral, sou eu que tenho a resposta para esse tipo de pergunta — declara Fin, me olhando meio admirado. — É como se a minha vida inteira tivesse me trazido de volta até você.

Tive tempo de pensar sobre isso quando não conseguia dormir no chalé e fiquei ouvindo a chuva bater no telhado. Fiquei pensando que Finlay nunca me abandonou, seja num passeio de bicicleta quando éramos crianças, seja num quarto de hotel agora adultos.

— É por causa do que ensinamos um ao outro — respondo.

— E o que foi?

— Como se curar.

44

Três meses depois

A voz pujante do árbitro do quiz interrompe o burburinho.

— Na comédia da BBC *The Office*, a filial de Slough é fundida com outra filial da mesma empresa de papel. Onde era a sede dessa outra filial? *Onde era a sede dessa outra filial?*

Por que os apresentadores sempre fazem pausas estranhas no meio das frases?

— Reading — sussurra Justin, tamborilando na folha de papel.

— Ricky Gervais nasceu em Reading, por isso que você está pensando nessa cidade — sussurro de volta.

— Não vai ser uma cidade grande — murmura Ed, os dedos revirando um saco de salgadinho sabor bacon. — Vai ser uma cidade equivalente a Slough.

Ele joga um salgadinho para Leonard, que acorda, come e volta a dormir.

— É a mesma cidade daquele cara que dança que nem o John Travolta — sussurro.

— Ou seja, Reading — diz Justin.

— Não é, não! Me ajuda aqui, Francis.

Francis assente.

— Reading é grande demais.

— Obrigada.

— E não é engraçada o suficiente.

— E Slough é engraçada? — desdenha Justin.

— Sim — diz Ed. — Imagina um comediante fazendo alguma piada que termina em: "… e ainda por cima ele era de SLOUGH!". Seria engraçado.

— Swindon — fala Finlay.

Todos olhamos para ele, surpresos.

— Você mora em Nova York, não sabe nada sobre a Inglaterra — digo.

— Eu já era bem crescidinho quando fui embora da Inglaterra, e a BBC também pega lá.

— Swindon? Tem certeza? — pergunto.

— Aham — diz Fin, tomando mais cerveja.

Ele vive reclamando dos "quilinhos que ganhou em Carrington" desde que começamos a namorar, três meses atrás. Já que sempre aproveito para admirá-lo tomando banho enquanto escovo os dentes, tenho propriedade para falar que ele ficou ainda mais gostoso.

— Certo, essa foi a última pergunta — diz o apresentador. — Vamos fazer um breve intervalo, depois voltamos para somar os pontos.

— Quando você volta desta vez, Fin? — pergunta Justin.

— Na quarta — responde ele. — Já atingi o limite de consultas via Skype, pelo menos por enquanto. Eve vai pra lá na semana seguinte, passar um mês em Nova York.

Ele estende o braço e toca minha nuca, embaixo do rabo de cavalo.

— Vou fazer com ela os programas turísticos, que eu mesmo nunca tive vontade de fazer até agora.

— Estou ansioso. Eu e o Rog vamos QUEBRAR TUDO — diz Ed, fazendo o chifrinho do heavy metal com a mão. — O que significa que vamos maratonar *Queer Eye* e comer frango frito.

— Obrigada mesmo por topar cuidar da casa e do Rog — falo.

— O prazer é todo meu. Sua casa é bem melhor que meu flat.

Hester dificultou as coisas na hora de vender a casa deles, e Ed acabou decidindo que não ia se aventurar no mercado imobiliário por enquanto. No momento, está alugando um flat, que é a típica casa de homem solteiro: bicicleta suja apoiada no aquecedor, nenhum quadro na parede. Ele está usando o Tinder e já teve algumas histórias tragicômicas para contar. Parece que invertemos os papéis: eu e Justin em relacionamentos sérios, e Ed solteiro.

— Sua chefe está de boas com esse período sabático? — pergunta Ed.

— Mais ou menos — respondo. — Mas liberou.

— Shhh — interrompe Francis. — Ele vai anunciar o resultado!

— Estou sentindo o cheiro da vitória — comenta Ed. — Respira, gente, vamos.

— Se a gente ganhasse toda vez que você fala isso, Ed, teríamos sido banidos do quiz, que nem o Ben Affleck dos cassinos de Las Vegas.

— Sério? Mas por que ele foi banido? Por ser rico? — pergunta Ed.

— Ninguém ia expulsar ele por ser rico, mas por ser bom demais no blackjack — retruca Fin. — Os donos do cassino sempre ganham.

— Total, dá pra contar as cartas — digo, assentindo.

— Ele não estava contando, ele me disse que... — Fin para, arregalando os olhos diante das nossas expressões de choque. — Quer dizer, eu *li* em algum lugar que ele...

Soltamos gritinhos eufóricos.

— Certo, lá vão as respostas... — anuncia o árbitro do quiz, e trocamos de papel com a mesa do lado para corrigir.

Vamos surpreendentemente bem, melhor que de costume.

— E por fim... Eu perguntei de que cidade era a filial que foi fundida com a de Slough, em *The Office*.

— Se for Reading, vou matar vocês — diz Justin.

— E a resposta, claro, era Swindon.

— Isso! — diz Ed. — Mandou bem, Finlay.

Destrocamos os papéis com as respostas.

— Quarenta e seis! — falo.

— Vamos lá! Alguém acertou as cinquenta perguntas? — grita o apresentador.

360

Ficamos tensos, Francis e eu de mãos dadas e de olhos fechados bem forte.

— Quarenta e nove?!

Silêncio.

— Quarenta e oito?!

Silêncio.

— Quarenta e sete?!

Tenho certeza de que os Jaquetas Impermeáveis acertaram quarenta e sete. Silêncio.

Abro os olhos.

— Alguém acertou... quarenta e seis? — pergunta o árbitro.

Nos entreolhamos.

— A gente! A gente acertou quarenta e seis! — gritamos ao mesmo tempo, fazendo Leonard acordar. Infelizmente, os Jaquetas Impermeáveis também gritam o mesmo resultado.

— Tragam os papéis até aqui, por favor.

Francis se levanta e entrega as respostas para serem conferidas. Depois de alguns minutos, o apresentador diz:

— Senhoras e senhores, tivemos um empate. Vocês sabem o que isso significa: vamos para o desempate! Cada time deve escolher um integrante para vir aqui na frente. Vou fazer uma pergunta, e eles devem responder. O primeiro a dar a resposta certa ganha.

Os Jaquetas Impermeáveis escolhem seu melhor integrante, que parece um bruxo furioso, e dão tapinhas em suas costas quando ele se levanta.

— Vai lá, Tony!

Nos entreolhamos.

— Eve — diz Fin. — Você está à altura desse desafio. Traz esse troféu pra gente.

— Nem pensar, eu sou uma merda.

— Merda nenhuma. Vai, levanta — diz Fin, e Ed, Justin e Francis exclamam em concordância.

— E vamos ao desempate! Lembrem-se de gritar a resposta, porque quem acertar mais rápido ganha. A música "I Will Always Love You" foi um sucesso estrondoso na voz de Whitney Houston em 1992, passando catorze semanas no topo da Billboard. Entretanto, não foi Whitney que a compôs. Quem foi?

— BARRY GIBB! — grita Tony dos Jaquetas Impermeáveis, como se tivesse levado um choque, e o restante de sua equipe vibra em comemoração.

— Resposta errada, infelizmente — diz o apresentador, quando a algazarra diminui. — Será que essa senhorita adorável gostaria de dar a resposta?

Olho para os rostos esperançosos do meu time, os punhos cerrados de antecipação. Finlay dá uma piscadela para mim.

— Foi a… Dolly Parton? — digo.

— Temos um time vencedor! — anuncia o árbitro , e nossa mesa no Gladstone explode em histeria.

— Meus parabéns para o time… — diz o árbitro, e pega nossa folha, estreitando os olhos atrás dos óculos para ler o nome — Perdedores da Susie!

45

Depois

Ontem à noite você estava aqui de novo.

Não era um pesadelo, Suze — sei porque já tive vários —, era só um outro mundo, exatamente como este, mas com uma diferença crucial. Sua presença. Sua presença, que sempre dei como certa.

Nesse lugar, estávamos felizes organizando uma viagem para esquiar, numa carteira de escola, perto de uma estrada movimentada. Os carros passavam barulhentos e faziam a mesa tremer, mas não ligávamos. *Que tal a Suíça?*, você pergunta. Tínhamos planos.

(Me pergunto se a Suíça foi uma escolha inconsciente porque era onde Hester estava quando você e o Ed…? Ha-ha, aliás, como vingança, você não pode reclamar do Finlay. Bem-feito! É, nem adianta discutir. Você sabe que ganhei essa.)

Vai ser sempre assim, foi o que aprendi. Você nunca vai ser algo que deixei pra trás, Susie. Nunca vai ser algo que aconteceu no passado. Você está sempre do meu lado.

Toda atrapalhada, procuro meu celular na escuridão, rolo a tela e encontro a última mensagem de Susie. Aquelas palavras num balão de conversa. Ainda é inacreditável que não teremos a oportunidade de continuar, que aquelas tenham sido as últimas palavras dela. Que ela não esteja lá, do outro lado da tela, pairando fora de vista. Esperando o momento de voltar.

Digito uma resposta:

Temos TANTA COISA pra conversar. Falamos em breve. Te amo. Bjsss

Do outro lado do quarto, onde coloquei o celular dela para carregar, há um brilho na tela, em resposta.

Consigo ouvi-la perfeitamente na minha cabeça.

Também te amo, sua fera reluzente. Bjsss
   P.S.: preciso falar: meu irmão?? ECA

Mas a gente se faz tão feliz! 😊

Agora meu ECA é maior ainda. Isso foi o que o sr. Pulteney, professor de geografia, disse quando descobrimos que ele e a esposa eram adeptos do nudismo, lembra?

Rio sozinha. Sempre vou ouvir a voz de Susie na minha cabeça. É uma conversa interminável. Para a vida inteira.

Fin se mexe, acordando.

— Você está bem? Acho que vi uma luz se acender.

— Estou sim.

— O gato, além de pesado, está encharcado! — diz Finlay, notando a presença de Roger, que mia para defender seu território.

— O Rog é um gato livre.

Finlay me abraça e ficamos em silêncio, um ao lado do outro, só ouvindo o balanço das folhas das árvores do lado de fora.

— Acho que a chuva parou — diz ele.

Eu me viro para encará-lo.

— É, acho que parou, sim.

AGRADECIMENTOS

Tenho que agradecer a muitas pessoas por este livro: minha editora Martha Ashby, que não só se empolgou desde o rascunho como ainda por cima, logo antes de tirar licença-maternidade, aturou um telefonema interminável em que eu só fiquei choramingando dizendo que não ia dar conta. Com muita calma, ela me disse que eu era sim capaz, que ia terminar e ia ser incrível. Sem essas palavras, este livro não existiria, então, obrigada por acreditar em mim. Também agradeço às editoras talentosas que me acompanharam ao longo do famigerado ano de 2020, Lynne Drew e Sophie Burks, cujo bom humor e paciência as tornaram parceiras incríveis de trabalho. Agradeço especialmente por terem me dado o empurrão necessário para melhorar a cada nova versão, sem que eu me sentisse pressionada. Um brinde a vocês, meninas, e mal posso esperar para bebermos juntas quando for possível de novo. E obrigada a toda a equipe da HarperCollins, tanto no Reino Unido como nos Estados Unidos, pelo apoio e pela motivação. Saudades de encontrar todos vocês!

Agradeço a meu agente, Doug Kean, é sempre uma delícia trabalhar com você. Nossa relação já é praticamente um casamento, só que não discutimos sobre qual mesa de centro comprar.

Aos leitores do meu primeiro rascunho: Tara, Sean, Katie, Laura. Eu não teria conseguido sem vocês. Agradeço especialmente a Kristy Berry, por manter minha sanidade. Obrigada a Carol Clements pela excelente e paciente consultoria jurídica sobre testamentos e inventário. Se comi alguma bola, a culpa é minha.

E agradeço sempre ao Alex, que tem o papel nem sempre divertido, mas essencial de me dizer para parar de ser pessimista, seguir em frente e que talvez seja a hora de tirar o pijama.

Este livro foi impresso pela Cruzado, em 2024,
para a Harlequin. O papel do miolo é pólen
natural 70g/m², e o da capa é cartão 250g/m².